牟世金文集

山东大学中文专刊

第六册 雕龙后集

人民文学出版社

目 录

序 …………………………………………… 王更生 1

"龙学"七十年概观 ……………………………………… 1
刘勰生平新考(存目) …………………………………… 63
刘勰评传 ………………………………………………… 64
刘勰"原道"论的实质和意义
　　——兼答刘长恒同志(存目) ……………………… 98
从汉人论赋到刘勰的赋论 ……………………………… 99
《文心雕龙》创作论新探(存目) ……………………… 115
刘勰艺术构思论的渊源与发展(存目) ………………… 116
从刘勰的理论体系看风骨论 …………………………… 117
文律运周　日新其业
　　——《文心雕龙·通变》新探(存目) …………… 140
实事求是地研究《文心雕龙》
　　——答马宏山同志 ………………………………… 141
怎样读《文心雕龙》 …………………………………… 156
日本《文心雕龙》研究一瞥
　　附：日本《文心雕龙》论著目录 ………………… 166
《文心雕龙》在国外 …………………………………… 176

墨家的"贱民"文艺观 …………………………………… 181
挚虞评传 ………………………………………………… 200
漫说《世说新语》的人物描写及其史料价值 …………… 214
玄学与文学 ……………………………………………… 223
六朝经学的中衰与发展 ………………………………… 229
试论六朝时期儒道玄佛的斗争与融汇 ………………… 247
刘知幾对古代文论的新贡献 …………………………… 284

中西戏剧艺术共同规律初探 …………………………… 305
文章得江山之助 ………………………………………… 326
文学创作的"铁门限" …………………………………… 341
古代文艺的形神论 ……………………………………… 348
什么是古诗中的"兴寄" ………………………………… 353
古代文论研究现状之我见 ……………………………… 358

我的读书法 ……………………………………………… 379
基本功和新方法 ………………………………………… 385
门外字谈 ………………………………………………… 391
四十年的愿望
　　——我的书斋 ……………………………………… 394

附录
　牟世金论著目录 ……………………………………… 397
　牟世金传略 ……………………………… 戚良德 420

编后记 …………………………………………………… 442

序

人之相知，贵相知心，我和世金先生神交久矣，但因海峡阻隔，终未谋面；等到可以把酒临风，晤言一室的时候，却又物移星换，天人永隔了。虽然面对故友，心香一瓣，但睹物神伤，难掩内心的悲痛。

我最早知道世金先生的大名，是1973年4月，看到由中国语文学社编印的《中国文学批评研究论文集汇编》第二集《文心雕龙研究专号》中，转载《文史哲》双月刊1962年陆侃如、牟世金合写的《〈文心雕龙·序志〉译注》。以后友人藉旅美返台，道经香港之便，代购文昌书局出版的《刘勰论创作》，此书也是陆侃如、牟世金两位合著。1985年8月我在香港担任客座教授，搜集不少大陆学者们的著作，其中最令我爱不忍释的，是世金先生1980年10月完稿，1983年5月由北京新华书店发行的《雕龙集》。书中两组十一篇论文，篇篇都具有创发性；特别是《〈文心雕龙〉理论体系初探》一文，议论精辟，胆识过人。对先生泛起衷心的景仰，思一见为快！

1986年5月，在我滞港期间，中文大学黄维樑教授有大陆之旅，由广州寄来山东大学出版社发行的世金先生力作《台湾文心雕龙研究鸟瞰》。书中第77页把我写的《文心雕龙研究》列为台湾七种论著之首；并率直地说："此人（王更生）是台湾龙学界的重要人物。"当时觉得世金先生措语虽不修饰，自有一股撼人心弦的力量；从他那行文如流水的字里行间，透出高妙的学养和皎洁的人格。

1988年11月11日至15日，《文心雕龙》国际研讨会由广州暨南大学主办，在珠岛宾馆召开。我本拟与会，并写了一篇《台湾文心雕龙学的研究与展望》准备发表；想不到当时台湾方面尚未开放到可以赴大陆从事学术交流的程度，以至事到临头，未能成行。事后，收到香港大学陈耀南教授的来信，和中文大学黄维樑教授在《星岛日报》11月21日刊出的专栏《三思篇》，才知道世金先生偕夫人赵璧清女士抱病赴会。终于因为我的缺席，使原本期盼已久的二龙珠岛之晤未能实现。

去岁7月19日收到赵璧清女士1989年7月3日发自济南山东大学的来信，方知世金先生已于6月19日因病辞世。今年2月6日，也就是农历的正月11日，我远从台湾专程来吊祭这位志同道合永未谋面的知音；当时白雪映窗，落叶打阶，朔风伴着酷寒，面对遗照，抆泪相视，真有百感交集，莫知所云之痛！

世金先生的《雕龙后集》就要出版了，璧清女士希望我能为此书说几句话，以慰英灵于九泉。事实上，世金先生的道德学问，早已蜚声中外，腾播士林，用不到再多赞一辞。所以我特别将我和世金先生因龙学而相知，因相知而对世金先生景仰的微忱，公诸同好。这也正合"世远莫见其面，觇文辄知其心"的意思吧！

王更生序于台湾师范大学
国文研究所
1990年7月7日晨

"龙学"七十年概观

张光年同志在中国《文心雕龙》学会成立大会上宣称:"现在对《文心雕龙》的研究,已成为一门科学,比较系统化了。"①《文心雕龙》研究何以会成为一门系统学科即所谓"龙学"呢?除了发展民族文化的需要,主要是《文心雕龙》有其值得研究的价值。周扬同志在同一大会期间,对此做了精确的论述:

> 特别是《文心雕龙》,在古文论中占有首屈一指的地位,它是中国古文论中内容最丰富、最有系统、最早的一部著作,在中国没有其他的文论著作可以与之相比,在外国,古希腊亚里斯多德的《诗学》当然比《文心雕龙》产生更早,他是欧洲美学思想的奠基者。古罗马则有贺拉斯的《诗艺》和郎吉纳斯的《论崇高》都比《文心雕龙》早,但都不如《文心雕龙》完整绵密。……这样的著作在世界上是很稀有的。《文心雕龙》是一个典型,古代的典型,也可以说是世界各国研究文学、美学理论最早的一个典型,它是世界水平的,是一部伟大的文艺、美学理论著作。②

---

① 《张光年同志的讲话》,《文心雕龙学刊》第 2 辑。
② 《关于建设具有中国民族特点的马克思主义文艺理论问题》,《社会科学战线》1983 年 4 期。

这就是《文心雕龙》研究必然要成为"龙学"而为近世广大中外学者所重视的主要原因。正因《文心雕龙》是这样一部伟大的古代文论,其璞玉之泽一旦被人发现,就不能不投以惊奇的目光。一位研究西方古典文学的日本学者,十多年前曾说:"我无法忘记刚开始翻阅《文心雕龙》时所感到的惊讶。与之相比,亚里斯多德的《诗学》、贺拉斯的《诗艺》等西欧古代文艺批评或文学理论著作顿时黯然失色。"①产生在一千五百年前而为世界各国所稀有的典型,为今人感到惊讶是必然的。不仅如此,在二十世纪的世界文坛上,《文心雕龙》至今仍可说是一块古璞,随着"龙学"的发展,它还将不断使更多的文艺理论家、美学家感到惊讶。

中国古代的许多学者,对《文心雕龙》做过大量不可磨灭的工作,但除校注之外,大都是猎其艳辞,拾其香草而已。真正的研究,还只是近几十年来的事。但这块古璞一经琢磨,很快就光华四溢,并发展成一门举世瞩目的"龙学"了。港台学者多称《文心雕龙》研究为当代"显学"②,诚非偶然。仅就日本、中国台湾、中国香港和中国大陆的统计,至今出版的《文心雕龙》译注和各种研究专著已达百种以上,发表论文一千六百多篇。1983 年 8 月,中国《文心雕龙》学会在青岛成立,出版了《文心雕龙学刊》;同年九、十月间,中国社会科学院组织以王元化为团长的《文心雕龙》考察团访问日本,翌冬,日本组织以目加田诚为团长的代表团,来沪参加中日学者《文心雕龙》讨论会。"龙学"进入了它的极盛时期。

《文心雕龙》研究发展成一门有校勘、考证、注释、今译、理论

---

① 国原吉之助《司马迁与塔本佗》,日本《世界古典文学全集》月报 1970 年 4 月号。
② 见拙著《台湾文心雕龙研究鸟瞰》,1985 年山东大学出版社出版。

研究，并密切联系着经学、史学、子学、佛学、玄学、文学和美学等复杂的系统学科，是有一个过程的。这个过程可大体上分为"龙学"的诞生、发展和兴盛三个时期，每个时期都涉及其全系统的各个主要方面，情况是相当复杂的，这里只能述其梗概而观其大要。

一

近代《文心雕龙》研究的奠基者当推黄侃。黄氏《札记》开始发表于1925年的《华国月刊》，到1927年，集二十篇为《文心雕龙札记》，由北平文化学社出版。在此之前，在报刊上发表的有：李详的《〈文心雕龙〉黄注补正》、林树标的《书〈文心雕龙〉后》、杨鸿烈的《〈文心雕龙〉的研究》等。但不仅由于黄侃研治《文心雕龙》成就较高，影响较大，且他一开始就使之初具"龙学"的意义了。黄氏《札记》虽问世稍晚，但它是在1914至1919年讲授《文心雕龙》于北京大学期间撰写的。把《文心雕龙》作为一门学科搬上大学讲坛，这是有史以来的第一次。此外，不仅刘师培、范文澜、刘永济等，都先后在各大学开设此课，日本铃木虎雄也于大正乙丑（1925）春，"在大学课以《文心雕龙》"了①。这说明从黄侃开始，《文心雕龙》研究就是一门独立的学科：龙学。从1914年到1984年，便有了整整七十年的历史。

《文心雕龙札记》的意义还不仅仅是课堂教学的产物，更是《文心雕龙》研究史上的一个巨大变革，黄氏门人李曰刚有云：

民国鼎革以前，清代学士大夫多以读经之法读《文心》，

---

① 《黄叔琳本文心雕龙校勘记绪言》，见范文澜《文心雕龙注》卷首。

大则不外校勘、评解二途,于彦和之文论思想甚少阐发。黄氏《札记》适完稿于人文荟萃之北大,复于中西文化剧烈交绥之时,因此《札记》初出,即震惊文坛,从而令学术思想界对《文心雕龙》之实用价值,研究角度,均作革命性之调整,故季刚不仅是彦和之功臣,尤为我国近代文学批评之前驱。①

虽然黄书也有校注,却以阐发文论思想为主,这确是研究角度的一大转变,一个新的开始。尤为可贵的是,黄氏开始用新的思想观点来研究《文心雕龙》,他在其书的《题辞及略例》中说:"文气、文格、文德诸端,盖皆老生之常谈……阳刚阴柔之说,起承转合之谈,吾侪所以为难循。"此说虽有其当时的针对性,亦足以证黄侃是不囿于前人成说的。以《文心》一书的性质来说,由于诗赋、章表、书记等并论,不仅往古,至今仍被疑其是否文学论著。《原道》篇之札记则云:"即彦和泛论文章,而《神思》篇已下之文,乃专长有所属,非泛为著之竹帛者而言,亦不能遍通于经传诸子。"这个"专有所属",既非泛论一切文辞,又不遍通经传诸子,显然是指文学创作而言。论者多谓黄侃所讲为"文章作法",其所讲于北大者,确以《神思》以下诸篇为主;于此可见,这个"文章作法"已非泛泛的"文章作法"了。《札记》之论虽难尽是,但他既有识于此,其究《文心》自当迥异于前而揭开龙学史新的一页。

从1914到1949年的三十六年,可说是龙学的诞生时期。除《文心雕龙札记》外,此期专书还有李详的《文心雕龙补注》(1916)、范文澜的《文心雕龙讲疏》(1925)和《文心雕龙注》(1929)、叶长青的《文心雕龙杂记》(1933)、朱恕之《文心雕龙研

---

① 《文心雕龙斠诠》第2515页,台北"国立编译馆"中华丛书编审委员会1982年印行。

究》(1945)、庄适选注的《文心雕龙》(1934)、杜天縻的《广注文心雕龙》(1947)、刘永济《文心雕龙校释》(1948),以及陈益、薛恨生、诸钝鉴、冰心主人的多种"新式标点"本。这些著作除朱恕之《研究》、刘永济《校释》外,大都侧重于注,范文澜的《文心雕龙注》则是此期最重要的成果。他如庄适选注、杜天縻"广注"等,即取范注而稍有增益。

范文澜的《讲疏》,也是他任教南开时"口说不休,则笔之于书"(自序)而成。梁启超为之序云:"其征证详核,考据精审,于训诂义理,皆多所发明,荟萃通人之说而折衷之,使义无不明,句无不达,是非特嘉惠于今世学子,而实有大勋劳于舍人也,爰乐而为之序。"这话在今天看来,似有溢美之辞,若在当时而与旧注相比,范疏是当之无愧的。其《文心雕龙注》即由《讲疏》增修而成,所以,梁氏之评移于注本更为相宜,它正道着范注的基本特点。《文心雕龙注》由北平文化学社初版,分上中下三册,上册为原文,中下册为注。后又略事增修,于1936年改由开明书局出版线装本七册,注释改附各篇原文之后,即成流行至今的定本。此本为注《文心雕龙》的划时代之作,已早为海内外龙学界所公认,如日本户田浩晓氏著《文心雕龙小史》,即谓范注"不可否认是《文心雕龙》注释史上划时期的作品"[1];台湾王更生谓是书"确实在《文心雕龙》的注释方面开一新纪元"[2];王元化更称范注"迄今仍是一部迥拔诸家、类超群注的巨制"[3]。这些评价都不为过。《文心雕龙注》虽仍属旧注类型,但不仅其网罗古今,为旧注之集大成

---

[1] 见王元化选编《日本研究〈文心雕龙〉论文集》第24页。
[2] 《文心雕龙导读》第79页,台北华正书局1977年版。
[3] 《文心雕龙创作论》第107页,上海古籍出版社1984年2版。

者,且注重"探求作意,究极微旨",而避李善"释事而忘意"(本书例言)之失。当然,原著既取材浩博,范注又所涉宏富,求其无失是不可能的。《讲疏》问世的第二年,便有李笠的《读〈文心雕龙讲疏〉》,论其书"当增补者"八,"当整理者"二。其注出版后,杨明照先有《范文澜〈文心雕龙注〉举正》评文化学社本,后有《文心雕龙注》评开明本。前文举其"未当者"三十八条,"张冠李戴"者十四条;后文举其所失四十四条,尤不满于范注"取诸人以为善者多,出其自我者少"。其后,还有赵西陆的《评范文澜的〈文心雕龙注〉》等相继发表,对许多误注不断提出意见。这都说明,范注的贡献虽不可磨灭,但毕竟是龙学诞生时期之作,完善的注本尚待来日。

在龙学诞生时期的三十多年中,发表研究《文心雕龙》的文章近百篇,其中有关校注的二十余篇,序跋评介和书后札记等约三十篇,涉理论研究者约四十篇。总的看来,这些文章的基本特点是鲜有深入的专题研究,大多是一般性的概述泛论。虽有论通变、论史学、论隐秀等几个专题,也很少作理论上的探讨。如傅振伦的《刘彦和之史学》,主要是分别列举《文心》和《史通》的原文,以示"子玄之学,多导源于彦和,信不巫也"。这不仅是列而无论,且文不对题。本期论文题为《文心雕龙研究》《刘勰研究》之类者有五,《评传》有三,它如《文心雕龙论》《文心雕龙分析》《读文心雕龙》等也为数不少,是为这个时期内有代表性的论文。篇篇都泛论全书,但大都是点到即止,还未脱尽古代文论的传统格式。如陈延杰的《读文心雕龙》,以"文体论""修辞说"分论全书,"修辞说"分论《神思》以下二十四篇,如论《时序》云:"综述唐、虞、三代、战国、汉、魏、晋、宋文学之变迁,最为详尽。至于齐、梁,则阙而不言,盖当代之文,未可论定焉。"其他诸篇之论虽略有出入,但正因面面俱到为此期论文的典型,涉及面自必十分广泛,其中也有不少有价值的见解,这里只能就其大端,略作管窥。

关于刘勰的生平和思想,虽不少文章谓之"评传"或专立"传略"一节,但大都是复述《梁书·刘勰传》的一般内容,推考其生平事迹者,则不出范文澜《序志》注的范围。唯范注有疑:"秀之、粹之兄弟以'之'字为名,而彦和祖名灵真,殆非同父母兄弟。"1927年梁绳祎著《文学批评家刘彦和评传》,则肯定刘勰的"祖父名灵真是宋朝司空秀之的弟,司徒刘穆之的从侄",并简列山阴令刘爽以下至刘勰五代的世系表。这是研究刘勰的第一个世系表。九年之后,霍衣仙著《刘彦和评传》,即完全袭用此表。到1941年杨明照发表《梁书·刘勰传笺注》,更广考史籍,列出一个较详的世系表,从而奠定其后研究刘勰世系的基础。此外,霍衣仙的《评传》附有《刘彦和简明年谱》,以泰始元年(465)生,中大通四年(532)卒。虽其中不少问题尚待研考,但这是研究刘勰的第一个年谱。

关于刘勰的思想,此期尚未展开充分研究,只偶有涉及,如李仰南《文心雕龙研究》认为:"刘勰思想之渊源,非出于一家,乃集众山而汇众流也。"若非深究熟察,是不易提出这种见解的。对《文心雕龙》与佛学的关系,杨鸿烈《文心雕龙的研究》最先提出:"他所著的这部《文心雕龙》,条理非常之精密,在我们中国古书里头象这样有系统的专著,真是少极了!我们不能不说他是很得力于佛经的研究了。"刘节的《刘勰评传》继之,到范文澜《文心雕龙注》而详其说。

在龙学草创之际,《文心雕龙》一书的性质是什么,自然应有所探讨。不过,当时虽每有涉及,还无专题研究,甚至正面论述这问题的也不多。杨鸿烈《文心雕龙的研究》讲到:"可惜当时既无人唱和,后人又只以他那部极有价值的《文心雕龙》当做修辞书去读,就把他立言的宗旨失掉了。……他这书最大的缺点……就是他把纯文学和杂文学的界限完全地打破混淆不分罢了。"论者只认为其"混淆"是缺点,仍以《文心雕龙》为文学论著,而反对只把它"当做修辞书去读",《文心雕龙》的性质是较前大为明确了。但这种见解并未被普遍接受。如其后陈延杰的《读文心雕龙》,认为"此书可标目为二:曰文体论,曰修辞说"。这类说法在当时甚多,虽非径论《文心》一书的性质,而性质已明。对这问题讲得较为具体的是敞厂,他在《文心雕龙及其作者》中说:"他的性质是介乎文学史,文学概论,文学批评三者之间,而以文学批评的成份比较浓厚,所以后人论《文心雕龙》,每每誉之以中国的第一部文学批评专著,便是因了这个原故,但实际《文心雕龙》则是一部综合论述文学的书……"关于《文心》的性质,至今仍存在一些不同见解;当时的上述诸论,虽有其历史的局限,有的还是讲得很有道理的。我国古代文史哲不分,很少有纯粹的文学、史学或哲学论著,所以,判断一部书的性质,只能就其主导面而言。这样,誉为"文学批评专著"就并非过誉,当然也应看到其"综合论述"的具体特点。

　　《文心雕龙》的具体内容,此期论及虽多,却鲜有深入的研究,下面只略述三个较为重要的问题:

　　(一)"原道"论。大体上存在两种对立的看法:一指道乃"圣道",一指道即"自然"。前者如林树标的《书文心雕龙后》,虽是泛议全书,但从"文者载道之器也"的观点出发来推究"原道微言",就以刘勰所原之"道"为圣人之道了。杨鸿烈的《文心雕龙的研究》,也评刘勰"要想以文载道"。不过此二家之说都比较笼统模糊。自黄侃《文心雕龙札记》(讲义)提出:"案彦和之意,以为文章本由自然生……此与后世言文以载道者截然不同",论"道"者渐有改变。如刘节《刘勰评传》说:"彦和以文原于'道',而'道'即自然之文。"但又说:"彦和之意,以为文德之大者,'乃道之文也。'"把"自然之文"和"文德"联系在一起,显然仍未摆脱传统的见解。但徐善行在刘节上文之前发表的《革命文学的——文心雕龙》,已提出全新的观点。他不仅认为"彦和所说的道,即是自然",且认为在"文之枢纽"的几篇中,"《原道》已将文学基本概念揭橥了,不必再加《征圣》《宗经》……滋人误会,以为'道'跟圣和经是一类的东西"。此说虽有所偏,却明确表达了论者以为道、圣、经不可混为一谈的新观点。到1948年俞元桂论《原道》,就避其所偏而对"原道"论有进一步深入的论述:

> 纪昀以刘勰的原道,似乎是圣人之"道",或道德之"道"。我以为刘勰所提出的原道乃是法于自然,所以他会重质而又重文,远异唐宋诸家所见。……刘勰以文与"道"同在,即文与自然同在,"道"是自然本体不易之理,日月山川是"道"之文,人文亦然。(《文心雕龙上篇分析初步·原道第一》)

此与"道即自然"论不同,而是"同在",是"法于自然",故"道"与自然既不可分,又不等同。论者解释这种"同在"为"不易之理",是值得注意的。道者,理也。刘勰论文所原之道,正是万物自具的不易之理。俞氏用"自然本体"这个概念,虽有混淆"自然"与"自然界"之嫌,但其理近是。同时,他又注意到"道与文的居间关系为圣",就不失偏颇而较为合理地解释了"征圣""宗经"的必要。

（二）"风骨"论。此期释"风骨"者有三说：一是黄侃的"风即文意，骨即文辞"（《文心雕龙札记·风骨》），一是陈延杰的"风骨即魏文帝所谓气也"（《读文心雕龙》），一是刘节的"文章之能表个性者，其为风骨乎"（《刘勰评传》）。后二说都是点到即止，除略引原文数语，并无伸论。"气即风骨"说出纪昀。陈延杰之后，霍衣仙《刘彦和评传》、吴益曾《文心雕龙中之文学观》等，皆从其说，亦无详论。唯吴益曾文讲到："文学作品怎样方算达到美的境界，第一要有风骨。……为文要有风骨，换言之，也就是要以气为本。""以气为本"说出黄叔琳，和"气即风骨"有别，但均非新见。以"风骨"为"美的境界"或"能表个性"，却是新而有理的见解，只惜其论语焉不详。

黄侃之说，有范文澜《文心雕龙注》、陈绍伦《细绎文心雕龙风骨篇之要旨》等继之，是为对后世影响较大的一说。陈文以"一言以蔽之"为："风者文意，骨者文辞"，与黄侃完全一致。对《风骨篇》之要旨"作如此概括，可能是后人对黄侃之论作片面理解的始作俑者。孤立起来看，"风即文意，骨即文辞"当然难于成立。但黄侃《札记》论风骨，并非仅此八字。从其中的"言外无骨""意外无风"，可知"风骨"并不等同于"意言"，而"意"和"言"乃是"风"和"骨"的最大范围，即在"意"与"言"之外，便不存在"风"和"骨"。什么样的"意言"才可谓之"风骨"呢？黄侃有多方面的论证，如"辞精则文骨成，情显则文风生"便是。所以，他并不是简单化地把一切"意""言"都谓之"风骨"。范文澜注说得更明显："辞之端直者谓之辞，而肥辞繁杂亦谓之辞，惟前者始得文骨之称，肥辞不与焉。"今人对黄、范之说，多有不同理解，这是正常现象；但往往把它简单化为：风等于意，骨等于辞，然后大加驳斥，就失其准的了。

（三）批评论。在龙学的诞生时期，刘勰虽已被誉为"中国空前的一个文学批评家"（杨鸿烈），但此期内还未出现一篇研究其批评论的专文。梁绳祎的《文学批评家刘彦和评传》、陈冠一的《文心雕龙分析之研究》等文，有《文学的批评观》《刘氏之批评观》等小节，便是这时不可多得的专论了。且这两个相距七年先后出现的《批评观》，从论题到内容基本上是一致的。梁文先论刘勰相信建立"文学平通的批评是可能的"，继述刘勰提出的几个"信条"："1.不要贵古贱今。2.不要崇己抑人。3.不要信伪为真。4.要去个人的偏见。5.要有宏博的学识。6.要以是非作是非。7.要用分析的批评。"陈文也是先论"相信文学平通之批评，固可能之事也"，继述七个"信条"，只文辞上略有改变。

又如霍衣仙的《刘彦和评传》，其中有《文心雕龙与文学批评》一节，内分"求知音""殊品性""标文准""定文律"四小题。"求知音"即论文学批评为"可能之事"；"定文律"六条，即上述七个"信条"省去第六条。这六条或七条本是《知音》篇最一般的内容，却做如此一般的复述，就不仅说明当时研究批评论的水平，也可于此了解当时整个龙学的状况了。特别是"标文准"一条新内容，竟以《体性》篇的"八体"为"每体予以标准，然后以之衡天下之文"。这就可说是"新而讹"了。

这时也有少量独具卓识之论，如吴熙《刘勰研究》中的《刘氏的文学批评论》一节，就未列述"七条"的内容，而能根据文学批评的特点，从文学鉴赏的要求来立论："所谓'知音'，即指文学批评上之赏鉴而言。一个批评家，必须先有了真实的赏鉴本领，然后其批评方有价值。"由此而论"赏鉴的本领"、批评的方法以及"博观"的必要等，自能顺理成章而鞭辟入里。因而论者能发现和抓住刘勰的精要之处（"夫唯深识鉴奥，必欢然内怿"数语）提出：

> 批评家的目的,并不是要专去寻人家的破绽,同时却要富于欣赏的情趣,将自己内心的生活,沉缅于作品的优美的内涵中,复将那一瞬间所得的灵快之感,倾泄而出,以尽量发挥出该作品潜伏的——内在的优点,这实是批评家所应尽的,更重要的职责。

这可说是一种创造性的析论,它真是"发挥出"刘勰《知音篇》"潜伏的——内在的优点"了。特别是此论出现于龙学伊始的1924年尤为可贵。

在龙学诞生时期的三十多年中,除以上几个方面外,研究所及的问题还不少。虽然这些研究大都具有一种学科的初期特征,却不仅具有承前启后的重要作用,在一千四百年来的《文心雕龙》研究史上,开始进入一个新的里程,成为一门新的学科,其意义是巨大的。此期成果虽然有限,但产生了《文心雕龙札记》和《文心雕龙注》两部不朽的著作,为龙学的新发展打下了良好的基础。此期更培育了一批新时期的重要人才,正酝酿着一些重要论著,以待迎接更新的龙学之春。

二

1950至1964的十五年为龙学发展时期,此期内出版的重要专著有王利器的《文心雕龙新书》(1951)、杨明照的《文心雕龙校注》(1958)、刘永济的《文心雕龙校释》(1962)等。《校释》曾初版于1948年,乃按教学需要编次:首《序志》,继以"枢纽"论五篇,次下篇"割情析采"的二十四篇,最后为"论文叙笔"的二十篇。新版改按原书篇次,且校字释义均有较大增修,已是面目一新之作了。此外,范注本也略有修订,于1958年出版;黄侃《札记》则由1927年本的二十篇补齐为三十一篇于1962年出版新本。这些以校、注、释为主的专书陆续问世,对龙学的新发展,都发挥了极为重要的作用。还有配合《新书》于1952年出版的《文心雕龙新书通检》,是研究《文心雕龙》的一部重要工具书,只惜传世极少而至今未能重印。

龙学进入新的时期之后,研究者和读者的面日益扩大,特别是到六十年代之初,学术界对中国古代文论的现实意义有所注视后,学习和研究《文心雕龙》,开始成为群众性的要求,《文心雕龙》的今译工作就刻不容缓了。当时《文艺报》主编张光年同志,就在给编者们讲《文心雕龙》的同时,开始了"语体翻译的最早的尝试"[1]。接着,陆侃如、周振甫、赵仲邑、郭晋稀、刘禹昌等,都在此期间做了大量的今译工作。1962年,陆侃如、牟世金的《文心雕龙选译》开始出版,第二年又有郭晋稀的《文心雕龙译注十八篇》和陆侃如、牟世金的《刘勰论创作》出版。其他译文,此期内单篇发表共四十余篇;这些译文虽难尽是,但对龙学的普及和发展,是起了重要作用的。这一时期的十五年间,共发表论文一百八十多篇(译文除外),1960年以前只三十篇,后五年则有一百五十多篇,这种发展固然有多方面的原因,却与龙学的普及工作不能无关。

本期的一百八十多篇论文,不仅数量上大大超过前期,质量上更有根本性的转变。和前期比较,有三个最显著的发展:一是大都能运用新的观点、新的方法来从事研究;二是加强了理论研究,扩大了研究范围;三是概括地泛论全书的文章相对减少,而

---

[1]　张光年《研究古代文论为现代服务》,《文史哲》1983年第6期。

专题性的研究,对《文心雕龙》中单篇的研究大为增加。此外,本篇出现十多篇互相商讨、辩论、批评与反批评的文章,也是过去所无的。所有这些都说明:龙学在这十五年内的发展变化是巨大的。这些发展变化,深刻地体现在一系列具体问题的研究之中。

近两百篇论文涉及的内容很广泛,研究最多的是"风骨"论(二十余篇)、"神思"论(十余篇);其次为风格论、创作论和创作方法、刘勰的世界观和《文心雕龙》的哲学思想;"原道"论、"三准"论和批评论等,也有较多的论文发表。他如文体论、作家论、内容和形式的关系、继承和革新的关系、美学思想和某些重要的术语概念,文章虽少,有的也做了较深的研究。全面综论《文心雕龙》的论文,本期内也有将近十篇,如许可的《读文心雕龙笔记》、刘绶松的《文心雕龙初探》、郭绍虞的《试论文心雕龙》等,但这些论文的观点、方法和研究的内容,各个方面都大异于前了。特别是刘绶松的《文心雕龙初探》,可说是龙学由诞生时期转入发展时期的一个里程碑。作者初步运用马克思主义的观点和方法,站在现代文艺理论的高度,开始对《文心雕龙》的理论价值进行深入研究,第一次向读者揭示了《文心雕龙》的主要成就。本文密切联系当时的历史背景来具体分析其理论意义,认为其重要见解"就是到了今天,这些见解也依然放射着晶莹透彻的光辉,是发展我国社会主义现实主义文学创作和理论批评的有益滋养。《文心雕龙》的确是我国文学理论宝库中最值得我们珍视的遗产"。

对刘勰的身世,本期研究较少,唯翁达藻的《刘勰论》提出一些新的意见。他认为"献书年分是考订刘勰生平年次的核心问题",故对此做了重点研究。刘毓崧据"约时贵盛",考定献书在中兴元年(501)十二月到次年四月之间,翁氏以为这五月正处于齐梁交替的紧张形势之际，刘勰不可能在京师严密戒备中献书；而沈约的"贵盛"，"从实权上讲，永元元年比中兴元年更盛"，故献书当在永元元年(499)正月(但又说"成书，献书都在六月")。由此进而推定刘勰生于秦始五年(469)，卒于中大通四年(532)。其他论及刘勰身世者，多取范说(杨明照《校注》中的《梁书刘勰传笺注》，即1941年《文学年报》发表的《笺注》)。

关于刘勰和《文心雕龙》的思想倾向，本期却进行了相当热烈地讨论。除在个别问题上涉及道家思想外，主要是研讨其儒家或佛教思想，是唯物或唯心。刘勰的一生和佛教关系相当密切，《文心雕龙》又是在佛寺中写成的，其书是否与佛教思想有关？一般论者并不绝对否认有某些影响，特别是以之为唯心论者，多联系刘勰的佛教论著以佐其论，只张启成《谈刘勰〈文心雕龙〉的唯心主义本质》认为："佛教思想是刘勰的主导思想。因此贯穿在《文心雕龙》中一些主要观点也必然会受这主导思想所支配。"他如刘绶松、陆侃如、杨明照、王元化等，都以其主导思想为儒家思想，并多认为属于儒家古文学派。杨明照的《从〈文心雕龙·原道、序志〉两篇看刘勰的思想》是代表这一观点的力作。本文认为《序志》是全书的总序，其中所论"无往而不从圣人和经书出发"；《原道》所论"是刘勰对文学的根本看法"，其论点出自《周易》。再证以全书许多论点，说明"刘勰在《文心雕龙》中所表现的思想为儒家思想，当无疑义"。本文抓住重点，兼及全书，论证是有力的。但刘勰的思想历来歧议纷出，不仅由于他与佛教有关，《文心》本身也确是较为复杂的。所以，研究刘勰的思想，还有待进一步分析其复杂的实际情况。王元化在《神思篇虚静说柬释》中，仍坚持"刘勰思想本属儒家古文学派"，但又指出："他并不象两汉时代某些儒者那样定儒家为一尊，而兼取儒释道三家之长。"本文虽非专论刘勰思想而未展开此论,却较为合理地解释了刘勰思想之所以复杂的原因。

在唯心唯物之争中,虽然情况更为复杂,但有一个共同点:一般都不绝对化地以刘勰为彻底的唯心或唯物论者。除上述张启成的意见外,中山大学一个研究组的《刘勰〈文心雕龙〉的二元论哲学思想》、曹道衡的《刘勰的世界观和文学观初探》等,都认为刘勰思想的主导面是唯心的。唯前者不仅认为刘勰的哲学思想是"心物交感二元论",也是其全部文学观的基础;后者则认为"刘勰的思想体系虽然是唯心主义的,但到具体的文学论点上,他却又往往提出了不少唯物主义的见解"。主唯物说者较多,如刘永济《文心雕龙校释》新版《前言》所说:"今统观全书,似于唯心、唯物两者,往往杂糅不分。推原其故,实不免为传统之学术思想所囿。而就其思想总体观之,唯物之说,实其主导。"他如吉谷、陆侃如、祖保泉、翁达藻等,都有角度不同的详论。

就两种对立论点的大致情形来看:主唯心者多据刘勰的"本体论"等哲学问题立论,主唯物者多据刘勰的文学理论立论。所据不同而都言之有理,是形成分歧的一个重要原因。上举曹道衡之论,虽两个方面都兼顾到了,且在本期研究刘勰思想的文章中有一定的普遍性,却引出另一个问题:世界观和文学观是否一致?炳章的《漫谈刘勰文学观的哲学思想基础》也认为:"他的宇宙本体论是客观唯心主义的,但是,他的文学观(也是世界观的一部分)却是唯物主义因素和唯心主义因素交织着,而其中朴素唯物主义的因素则是主要的部分。"既然文学观"也是世界观的一部分",就把问题更加突出起来了。张启成在另一篇文章中也接触到这个矛盾现象:"刘勰的文学思想基本上是倾向于唯物主义的,但刘勰的世界观,他的哲学思想……却不能认为基本上是唯物主义的。他是伟大的批评家,渺小的哲学家。"①"批评家"和"哲学家"之别,自然不是、也不能解释同一个、同一著作可否存在世界观和文学观的矛盾,这种区分,却可能给人以相反的启示。

刘勰不是哲学家,《文心雕龙》也不是哲学著作,其中即使涉及某些哲学问题,也不可能是全书的主旨所在。翁达藻在《刘勰论》中就极力强调"不应该把杂质当作主流"。他肯定刘勰在当时的思想水平下没有"非唯物主义的杂质"是不可能的,问题在什么是杂质,什么是主流。论者认为:"《文心》在许多地方引证了儒家经典的客观唯心主义议论,但是,这些议论跟它的艺术认识论和文艺论并没有必然联系,就应该当作杂质。"如果可以这样区分,也不能否认其"《文心》是文艺理论专著,不是哲学著作"的观点,就应该说他强调的"主流"是有道理的,根据这个"主流"来论证著《文心雕龙》的刘勰"基本上是唯物者",也就较为有力了。与上述诸论不同的是,本文没有分割世界观与文学观的联系,而注意到"刘勰的进步的艺术认识论是以他的世界观中的朴素唯物主义因素为依据的",是"刘勰的世界观中的唯物主义因素决定着他的文艺思想"。这样,本文的一些具体论述虽然并不是都能令人信服的,在理论上却是一个显著的发展。

本期对刘勰思想的研究,较前期是深入细致得多了,但总的来看,大都没有超越这样一种基本观念:唯物——伟大,唯心——渺小。其实,这对研究文学艺术理论并不是完全适合的。探明刘勰的世界观固有必要,但着眼于与文学距离较大的哲学问题多,而着眼于刘勰的人生态度、政治态度和历史观等却较少,这显然

---

① 见《文史哲》1962 年第 3 期《关于〈文心雕龙〉的"道"的讨论·也谈〈文心雕龙〉论"道"》。

是其不足之处。

　　和刘勰的世界观、文学观有密切联系的是"原道"论。本期对此发表的专论虽不多,但研究刘勰的思想属唯心或唯物,属儒家或佛教,都以《原道》篇的"道"为主要根据,所以论及甚多而解说纷纭。归纳起来,主要有儒道、佛道、宇宙本体和自然之道四说。

　　主儒道说者不多,子贤在《辨〈文心雕龙〉的"道"》中,虽说"刘勰所称道的'道'就是儒家的'道',就是孔子的'道'"。又说"不完全是孔子的'道'",而是接收了道家自然观的"儒道调合的杂拌式的'道'"。主佛道说者此期只张启成一人。他从刘勰与佛道的关系和《灭惑论》推断:《原道》篇中说"道",就是"佛道"的"道"。主本体说者有炳章、曹道衡等,认为"道"是"宇宙万物的本源""宇宙的本体";在刘勰心目中,"宇宙的本体是一种精神或理念"。主"自然之道"说者较多,其论又可大别为二:一以"道"为自然规律,陆侃如、祖保泉、翁达藻等主其说;一以"道"既是自然之道,又是儒家之道,或自然之道可与儒家之道相沟通,郭绍虞、杨明照、黄海章等主其说。以上诸说,除陆侃如有《〈文心雕龙〉论"道"》的专文论述外,大都是在论述世界观、文学观等问题中涉及的,所以论述简略而未充分展开。但种种不同见解的交相论辩与启发,不仅对刘勰所讲的"道"加深了认识,且愈益感到研究其"道"的重要性。

　　刘勰所原之"道",既复杂又抽象,准确地把握它是不容易的。陆侃如提出的第一篇专论,也难免存在一些尚不成熟的论点。如以"自然是客观事物",就是较明显的误解。但不仅以"道"为"规律"是影响较大的创见,更值得注意的是他对"道之文"的解释。研究《文心》的"道",如果不应以《灭惑论》等佛教著作为根据,则"道之文"就是判断刘勰之道属唯心与唯物、佛道与儒道的一个关键。解为"文"是"道"的表现形式、"道"的外化,"道"就成了化生万物的根源、本体;解为"文"是符合"道"的文,是自然规律之文,即万物本身自然有文,就无任何神秘之处了。所以陆文提出这一分歧是抓住了要害,其主后说也是有道理的。除所举《原道》篇两处"道之文"都只能作后一种解释外,按刘勰自己的解释,自然万物的"文"都是"形立则章成,声发则文生",也只有后解才符合原意。"日月叠璧"等即"形立则章成","泉石激韵"等即"声发则文生";既然"章""文"由物质本身的"形""声"而"成"而"生",就排除了物质之外化生万物之文的"道"(本体)的存在。而刘勰的所谓"道",正是指万物皆"形立则章成,声发则文生"的必然之理,也就是规律。说"日月叠璧"等是"道之文也",即合于自然生文的规律之文。陆说虽明而未融,但他对"道之文"的解释,正抓住了解决这一问题的关键之所在。因此,不仅是论"道",也是本期研究刘勰世界观、文学观的一个重要发展。

此外,振甫有《〈文心雕龙〉的〈原道〉》一文,也是论"道"的专篇。本文论证"刘勰所说的道,是指自然界和社会自然构成的道,不是指某一党派的意见"。又说"刘勰的原道,完全着眼在文上"。这是很值得注意的一种新说,与陆论互相发明,对推进"原道"论的研究都有较大的贡献。

有关刘勰论创作方法的探讨,本期集中在浪漫主义方面。一般论者认为刘勰的理论近于现实主义,但对浪漫主义态度如何则有不同看法。本期较早的几篇论文,如刘绶松的《〈文心雕龙〉初探》、郭绍虞的《试论〈文心雕龙〉》等,都肯定刘勰之论近于现实主义。到周扬的《新民歌开拓了诗歌的新道路》发表后,不少研究者受其启发而开始注意刘勰对浪漫主义的论述。首先是复旦大学的研究者发表《〈文心雕龙〉论创作方法》一文,认为"酌奇而不失其真"等观点"也和现实主义和浪漫主义结合的创作方法有着某种程度的吻合"。其后,对此提出专题讨论的有陆侃如的《〈文心雕龙〉中有关浪漫主义的一些论点》、葆福和广华的《刘勰对浪漫主义的态度问题》、陈鸣树的《刘勰论浪漫主义》、张碧波的《刘勰的浪漫主义创作论初探》等,其他如论刘勰的文学观、论《辨骚》中涉及的还不少。所谓刘勰论"浪漫主义",大都指他接触到浪漫主义的某些特征或表现手法,但也有人认为"刘勰对于浪漫主义的创作方法已经有了初步的认识"(陆侃如),或者说刘勰已"基本上明确了浪漫主义创作特征"(张碧波)。这种见解的主要根据,就是刘勰对楚辞的评论和"奇""华"等字的运用。陈鸣树从艺术现象的本质着眼,指出各个国家都有它的共同之处,进而认为刘勰不满于汉代的"四家举以方经",都是"褒贬任声,抑扬过实","实在是没有把握住《离骚》的本质"。这样来考察刘勰的征言核论以究其实,对说明他必然接触到浪漫主义的特点是有力的。但陈文由此而论证较为费解的"四同四异",认为"这里所谓'诡异之辞'……在刘勰的评价中,统观全文,显然并不作贬义解",就觉尚待作进一步论证。若以"诡异""荒淫"等为贬辞,则仅存"四同"可肯定,就既失楚辞之特色,"惊采绝艳"等评亦无着落;若谓刘勰是肯定"四异",对"诡异""荒淫"等评,又难以找到合情合理的解释。陆侃如在《刘勰论诗的幻想和夸饰》中便提出另一见解:四同四异"是以儒家经典为衡量的标准,而不是以现实主义浪漫主义来定取舍的"。无庸置疑,这是刘勰的本意。四同中的"虬龙以喻君子"等,也近于浪漫主义的表现方法,便是明证。不过,这是刘勰不理解浪漫主义还是以儒家经典为标准,还有待作进一步研究。

葆福、广华之文对此提出不同意见:"刘勰虽然意识到了文学中的浪漫主义问题,但他对这一现象却没有正确的理解。并且由于他的世界观以及以儒家经典为准则的文学观的限制……使他进一步对浪漫主义加以排斥、贬低。"这样就有三个不同层次的问题:一、刘勰是否接触到浪漫主义;二、他的态度是排斥或赞同;三、他是否已意识到或明确了浪漫主义的特征。第一点已无分歧,葆福二人也是同意的。第二、三点则有不同意见,但无论肯定或否定者,都还未能提出足以服人的理由。

本期讨论最热烈、意见最分歧的是"风骨"论。争议最大的,主要是对"风骨"二字的涵义如何理解。本期出现的二十多家之论,几乎是家家各异,勉强归纳,大致有四类:

一是陈友琴、商又今、吴调公、郝昺衡、陆侃如、寇效信等,基本上同意黄侃之说而又各有不同的发展变化。如陈友琴《什么是诗的风骨》一文,说刘勰的"所谓风,和文情文意相同;所谓骨,和文辞相同"。但又加申述:"言辞之有骨,象我们形体必须具有骨干一样;情意之含风,象我们形体必须包括神气一样。"又如陆侃如在《〈文心雕龙〉术语用法举例》中着重剖析争议较大的"骨"字,首先强调区分术语和非术语、本义和引申意义的必要,然后提出黄侃之释"仍有参考价值",认为"'骨'是文辞方面的最高要求……正面是'端直'、是'精',反面是'肥'"。寇效信的《论"风骨"》,经过溯源辨义,最后得出结论:"'风'是对文章情志方面的一种美学要求……'骨'是对于文章辞语方面的一种美学要求。"这些见解比之黄侃是更为明确,也更为深入了;特别是区分理论术语和一般词语的意见,对整个龙学的发展都是很有意义的。

二是舒直与黄说正相反的意见。他前后三篇文章都谈到这个问题。第一篇《略谈刘勰的"风骨"论》认为:"'风'就是文章的形式;'骨'就是文章的内容;而且'骨'是决定'风'的,也就是内容决定形式的。"第二篇《再谈刘勰的"风骨"论》他坚持上说,但又修改为:"'骨'是文章的内容,但表达于篇章形式;'风'透露于文章形式,但饱含着思想感情。"①后说虽对前论有所修正,却把"风骨"的含义说得更模糊不清了。

三是廖仲安、刘国盈、郭晋稀、潘辰、曹冷泉、郭预衡等的"风骨"皆内容说。廖、刘二位的《释"风骨"》是此说最早、议论最详的一篇。本文为了理清"风骨"概念的"来龙去脉",追溯了从汉代到六朝的人物品评和书画评论的发展概况,认为"从论人、论画到论文,风和骨的观念都有它一脉相贯的继承性"。据此得出结论:"风指文章的情态,它在文中的地位,好比人的神明;骨指文章的事义,它在文中的地位,好比人的骸骨"。"情志"和"事义"都属作品的内容,其他诸家之论,虽具体所指有别,但都以"风骨"为内容方面的要求。如郭晋稀的《试谈"文骨"和"树骨"在文心雕龙中的重要意义》以为:"《风骨》篇中的'骨',以今天的话说,应该是指作品的中心题材和中心思想;'风'应该是指通过中心题材和中心思想而体现的作品倾向激情。"

四是吴调公、马茂元、詹锳、王达津、李树尔等的"风骨"和风格联系论。这种联系,各家之说又有较大的出入。如李树尔的《论风骨》认为"风骨"就是风格,"《风骨》篇才是刘勰风格的篇章"。詹锳的《齐梁文艺批评中的风骨论》则认为风格和风骨密切相关,"但是二者不能等同起来";《体性》篇讲的"八体",刘勰"似乎赞成'典雅''精约''显附''壮丽'的一派……《风骨篇》就是指出学习'显''雅''约''壮'四种风格的具体方法"。这是一种关系。王达津的《试谈刘勰论风骨》和《〈文心雕龙〉札记》又谈到

---

① 见《光明日报》1959 年 12 月 6 日《关于"风骨"的解释》。

另一种关系:"刘勰论风骨,实际上是继《体性》篇谈风格之后,集中谈'气'的";"决定风格最主要的是'气'……《风骨》篇谈到创作方法的两个重要表现,一是'风',一是'骨',这两方面都是'气'的表现"。又如舒直的《关于刘勰的风格论》,认为"风骨"是刘勰的"标准的'风格'论"。吴调公的《刘勰的风格论》则认为"风清骨峻"是刘勰"理想中具有典范意义的时代风格"等。

除以上四种,还有不少独特的、不能归类的"风骨"论。如黄海章的《论刘勰的文学主张》,是为本期论及"风骨"最早的一篇,便创新说。以为"'风'当是指'风致''风韵'而言,即是表情生动活泼"。骨"在内容方面来说,就是真实的思想,真挚的感情,丰富的想象……在形式方面来说,则为文章的结构"。本期最后一篇研究"风骨"问题的论文是王运熙的《〈文心雕龙〉风骨论诠释》,也有与上不同的见解:"风指风清,即文章思想感情表现的明朗性;骨指质素而劲健有力的语言。"这是本文释风骨的结论。值得注意的是其对"风"的理解,"思想感情表现的明朗性",是侧重在"表现"如何上,而非指思想感情本身。所以著者在具体论述中特为指出:"风就是作者思想、感情表现在文章中的风貌。……它跟思想感情的是否纯正不是一回事。"这种"风貌"显然指文章的外部表现而言,所以其说不同于黄侃,也与上述第一类观点大不相同。

以上诸说都各有其理,较之前期,研究的深度和广度都大大发展了,但还没有形成一种解说能为多数人所接受。这固然是由于"风骨"问题本身较为抽象和复杂,也可能与有的研究者缺乏严肃认真的态度有关。如以"丰富的想象"之类列"骨"的内容之一,就显然是未经思索的列举。对以物为喻的"风骨"论来说,要创新说,要找根据,都是并不困难的。但要其说确能站得住,首先必须有确切的论据。如论者多以《附会》篇的"事义为骨髓"等为主要根据,判断"骨"即"事义",故为对内容的要求。上引王运熙之论却认为:"我们探讨刘勰所谓'风骨'的含义,应该以《风骨篇》的内容为主要依据";又说:"把《风骨篇》中的骨解释为情志或事义,那是无论如何也讲不通的。"从上述纷争的情况来看,这确是一个重要问题,如果论证的根据靠不信,虽能自圆其说,也可能是枉费苦心。

笔者对此,当时曾提出如下估计:"'风骨'之争在整个《文心雕龙》研究中的比重要占第一位。""应该说这一问题的探讨是逐步有所深入,特别是某些人能联系到全书来考察,注意到区别开这两个字的一般意义和作为专门术语的特定意义,能联系到刘勰提出这一问题的时代背景和现实意义以及它在刘勰的创作论中所占的地位来讨论等等,因之,刘勰的原意也就逐渐更为明确了。但是,也还存在这样一种情形:对'风骨'的解释五花八门,愈来愈多,到目前出现了二十余家之说,家家各抒创见,大有谁也说不服谁之势。"究其原因,主要是从概念到概念式的研究;论其性质,也主要是一个概念之争。这种研究固有必要,但"不能孤立地研究概念,老是纠缠在概念之中"。因此,应"以研究刘勰的文艺理论为目的、为前提"来研究其"风骨"论;这就必须考察"风骨论"在刘勰的"整个文学理论体系中占什么位置,和他的创作论有何联系,'风骨'论是怎样有机地贯通在他的文学观点和理论体系中的……这样结合整个理论体系来研究的所得,比起孤立地钻研概念所得结论,是更有可能接近刘勰的原意的"(《近年来〈文心雕龙〉研究中存在的几个问题》)。

与"风骨"论有关的风格论,本来具有更为重要的理论意义,虽然也是本期研讨的重要问题之一,但除上述对"风骨"与风格的关系的论述外,在主要理论上没有大的分歧,因而远不如对"风骨"论研讨得热烈。

陈友琴、黄肃秋、吴调公、舒直、俞元桂、祖谌等,本期内都对刘勰的风格论发表了专题研究。总的来看,对刘勰在这方面的主要成就和有关问题,如作家风格的决定因素、风格的差异和独特性、文体风格和时代风格、"八体"和理想风格、风格与气、势和文体的关系等,都程度不同地有所论述。俞元桂在《作家与风格》一文中较明确地讲到:刘勰"中肯地指出决定作家思想感情和作品风格的四大因素",就是《体性》篇所分析的"才、气、学、习"四项,并对这四项做了具体论述。这是认识刘勰的风格论的关键。黄肃秋《论文章的风格》对"决定作家风格的因素"有更具体的论述,并认为这四种因素"决定了一个作家独特的风格"。本文又详细分析了所谓"八体",逐一联系实际创作做了评论。对这"八体",黄海章不同意郭绍虞主编《中国历代文论选》中"并无高下之分"的说法,在《文心短论·释体性》中对"高下"做了具体论析。俞元桂的《刘勰对文章风格的要求》则认为:"可以确定,典雅、清丽、精约和显附是刘勰的理想风格。"

风格与"风骨""气"的关系前面已经讲过。王达津在《〈文心雕龙〉札记》中还讲到风格与"势"的关系:"《定势》篇又进一步指明了作品中风格如何表现的问题……势就是风格在文中的变化。"此外,风格与文体的关系虽多有论及,大都语焉不详或不够深入明确。直接论及这种关系而较为明确的是彭坚和王祖献,他们在《从〈文心雕龙〉文体论谈到修辞学的体系》中有"文体与风格的关系"一个小节,其中说:"文体的风格陶铸和限制了作家风格,作家的风格丰富和发展了文体的风格。二者又都体现在作品中。从具体作品中归纳出来的风格型——'八体',象量器似的,提供了了解文体与风格关系的可能。这就是刘勰对于文体与作家风格关系的主要意见。"以上种种,都涉及刘勰风格论的一些重要问题,但还未能深入展开,论据和说理都还有待进一步的研究。相对来说,吴调公的《刘勰的风格论》是论述较为全面深入的一篇。本文从《文心雕龙》思想体系的总体着手,指出其真知卓见在于:"抓住'情动言形''理发文见'的过程来谈风格",故能兼顾"意和辞二者的相辅相成之理",其较严羽、布封的有关论述更为可取,正在于此。

本期论述较多的又一重要问题是艺术构思论,黄肃秋、宋漱流、黄海章、赵仲邑、杨明照、王达津、梁宗岱、张文勋、王元化等都对此发表过专题论文。其中杨明照的《刘勰论作家的构思》,不仅有较全面的论述,且对一些重要词句的理解,如"吟咏"二句、"研阅以穷照"、"规矩"二句等提出了自己的看法。张文勋的《刘勰对文学创作的形象思维特征的认识》,第一次较系统地揭示了刘勰论艺术构思的特征。王元化的《〈神思篇〉虚静说柬释》,专就前人以"虚静"出老庄之说提出新解,认为刘勰所讲艺术构思中的"虚静",是从虚到实、从静到动过渡的积极手段,出于《荀子·解蔽篇》的"虚壹而静",而与清静无为的老庄思想异旨。本文虽然只辨"虚静"二字的出典,却有三点值得注意:一是有助于对"神思"论的正确认识,清除一些神秘玄虚的误解;二是由此看出本期"神思"论研究的深入,纠正了纪昀、黄侃、范文澜以来的不确之解;三是在注疏方面更具普通意义,区别开词语的形似和思想实质的神似是至为必要的。

除以上种种,本期对刘勰的批评论、作家论、"三准"论、文体论、文质论、通变论,以及理论术语、美学思想等,都有程度不同的专题研究。特别像刘永济的《释刘勰的"三准"论》、郭预衡的《刘勰评论作家的几个特点》、马茂元的《说通变》、蒋祖怡的《论〈文心雕龙〉中的"神""理""术"》等,都是本期较有影响的论文。又如舒直的《刘勰文学理论的中心问题》开始对全书的理论中心进行探讨,于维璋的《刘勰论文学批评》开始研究文学批评与欣赏的关系,又其《刘勰的美学思想初探》首先从美学的角度来研究刘勰,都是本期值得注意的成果。

以上情况说明,在龙学的发展时期,无论是专著和论文,数量和质量,以及研究的深度和广度,无不有了巨大的发展。这种发展虽然在十年动乱中中止了,但龙学的强大生命力是不可遏止的。解放后的十五年,龙学虽然有了全面发展,本期研讨的大量问题,虽然正在逐步深入中,但总的看来,本期主要是发现问题、提出问题而已;无论是研讨最热烈的"风骨"问题、世界观问题或其他,并未得到令人信服的圆满解决,即使本期内已获得的正确认识,也还有待检验或深化,何况还有一个未知数存在:是否有更为重要的问题尚未发现?所以,龙学的继续发展是必然的。本期的研究工作,正为龙学的兴盛和大发展做了充分的准备。

三

1977年至今的九年为龙学的兴盛时期。此期出版专著三十一种,发表论文八百多篇,两方面都数倍于前的总合,而时间还不到七十年的百分之十三。其发展之迅猛,说明龙学不仅已进入兴盛时期,且势将有更大的发展。

借刘勰的说法,当代的"鸿风懿采",岂"短笔敢陈"?但现在的情况和当时相反,不是"新近丽文,美而无采",却是美不胜收,采不胜采。本期论著,言逾千万,是任何"长笔"也称道不尽的。

好在信手拈来,都是佳篇;随意收采,亦足以明本期龙学之盛况。

三十一种专著可大别为四类:校注三种,译释十种,理论研究十六种,编译二种。不少著作兼有注、译、释、论,以上分类只是就其主要内容而言。校注三种也有不同的侧重点:王利器的《文心雕龙校证》以校为主,周振甫的《文心雕龙注释》以注为主,杨明照的《文心雕龙校注拾遗》则兼有校注,并辑录历代大量有关资料。这三种著作都是本期龙学的重要收获,都从不同角度为龙学的发展做了极为宝贵的贡献。

王利器《校注》由《文心雕龙新书》增订而成。此书所据至为全备,《校证》在原书基础上又增至正本、弘治本、王惟俭训故本等重要版本,共达二十七种,又援用历代有关史料五十余种。其中虽难免偶有失校误校之处,但确是一部集大成的校本,故为海内外学者所珍视。杨明照的《校注拾遗》虽由《文心雕龙校注》发展而成,但已作大量增修而面目一新。新本除省去《文心》原文和黄注李补而大增校注外,附录资料之扩充更在前著三倍以上。著者参校各种《文心雕龙》版本、校注本六十种,引用文献六百多种,故能精校慎注而将历代著录、品评、采摭、因习、引证、考订、序跋、版本等,殆搜罗无遗。这对研究《文心雕龙》的历史、价值及整个龙学的发展,都有巨大贡献。如"品评"一项,搜集了除专书以外的九十七家之评,正如著者所说:"历代之褒贬抑扬,观此亦思过半矣";其全书之遗惠来学,于此可知。周振甫的《文心雕龙注释》是目前唯一的新注本。此书博取众长而多有独到见解,注释缜密而深入浅出,更注意理论的阐释,逐篇列举历代各家的评语,最后作出自己的论析。是为本期的又一重要收获。

《文心雕龙》的今译和诠释,本期有较多的著作陆续问世。全译本有陆侃如、牟世金的《文心雕龙译注》(上下册)、郭晋稀的

《文心雕龙注译》、赵仲邑的《文心雕龙译注》、向长清的《文心雕龙浅释》等四种；选译本有周振甫的《文心雕龙选译》、钟子翱和黄安祯的《刘勰论写作之道》、穆克宏的《文心雕龙选译》等三种；另有张长青和张会恩的《文心雕龙诠释》、姜书阁的《文心雕龙绎旨》、祖保泉的《文心雕龙选析》等，均逐篇诠释或注析。这些著作大都兼有注、译和论、析，但各有侧重不同：如陆、牟本和郭本均注译并重，前者有近九万字的《引论》，对全书进行了较系统的论述。赵本、周本则以译为主，也是简注和简论。钟、黄本，二张本，姜本，祖本则以论为主，有的也兼有注译。

译注本的大量出现，是广大读者的需要，这是龙学发展的好现象，说明爱好、研究这部著作的人越来越多了。就我的体会，这种工作不仅有助于读者，对研究者自己也很有好处。既要注译，就不容不求甚解，更难断章取义，或离开原文而作主观的任意发挥。但从现有多种译注本来看，虽各家都做了极大的努力，但由于原著文字的特殊性和译注者理解各异，尚存不少问题有待继续努力。仅举一例来说，《练字》篇有这样几句："是以前汉小学，率多玮字，非独制异，乃共晓难也。"各家译文出入很大：

周振甫：因此前汉讲文字的书，往往多奇异的字，不仅当时的制度和后来不同，也是所用文字大家难懂。

牟世金：因此，西汉时期擅长文字学的作家，大都好用奇文异字；这并非他们特意要标新立异，而是当时的作家都通晓难字。

郭晋稀：所以前汉作家都懂得小学，作品中许多怪字，不单是字形奇异，而且意义也很难明白。

赵仲邑：因此前汉的文字之学，一般来说，怪字很多，不但字形的制作特别,而且大家都很难认识。

  向长清:所以前汉的小学书籍,多有奇异的字,不仅文字体制与后世不同,而且即在当时,大家认识也很困难。

原文的"小学"二字,五家有四种不同的解说:"讲文字的书""擅文字学的作家""懂得小学""文字之学";原文的"制异"二字则是五家五说:"制度和后来不同""标新立异""字形奇异""制作特别""体制与后世不同"。原文的"共晓难"也有"大家难懂""作家都通晓难字"等不同的理解。同一句话的今译应该是"五家如一"的,却五家为五了,就很难说五家之译都合原意。这种例子不是个别的。我以为这既是正常现象,又不能忽视其中存在的问题。《文心雕龙》研究至今虽已有巨大的发展,但对不少一般性的词句,研究者并非都已准确地掌握了。这也说明,译注本虽然出了不少,还有待继续作较大的努力。

  本期龙学在理论研究方面开始进入大丰收的季节,这方面的专著出版了王元化的《文心雕龙创作论》、陆侃如和牟世金的《刘勰和文心雕龙》、詹锳的《刘勰与〈文心雕龙〉》和《〈文心雕龙〉的风格学》、张文勋的《刘勰的文学史论》等九种;又有马宏山的《文心雕龙散论》、牟世金的《雕龙集》、蒋祖怡的《文心雕龙论丛》、毕万忱和李淼的《文心雕龙论稿》,以及《文心雕龙学刊》一至三辑,共出论文集七种。以上两项共十六种。本期出版的理论著作超过全部专著的半数,这是龙学发展的必然结果。校注和译释是理论研究的基础,它是为理论研究服务的。正确的校注和译释,目的是为了研究其理论意义。所以基础越好,译注本越多,也必将推进理论研究的更大发展。

  《文心雕龙创作论》是本期理论研究方面影响最大的重要著

作。据本书后记,1966年初已完成初稿,延至1979年出版时,只增写《释〈体性篇〉才性说》一章和近十篇附录。此外,著者为了"保持原来的面目",文字上也很少改动。所以本书的许多重要观点,都是早在六十年代就提出来了。其中少数内容当时已发表过,如《〈神思篇〉虚静说柬释》;有的虽已发表而未收入,如《〈明诗篇〉山水诗兴起柬释》。但到1979年才陆续问世的一些内容,如刘勰出身庶族、《灭惑论》为刘勰后期之作、《神思》篇为创作论总纲诸说,都具首倡意义而有较大影响。

著者以"根柢无易其固,而裁断必出于己"的严肃态度来研究《文心雕龙》,而又"从《文心雕龙》中选出那些至今尚有现实意义的有关艺术规律和艺术方法方面的问题来加以剖析",确是提出了许多论证翔实、令人信服的独到见解。而本书之所以为中外学者所重视,我以为更在研究方法上不仅为龙学,也为整个古代文论研究提供了可贵的经验。著者在《创作论八说释义小引》中曾明确讲到:"企图在批判继承我国古典文艺理论遗产方面提供一些新的研究方法。"这种努力不仅卓有成效,且超越龙学而具有相当普遍的价值。学术界近年来对方法论的研究甚多,但付诸实践而取得新成果者却鲜有所见,以致使人对新方法、方法论产生某些怀疑。《文心雕龙创作论》的值得重视,就在于它早就用新的方法取得了丰硕的新成果。这里难以具体总结其可贵经验,可得而言者,是本书例行了一整套行之有效的综合研究法:第一是宏观研究和微观研究相结合,第二是文史哲研究相结合,第三是古今中外的比较、联系相结合。能融此三种结合为一整体,固有著者的功力在焉,但它毕竟是一个可以达到且已经达到的实体,其意义就不小了。其所以通达于斯境,我以为有不可忽视者二:一是"根底无易其固",二是坚持马克思主义的基本原则,离经而不叛道。当前的方法论研究,有的正是忽视了这两点,甚至与之对立起来。于此可见,《文心雕龙创作论》不仅为龙学开拓了视野,也是近数十年来古代文论研究的新突破。

本书1979年初版,1984年再版增修本,已累积印达五万多册,仍难满足海内外广大读者之需。其深广的影响正与日俱增。

近九年内出版的其他多种《文心雕龙》研究专著,也各有不同的成就,特别是《〈文心雕龙〉的风格学》和《刘勰的文学史论》,专就风格学和文学史论对全书做全面系统的论述。这两种专著都显示了龙学正在向另一层次深入发展:从传统的创作论、批评论、文体论等,进入纵贯全书的专题研究。所以,除这两书本身的成就——揭示了《文心雕龙》确有系统的风格学或文学史论及其价值外,还能给人以更多的启示,推动龙学更深入地发展。《文心雕龙》的丰富内容,可作系统地专题研究者甚多,特别是美学思想、传统文化观等,可说全书五十篇是篇篇涉及的重要问题。

本期出版了多种《文心雕龙》论文集,这是前两个时期所没有的。除上面已举到的几种外,收入个人文集的甚多,如马茂元的《晚照楼论文集》、吴调公的《古文论今探》、刘绶松的《刘绶松文学论集》、缪俊杰的《鉴赏集》、黄海章的《中国文学批评论文集》、王元化的《文学沉思录》、郭绍虞的《照隅室古典文学论文集》、王文生的《临海集》、张文勋的《中国古代文学理论论稿》、杨明照的《学不已斋杂著》、王达津的《古代文学理论研究论文集》等,也或多或少地收有《文心雕龙》的部分论文。这种情况说明,《文心雕龙》研究在当代不少名家的文集中,都占有一定的位置。但不能不感到遗憾的是,龙学发展至今,可谓盛矣;已发表论文千余篇,也可谓多矣,却不仅个人的专集太少(实只三种),综合性的专题选集和全面性的选集,都还一种未见。中国《文心雕龙》学会所编这部选集的问世,确是龙学和古代文论研究之大幸。

四

近九年来发表的单篇论文(包括上述各种论文集中的论文)内容十分广阔。前两期研究的重大问题,仍是本期研究的重点。但不仅对这些老问题的论述深度不同,角度有异,本期又提出了大量引人注目的新问题。从所发论文的数字可以见其大概:艺术构思和形象思维问题六十余篇,刘勰的生平思想五十余篇,全书总论五十篇,"原道"论、"风骨"论各四十多篇,"辨骚"论、风格论各三十余篇,美学研究、批评鉴赏各二十余篇,文体论、理论体系研究各十余篇等。除构思论、"风骨"论、风格论外,还有对创作论作总体研究的二十余篇,分论"情采""比兴""物色""声律"等问题的各十余篇。此外,还提出不少新的论题,如《文心雕龙》的成书年代、《灭惑论》的撰年、刘勰的身世和卒年、各种各样的比较研究、民族特色研究、艺术辩证法、文艺心理学、语言修辞学,以及研究方法等,所涉项目不下数十种。虽然这些还远未能概括本期龙学的全部内容,亦足以明其发展之巨大和内容的丰富了。要以"短笔"具体反映这数十种内容的任何一种也是不可能的,以下只能就涉猎所及,粗陈概貌。

(一)刘勰的生平思想

刘勰的生卒年代,本期在范文澜研究的基础上进行了热烈的讨论,并提出不少新说。关于生年,大都从范说为465年左右,但也有人认为应是467(郭晋稀)、470(杨明照)、471(张恩普)、472(贾树新)年左右等。对卒年的意见分歧较大,除近于范说(521年)的520(赵仲邑、穆克宏)、521(牟世金)、522(周振甫)、523(詹镁)、524(贾树新)等年外,杨明照的《刘勰卒年初探》据宋释志磐的《佛祖统记》等佛典所载,推定刘勰卒于大同四、五年(538—539)年间。李庆甲《刘勰卒年考》据宋释祖琇《隆兴佛教编年通论》等佛书,考定刘勰卒于大通四年(532)。郭晋稀、祖保泉皆从李说。推算刘勰的生年卒年,大都据《序志》篇的"齿在逾立"之说,则三十一二或三十三岁都可谓为"逾立",故其生卒相差二至三年,不足为奇。唯杨、李二家对卒年的考证,确是新的发现,值得重视。但二说自1978年问世至今,从者不多,盖存疑者二:一是所据宋元释书,去齐梁太远,《佛祖统记》等所载何据,尚待查证;二是刘勰卒年推迟十至十九年之久,这段时间内所任何职、有什么活动?其通事舍人是否历二十余年未迁?都是有待进一步研究的问题。

  杨明照的《梁书刘勰传笺注》于1979年经大量增改后重新发表。此笺对刘勰的身世有较详细的考索,对研究刘勰确有"知人论世之助"。新笺增补史料甚多,如刘氏世系新增刘寅、刘舍等,较前更为完备了;又如"家贫不婚娶"句原无笺注,新笺引证大量史料以明其不婚娶并非"纯由家贫",而不婚之故:"一言以蔽之,曰信佛。"其于系年,改旧说者亦复不少,除上举生卒年为新说外,如兼临川王记室,原以"为时或未过一载",新笺则据《经律异相序》《续高僧传》等大量史料订正为天监三至七年。以下系年,自必都作相应更改。于此可见,新笺虽由旧笺发展而来,却有根本性的变化。新笺问世之后,也有人对个别问题提出不同意见,如刘仁清的《刘勰兼任中军临川王记室外时间考》,认为宋齐旧制,记室外定员一人,据《梁书·丘迟传》,天监四年十月以后,萧宏记室外已换丘迟,故刘勰之任,只能在此之前。有关刘勰生平事迹,其年代史无明文,虽经范文澜以来至杨明照的前后笺注,已有一个大致轮廓,但不少具体年代,都还难下定论。近年来研究者猛攻难点,这些问题必能逐步深入,以期于是。

向以刘勰出身士族,王元化的《刘勰身世与士庶区别问题》提出新说,认为"刘勰并不是出身于代表大地主阶级的士族,而是出身于家道中落的贫寒庶族"。本文以充分的史料说明,即使其世系中最早露头角的刘穆之,亦以布衣起家;而《宋书·刘穆之传》称之为"汉齐悼惠王肥后",从被《南史》删去此句可知,其说"是不可信的"。再证以刘勰的"家贫不婚娶"、入居定林寺等和《文心》的许多观点,都证明刘勰出身庶族而非士族。此论之后,程天祜的《刘勰家世的一点质疑》据《梁书·刘勰传》中的"祖灵真,宋司空秀之弟也"被《南史》删去等,说明"灵真与秀之二家至少不是血统很近的亲属,其政治经济地位迥然有别"。牟世金在《刘勰评传》中肯定王、程之说,并补证特重世系的《南史》,"反而删去'汉齐悼惠王肥后''司空秀之弟',可见是经著者察核不符而删去的"。

以上诸说也还存在不同意见。如张少康专就《刘勰为什么要"依沙门僧祐"》进行研究,对家贫、信佛二说都不完全赞同,而认为其依僧祐的"主要原因是想借助僧祐的关系,利用僧祐的地位,结交上层名流、权贵,为自己的仕进寻求出路"。这些研究说明,本期对刘勰的身世和生平事迹,都有了较深较细的探讨,而填补了前两期这方面研究的不足。逐步认清这些问题,对理解刘勰的思想和《文心》全书的内容显然是必要的。

近年来对刘勰思想的研究,比之前期,从哲学角度的论述相对减少了,儒佛思想之争却较为激烈。马宏山于1980年发表《论〈文心雕龙〉的纲》,对"文之枢纽"的五篇进行逐一分析,认为"其中一以贯之的是作为佛家思想的'道'。刘勰的指导思想是以佛统儒,佛儒合一"。其后,作者又以这个"纲"为基础论及《文心》全书和刘勰思想的一系列问题,并汇集为《文心雕龙散论》一书于1982年出版。此论和六十年代初持佛教思想论者大不相同的是,它已形成一种系统的、自成体系的见解;著者不是一论,而是连续十多篇提出多方面的论证,所以引人注目而有较大的影响。马论一出,很快引起龙学界的巨大反响,吴林伯、韩玉生、牟世金、邱世友、程天祐、孟二冬、吕永、陈汉等,都纷纷撰写专文提出异议(非专论者更举不胜举),特别是李庆甲的《〈文心雕龙〉与佛学思想》、孔繁的《刘勰与佛学》,更对此进行了全面深入的论述。李文认为"《文心雕龙》的思想体系属于儒家,书中不仅未见有什么佛学唯心主义因素,而且其基本倾向是与之相对立的。"孔文认为"刘勰虽长于佛理,博通佛典,但在《文心雕龙》中,他却既没有宣扬佛理,又没有阐释佛典",而是以儒道为纲,"以儒学作指导"。

除了儒佛思想之争,如皮朝纲的《〈文心雕龙〉与老庄思想》、张启成的《〈文心雕龙〉中的道家思想》等文,认为《文心雕龙》也受到一些老庄思想、道家和玄学思想的影响。这种影响,是难以完全否定的。虽然近年来多数研究者坚持刘勰的思想以儒家为主,或如穆克宏在《略论〈文心雕龙〉的基本思想》《论〈文心雕龙〉与儒家思想的关系》等文中所论:"原道、征圣、宗经的儒家思想"是其基本思想。但无论谓之主导思想或基本思想,就未排除其他思想的某些因素或影响。要说他"严格保持儒学的立场",是纯之又纯的儒家思想,完全"拒绝佛教思想混进来",实难以服人,其中毕竟是明确肯定了"般若之绝境"的。所以钱仲联《〈文心雕龙〉识小录》认为:"论者谓出偶然,则又不免拘墟之见""《雕龙》而语用'般若',并非偶然戏语,而与破有无之论有关"。这是详考当时有关论述后得出的结论。怎样理解这种以儒为主而又难以排除佛、道、玄诸因素兼有的怪现象呢？牟世金的《刘勰思想三论》、孔繁的《刘勰与佛学》等文，都曾试图从当时儒、道、玄、佛有相通相融的一面求解答，却止于这种现象而未得其实质。

问题在于儒家思想本身在不断发展着，六朝儒家思想和原始儒家、两汉儒学是大不一样的，却不能说六朝的儒家思想不是儒家思想。王元化在《〈文心雕龙〉札记三则》《思想原则和研究方法二三问题》等文中强调："这里需要注意的是当时学术思潮的一个重要特点，即儒、释、道、玄之间形成了一种既吸收又排斥，既调和又斗争的复杂错综的局面""当时没有不掺入任何其他思想绝对纯粹的儒家，也没有绝对纯粹的玄学和佛学"。因此，"刘勰虽然在《文心雕龙》中恪守儒学风范，但是他对于作为当时时代思潮的释、道、玄诸家，也有融合吸收的一面"。《文心雕龙》以儒家思想为主而不排斥其他，由此得到了较为合理的解释。这是近年来研究刘勰思想的一大进展。

此外，关于《文心雕龙》的成书时间和《灭惑论》的撰年，本期也有认真的研讨。较多的研究者认为书成于齐末、论撰于梁代；但也只是这种可能性更大一点，是否定论还难以断言。

（二）"原道"论

刘勰"本乎道"以写《文心雕龙》，其所本何"道"，不仅和刘勰的思想有密切联系，更是《文心》全书的指导思想。所以，自有龙学，"原道"论即为历来研究者所重视，本期尤为如此。笔者曾断言："可以毫不夸大地说，若不知'原道'之'道'为何物，便无'龙学'可言。"①近年来广大研究者着力从多方面对此进行深入细致地探讨，大都是深知"原道"论的重要的。从本期总的研究情况来

---

① 《〈文心雕龙〉研究的回顾与展望》，《文心雕龙学刊》第2辑。

看,一方面是新说比前两期更多了,一方面又呈现出逐步集中的趋势。就我看来,这是一种很好的现象。

"原道"之"道"为何物?这是问题的关键所在。本期之论,可大致归纳为四种:儒道,佛道,自然规律,儒玄相融之道。佛道说虽曾激起一阵轩然大波,持此说者本期只马宏山一人;但其论对促进人们思考还是有益的。刘勰的思想毕竟不是绝缘体,要它不让丝毫佛教思想"混进来",在当时是不可能的。齐梁之际的儒学既不可能是纯粹的儒学,研究刘勰所本之"道",自然会得到相应的启示。邱世友以《关于〈文心雕龙〉之道》与马宏山的佛道说辩论而提出"原道"论的渊源"是老庄及《周易》之《系辞》《象辞》中具有唯物主义因素的那部分。但由此而推论儒家六经的'三极彝道(训)'也是自然之道,把名教与自然合而为一……这是为自东汉重名教、魏晋倡名教与自然合这一学术思想发展的历史所规定的"。这样来认识自然之道的形成及其含义,便提出了一种值得注意的新见解。

鄙见以为,这种新见解不是孤立出现的。邱论之前,张长青、张会恩曾提出其"道"是一种儒道佛"三教通融"之"道";邱论之后,周汝昌、陈思苓、王运熙等,又陆续提出大量相近的论点,虽然各出己见,却与近年来整个学术思想有关,与整个龙学的发展分不开。或因对老庄玄学有了新的认识,或以佛道、儒道诸说难通,或对刘勰所处的时代及其思想做了较为系统的考察,或有"以佛统儒,佛儒合一"论的刺激与反作用等。虽情况不必尽同,但在二三年内有较多的研究者不约而同地提出一种新见解,就说明这种新见解的产生既非偶然,也有道理。

各家之说又是各不相同的。如周汝昌的《〈文心雕龙·原道〉篇的几个问题》认为刘勰所讲的"道","就是魏晋以来,以王弼为代表的融会老、易而为一的易道"。陈思苓的《〈文心雕龙〉论道》认为"虽然(刘勰)标榜以儒家之道为纲,却也混入了一些玄学的理论""取材是儒、道并用,持论是老易相渗"。王运熙的《〈文心雕龙·原道〉和玄学思想的关系》则对此进行专题论述:"《原道》篇认为《六经》是古代圣人根据自然之道制作出来的……不正是王弼等人的名教本于自然说的翻版吗?"三家之论,角度虽异,其实为一,都在说明刘勰之道为魏晋以来玄学的产物或翻版。它如漆绪邦认为"其所谓'道',基本上就是道家的'自然之道'";韩湖初认为是《周易》之道,钟兴麒认为主要是玄学之道等,都有其共同之处。这些论述的显著特点,是能密切结合当时的社会思潮,而不是纯概念的空论;他们大都认为刘勰的思想以儒为主,但又看到其"道"的具体内容而不视其"道"为纯粹的儒道。

主儒道说者自来不多,本期也较前有了明显的发展。但如陈耀南的《原"原道"》也说其"主干仍然是人文化成的周孔之道";李学葆的《〈文心雕龙·原道篇〉美思想初探》虽强调"刘勰的道应是以儒家之道为主体",却也认为"刘勰的道,包括儒、道、佛和诸子的道的内容"。明确断言《原道》之道为儒道者有二:祖保泉《〈文心雕龙·原道〉臆札》说:"《原道》要阐述的'道',是儒家的道,孔圣人的道";刘长恒《略〈论文心雕龙·原道〉的"道"》:"刘勰的'道',就其整个体系说,毫不含糊地属于儒家之道",并主张"不应把《原道》中的'自然''自然之道'从字面上与道家所崇尚的'自然'混为一谈"。从上述诸家之论来看,道家的"自然"观和刘勰的"自然之道"并非"字面上"可否"混为一谈"的问题。二者固不等同,但若强行割断其联系,是难以认清"自然之道"的本来面目的。所以,同是主儒道说的祖保泉,在《文心雕龙选析·原道》中,也实事求是地承认"刘勰所说的'自然之道'是从道家那里学来的"。

本期取规律说者较多,毕万忱、邱世友、吕永、蔡钟翔、张少康、牟世金、冯春田、李欣复、萧洪林、王景禔、蒋祖怡等,不下十余家。但这些人的具体论述又各有不同。如蒋祖怡在《〈文心雕龙〉中的所谓"道"与"重文"思想》中以"道"和"自然"为同义语,而析"傍及万品,动植皆文"等说:"这些都是说文的发生由于'道',即本于'自然';而宇宙万物皆有'文',这是万物自身固有的客观规律。"这不是直接对"道"的解释,而是就整个"原道"论而言。蔡钟翔的《论刘勰的"自然之道"》谓"刘勰标举'自然之道',主要还是把它理解为客观必然性、规律性",但又认为一切"文"都是"道"的外化,则其"必然性、规律性",当是就整个"自然之道"而言。张少康的《〈文心雕龙〉的原道论》与蒋、蔡二说又不同,认为"原道"之"道"和"道之文"的"道","指的是事物的本质和规律"。而"自然之道"的"道",张、蒋二位都认为是"道理"的意思,与"原道"之"道"不同。吕永、冯春田、萧洪林三说大致相近,都以"道"和"德"相较而立论。如吕永的《〈文心雕龙·原道〉说》以"道""指事物运动变化的一般规律或万物的本体","德""指具体事物的特殊规律或特殊性质"。

毕万忱、邱世友、牟世金、李欣复、王景禔等是另一种相近之论,即不仅都以"道"为规律,且不是泛指一般规律。如邱世友《关于〈文心雕龙〉之道》所论:"云霞雕色,草木贲华,是自然界的美的物质现象。这种现象,就其本身的物质存在说是自然的,就其变化说则是自然之道。道在这里,既指物质实体,也指物质现象变化的规律性。"如果单独地说"道"可指"物质实体",可能有问题。这里用以说明自然万物本身是美的,这就是"道",是规律,却不无道理。毕万忱在《试论刘勰文源于道的思想》中就讲得较为明确了:"有事物存在就有其文采存在,这就是'道'。用今天的观点看,刘勰在这里讲的道,就是事物的自身规律。"牟世金前后在《刘勰思想三论》和《刘勰"原道"论管见》中,都以其道"指万物自然有文的法则或规律","《原道》全篇严密的逻辑和明确而纵贯首尾的论旨,都说明刘勰'本乎道'的'道',就是天地万物都具有自然美的规律"。李欣复的《刘勰原道观管窥》、王景禔的《刘勰"原道"论初探》等,也有类似之论。

除以上四说外,还有种种不同的见解。如汪耀楠的《〈文心雕龙·原道〉辨》认为"原道"就是原"天意";王运熙的《〈文心雕龙·原道〉的思想倾向》认为"《原道》篇的中心是说明文章的根源是道……其根源都是道心或神理,也就是上天的意志"。又如刘建国的《〈原道〉臆说》认为其"人文"之道是"神道"和圣人之道的结合;李炳勋的《刘勰的文源于道和反映现实问题》则认为"道"是一种"神秘的至高无上的东西"。龙学之初,《原道》篇的论旨已被视为"甚为平易"了。现在看来,似乎并不"平易",但亦非神秘。真理不一定在多数人手中,但若多数人讲的确是近于真理,它就成了难以否定的客观存在。"原道"论虽较复杂,但经多数研究者近年来的努力,其"甚为平易"的面目正在逐步清晰中。从上述诸论可见,规律和老易结合二说在本期是比较集中的。而所谓"规律"乃自然规律,"老易之道"乃自然之道。持规律说者,大都从老易三玄探其源;主自然之道者,鲜有否认自然而必然之理。所以,两说虽有出入,却有很大的近似之处。这岂非本期龙学的又一重大收获!

(三)《文心雕龙》的理论体系

《文心雕龙》的理论体系,在过去的论著中虽曾有一些零星的接触,但一直没有进行正面的专题研究。1964年牟世金在《近年来〈文心雕龙〉研究中存在的问题》一文中，曾提出"探讨刘勰自己的文学理论体系"的主张，却由于这个体系不易掌握，加之十年动乱的中断，对刘勰的理论体系的研究，就成为本期一个新的问题了。目前专题研讨这个问题的论文虽还较少，但从1981年牟世金发表第一篇专论《〈文心雕龙〉的总论及其理论体系》以来，不仅在短短四五年内已提出十多篇论文，且已有滕福海的《〈文心雕龙〉理论体系研究述评》加以综论，可见其为研究者所重视。

这是一个相当复杂的问题，现有各家之论，都还仅仅是做一些初步的探讨，见解不一，各家所理解的体系互异是必然的。如牟世金的《〈文心雕龙〉的总论及其理论体系》认为：其理论体系以"衔华佩实"为核心，以研究物与情、情与言、言与物三种关系为纲组成。张文勋的《〈文心雕龙〉的理论体系》认为：总论、文体论、创作论、批评论、总序五个部分构成其理论体系的轮廓，以《原道》《征圣》《宗经》三篇为整个体系的指导思想或总纲。贾树新的《〈文心雕龙〉的理论体系》以征圣、宗经为指导思想，除如《序志》所述的体系外，还提出"客观意义上的理论体系"，由文学总则、文学原理、创作原则、表现方法、文学体裁、文学批评和序志七个部分构成。马宏山的《也谈〈文心雕龙〉的理论体系》则以"文之枢纽"为"纲"、"论文叙笔"为"领"，下篇以"纲"为指导、以"领"为基础而论创作批评。其理论主干是"雅丽"，其"纲"所体现的是"以佛统儒，佛儒合一"思想。李淼的《略论〈文心雕龙〉的理论体系》又以其核心思想为"六义"，特点是以文体论、作家论为重点。周振甫的《〈文心雕龙〉的理论体系》认为其理论体系是由"文之枢纽"的五篇建立起来的。这五篇以道为"本"，以圣、经、纬为"正"，以骚为"变"，以"本、正、变"的观点"通贯全书"。此外，如王运熙的《〈文心雕龙〉的宗旨、结构和基本思想》，实际上也是对理论体系的论述。本文认为《文心雕龙》的宗旨是指导文章写作,因而对全书的性质和体系有不同于一般的见解:第一部分是总论,第二部分是分体讲文章作法,第三部分是打通各体谈文章作法。《时序》以下四篇讲作法的不多,故"在全书是附论性质"。

以上诸说,除核心思想不同、体系本身各异外,有的认为《文心雕龙》是文章作法而不是文学理论,有的却强调"《文心雕龙》不仅有完整的体系,还是杰出的古代文学理论""刘勰在全书论述的主要对象是文学,刘勰着力要建立的是文学理论体系"。这是一个带根本性的分歧,其书性质不同,便自有其不同的体系。刘永济《文心雕龙校释·前言》曾谓刘勰著此书是以"子书自许",若《文心》为子书,则其体系便应是子书的体系,就无所谓"文学理论体系"可言了,这问题自"五四"以来,一直存在着不同的理解,迄无专文讨论①,在龙学已逾七十年的今天,不能不说是一个遗憾。与研究理论体系有关而分歧较大的,还有《文心雕龙》的篇次问题,《辨骚》篇的归属问题等。对《辨骚》篇有三种不同意见:总论、文体论、兼有总论和文体论的性质。篇次问题有的认为今本有误,有的认为不误。至于《文心》的内容由几个部分组成,也有三分,四分至七分法的不同。所有这些,都是为探讨其理论体系所不可不究的。尚存问题虽多,但《文心雕龙》是一部理论著作,不明确其总的理论体系,对很多具体问题的研究,都难作出准确的判断,对全书的理论价值也不易作出科学的估计。但对许多有关问题缺乏基本正确的认识,而孤立地钻攻其理论体系,也是难

---

① 台湾王更生著《文心雕龙导读》,中有《〈文心雕龙〉的性质》一节,以为此书是"文评中的子书,子书中的文评"。

于有成的。所以,理论体系无疑是值得重视的问题,应该继续深入研究,但必须和整个龙学各个方面的研究密切配合,才能逐步深入,以求其是。理论体系研究虽是近年来才开始,但不仅已引起较多研究者的注视,也已取得某些初步成绩。如论物、情、言三者的相互关系已为近年来的论著中所常见,有的专著还有《创作中物、情、辞的关系》的专题论述(见《刘勰论写作之道》)。

(四)艺术构思论

本期刘勰的艺术构思论研究最多,涉及的内容极为广泛,较重要的如形象思维问题、艺术构思的特点、《神思》篇为创作论总纲说、"虚静"说、"意象"论、"杼轴献功"说、语言和情志在构思中的作用,以及"神思"论对《文赋》的发展、与黑格尔、柯立芝等人的比较研究,到"神思"论的历史价值和世界地位等,都有较深入的论述。没有艺术构思就没有艺术创作,这是广大研究者普遍认识到的基本问题。刘勰又以之为"驭文之首术,谋篇之大端"而列为其创作论之首,其在整个刘勰理论体系中的重要的地位是很明显的,它受到研究者的高度重视是理所当然的。

王元化首先在《文心雕龙创作论》中提出:"《神思篇》是《文心雕龙》创作论的总纲,几乎统摄了创作论以下诸篇的各重要论点",并详列各有关论点以证其说。牟世金继之,在《文心雕龙译注·引论》中做了《创作论的总纲》的专题论述,从另一个角度说明:"《神思》篇提出的情与物、言与情和言与物三种关系,是刘勰创作论的总纲""他的全部创作论,主要就是研究这三种关系"。周振甫也认为:"就《神思》篇说,是讲文章怎样酝酿成熟,到用语言文辞来表达……直到写成后的修改,也就是说创作总论。"(《文心雕龙译注·神思》)以上三说互相补充,《神思》篇为刘勰创作总纲的新说渐趋完善,徐季子在《神思散论》中说:"这看法多数学者都赞同",殆属事实。明确了这点,不仅是"神思"论研究的一大发展,也有助于认识刘勰的整个理论体系和全书的性质。

刘勰艺术构思论的特点,是各家论述的重点,差不多篇篇专论都有不同程度的论述。其为形象思维的特点,已成为较普遍的认识。"神与物游"四字,刘勰谓为"思理"之妙,就十分简要地概括了形象思维的基本特征。孙立的《刘勰的想象论》、邱世友的《刘勰论神思》,都从心物交融的原理对刘勰的"神思"论进行了系统深入的研究。后者更以心物感应为艺术想象的核心而展开一系列论证,大量联系有关理论和创作实践以进探其想象论的实质。萧洪林的《刘勰论艺术想象的特征》概括其特征为四:想象的自由性、形象性、虚拟性和情物融合的感同身受。这是较为全面的。特别是虚拟性,除牟世金《引论》曾有一句论及"规矩虚位,刻镂无形"是讲"凭虚构象"外,至今谈到这一点的还不多见。萧文以第三部分对此做了详论。从刘勰所论想象可"思接千载""视通万里"等特点来看,绝非对艺术家亲身经历的回想,而只能是刘熙载说的"凭虚构象"。"规矩"二句显然来自《文赋》的"课虚无以责有,叩寂寞而求音",也正是讲从无中求有(从无到有)的形象虚构,肖文又证以"文岂循检"之论,以及刘勰每以"华实奇正"并论等,断言"按其本质说,艺术想象中的事物又不是客观存在的实在事物,甚至是不存在、不可能存在的事物"。可以说,没有任何虚构成分的艺术想象是不存在的。刘勰对"凭虚构象"虽未正面作理性总结,但和他对其他许多艺术理论作描绘性的论述一样,《神思》篇确也描绘出想象虚构的特点,这是不应忽视的。

"意象"说的源虽可远溯先秦,但用于艺术创作理论则始于刘勰。这是整个古代文论史上的一个重要问题,近年来研究者提出并引起高度重视,也是艺术构思论的研究的一个大发展。郭外岑

《释〈文心雕龙·神思〉篇》认为："同西方的'形象'说比较起来，我国的'意象'说似乎更能揭示出艺术创作及其思维活动的本质特征。"因此，这是刘勰的重要贡献："刘勰提出的'意象'说，确是我国古代艺术思维发展的一大飞跃，使我国传统的'言志''缘情'的诗歌创作认识又大大深化了一步。"

亦武的《刘勰的神思说和黑格尔的想象论比较研究》、梅家玲《刘勰"神思论"与柯立芝"想象说"之比较与研究》等所进行的中西比较，很能说明刘勰的艺术构思论在世界艺术史上的地位。亦武提出："西方有很长一段时期对艺术想象是不重视的……几乎全部古希腊哲学家和心理学家都对想象表示歧视甚至敌视"，所以，即使黑格尔在某些方面比刘勰略胜一筹，对艺术想象的认识却比刘勰晚了一千多年。上举肖文所论四个特征，也逐一和西方有关理论相较，大都是在刘勰千多年以后才有类似理论出现。从艺术想象是艺术创作的本质特征可见，刘勰的艺术构思论是很值得我们珍视的。以《神思》和《文赋》相较而说明刘勰的新发展甚多。周振甫的《刘勰谈创作构思》除前与陆机比较，还后与苏轼的有关论述进行比较。牟世金的《从〈文赋〉到〈神思〉》则不仅论《神思》对《文赋》的发展，并探讨了六朝诗文书画各种艺术构思论与《神思》的关系。综论各种艺术理论的相互关系，这是一种新的尝试。这种研究表明，在公元五世纪之末，世界艺术史上出现了这个奇迹，并不仅是《文赋》的发展，而是各种艺术构思论共同发展的产物。

（五）风骨论和风格论

风骨论的研究，本期仍众说纷纷，但却有了较为明显的发展。首先是开始从总体上出现了某些统一的趋势。如不少研究者逐步确认"风骨"问题是刘勰针对齐梁文风提出的审美理想或审美标准；"风骨"最基本的特征是"力"，是阳刚之美。涂光社《〈文心雕龙·风骨〉篇简论》认为："《风骨》篇是一篇专论文学艺术动人之力的杰作"；祖保泉《〈风骨〉臆札》把对"风骨"的理解概括为："文情并茂的、刚健朗畅的力的美"；牟世金《说"风骨"》一文提到："刘勰用一个'力'字泛指风骨之力，正概括了'风骨'的基本特征。无论称'风力''骨力'或'风骨之力'，都是指作品的刚健有力之美。"曹顺庆《"风骨"与"崇高"》则谓："'风骨'与'崇高'，同属于一种以力为基本特质的阳刚之美。"这样的见解近年来已相当普遍，虽然在具体的理解上还有一定的差异，但能从总体上把握这一特点，乃是"风骨"论研究的一个发展。

另一个发展是用新的方法、从新的角度来研究"风骨"论。1981年牟世金和石家宜同时提出，应从《文心雕龙》全书理论体系的整体上来研究"风骨"问题。石家宜在《"风骨"及其美学意蕴》中强调："《文心》有着一个完整的理论体系……这个体系是有着内在联系的各个部分组成的，但只有把握了《文心》理论总体之后，我们才能更加准确更加深刻地揭示它的各个部分的内涵和彼此的关连。'风骨'问题的探讨也是这样：如果我们能从总体着眼，把它放在与其它部分的有机联系中，找到它在《文心》体系中的位置，对'风骨'这个命题的来龙去脉作一番历史考察，那么，我们的探讨就可能取得比较切实的进步。"这个意见显然是值得重视的。以物为喻的"风骨"问题，离开其总的理论体系确是难于准确把握的；各家之说都各有其理，检验其是非的标准，除必须合于《风骨》篇本身之论外，还必须与其理论体系相吻合。因此，这至少是研究"风骨"论的重要新路子之一。

牟世金的《从刘勰的理论体系看风骨论》，正试图从理论体系着眼来探讨这个问题。本文以"衔华佩实""文质相称"为其理论体系主线，文质论是核心。"风骨"论不仅不能离开这个体系的主线，且正是这个主线的重要构成部分。据此提出："风骨"二者不能都属文质论的"文"或"质"；若以"风骨"为"质"，"藻采"为"文"，就不能视"风骨"论为文质论。刘勰的理论体系主要来自儒家，他把儒家的"言以足志，文以足言""言之不文，行而不远""不以文害辞，不以辞害志"等，视为文学创作的"金科玉律"而列入其总论，并建立其整个理论体系。儒家对待"志""言""文"三种关系的原则，也贯穿于《文心》全书，《风骨》篇的"风""骨""采"三种的关系，不过是儒家"志""言""文"三种关系的翻版。"言以足志"，则"言"不能与情志无关，但二者有别，不能混为一谈。儒家的基本要求是"辞能达意"，"辞"（言）和"意"（志）是主干，"文"只是修饰"言"的次要因素。刘勰屡言"立文之道，唯字与义""万趣会文，不离辞情"，而谓"文采所以饰言"，不能"风骨乏采"，都本于儒家之说，并据以建立其理论体系和"风骨"论。

张少康的《齐梁风骨论的美学内容》，从另一个角度做了新的论证。他不局限于《风骨》篇和《文心雕龙》，而扩展其视野于齐梁时期的诗文书画等多种艺术的风骨论。通过这种综合的考察而提出一系列新的见解。如谓"风骨"是一个互文见义的统一概念；"风骨"的美学要求并不"都是为了反对绮靡柔弱的文风的"；"风骨"是齐梁时期各个文艺领域所共有的美学标准，其内容有四：传神、自然、感情鲜明突出、形象塑造精练有力。这些虽非专就刘勰的"风骨"论而言，对研究刘勰的"风骨"论仍是有益的。

詹锳在《〈文心雕龙〉的风格学》中不满于传统的研究方法，他提出："我们今天研究《文心雕龙》应当利用西方特别是现代的文艺理论，加以比照，去发掘其中的宝藏……我们如拘拘于文意、文辞之辨，对《文心雕龙》的理解也只能达到刘师培、黄侃的高度，而不能发现其中的精华。"著者以为"风格学是刘勰文学理论中的精华",就是和西方的某些理论加以比照后得到的认识,如以《风骨》篇所论"和西方美学中的风格学属于同一范畴",并于朗加纳斯的《论崇高》做了具体比较,不仅在形成风格的因素方面二者有类似性,且"二者在庄严、恢宏、遒劲、清明、刚健、真实等等方面,不是有很大的类似性吗?"曹顺庆是《"风骨"与"崇高"》更对此两论做了专题比较研究,得出如下结论:"崇高与风骨不但在本质上是一致的,而且在郎吉弩斯和刘勰所做的许多具体的论述也是相同的……郎吉弩斯的'崇高'与刘勰的'风骨',其产生的社会历史原因与当时文学艺术的风气都极其相似,二人提出'崇高'与'风骨'的动机也完全相同。"以上种种,都是近年来研究"风骨"论的新路子、新成果。这里虽继续出现某些新的分歧,却显示了"风骨"论研究的重要发展。

"风骨"与风格的关系是本期研究者关注的问题之一。除上述詹锳以"风骨"和风格属同一范畴外,王运熙《从〈文心雕龙·风骨〉谈到建安风骨》讲到"风骨合起来,是指作品具有明朗刚健的艺术风格";祖保泉《〈风骨〉臆札》认为"《体性》篇是风格通论,《风骨》篇则是风格专论";穆克宏《刘勰的风格论刍议》认为"风骨"是刘勰"对文学风格提出的更高的要求"。姜岱东的《风格的内在意蕴》则以为:"《体性》的任务仅仅在于论述风格的外部表现形态……只有将它与风骨结合起来,才由外入内,从形式到内容,自表现形态到内在意蕴全面完整地表达出文学风格的全部涵义。"另一种意见认为"风骨"和风格虽有一定的关系,但二者并不等同。如赵盛德的《"风骨"等于"风格"吗?》说:"我认为刘勰说的'风骨',不是指作品的独特性,而是指作品的美学特征",二者"是两个不同的概念";涂光社的《〈文心雕龙·风骨〉篇简论》以为"《风骨》篇严格说不是风格论,文章要有'风骨'是对作品一致的要求"。牟世金《刘勰论"图风、势"》认为:"'风骨'并不是风格,也不是对风格的综合,而是对一切文学创作的总要求";石家宜《"风骨"及其美学意蕴》认为"刘勰严密的理论体系使他不会同时设两个篇章探讨同一个问题",八体中的"典雅"一格,"便是他心中'最好'的风格",因而不可能又以"风骨"为"最好的风格"。贾树新《试谈刘勰的风骨说》认为"风骨"与风格之别有三,相同有二,结论是:"风骨与风格虽有其相同点,但更有明确的区别点。因此,两者是不同的文学理论概念。"上举张少康论齐梁风骨之文也说:刘勰"是主张风格多样化的,而且从理论上分析了风格多样化的客观必要性……风骨作为艺术形象描绘的一种美学要求来说,它也必然会对风格的形成产生一定的影响,但毕竟不是风格,是和风格属于不同范畴的问题,不能把它们混而为一"。又如刘文忠的《评〈《文心雕龙》的风格学〉》,也不同意以"风骨"为刘勰理想的标准风格,除上面提及的一些论点外,又补充说:"刘勰对'风'和'骨'常常分别言之……如果把'风骨'看作一种风格,验之上引文句,显然是无法相合的"。

  这些论述都各有其理。各种不同意见的攡发或争议,对进一步认识刘勰的"风骨"论和风格论及其关系是有促进作用的。但以上种种多是附带提到的论点,以专题研究"风骨"和风格的关系的论文还不多见。这问题之所以难于解决,原因虽多,要在对"风骨"和风格二者本身的理解。"风骨"可否析以为二,其分义合义是什么?何谓风格,刘勰所讲的风格和西方、现代的"风格"说是否相同?以及风格的含义是否有广狭之分等,都是尚待进一步深入研讨的问题。若这些问题模糊不清,刘勰的"风骨"论与风格论的关系是难得而明的。

近年来对于刘勰风格论的研究,涉及问题甚多,如刘勰对前人的发展、刘勰风格论的特点、"八体"的褒贬、风格与作家个性或才性的关系、时代风格、文体风格以及刘勰风格论的成就和历史意义等。对此进行全面深入研究的是詹锳,他对风格与个性的关系,"风骨"论、"定势"论、"隐秀"论与风格的关系,才思与风格的关系,以及时代风格、文体风格等,各予专题研究而建立了《文心雕龙》的风格学。正如刘文忠的书评所说,詹锳"构成了一个完整的风格学的理论体系"是一大贡献,"从他开始,将《文心雕龙》风格学的研究领域扩大了,这是第一部研究《文心雕龙》风格学的专著……具有某种划时代的意义"。此外,如石家宜的《精深而完备的古典风格理论》,开章明义提出:"风格就是艺术个性,我们把一贯地表现在作品整体中的独特的一己的风韵格调,称之作家的风格。"本文从这一基本认识出发来研究刘勰的风格论,并抓住"刘勰是以作家为中心,并从创作过程来论述风格问题的",因而能较为准确地阐发刘勰风格论的一些特点。

由于对"风格"这个概念有广狭的不同理解,时代风格和作家风格的关系、文体与风格的关系,甚至文体有无"文体风格"等,也为近年来研究者所关注。王元化在《释〈体性篇〉才性说》中对文体与风格的关系有较好的解释:"同一作家在写作不同的体裁作品的时候,会显示出不同的风格来,这是由于不同的体裁从其自身出发,要求作者顺应体裁本身所需要的风格……不过,体裁只是规定结构的类型和作品风格的基本轮廓。不同作家由于创作个性的差异,在写作同一体裁的时候,仍然会烙印下每个作家的创作个性特征,显示了他所独具的风格的共同基调。"著者又在此篇的"补述"中提出:"体性指的是风格的主观因素,体势则指的是风格的客观因素。"与此类似之论甚多,如徐季子的《风格论》认为,创作个性的发挥不能不受时代风尚和文章体式的制约,但"又必须通过作者独特的风貌来显示"。张少康在《〈文心雕龙〉的体性论》中,除取主客观因素说外,值得注意的是提出了主客观因素应当统一成一个完整体的问题。作者的主观因素与文体的客观因素不统一的作品,就不可能是成功的作品。怎样使之统一?张文提出:"刘勰认为……作家就要善于选择与自己是思想性格、习惯爱好比较接近的文体形式来写作,这样就能充分发挥自己的长处,这就叫做'因性以练才'。"这是很少有人论及的重要问题。只有明乎此,才能真正认识文体与风格的关系。一个作家爱好诗和赋,多用四言或五言等,其实正是他的性格确定的。这说明,作家选用任何文体,其风格的决定因素是人的个性,离开人的风格是不可思议的。

(六)批评论和鉴赏论

本期有关批评论和鉴赏论的论文虽不太多,但鉴赏论是近年来提出的新问题;批评和鉴赏的标准,本期出现了多种新的认识。这两个方面都是"知音"论研究的新发展。

向以《知音》篇的"六观"为刘勰提出的批评标准,如单洪根的《评理若衡,照辞如镜》、蒋祖怡的《文情可鉴而难鉴》等文,仍以"六观"为批评、欣赏的标准。王运熙、李淼、王达津等均以专文对此进行了新的探讨,其它各家之论提到批评标准的也不少,并多有新解。如王运熙的《〈文心雕龙〉评价作家作品的思想政治标准》认为:《宗经》篇"六义"的一、三、四项是思想政治标准,其他三项则为艺术标准。缪俊杰的《刘勰的文学批评论和批评实践》首破"六观"为批评标准说:"所谓标准,就是一种尺度……无论是位体、置辞、通变,还是奇正、事义、宫商,并不包含判断文艺是非、鉴别作品优劣的实际尺度";继而详论其政治标准应为"原道"

"征圣""宗经",艺术标准是《宗经》篇的"六义"。穆克宏的《刘勰的文学批评理论》与此说相近,认为其政治标准是儒家思想,艺术标准是"六义",因为"六义"的前四项"是从艺术表现的角度来谈思想内容方面的问题,并不是对文学创作提出思想内容上的要求"。李淼的《略论刘勰的文艺批评标准》则认为"六义"和"六观"相结合,才是较为圆满的批评标准。王达津的《〈文心雕龙〉鉴赏论义证》以《知音》篇为鉴赏论,主要就证之"六观",而"六观"就是其"鉴赏论的核心"。其他论及"六观"者,大都认为是批评方法或鉴赏方法、批评或鉴赏的六个方面。

无论古今,文学批评自当有一定的批评标准,但有的明言,有的却未曾指明,正如刘勰所说:"沿波讨源,虽幽必显",对未明言其批评标准者进行探讨,是既可能也必要的。无论"六观"或"六义",刘勰并未说明是他的批评标准,就以上各家之论来看,"六观"非批评标准之论是有道理的。若以《知音》篇为批评论的专论,似乎理应提出标准问题;但从《文心雕龙》全书是一个整体着眼,其"文之枢纽"也应是《知音》篇的"枢纽"。这样,视"枢纽"论中提出的基本观点为刘勰的批评标准就有其合理性。由此可见,近年来诸家所作新的探讨,虽然未为定论,仍是一大发展。

在龙学的初期,如前所述,有的研究者已接触到刘勰论批评鉴赏的问题了,但把他的鉴赏论作为一个独立的问题提出研究,还是近几年的事。自牟世金的《刘勰论文学欣赏》于1980年问世以来,迄今已有吴调公、周振甫、缪俊杰、蔡润田、刘文忠、王达津等近十篇鉴赏论的专文发表。现在看来,《文心雕龙》中确有长期未被注视的鉴赏论是无疑了,问题在于怎样看待鉴赏论和批评论的关系,《知音》篇是批评论还是鉴赏论,以及刘勰鉴赏论的范围、特点、成就等,都是尚待研究的新课题。对此,近年还只是进行了一些初步研究；有的问题还未完全展开，只是开始涉及而已。

有的只是从文学鉴赏的角度来论析《知音》篇，而未论及鉴赏与批评的关系。如蔡润田的《从〈文心雕龙·知音〉篇谈文学鉴赏问题》，论述了鉴赏的弊端、鉴赏力的提高和文学鉴赏的方法、原则等，实际上是以《知音》篇的全部内容为鉴赏论。较早作此明确论断的是周振甫，他在《文心雕龙注释》的《前言》和《知音》篇的"说明"中都讲到："《知音》是讲鉴赏的，是鉴赏论。"因此，在此书所论"《文心雕龙》的体系"中，有鉴赏论而无批评论。刘文忠的《试论刘勰的鉴赏论与鉴赏观》认为："《知音》篇就其主导倾向来说，是偏重于鉴赏的，因此，我比较同意《知音》篇是鉴赏论的看法。"但本文又提到："《文心雕龙》应分为创作论、文体论、鉴赏论、批评论、风格论五个部分"，则是并不否认《文心雕龙》中仍有批评论。吴调公的《〈文心雕龙·知音〉篇探微》，不仅副标题是"刘勰的鉴赏论"，后来收入《古代文论今探》一书时，更直接改题为《刘勰的鉴赏论》，也显然以"知音"论即鉴赏论。但是，本文在具体论述中并未把批评和鉴赏对立起来讲，不仅往往批评、鉴赏二者并提，且涉及批评和鉴赏的一些关系。如谓"刘勰的文艺批评主张，或者是文艺批评实践，都是把批评和鉴赏紧密结合"进行的。缪俊杰、蒋祖怡等家之论，也多是批评、鉴赏相提并论。

《刘勰论文学鉴赏》一开始就讲到："文学欣赏和文学批评有密切联系，也有一定的区别。"刘文忠的《试论》对此讲得更为具体："鉴赏与批评的关系非常密切，鉴赏是批评的基础……鉴赏与批评的对象都是作品，有些问题自然会交叉在一起，很难绝对化的截然分开。"论者多以批评、鉴赏并提，可能正是这个原因。但文学批评与文学鉴赏毕竟有别，二者并不等同。因此，在近年来的研究中出现了《知音》篇是否鉴赏专论，《文心雕龙》中是否批评论、鉴赏论并存等不同见解。这一方面要进一步从理论上认清文学批评与鉴赏的关系,一方面注意传统文论的特点,特别是刘勰之论的实际,是不难得到正确认识的。

总之,鉴赏论的研究扩大了龙学的领域,丰富了龙学的内容。特别是吴调公对刘勰鉴赏论的特点进行了深入的论析;刘文忠较为全面地论述了刘勰的鉴赏论和鉴赏观,都提出不少新的见解,收获是不小的。

(七)美学研究

从美学的角度来研究《文心雕龙》,是本期龙学的又一重要发展。在此之前,只发表过于维璋一篇研究刘勰美学思想的文章。近几年来不仅出现了近三十篇专题论文,且在研究刘勰的创作论、风骨论、神思论、情采论等大量问题中,也往往兼及美学;更有不少论文,虽然未见"美"字,不用"美学"概念,却具体深入地阐明了刘勰的某些美学问题。

近年来的专题研究涉及面甚广,如易中天对"美的理想"(真善美)的研究,陈曼平对美学观的研究,杜黎均对"美学辩证法"及有关范畴的研究,谌兆麟对"文学美学体系"的研究,赵盛德对自然美、人文美、艺术美、风格美的研究,刘玉英对"审美理想"的研究,胡子远和赵伯英对"心哉美矣"这一命题的研究等等。特别是《文心雕龙》在美学史上的地位和价值,缪俊杰的《深入探讨刘勰的美学思想》、马白的《〈文心雕龙〉在世界美学史上的地位》、孙耀煜的《〈文心雕龙〉美学价值初探》等,都做了有力的论证。缪文认为:"刘勰不仅是中国古典文艺理论的集大成者,而且也是中国古代美学思想的主要奠基人之一。""从世界文艺理论和美学领域这个范畴来说,确实是黑暗王国里的一颗光亮的明珠,说刘勰是东方的亚里士多德,恐怕也是不为过分的。"马文更详考欧洲中

世纪美学的停滞状态,具体比较了和《文心雕龙》同时代的《忏悔录》,从而得出如下结论:

> 在世界中世纪美学中,论已经达到的成就和对世界美学的贡献,刘勰远远在圣奥古斯丁之上,他是站在时代先进行列的。可以毫不夸大地说:《文心雕龙》是照耀世界中世纪美学的一盏闪闪发光的明灯。这就是它在世界美学史上的地位。

孙耀煜则着眼魏晋至齐梁间中国美学思想的重大转变:"对文艺性质的认识有强调道德教化的社会功利目的,转而重视情感个性的表现,强调文艺本身的审美特征和美感作用。"《文心雕龙》的美学价值就在于:

> 它在总体上顺应了这个质变的过程;确立并发展了以审美特性为基础的文艺理论体系。完成了从先秦两汉儒家正统文论向新阶段的过渡,为唐宋以后文学理论的发展奠定了基础。

这些论述都充分说明,《文心雕龙》在中国和世界美学史上都有其重要的地位和贡献。

此外,如王达津在《〈文心雕龙〉中的美学观点》中,结合六朝文艺思想的实际和特点,对《文心雕龙》中的美学观点做了较为全面细致的论述;穆星的《〈文心雕龙〉美学思想初探》对自然美、人格美、艺术美做了比较深入的探讨,提出《程器》篇是人格美的专论、"神思"是刘勰论艺术美的核心等重要见解。这些都是本期内值得注意的论文。

近年来对《文心雕龙》的美学研究,实际上还处于它的初期;

数年之内能获得以上认识,并为愈来愈多的研究者所重视,至少可以说,这种研究已有一个良好的开端。不过,比之《文心雕龙》的美学成就,目前的研究还是很不相称的。周扬之论很值得思考:"《文心雕龙》是一个典型、古代的典型,也可以说是世界各国研究文学、美学理论最早的一个典型。"怎样发挥这个"典型"应有的作用,是我们广大研究者的任务。《文心雕龙》不仅丰富了世界美学的宝库,且早就改变了世界美学史的发展历程。把以欧洲为中心的美学史如实地改正过来,还有待艰苦的努力。《文心雕龙》具有完整的理论体系,是集中国古代美学之大成的"典型",早已为研究者所公认,则研究中国的美学,要探知其特点、体系、范畴和成就,岂能离开这个"典型"而言必希腊。由此看来,对《文心雕龙》的美学研究还是任重而道远的。

(八)放眼世界

中国《文心雕龙》学会成立时,曾提出"放眼世界"的要求。龙学早已不是国学了,在它愈来愈为世界各国研究者瞩目的今天,放眼世界确是龙学的当务之急。我们既有把《文心雕龙》这个古代的典型奉献给世界文学、美学之宝库的义务,也有了解人家是怎样研究、怎样对待此书的责任。我们的研究成果被海外学者大量吸收了,他们研究的路子、方法、成果,也必有值得我们注意之处。

近年来我们还仅仅是开始注意这方面的情况,也做出了不小的成绩。首先是王元化选编了《日本研究〈文心雕龙〉论文集》,介绍了日本研究《文心雕龙》的主要成果。其后,牟世金以《日本〈文心雕龙〉研究一瞥》《〈文心雕龙〉的"范注补正"》等文,对日本龙学的历史、现状及斯波六郎的《文心雕龙"范注补正"》做了评介;彭恩华又译出兴膳宏的部分论文出为《兴膳宏〈文心雕龙〉论文集》，再经1984年上海中日学者《文心雕龙》讨论会的相互交流，对日本的研究概况，已渐为海内所知了。日本现有兴膳宏、目加田诚、户田浩晓的《文心雕龙》全译本三种和户田浩晓的选译本一种，版本、校注和理论研究的论文60余篇。冈村繁的《文心雕龙索引》已渐为海内《文心雕龙》研究者熟知。日本的研究情况大致在60年代以前侧重于译校和版本研究，70年代以后侧重于理论研究，特别是自然观、风骨论、美学和佛教的关系等。

王丽娜和杜维沫的《国外对〈文心雕龙〉的翻译和研究》，对日本、苏联和欧美各国的研究概况做了比较全面的介绍。本文首先提到："在世界各大百科全书中，《文心雕龙》都占有应得的地位。"也介绍了国内诸家如范文澜、杨明照、王利器、陆侃如、牟世金、周振甫等人的译注校证本，"世界各大图书馆均有收藏"的情况。其所介绍的情况和论点，是值得我们注意的。如苏联克利夫佐夫的《关于刘勰的美学观点》讲到："最近二十年来，刘勰的著作《文心雕龙》引起了研究者们越来越大的注意。"又说："尽管刘勰也强调文学的实用意义和道德内容，但他的根本兴趣却在文学的美这一面。"王、杜之文还重点介绍了施友忠的第一个英译本（1958年哥伦比亚大学出版社出版）。此书序言已由曦钟译出发表。

除了日译本、英译本，法国的朱利安早已着手法文的翻译工作，《文心雕龙》的法译本可望不久问世。兴膳宏在《日本对〈文心雕龙〉的接受和研究》一文中曾讲到："我认识法国一位年青的中国文学研究者朱理安。他在把《文心雕龙》与亚里士多德的著作及其他文学论作比较评价时取得了很大成果。"这样的研究，我们目前尚难尽知的一定很多，而《文心雕龙》引起世界各国"研究者们越来越大的注意"，则是必然的趋势。国外的研究者虽然阅读、翻译和研究这部古典名著会遇到文字上的巨大困难,但以它的卓越成就和"典型"意义,是任何困难也阻挡不住的。

此外,港台地区的《文心雕龙》研究也是值得注意的。据不完全统计资料,近三十多年来,台湾和香港两地已出版《文心雕龙》的研究专著和论文集四十余种,发表论文两百多篇。港台地区的研究者早已普遍称《文心雕龙》研究为"显学",这不仅说明他们对龙学的重视,也反映了多数研究者对祖国文化遗产的珍视和"发展民族文化"的良好愿望。所以,不仅港台和大陆的《文心雕龙》研究者有共同的研究对象,和国外的研究者不同的是,我们都怀着热爱和发扬祖国文化传统的深厚心情,有着"发展民族文化"的共同愿望。我们之间的共同语言更多,没有任何理由阻挡我们共同研究与交流。牟世金就怀着"早得中国的全龙"的真切心情,尽其所知写出《台湾文心雕龙研究鸟瞰》一书,一以向大陆读者介绍,一以"为中国全龙鸣锣开道"。其实,正如本书所举大量实例,不仅两岸学者研究旨趣大都相同,且"台湾与大陆的《文心雕龙》研究,不仅有历史的血缘关系,且这种关系一直保持至今,并没有因一峡之隔而割断。这种关系是永远也无法割断的"。既然如此,我们就应促进和加强这种关系的健康发展。

除上诸项,近年来提出的新的论题甚多。如《文心雕龙》的民族特色、艺术辩证法、文艺心理学、文学语言、灵感论、方法论以及和中外各种论著的比较研究等,都取得了不同的成就,丰富了龙学的内容。

五

龙学七十年的丰富多彩,成绩辉煌,已略如上述。回顾七十

年来三个阶段的发展历程,虽其间高论鸿裁,而辞所不载者不可胜数,然其大势可得而言:

　　第一期多是概述泛论,第二期则以分题分篇的专论为主,第三期便多从全书范围作各个侧面的综合论或总体研究。宏观与微观研究的结合、文史哲研究的结合,以及诗文书画等艺术理论相结合的综合研究,则为龙学发展的新趋势。但三个阶段又非单一的直线发展,如初期的微观研究虽有范注巨制,却未为研究者普遍注意。吴熙《刘勰研究》谓"设情以位理,拟地以置心"二句,讲的就是"设身处地,细心体贴"八个字。这种例子在当时的文章中不是个别的。第二期出现大量译注校释,微观研究加强了。但到了第三期重视宏观和综合研究之后,有的学者却把微观研究放在更为重要的位置。解说篇章和某些词语的本意成了近年来不少论文的主要内容,或大量论题都从释义正名着手。这说明:一方面是《文心》其书的原文原意不易准确把握,前人难免有未明或误解之处;一方面是龙学的深入发展,需要更准确地认识刘勰的原意。所以,微观研究是在曲折地向更高层次发展着。三个阶段虽各有不同的重点,总的来说,却是循着这样的必然规律不断发展的:从一般到个别,再由个别到一般;微观研究为宏观研究提供条件,宏观研究又反过来指导或促进微观研究。此其一。

　　从研究的思想方法上来看,第一期较之古人虽不乏新意,但主要还是用传统的观点方法来研究《文心雕龙》,故多着眼于文体与修辞,而未得《文心》之精义;有的虽论及"神思",却归其"要旨"为"神变不测""思之迟速""重在苦思"(陈延杰);有的论"文心雕龙之基本思想",中有"主摹仿""参奇偶"二说(霍衣仙)。这固然是当时的研究水平所致,却与传统的观点方法攸关。第二期开始用马克思主义的观点方法来从事新的研究,自能得到许多迥异于前的新认识。却由于初识马列而求新心切,庸俗社会学的倾向使某些研究者笔下的刘勰面目全非,甚至成了为民请命的文艺战士;刘勰的理论已改造成近于二十世纪苏联式的理论。但此期龙学能有一个巨大的发展,《文心雕龙》的主要精华部分都被发现并作了较为深入的论述,仍是多数研究者能正确运用马克思主义的观点和方法,而不是词句,更不是生搬硬套。第三期虽然仍有极左思潮的残余痕迹,但很快就出现了鲜明而深刻的变化。多数研究者不再纠缠于世界观与唯心唯物之争了,实事求是地探讨刘勰理论的本来面目,按艺术规律进行科学地总结是本期龙学的主导倾向。正因如此,龙学发现了自己的广阔天地。新观点、新方法使龙学呈现出日新月异的新局面。此其二。

龙学的性质在它的诞生期主要是文章学;第二期的研究者多以为是文学理论或文学批评;第三期除继续有人主文章学或文学论外,又出现了一种新的见解——美学。美学和文学两说并不矛盾,但如果说《文心雕龙》的某些内容不属文学理论,美学则有更大的容量。詹锳《文心雕龙义证序例》有云:"《文心雕龙》讲究文采的美,因而以'雕镂龙文'为喻,从现代的角度看起来,《文心雕龙》中所涉及的理论问题属于美学范畴。"《文心雕龙》虽然不是只讲文采之美,确是广涉天文、地文、人文的内质外形之美,包括文武将相的人品之美,章表奏启、史论书序一切文辞之美,都可纳诸美学范畴而从美学的角度来研究。所以,视《文心雕龙》为古代美学的"典型",可能给龙学开拓更为广阔的天地。此其三。

这就是龙学七十年的发展大势。这种势头说明:古老的龙学越来越时髦了。因而提出一个严肃的问题:三万七千字的《文心雕龙》,迄今研究论著已逾三千万言,龙学的发展是否已到尽头?一千五百年前的《文心雕龙》,到近世鉴赏之风起而有鉴赏论,美学兴而为美学，系统论行而有系统论，如此等等，其何以行之哉？从上述史实看，这似乎是个奇迹。但既是史实，就有其必然性。古今中外的《文心雕龙》研究者，都知道这部"奇书"（借台湾王更生之说）是先秦以来各种文学现象的全面总结，是集齐梁以前中国古典美学之大成的著作，虽非笼罩万有，但刘勰弥纶群言而"深得文理"，其所接触到的文学现象却是十分丰富的。

从先秦到齐梁，古代文学的发展已相当成熟，文学艺术最基本的特征，最一般的规律，最根本的经验，都已充分显示出来。因此，《文心雕龙》本身虽不可能有何发展变化，但它所汇集的大量文学艺术经验，反映的文学艺术现象，就使龙学有了难以限度的容量。不仅我们至今已经论及的美学观、鉴赏论等等，可以在《文心雕龙》中找到一系列应有的论述，随着当代文艺思想的发展，今后还可能发现种种迄今尚未触及的新问题。

龙学具有强大生命力，这是龙学七十年的结论。

（原载于《社会科学战线》1987年第3、4期）

刘勰生平新考(存目)

刘勰评传

汉末建安(196—220)年间开始,我国古代文学进入一个新的历史时期:文学的自觉时代。这个时期的文学艺术,由于摆脱儒家思想的束缚而独立发展,文学的艺术特征和社会意义逐渐为多数文人所发现和认识。有的提出文章乃"经国之大业,不朽之盛事"(曹丕);有的体会到诗文创作的乐趣:"伊兹事之可乐,固圣贤之所钦"(陆机)。因此,有意识地从事文学创作的人越来越多,建安时期就出现了"彬彬之盛,大备于时"(《诗品序》)的空前繁荣局面。从汉末到齐梁的三百年间,在文学创作日趋繁荣的过程中,不仅文学艺术在自觉的道路上积累了许多新的经验,作者在新的创作实践中,对文学艺术有了许多新的认识;更由于种种复杂的社会因素,造成人们对文学艺术多种不同的认识和主张。建安以后,文学创作也经历了一段崎岖不平的道路。至于齐梁,文学风气更呈每况愈下之势。这一切,就对人们提出了从理论上加以总结的历史要求。刘勰的《文心雕龙》,就是在这种情况下肩负着历史的重任出现的。

一、刘勰的一生

刘勰,字彦和,东莞莒(今山东莒县)人,侨居京口(今江苏镇江)。大约生于宋明帝泰始元年(465),卒于梁武帝普通二年(521)。祖父刘灵真,可能没有出仕或地位较低。父刘尚,曾任越骑校尉(一种低级军职),死得很早。刘勰由于家贫早孤,终身未婚。

有关刘勰的事迹,由于史书记载简略,至今还存在不少疑问。首先是他的家世问题。《梁书·刘勰传》(以下简称《梁传》)说,刘勰的祖父刘灵真是"宋司空秀之弟也"。据《宋书·刘秀之传》,刘秀之是"刘穆之从兄子也";而《宋书·刘穆之传》又说刘穆之乃"汉齐悼惠王肥后也"。齐悼惠王就是汉高祖刘邦的儿子刘肥。这样推算,刘勰不仅有位列三公的族祖刘秀之,而且是刘邦、刘肥帝王的后裔了。这类记载和刘勰本人的实际是有矛盾的。近年来王元化、程天祜等详考刘勰家世①,对这问题的研究有了进一步发展。他们都据比《梁书》晚出的《南史》已删去"司空秀之弟也"和"汉齐悼惠王肥后也",以证《宋书》和《梁书》中此二句不可信。这是一个很值得注意的论据。《南史》的作者李延寿在《自序》中明确讲过,南北诸史"往往失实,常欲改正"。其所删削,当然有可能是他认为"失实"的地方。但这里有必要补充一点:《南史》是宋、齐、梁、陈四代史书的节要,其中虽有少量增补,总的篇幅却减原史之半。其所删除,多是为了删繁就简,以存大要。因此,还需进一步找出《南史》删去这两处的确切原因。

《南史》的体例是采用家传形式,按世系编次列传,一姓一族的人物,集中在一起。如刘穆之和刘秀之,《宋书》分列两传,《南史》则并为《刘穆之传》一传。《南史》不仅将"五世孙""六世孙"

----

① 见王元化《文心雕龙创作论·刘勰身世与士庶区别问题》;程天祜《刘勰家世的一点质疑》,《社会科学战线》1981年第3期。

合为一传，甚至凡是同宗的"宗人"也常合为一传，可是，却将刘穆之、刘秀之和刘勰分为两传。

《南史》是否要列刘勰入《文学传》而和穆之、秀之分开呢？不。《梁书》《南史》虽然都把刘勰编入《文学传》，但《梁书·文学传》共二十五人，其中到沆等十四人，《南史》都并入家传而未列入《文学传》。这就说明：《南史》未将刘勰并入刘穆之等人的家传，他们原非一家，不是同宗。《南史》既以家传为体例，既特别重视世系，它就只能加强说明世系或家族关系，反而删去"汉齐悼惠王肥后""司空秀之弟"，可见是经著者察核不符而删去的。

明确了刘勰与刘穆之一宗无关，他的一生及其思想中的许多问题，都易于理解了。《梁传》和《南史·刘勰传》都说刘勰"家贫不婚娶，依沙门僧祐"，这就不容怀疑，"不婚娶"的主要原因就是"家贫"。刘勰既非世家大族，祖父无官，父亲做过小官却又早死，"家贫不婚娶"就是合情合理的了。同时，刘勰之所以要入定林寺依沙门僧祐，也是由于家贫早孤所致。

据范文澜推算，刘勰约二十岁丧母，居丧三年后，即入定林寺依僧祐（见《文心雕龙·序志》注）。僧祐是南朝佛家研究戒律学的著名律师。相传他也有一段逃婚的故事："祐年数岁，入建初寺礼拜，因踊跃乐道，不肯还家。……年十四，家人密为访婚，祐知而避至定林，投法达法师。"（《高僧传·僧祐传》）这对刘勰终生不婚即使有所影响，也只能是很次要的因素。若刘勰很早就佞佛如此诚笃，就很难理解他后来又对孔儒崇拜得五体投地和积极的入世态度。刘勰在定林寺长达十四五年之久（488—501 或 502）。当时寺庙藏书是很丰富的，除佛教经籍外，儒家经典和诸子百家的著作也不少。定林寺在京师建康（今南京市）城外不远，要阅读定林寺内没有的书籍，也是很容易得到的。所以，自幼"笃志好学"(《梁传》)的刘勰,在这十多年内,除阅读佛书,协助僧祐整理佛经外,更饱览经史百家和历代文学作品,因而才能在定林寺的后期,写成《文心雕龙》这部巨著。

刘勰在定林寺期间,曾写过不少有关佛教方面的东西。《梁传》说:"然勰为文长于佛理,京师寺塔及名僧碑志,必请勰制文。"其中部分就是在定林寺期间写的。如刘勰在定林寺的第五年,即齐永明十年(492),超辩"终于山寺……沙门僧祐为造碑墓所,东莞刘勰制文"(《高僧传·超辩传》);第七年,即延兴元年(494),僧柔死后的墓碑,也是"东莞刘勰制文"(《高僧传·僧柔传》)。这都是刘勰动手写《文心雕龙》以前的事。到他三十一二岁时(495—496),曾夜梦孔子而开始了《文心雕龙》的写作。刘勰具体记载这个他引以为荣的美梦说:

> 齿在逾立,则尝夜梦执丹漆之礼器,随仲尼而南行,旦而寤,乃怡然而喜。大哉! 圣人之难见也,乃小子之垂梦欤! 自生人以来,未有如夫子者也。……于是搦笔和墨,乃始论文。(《文心雕龙·序志》,以下引《文心雕龙》只注篇名)

认为自有人类以来,没有比孔子更伟大的人了。这位身在佛门的刘勰,在定林寺住七、八年之后,居然做起这样的梦来,对孔子做了如此崇高的评价,是很值得注意的。它至少说明,刘勰在定林寺的长期生活中,并非一心只读佛门书,一意只奉释家圣。刘勰称孔子"垂梦"于他,实际上是他自己长期沉浸于儒家著作而心向往之的反映。所以,刘勰一梦而提笔论文,并不是一种偶然现象。在封建社会的政治生活中,"执礼器"不是小事,何况亲随孔子南行? 即使这个梦本身不足说明什么,刘勰对这个梦如此重视,并为实现其梦而开始写《文心雕龙》,这就充分说明:刘勰的思想是积极入世的儒家思想。在《文心雕龙》中,刘勰对自己的人生态度表达得很明显。他并未用三世轮回的佛教思想而寄望来世,却是清醒的现实主义者。他说:

> 君子藏器,待时而动,发挥事业,固宜蓄素以弸中,散采以彪外,梗柟其质,豫章其干。摛文必在纬军国,负重必在任栋梁。(《程器》)

刘勰认为一个理想的人,应具备高尚的才德,以待时机到来,做出一番事业。因此,要充实其内,光彩其外,如高大的楠木、樟木,坚其质而挺其干。从事写作就应有助于军国大业,出仕做官则须负起栋梁之重任。这虽然是对一般文人的泛论,但我们于此可见:他主张文人都应如此,更能说明他对人生的积极入世态度;这种态度不仅不排斥他自己在内,把这段话视为刘勰的自白,也是不会相去太远的。这只从《序志》篇就可得到充分的印证。本篇述己之志就是:"君子处世,树德建言。"这里也谈到过去、现在、未来的问题,但与一般佛徒对"三世"的态度完全不同。刘勰的着眼点是现实,忧虑的是"岁月飘忽,性灵不居";已是三十多岁的人了,时光在不断地飞逝,而人的寿命却片刻不留。他认为:"腾声飞实,制作而已。"因此要抓紧现实,从事论著。对过去和未来的态度则是:"茫茫往代,既沉予闻;眇眇来世,倘尘彼观也。"同样是立足于现实而企图起到继往开来的作用。

孔子曾有"甚矣吾衰也,久矣吾不复梦见周公"(《论语·述而》)的感叹。刘勰虽然"齿在逾立"而出仕无门,他仍壮志满怀,毫无"吾衰"之感。魏晋以后,孔道不扬,刘勰也是看到了的:正始(240—249)时期已"聃周当路,与尼父争涂矣"(《论说》)。但他不是"不复梦见周公",且"随仲尼而南行"了。联系上述刘勰的人生态度,就更可进窥他在当时夜梦孔子的底蕴了。这次述梦,正可看作他要开始实践其理想的宣言。刘勰自述他写《文心雕龙》的动机说:

> 唯文章之用,实经典枝条,五礼资之以成,六典因之致用,君臣所以炳焕,军国所以昭明,详其本源,莫非经典。而去圣久远,文体解散;辞人爱奇,言贵浮诡,饰羽尚画,文绣鞶帨,离本弥甚,将遂讹滥。盖《周书》论辞,贵乎体要;尼父陈训,恶乎异端;辞训之异,宜体于要。于是搦笔和墨,乃始论文。(《序志》)

他认为文章的作用是巨大的,各种典礼法制,无不依靠它来完成;从君到臣,以至一切军国大事,也都赖以发扬光大。但后世作者爱奇好诡,过分追逐浮华,离开了文章为封建政教服务的根本。因此,刘勰要根据儒家圣人的意见提笔论文,以图改变当时的文风,使文学创作发挥其重大作用。

这说明,刘勰写《文心雕龙》的意图,和他的人生态度是完全一致的,他正是为了实现其政治抱负"乃始论文"的。但在"上品无寒门,下品无势族"(《晋书·刘毅传》)的六朝时期,出身寒门的人,即使真是"负重"的栋梁之材,也是壮志难酬的。当时的法制是:"甲族以二十登仕,后门以过立试吏。"(《梁书·武帝纪》)穷得不能结婚的刘勰,前已说明不是什么"甲族",二十岁后可"登"者只有定林寺。"过立"之后是否有"试吏"的机会呢?"齿在逾立"的刘勰只得了春梦一场。对积极用世的刘勰,这是他并非贵族的力证。出身世家大族的人,当时不论其才德如何,是不会落得"过立试吏"尚不可得的。刘勰何以在三十岁后夜梦孔子,这岂非原因之一?他也明明知道:"勋荣之家,虽庸夫而尽饰;迍败之士,虽令德而常嗤"(《史传》),士庶之别,是"由来非一朝"了。但刘勰并不完全失望,而是清楚地意识到:"将相以位隆特达,文士以职卑多诮,此江河所以腾涌,涓流所以寸折者也。"(《程器》)涓涓细流是不能和一泻千里的长江大河相比的,自己的途程,必然要经历无数的艰难曲折。因此,刘勰以极大的毅力来从事《文心雕龙》的写作。从"齿在逾立"开始,经过五六年的努力,到他三十七岁时(501),我国古代第一部完整的文学理论巨著《文心雕龙》告成了。

但"人贱物亦鄙",这部著作脱稿之后,却"未为时流所称"(《梁传》)。刘勰也承认:"识在瓶管,何能矩矱",个人的见识是有限的,不可能确立人人遵循的正确法则;但也相信自己这部书:"按辔文雅之场,环络藻绘之府,亦几乎备矣"(《序志》)。有关文学艺术的种种问题,都已周密而全面地作了论述;《梁传》说他"自重其文",对此书是有充分信心的。刘勰深知,一部优秀的著作,是"音实难知,知实难逢"的;但"良书盈箧,妙鉴乃订"(《知音》),必须经高明的鉴赏家的评论,才能做出定论。因此,他决心取定于当时文坛上声望甚高的沈约。又由于沈约地位高,架子大,刘勰没有正式拜访他的资格,只好背上书稿,装做小贩,候沈约车出,上前挡驾。沈约是一个门阀观念很强的人(见《文选》卷四沈约《奏弹王源》),对刘勰这种无名小辈,当然不放在眼里;但这部《文心雕龙》,却不能不使他感到意外。《梁传》说沈约读后"大重之",不仅认为此书"深得文理",还"常陈诸几案",以便自己随时翻阅。

由于沈约的称誉,刘勰及其《文心雕龙》才渐为世人所知。也可能由于沈约的关系,年近四十的刘勰,才于天监二年(503)踏上仕途:起家奉朝请。《宋书·百官志》说:"奉朝请者,奉朝会请召而已。"当时只是一个没有具体官职的低级官号①。天监三、四年,才相继任临川王萧宏的记室(管理文书),和车骑将军夏侯详的仓曹参军(管理仓库)。天监六年开始,做了四、五年的太末(今浙江龙游县)令,"政有清绩"(《梁传》)。约在天监十年,又改任仁威将军萧绩的记室。到天监十三年,刘勰五十岁时做了昭明太子萧统的通事舍人(管理章奏),这就是刘勰一生最幸运的时刻了。《梁传》说"昭明太子好文学,深爱接之",这是可能的。但这时的刘勰,一方面由于年过半百,渐趋衰老;一方面萧家王朝并未发现这位栋梁之材而让他在军国大事中发挥"负重"的作用。就是萧统的"深爱接之",也是很有限度的。这只要和刘勰的前任庾仲容相比就很明显。《梁书·庾仲容传》说:"(仲容)除安成王中记室,当出随府。皇太子以旧恩特降钱宴,赐诗曰:'孙生陟阳道,吴子朝歌县,未若樊林举,置酒临华殿。'时辈荣之。"这种特殊的恩遇,在萧统和刘勰的关系中是没有影子的。所以,到天监十八年,刘勰虽再迁步兵校尉(管理东宫警卫工作),继续兼任通事舍人,但他已五十五岁,当年栋梁重任的抱负已没有实现的可能了。又由于僧祐死于天监十七年,他生前搜集的经卷急待整理,刘勰奉命再度回定林寺整理这些佛经。旧地重游,不能不忆起当年曾引以为荣的旧梦;经过二十多年的涓流"寸折",这时才有若大梦初醒,悟得宦海无边、回头是岸的"真谛"。因此,在完成整理佛经任务之后,便以最大决心于普通元年(520),首先在定林寺燔发自誓,然后请求弃官为僧,改名慧地。这时的刘勰,才算消除尘念,一心皈佛了。但刘勰出家后,不到一年而死,终年五十七岁。

---

① 《资治通鉴》卷一四七,天监七年"诏吏部尚书徐勉定百官九品为十八班,以班多者为贵"。奉朝请是第二班。

《梁传》说刘勰有"文集行于世"。这话《南史·刘勰传》已删,是则唐初已不复存,其"文集"内容,现已无从得知。刘勰的著作除《文心雕龙》外,现在尚存《梁建安王造剡山石城寺石像碑》(见《会稽掇英总集》卷十六)和《灭惑论》(见《弘明集》卷八),两篇都是佛教方面的著作。刘勰在文学史上有其重要地位,主要是他留下了一部三万七千多字的《文心雕龙》。

二、刘勰的思想

刘勰七岁时,曾梦"彩云若锦,则攀而采之"(《序志》)。在叙志时讲这个故事,无非表示他少有奇志。到三十一二岁,又梦随孔子南行,则意在说明他将根据"尼父陈训"来写《文心雕龙》。到天监十五年(516)刘勰五十二岁时,剡山石像建成,刘勰为之写《梁建安王造剡山石城寺石像碑》,又大讲一通梦话。碑文主要是记这座巨石佛像凿建的始末。它之得以建成,要在一梦。其中说:

> 有始丰县令吴郡陆咸,以天监六年十月二十二日,罢邑旋国,夕宿剡溪,值风雨晦冥,惊湍奔壮,中夜震惕,假寝危坐。忽梦沙门三人,乘流告曰:"君识性坚正,自然安隐(稳);建安王感患未瘥,由于微障。剡县僧护造弥勒石像,若能成就,必获康复。冥理非虚,宜相开导。"咸还都经年,稍忘前梦。后出门遇僧……乃剡溪(梦中)所见第三人也。再显灵机,重发神证,缘感昭灼,遂用腾启。

据《梁书·南平王伟传》,萧伟是梁武帝萧衍之弟,曾于天监元年封建安王。从天监六、七年之后,萧伟一直疾病缠身,这是史实。

上引刘勰碑文,主要是说佛像显灵托梦,且梦中沙门迳入人世催促,要萧伟建成石像,"必获康复"。于是大兴土木,三年乃成。而史实却是:当天监十五年石像落成之际,正是萧伟病势转危以至"水浆不入口累日"之时。其后仍日益沉重,始终未"获康复"。刘勰当时身为太子舍人,这些情况不会不知,但却在碑文中大肆吹嘘"再显灵机""灵应之奇""感通之妙"等等,就完全是自欺欺人的梦呓了。

刘勰这三次说梦,大体上可反映他少年、中年和晚年三个时期的思想面貌。但问题是复杂的,还不能简单地、绝对地把他的思想分割为三个时期。刘勰思想的复杂,就在于他几乎整整一生都沉浸在佛教的汪洋大海之中,但他一生的主要行事,特别是他的力作《文心雕龙》,其主旨显然与佛家教义无关。就刘勰或存或亡的一些佛教论著来看,其佛教思想是无庸置疑的。但我们要研究的,不是佛教思想家的刘勰。对文论家的刘勰,研究其思想必须从他的文论出发,这也是无庸置疑的。问题在于:佛教信徒的刘勰,和文论家的刘勰是一个人;《文心雕龙》的思想和刘勰的佛教思想有无关系?有两种对立的看法。一种认为:"刘勰撰《文心雕龙》,立论完全站在儒学古文学派的立场上。……在《文心雕龙》里,严格保持儒学的立场,拒绝佛教思想混进来。"(范文澜《中国通史简编》第二编)。另一种认为"刘勰的指导思想是以佛统儒,佛儒合一","《文心雕龙》的指导思想是'般若',而'师圣宗经'只不过是在'般若'思想指导之下为文的工具而已"(马宏山《〈文心雕龙〉散论》)。这两种意见都各有理由,但用刘勰的话来说:"各执一偶之解,欲拟万端之变,所谓东向而望,不见西墙也。"(《知音》)要合于刘勰的实际,就必须对他的全面情况细加查考,片面强调某一方面而忽略另一方面,就势难准确地说明《文心雕龙》的思想。

刘勰既认为自有人类以来，最伟大的就是孔子；又认为儒家经典是"恒久之至道，不刊之鸿教"(《宗经》)，对儒家的圣与经都做了至高无上的评价；在同一部《文心雕龙》中，虽不能说没有"佛教思想混进来"，又怎能容纳"以佛统儒"的佛教思想的地位呢？问题还在于：以一切皆空、一切皆无为特征的"般若"思想，只能引导人们否定一切现实的客观存在；如讲般若学的《大明度经·本无品》所说："一切皆本无，亦复无本无……无过去当来现在，如来亦尔，是为真本无。"这种"本无"论者对他自己是否存在，也只能是否定的，又怎能承认文学或文学理论？承认文学所赖以反映的客观世界和用以服务的社会现实？《文心雕龙》则明明是承认这一切的，它不仅承认物决定文，文反映物，且极力主张用文学创作来为封建政教服务。"般若"思想则正与此背道而驰，它又怎能成为《文心雕龙》的指导思想呢？

反之，认为《文心雕龙》是纯粹的儒家思想，作者严格拒绝佛教思想混入其中，也并非事实。《文心雕龙》不可能是绝缘体。刘勰的时代，是佛教思想大泛滥的时代；刘勰的一生，是在佛教的浓雾之中度过的一生；何况《文心雕龙》是在定林寺中写成？齐梁之际，上自帝王，下至臣民，信奉佛教、宣扬佛教者，比比皆是，自幼信佛的刘勰，又何须对佛教思想严加拒绝？事实上，《文心雕龙》中也十分明显地运用过佛教思想。《论说》篇有云：

夷甫、斐颜，交辨于有无之域；并独步当时，流声后代。然滞有者，全系于形用；贵无者，专守于寂寥，徒锐偏解，莫诣正理；动极神源，其般若之绝境乎。

在这段论述中，是不能仅仅视"般若"二字为用词问题的。刘勰是作为一个思想武器,在评论魏晋时期"崇有"与"贵无"这场大辩论中使用的。他认为两说都非"正理",只有既不承认"有"也不承认"无"的"般若绝境"才是最正确的。这当然是货真价实的佛教思想。但这种思想在《文心雕龙》中既不是普遍的,更不是用以探讨一切文学理论的指导思想。它只是针对"崇有"和"贵无"之辩而发;这和刘勰曾说"李(耳)实孔师"(《诸子》),我们不能据以得出"以道统儒",或以道家思想为全书指导思想的结论一样。

《文心雕龙》的主导思想,是和它的作者的人生观不可分割的。所谓"颂其诗,读其书,不知其人可乎?"(《孟子·万章下》)进一步认清刘勰是怎样一个佛徒,是解决这一问题的关键。晋宋以来,佛教大行,梁武帝更是一个著名的佛教皇帝。他做皇帝的第三年(天监三年),便正式宣布佛教为国教,要求"公卿百官,侯王宗室,宜反伪就真,舍邪入正"(《全梁文》卷四《敕舍道事佛》),以至有"处处成寺,家家剃落,尺土一人,非复国有"(《南史·郭祖深传》)之势。在这种环境下,刘勰和佛教有种种瓜葛,本是不足为奇的。只要略加具体分析,问题就很清楚:第一,刘勰入定林寺与"家贫不婚娶"有关;第二,在定林寺时间虽长,并未年满具戒,直到死前几个月才正式出家;第三,他虽经长期佛家思想的洗礼,但从三十一二岁夜梦孔子的思想来看,仍以崇奉孔儒为主;第四,从刘勰做官"政有清绩"可知,他对做官是积极认真的,否则,以刘勰的门第,未必能做到太子舍人;第五,正如《程器》篇所说:"穷则独善以垂文,达则奉时以骋绩。"这是他自己一生的信条。可说刘勰为"奉时骋绩"而做了毕生的努力。但直到晚年,仍在东宫作"庭间之回骤,岂万里之逸步哉"(《通变》)。他是做栋梁之材的泡影已灭,才不得已而走"独善其身"的道路的。

这是了解刘勰思想的一条主线。虽然后两点是他写成《文心雕龙》以后的事，但只有从整体看局部、从全人看其著作，才有可能得到准确的认识。而刘勰完成《文心雕龙》以后的生活道路，正是他在《文心雕龙》中表达的思想的实践，因而为其整个人生观作了最有力的印证。

《文心雕龙》是了解刘勰思想的重点，其中有关论述就更为明显。前述他在《序志》等篇表达的"君子处世，树德建言"等，并不是偶发的空论，在讨论种种文学问题中，这种思想表达得更具体、更充实。刘勰反对文学创作与现实脱节，认为"安有丈夫学文，而不达于政事哉？"（《程器》）猛烈地批判在"世极迍邅"时"而辞意夷泰"的玄言诗（《时序》）。对那种"无贵风轨，莫益劝戒"（《诠赋》）的辞赋，"无所匡正""无益时用"（《谐隐》）的文字游戏，全书进行了反复的批判。刘勰一再强调的则是"顺美匡恶"（《明诗》）、"彰善瘅恶，树之风声"（《史传》）的优良传统；对作者的要求是"披肝胆以献主"（《论说》），在"大明治道"（《议对》）、"兴治齐身""抑止昏暴"（《谐隐》）中发挥文学的巨大作用。这类主张，是举不胜举的。这只能说明，刘勰在《文心雕龙》中运用的是积极入世的儒家思想；对文学创作来说，就是力图使之在为封建政教服务中发挥较大的作用。《文心雕龙》一书，虽还未可遽定它是刘勰入仕的敲门砖，至少可以说，他入仕以后的实际行动和《文心雕龙》中表达的思想是完全一致的。由此可见，无论是刘勰其人或《文心雕龙》其书，主导思想都是儒而非佛。

问题在于：一个佛教徒而以儒家思想为主导来论文，这是不是有矛盾？

首先，细究刘勰入定林寺的原因，在梁武帝大力提倡以至用政令推行之下，刘勰从事的一些活动，以及他最后的出家，他对佛教"虔诚"的程度，是不能估计过高的。问题还在于，即使刘勰真有献身佛门的诚意,也未必就非用佛理来论文不可。只略举当时的几个实例,便可说明这点。如梁武帝萧衍,用以骗人,他虽大倡佛教,但用以治国,却不能不"雅好儒术"(《资治通鉴》卷一四五)。他自己可演四次舍身同泰寺为奴的闹剧,但于用人理政,却不能不重视儒学。因此,在他宣布佛教为国教的第二年(天监四年),就接着下诏说:"二汉登贤,莫非经术,服膺雅道,名立行成。魏晋浮荡,儒教沦歇,风节罔树,抑此之由。……可置五经博士各一人,广开馆宇,招内后进!"(《梁书·儒林传序》)还是要广开儒学来培养治国理政的人才。又如沈约,如果读了他的《均圣论》《神不灭论》《答范缜神灭论》(均见《广弘明集》)等大量宣扬佛教的著作,再看其《宋书·孝义传》等,我们会怀疑它是否出自一人之手。至如"素信三宝(佛、法、僧)"而对佛理尚有建树的萧统①,在他的《文选序》《陶渊明集序》等论著中,也是嗅不出什么佛教气味的。甚至主张"文章且须放荡"(《艺文类聚》卷二五《诫当阳公大心书》)而大写其宫体诗的萧纲,对佛教"崇信亦甚,其所著作,旨多弘法"(汤用彤《汉魏两晋南北朝佛教史》)。这种史实足以说明,即使精研佛理,佞佛更深的人,也完全可以论佛则佛,论文则文。这是理解刘勰虽是佛教信徒而所著《文心雕龙》并不以佛家思想为主的重要佐证。

即使虔诚的佛徒,也可以在无关教义的论著中大讲儒术、崇拜周孔而不矛盾,在当时还有一个具体原因,就是晋宋以来儒佛同源的普遍思潮。孙绰认为:"周孔即佛,佛即周孔,盖外内名之耳。"(《弘明集》卷三《喻道论》)沈约也说:"内圣外圣,义均理

---

① 《南史·萧统传》:"太子亦素信三宝,遍览众经。乃于宫内别立慧义殿,专为法集之所。招引名僧,自立《二谛》《法身义》。"

一。"(《全梁文》卷二九《均圣论》)梁武帝更以为:"穷源无二圣,测善非三英。"(丁福保《全梁诗》卷一《会三教诗》)这种思潮不只是影响到刘勰,他自己正是这一大合唱中的重要角色之一。《灭惑论》有云:"至道宗极,理归乎一;妙法真境,本固无二。……故孔释教殊而道契。"既然儒佛不二,周孔即佛,一个佛徒崇奉周孔,在当时就是合理合法的了。

由此可见,在当时的情况下,一人而兼有儒佛思想是允许的,一书而兼取儒佛之说也并不矛盾。但即便如此,问题仍未得到彻底解决。儒佛二教毕竟不能合二为一;虽可抽象地说儒佛二教"理归乎一",在大量实际问题上,仍是各异其旨的。刘勰对这个矛盾所以处理得当,最根本的原因还在于:《文心雕龙》的主要任务不是传教,而是论文。它既非"五经论",亦非"般若论""道德论"。一个懂得文学艺术的理论家,是不会赞成用文学作品来宣传教义的。刘勰不仅反对用诗赋来宣扬玄学,狠狠批判了"诗必柱下之旨归,赋乃漆园之义疏"的创作倾向,也不满于东汉时期一切作品都"斟酌经辞"而"渐靡儒风"(《时序》)。嵇康的《与山巨源绝交书》,虽已明文提出他"每非汤武而薄周孔",刘勰却评此书为"志高而文伟"(《书记》)之作。甚至孟子的某些言论,刘勰也用"躁言丑句"(《奏启》)等予以无情地否定。这种观点在《文心雕龙》中并不是个别的。所以,有的论者认为"刘勰论文,并不要求用儒家思想来写作"[1],这是事实。刘勰之前,宣扬佛教的作家作品还不多。如鲁迅称为"释氏辅教之书"的志怪小说,宋有刘义庆的《宣验记》,齐有王琰的《冥祥记》等,刘勰并未论及。檀道鸾《续晋阳秋》曾谓:"至过江,佛理尤胜……(许)询及太原孙绰,

---

[1] 周振甫《谈刘勰的"变乎骚"》,《古代文学理论研究》第2辑。

转相祖尚,又加以三世(佛理)之辞,而诗、骚之体尽矣。"(《世说新语·文学》注引)对许询,《文心雕龙》中也未论及;对孙绰,除《明诗》篇批判了他的玄言诗外,《才略》篇还讲到:"孙绰规旋以矩步,故伦序而寡状。"范文澜注云:"孙兴公(即孙绰)《游天台山赋》多用佛老之语,不甚状貌山水。"这类作品都只有干巴巴的说教,而缺乏鲜明生动的形象描写,所以刘勰评以"大浇文意"。《文心雕龙》不从狭隘的宗教思想出发,而吸取各家有益于文的资料(详下),正是它能成为一部不朽的古代文论的重要原因之一。即使它以儒家的思想为主导思想,也并未提出"文以载道"的主张。它虽强调"征圣""宗经",正如《征圣》篇所说:"征之周孔,则文有师矣",主要是要求在写作为文上向儒家圣人学习。《宗经》篇说:

　　故文能宗经,体有六义:一则情深而不诡,二则风清而不杂,三则事信而不诞,四则义直而不回,五则体约而不芜,六则文丽而不淫。

这就是刘勰主张征圣、宗经的全部目的。他要求的只是"情深""风清""事信"等,并没有限定必须某一家的"情深"或"义直"。因此,诸子百家之书,可以视为"亦学家之壮观也"(《诸子》);对崇尚老庄学说的何晏、王弼之论,给以"师心独见,锋颖精密,盖人伦之英也"(《论说》)的高度评价。这样的例子很多。从刘勰肯定何晏的论文而否定其诗歌"何晏之徒,率多浮浅"(《明诗》)可以看出,他主要是从作品的优劣出发,而不是从思想属于何家何教出发。

　　但以上所说,也只能是就其大体而言。在个别问题上,或用"般若",或讲"仁孝",也是有的。特别是持儒家偏见的评论更多,如论屈原"异乎经典"四事,以儒家经书所无,便斥为"诡异之辞""谲怪之谈"等(《辨骚》);认为商鞅、韩非的学说"弃仁废孝,辇药之祸,非虚至也"(《诸子》)等。这些地方说明,刘勰论文,是受到儒家思想的一些束缚的,以至成为《文心雕龙》的主要局限之一。也正因为这种局限在全书中是局部的、次要的,它才能在许多重大问题上,摆脱儒佛思想的桎梏,从而总结了许多有益的文学创作经验,探讨了一系列重要的文学理论。

三、《文心雕龙》及其主要成就

《文心雕龙》的主要成就,即其在古代文学理论史上的重要贡献,有以下四个方面:

一、在文学理论上集前人之大成,并建立了完整的理论体系。

清人孙梅曾说:《文心雕龙》"五十篇之内,百代之精华备矣"(《四六丛话》卷三一)。胡维新则谓此书"读之千古如掌"(《两京遗编》序)。《文心雕龙》确是全面总结了先秦以来文学创作的主要经验,把握了文学艺术的一些基本规律;因而通过此书,可以鸟瞰晋宋以前的文学概况及其精华。

文学理论,主要是文学创作经验的总结。《文心雕龙》既以大量篇幅分别总结了各种文体的写作经验,也吸取了《乐记》《毛诗序》《典论·论文》和《文赋》等前人已有初步总结的种种经验。以儒家经典为主的先秦诸子百家论著,刘勰也从其片言只语中吸收了丰富的养料。如《宗经》篇的"言以足志,文以足言"(《左传·襄公二十五年》);"情欲信,辞欲巧"(《礼记·表记》);"《易》称'辨物正言,断辞则备'"(《周易·系辞下》);"《书》云'辞尚体要,弗惟好异'"(《尚书·(伪)毕命》)等,都取自儒家经典。《神思》篇的"形在江海之上,心存魏阙之下"(《庄子·让王》),"疏瀹五藏,澡雪精神"(《庄子·养生主》)等取自《庄子》。《定势》篇的"势者,乘利而为制也",取自《孙子·计篇》;"圆者规体,其势也自转;方者矩形,其势也自安",取自《尹文子·大道》①。《情采》一篇,就兼取《论语》《孝经》《老子》《庄子》《韩非子》《鹖子》《淮南子》等诸家之说(见范文澜《文心雕龙·情采》注)。这样的例子在《文心雕龙》中不胜枚举。

刘勰众采百家,并不是拼凑一个大杂烩。他并不拘其原意,也不是在思想上兼收并蓄,而是从写作上根据自己立论的需要,或取各家之长,或利用旧说,从而建成自己的理论体系。当然,刘勰的集前人之大成,既非包罗无遗,也不是把前代最可贵的经验都总结到了。如劳动人民"饥者歌其食,劳者歌其事"(《公羊传·宣公十五年》何休注)的重要经验,《文心雕龙》中就没有得到应有的重视。但刘勰不仅注意到"匹夫庶妇,讴吟土风",能够反映出士气的"盛衰"、国家的"兴废"(《乐府》),更总结了劳动人民以文学艺术为斗争工具的重要经验:

> 芮良夫之诗云:"自有肺肠,俾民卒狂。"夫心险如山,口壅若川;怨怒之情不一,欢谑之言无方。昔华元弃甲,城者发"睅目"之讴;臧纥丧师,国人造"侏儒"之歌;并嗤戏形貌,内怨为俳也。(《谐隐》)

这是说:传为芮良夫的《桑柔》诗中讲过:"昏君自有歹心肠,逼得百姓要发狂。"国君的心虽比高山还险,老百姓的嘴却像江河那么难堵。由于群众怨恨的心情各不相同,其嘲笑讽刺的作品也没有固定的方式。如宋国华元被郑国打败后,逃归监督筑城,筑城工

---

① 详见詹锳《〈文心雕龙〉的定势论》,《文学评论丛刊》第5辑。

就作歌嘲讽他被敌人打得丢盔弃甲,监督民工却神气十足的丑态。刘勰认为这种嘲讽之作,是由不同的"怨怒之情"决定的。这就不仅总结了嘲讽的形式决定于"内怨"的文学理论,更接触到劳动人民的斗争不可阻止,文学创作则为其斗争武器的重要规律。所以,本篇反复强调,"谐隐"这种文学式样并不是"空戏滑稽",而是用以"抑止昏暴""振危释惫"的有力武器。

从《文心雕龙》全书看,对民间创作经验认识不足的局限是存在的。但上例说明,一个四、五世纪的封建文人能有如此认识,也就难能可贵了。这段论述也不是刘勰的首创,而是取《诗经·桑柔》《左传》中对宋国城者之讴的记载,和《国语·周语》中的"防民之口,甚于防川"等资料综合而成。但刘勰利用这些史料组合起来,就构成了他自己的文学理论,并成为其整个理论体系的组成部分。

《文心雕龙》全书的体系,《序志》篇已作了明确交代:

> 盖《文心》之作也,本乎道,师乎圣,体乎经,酌乎纬,变乎骚;文之枢纽,亦云极矣。若乃论文叙笔,则囿别区分,原始以表末,释名以章义,选文以定篇,敷理以举统:上篇以上,纲领明矣。至于割情析采,笼圈条贯,摛神性,图风势,苞会通,阅声字;崇替于《时序》,褒贬于《才略》,怊怅于《知音》,耿介于《程器》;长怀《序志》,以驭群篇:下篇以下,毛目显矣。

这段话说明了全书五十篇的基本轮廓:由《原道》至《辨骚》的五篇为"文之枢纽";由《明诗》至《书记》的二十篇为"论文叙笔";《神思》以下二十四篇为"割情析采";最后一篇《序志》是全书的序言。"割情析采"部分包括创作论和批评论两个部分,所以全书共由四大部分组成。

"文之枢纽"的五篇中,《原道》《征圣》《宗经》三篇为全书总论。《原道》篇主要论万事万物都有其自然的文采;作为全书的基本观点,意在文必有采,但反对过分雕琢而违反自然。《征圣》《宗经》两篇的主旨前面已经提到,主要是学习儒家经典的写作原则,重在内容方面的"情深""事信""义直"等。"原道"和"征圣、宗经"两种基本观点的结合,就构成其完整的文学主张:"衔华佩实"、文质兼备。这就是刘勰评论作家作品和探讨种种文学理论的出发点。《正纬》论纬书之伪,只是《宗经》篇的附论。《辨骚》是介于"文之枢纽"和"论文叙笔"两类之间的一篇,其基本性质为"文类之首"(范文澜《文心雕龙·原道》注)。因为骚体是"轩翥诗人之后,奋飞辞家之前"的作品,刘勰认为它既有同于经典之处,也有异于经典之处,所以需要"辨骚"。如果"骚"属"经"(王逸就称之为《离骚经》),就不能和一般文体等同对待。但从"灵均唱骚,始广声貌"(《诠赋》)来看,它和儒家经典已大不相同了,故又称"变乎骚"。所谓"变",则指它已发展变化为与经典不同的文学作品了。

"论文叙笔"部分通常称为"文体论"。这部分对三十五种文体分有韵的"文"和无韵的"笔"逐一评论,各种文体大都叙其源流、释其名称、评其代表作品和总结其文体特点及写作要领。这部分虽可称为"文体论",其重要意义则在分别总结各种文体的写作经验;下篇所论各种文学理论,正是在这个基础上提炼出来的。刘勰对各种文体的总结或评论,就以"衔华佩实"的基本观点为依据。如论诗,强调"舒文载实",从"造怀指事,不求纤密之巧;驱辞逐貌,唯取昭晰之能"两个方面来肯定建安诗作;从"采缛于正始,力柔于建安"两个方面来批评西晋文学(《明诗》)。论赋,则既要求"义必明雅",又要求"词必巧丽",而以"丽词雅义,符采相胜"

为其理想作品(《诠赋》)。一再赞扬"情采芬芳"(《颂赞》)、"文质辨洽"(《史传》)的作品,而反对"或文丽而义暌,或理粹而辞驳"(《杂文》)的文章。

刘勰用"割情析采"来概括《神思》以下创作论和批评论的内容,更说明他是以"衔华佩实"的基本观点来论述这些问题的。

从《神思》到《总术》的十九篇是创作论。《时序》《物色》两篇和《辨骚》篇的位置相似,也是介于创作论和批评论之间的篇章。这二十一篇是《文心雕龙》的精华部分,对艺术构思、艺术风格、继承和革新的关系、内容和形式的关系、文学和现实的关系等重大理论问题和种种艺术技巧,分别进行了专题论述。贯串这些论题的一条主线,就是"割情析采",即通过对"情"与"采"、"文"与"质"的关系的分析,以探讨如何创造成"衔华佩实"的理想作品。如论艺术构思即着眼于心物交融的关系:"神用象通,情变所孕。物以貌求,心以理应。"(《神思》)论艺术风格的基本原理就是:"情动而言行,理发而文见,盖沿隐以至显,因内而符外者也。"(《体性》)对作品总的要求提出:"练于骨者,析辞必精;深乎风者,述情必显";"风清骨峻,篇体光华。"(《风骨》)论内容和形式的关系,更阐明了"文附质""质待文",二者相互依存而不可偏废的原理(《情采》)。其他如《熔裁》篇论"檃括情理,矫揉文采";《附会》篇论"附辞会义"等,也主要是从"情"与"采"、"文"与"质"两个方面,从不同角度来论述如何把作品写得"衔华佩实"、文质并茂。至于"阅声字"各篇(从《声律》到《练字》)所论种种艺术技巧,则不外研究如何抒情状物,仍属"割情析采"的具体内容。刘勰的创作论以"割情析采"为纲,相当全面地论述了文学理论上的一系列问题。概括而言,它探讨了构成文学艺术的基本要素——物、情、言三者的相互关系。如《物色》篇所说:"情以物迁,辞以情发",就涉及情与物、言与情两种关系。本篇论及言与物的关系更多。如"以少总多""物貌难尽""文贵形似""体物为妙,功在密附""物色虽繁,而析辞尚简"等。刘勰的创作论,主要就是对这三种关系的论述①。

批评论的基本论点是:"缀文者情动而辞发,观文者披文以入情"(《知音》),仍是从情与言的关系着眼的。"披文入情"的具体办法,就是通过"六观"来"阅文情"。所谓"六观",就是从体裁的安排、辞句的运用、继承与革新、表达的奇正、典故的运用和音节的处理等六个方面,来考察其表达的内容如何,以及能否很好地表达内容。显然,这正是"割情析采"的具体工作。

以上简析说明,《文心雕龙》确有自己完整的结构和严密的理论体系。它不仅是从总论、文体论、创作论到批评论,井井有条地组成一个整体,且以儒家经典中表述的文学观点为主,熔各家之说为一炉;以"衔华佩实"为纲贯串全书,全面论述了物与情、物与言、言与情三种关系,把文学理论上的一系列基本问题,做了相当全面的论述。刘勰的这一成就,在封建社会中是前无古人、后无来者的。

二、从文学的内部规律上,探索了当时文学发展的正确道路。

刘勰以"衔华佩实"为纲建立的一整套理论体系,并不是主观臆造出来的。它既为文学艺术本身的规律所决定,也是古代文学发展到齐梁时期的历史产物。刘勰不过是初步掌握了文学艺术的规律,顺应了当时的历史要求,才这样来建立其理论体系的。

汉代文人还没有形成真正的文学概念,当时的"文学",基本

---

① 刘勰对物、情、言三种关系的全面论述,详见拙著《〈文心雕龙〉创作论新探》,《社会科学战线》1982年第1、2期。

上处于儒学的附庸地位。建安时期开始，文学艺术逐渐摆脱经学的束缚而独立发展，出现了文学史上光辉的一页：建安文学。但好景不长，从西晋开始，文学创作在世族文人操纵下，形式上日趋浮华淫艳，内容上愈渐空虚颓废。至于齐梁，文学艺术的发展道路，出现了严重的危机。汉人以《诗经》为六经之一，是儒家政治道德的教科书，而认识不到它是文学艺术。《离骚》也被尊之为《离骚经》。对辞赋，抑之则为"童子雕虫篆刻""壮夫不为"（扬雄《法言·吾子》）；扬之则为"古诗之流"（班固《两都赋序》），仍图和"经"拉上关系，才有其合法的立足之地。在这种情形下，汉代文人自然不可能找出文学的正确道路。建安文学之所以被公认为开始了"文学的自觉时代"，主要就是此期文人才普遍有意识地在创作中"以情纬文，以文被质"（《宋书·谢灵运传论》）。这就开始了文学创作是一种美的、艺术创作的新时期。但所谓"以情纬文，以文被质"，情与文，文与质，是水乳相融为一体的。其后的发展却偏重于"文"而忽略了"质"，以至宋初，出现了"俪采百字之偶，争价一句之奇"（《明诗》）的局面。刘勰的任务，不仅是要纠正这种畸形发展，而且要从理论上来探讨、总结文学艺术的正确道路。

《文心雕龙》当然不可能力挽狂澜而立竿见影，但刘勰正是面对现实，总结历史经验，围绕着"衔华佩实"这条主线，从文与质的统一、通与变的结合，情与采的关系等几个重要方面，探索了当时文学艺术应走的正确道路。《通变》是一篇集中研究文学发展道路的专论。所谓"通变"，刘勰又称为"因革"，也就是继承和革新的意思。刘勰认为："文律运周，日新其业。变则其久，通则不乏。"文学创作要能不断发展，就必须继承和革新相结合。但刘勰所讲的继承和革新是有所专指的。本篇通过对"九代咏歌"的考

察,认为古来文学艺术发展总的趋势是:

> 黄唐淳而质,虞夏质而辨,商周丽而雅,楚汉侈而艳,魏晋浅而绮,宋初讹而新:从质及讹,弥近弥澹。何则? 竞今疏古,风味气衰也。(《通变》)

刘勰认为从古代的质朴发展到魏晋以后的浅而绮、讹而新,主要原因就是"竞今疏古",也就是只"变"而不"通"。因此,他主张"矫讹翻浅,还宗经诰",要继承古代儒家的经典来改变当时的"浅""讹"。由此可见,"通"与"变"的关系,就是古与今的结合:"望今制奇,参古定法。"能如此,文学创作的发展,就可"骋无穷之路,饮不竭之源",而有广阔的发展道路了。

刘勰所论,显然意在用古代的"质",来矫正当时过分的华艳;则"通"与"变"的结合,实质上就是"文"与"质"的结合,所以他说:"斯斟酌乎质文之间,而櫽括乎雅俗之际,可与言通变矣。"这里有待研究的是,刘勰所说的"质文"二字是什么意思。从他总结"九代咏歌"的发展趋势是"从质及讹"来看,当指质朴与文华。但据整个"通变"论的主旨,又很难认为它要解决的,只是一个质朴与文华的调和问题。在这段具体论述中,有几点值得考虑:第一,用"还宗经诰"来"矫讹翻浅",不可能是只宗儒家经典的朴质文风,刘勰的宗经思想以内容为主是很明显的;仅用质朴的文风,也很难起到"矫讹翻浅"的作用。如果刘勰真是意在调和质朴与文华的关系,何不肯定"质之至也"的黄唐之风而要"还宗经诰"?第二,刘勰论"九代咏歌",既不满虞夏之前"黄歌""唐歌"的过于朴质,也反对楚汉以后"侈而艳""讹而新"的不良倾向。他评价最高的是"丽而雅"的"商周篇什",具体说就是《诗经》。所谓"还宗经诰",在诗歌创作方面主要就是学习《诗经》。儒家五经之一的《诗经》,正是刘勰认为"圣文之雅丽,固衔华而佩实者也"的典范。第三,刘勰明确肯定了商周以前的作品:"序志述时,其揆一也。"那么,在"通"的要求中,只能包括"序志述时",而不可能否定"序志述时"。由此可见,刘勰在本篇所讲的"质"与"文",和"通"与"变"、古与今,都是相联类的概念;他所论"通变之术"的实质,仍是围绕其"衔华佩实"的论纲,来探讨文学艺术发展的道路问题。

齐梁文学虽然误入歧途,但在漫长的古代文学史上,从文学的自觉时代开始,它还处在青少年时期。如果像裴子野那样,认为当时的"雕虫之艺"是"淫文破典",是"乱代之征"(《全梁文》卷五三《雕虫论》),因而予以彻底否定;或者像苏绰那样,为了"捐其华"而主张"一乎三代之彝典,归于道德仁义"(《全后魏文》卷五五《大诰》),那就是倒退到汉以前的状态,就无异于取消文学,至少是夭折了自觉的文学。所以,在这个重要的时刻,针对当时文风,强调"通",主张"参古定法"是必要的,却绝不能忽视"变"而否定"望今制奇"的一面。从这个意义看,刘勰的"通变"论,是有重要历史意义的。刘勰对情采关系、文质关系的正面论述,正是为了从根本上来解决这个重要问题。《情采》篇说:

> 夫铅黛所以饰容,而盼倩生于淑姿;文采所以饰言,而辩丽本于情性。故情者文之经,辞者理之纬;经正而后纬成,理定而后辞畅,此立文之本源也。

所谓"立文之本源",即文学创作的根本原则。只有从理论上阐明这个根本原则,才能更有力地说明通古变新的必要。《情采》篇首先就肯定文采:"圣贤书辞,总称文章,非采而何?"但文采只能起到修饰语言的作用,作品的好坏,主要决定于内容。文采在作品中和妇女的涂脂抹粉一样，可以起到一定修饰容貌的作用；但如一个人生的实在太丑，铅粉黛墨是无能为力的。可是，一个妇女如果毫无必要的装饰，就无从表示出她是一个"妇女"。所以本篇又说："虎豹无文，则鞟同犬羊"；一定的表现形态和必要的文采，并不是可有可无的。刘勰用"文附质""质待文"概括了二者相互依存的关系，并根据这种关系，进一步确立了文学创作中文与质经纬相成的原则。这样，文学创作以"述志为本"，并根据表达内容的需要而施以相应的文辞采饰，就能创造出"衔华佩实"的作品了。此论除具有一般的理论意义外，更主要的是既有利于维护文学艺术独立发展的道路，也为矫正过分追求华艳的文风，提出了有力的理论根据。这种理论和裴子野等人的根本区别，在于它是根据文学的内部规律提出来的，必须古与今的结合、文与质的统一，文学艺术才能独立存在并继续向前发展。

三、《文心雕龙》对文学艺术特征的把握，较前人有了显著的发展。

不可否认，刘勰在这上面还有其不足之处，如在《辨骚》《诸子》等篇中，对古代一些优美神话、寓言的否定，所论文体有一些并非文学作品等。但刘勰并非否定一切神话，如《正纬》篇对"羲农轩皞之源，山渎钟律之要，白鱼赤乌之符，黄金紫玉之瑞"等神奇传说，也认为"事丰奇伟，辞富膏腴，无益经典而有助文章"。这不仅是作了肯定，而且是从文学艺术的角度来肯定的。刘勰对某些神话的否定，主要是受儒家思想的局限造成，而不是对其艺术特点不理解。至于论章表奏议等文体，虽表现了刘勰在认识上有一定的模糊，但也应考虑到：古代某些章表书记确可谓之文学作品；而全面总结各种文体的写作经验来提炼有关文学理论，未尝没有一些可取之处（详见拙著《文心雕龙译注·引论》）；何况刘勰论"文",则列"骚""诗""乐府""赋"等体于前;叙"笔",则列"史传""诸子"等体于前。由此可见,在这些上面即使表现了刘勰认识的不足,也是较为次要的。

刘勰对文学特征的认识,主要有三:首先是他论文学创作的第一篇就是《神思》,这是很能说明问题的。是否经过艺术构思,是区别文学和非文学创作的一个重要界限。艺术构思不同于其他文章写作的构思,最主要的区别是凭虚构象。"规矩虚位,刻镂无形"二句,就清楚地表明了这种特点。所谓"规矩",是要赋予具体可感的形态;"刻镂"则指运思中对意象的酝酿加工。这种构思,就不仅仅是考虑对现存事物作如何安排组织之类,而是从无到有,把没有固定形态的意象,精雕细刻成具体、鲜明、可感的艺术形象。艺术构思的另一重要特征是形象思维。这种思维既以形象为对象,又以构造形象为目的。因此,在整个构思过程中始终没有离开具体的形象。这是构思其他文章所没有的特点。《神思》篇所论艺术构思正具有形象思维的特点,"神与物游"就是这种特点的高度概括。想到登山"则情满于山",想到观海"则意溢于海",就是作者的精神活动与物象相结合的具体情形。在这个过程中,"物以貌求,心以理应",艺术形象就是在这种心物交融中孕育出来的。刘勰称艺术构思为"驭文之首术",因而以《神思》为其创作论的第一篇。这种安排很能说明他对文学艺术特征的认识。

其次,文学艺术以"述志为本"的特点,《文心雕龙》中更为明确。文学创作也"序志述时",或者说"抒情状物",就是说,除了表达情志,还有反映现实的一面。但"序志述时"在文学创作中是不能截然分开的;文学艺术反映现实,和客观的历史记载不同,它既非简单地复制,亦非无动于衷地直陈实录,无论是写有意的"采菊东篱下",还是无意的"悠然见南山",都是为了抒发某种主观的情志。

"诗言志"是我国古代诗歌的优良传统。先秦两汉以来,论者不绝:"诗以言志"(《左传·襄公二十七年》),"诗者,志之所之也"(《毛诗序》),"诗以言情"(《初学记》卷二一刘歆《七略》),"诗缘情而绮靡"(陆机《文赋》,等)这个观点一直是明确的。刘勰虽是继承前说,也有一定的发展。前人主要是讲诗的抒情言志,刘勰不仅扩大到一切文学创作都是"为情而造文",都以"述志为本",都是"情以物迁,辞以情发",而且对文学创作的这一特征,从理论上进行了初步探讨。《明诗》篇说:"人禀七情,应物斯感;感物吟志,莫非自然。"道理虽然简单,却从文学创作的基本规律上说明了"述志为本"的文学特征。对"有心之器"的人来说,他和"无识之物"(《原道》)不同,就是有思想感情。因此,人受到外物的影响而抒发其情,就是一种自然而必然的规律。"情动而辞发"就是文学创作,就决定了文学创作以抒情言志为特点。此外,《情采》篇以"情"来概括文学的全部内容,《熔裁》篇说"万趣会文,不离辞情"等,都说明刘勰对文学艺术抒情言志的特点,已有较为深入的认识。

文学艺术的另一重要特点是形象性。文学创作虽以抒情言志为目的,但和一般章表书记的陈情达志不同,它不是直陈其情,径达其志,而必须通过一定的艺术形象。古人常说的"寓情于景""借物遣怀"等,正说明了这种特点。用刘勰的话说,就是要"体物写志"。陆机《文赋》曾讲到"期穷形而尽相",虽已接触到文学艺术形象性的特点,却未明确"体物"的目的在于"写志",只有认清"体物"和"写志"的内在联系,才能接触到文学创作的特质,否则,为写形而写形,虽"穷形尽相"何益?这说明,刘勰的认识是相当可贵的。

《诠赋》篇说："赋者，铺也，铺采摛文，体物写志也。"赋以状物为主，所以，虽是论赋体的写作，对写物图貌之作都有普遍意义。如《明诗》篇誉为"五言之冠冕"的《古诗十九首》，刘勰认为其主要优点就是："婉转附物，怊怅切情"，即能密切结合物象描写，从而表达出动人的感情。刘勰对建安作家评价甚高，而认为其共同特点就是"驱辞逐貌，唯取昭晰之能，此其所同也"。"驱辞逐貌"四字，是对诗歌创作经验很重要的总结。《明诗》篇一再强调"诗言志""感物吟志""民生而志，咏歌所含"等，《时序》篇更直接说过，建安诗人"并志深而笔长"；可见"驱辞逐貌"之说，并非以"逐貌"为目的，同样是要通过形貌描绘来表情达意。

刘勰对文学艺术的形象性这一重要特征的认识，除继承并发展了陆机等人的有关论述外，也主要是从历代文学创作的经验中总结出来的。上举"驱辞逐貌""体物写志"已能说明这点。刘勰注意总结这方面的经验，还由于认识到它有着巨大的艺术效果："曹刘以下，图状山川，影写云物，莫不纤综比意，以敷其华；惊听回视，资此效绩。"（《比兴》）又说："写物图貌，蔚似雕画。析滞必扬，言庸无隘。"（《诠赋》）生动的形象描绘，其所以能使人"惊听回视"，就因为不仅把物象写得美如雕画，还能把不明白的东西表达得很显著，把平凡的事物写得很不平凡。从这种认识出发，《物色》篇具体总结了《诗经》以来"写物图貌"的经验（详下），从把物象写得"情貌无遗"，进而提出"物色尽而情有余"的要求。

上述三个方面：以"神与物游"为文学创作的特殊方法，以"述志为本"为文学创作的特殊任务，以"写物图貌"为文学创作的特殊形式，说明刘勰对文学艺术的特征已有充分的认识。他在《总术》篇对文学创作提出一个总的要求，堪为这种认识的总说明：

　　　　数逢其极，机入其巧，则义味腾跃而生，辞气丛杂而至。视之则锦绘，听之则丝簧，味之则甘腴，佩之则芬芳：断章之功，于斯盛矣。

　　这就是刘勰对文学创作的最高理想。义味充沛，辞采丰富，能给人以视觉、听觉、味觉、嗅觉以美感享受。这样的作品，不通过凭虚构象的方法，不表达深刻动人的情志，不用蔚似雕画的形式是创造不出来的。这种理想作品，更不是不懂文艺特征的论者所能提出的。

　　四、对我国古代现实主义文学理论的发展作出了重要贡献。

　　现实主义的创作和理论，在我国古代都有着源远流长的优良传统。早在先秦时期儒家提出的一些点点滴滴的文学见解中，如"兴、观、群、怨"等，虽还仅仅是文学理论的萌芽，就具有一定的现实主义倾向了。经《乐记》《毛诗序》《论衡》等有关论著不断加以发展和充实，这种倾向愈渐明显起来。以儒家文学观为主导思想的《文心雕龙》，在古代现实主义文学理论发展的进程中，更是集前人之大成而又有重要的发展。当然，无论是刘勰或任何其他古代文艺理论家，都不可能按照我们今天理解或要求的"现实主义"概念来论述；我们只能从刘勰自己的理论体系中，探讨他对古代现实主义所做的总结。

　　在总论中，刘勰首先提出客观世界的万事万物都是美的，作者的任务就是要"写天地之辉光，晓生民之耳目"（《原道》）。他把文学艺术家的这一光荣职责强加给儒家圣人，固有其崇儒思想的局限，但在全书总论中这样提出，无非要求师圣、宗经，希望后世作者也能如此，其用意仍是未可厚非的。反映美好的现实来晓示读者，这应该说是现实主义文学家的任务。但客观现实，尤其是六朝时期的社会现实,并不都是美好的,因此,刘勰特别重视"写真"。他根据儒家"情欲信,辞欲巧""辨物正言"等说,提出了"六义"的主张。其中"情深而不诡""事信而不诞"等,就是要求情感和事物的真实可信,而反对虚妄荒诞的描写。

总论中的这种主张,也是贯彻在全书之中的。如论骚体提出了"酌奇而不失其真,玩华而不坠其实"的著名论点,肯定其"循声而得貌""披文而见时"等反映现实的功能(《辨骚》);论诗则称赞"大禹成功,九序惟歌;太康德败,五子咸怨";而批判玄言诗"嗤笑徇务之志,崇盛亡机之谈"(《明诗》):其于反映现实或违反现实之作的不同态度十分鲜明。建安诗作其所以"雅好慷慨,良由世积乱离,风衰俗怨,并志深而笔长,故梗概而多气也"(《时序》)。慷慨多气的作品,是"世积乱离"等社会现实所决定的,而这种慷慨多气之作,又真实地反映了"风衰俗怨"等现实面貌。这就高度概括地总结了建安文学的现实主义特点而为千古定论。

刘勰主张真实地表达情志和反映现实的观点,在他的创作论中有更集中的论述。《物色》篇总结晋宋以来"文贵形似"的经验说:"巧言切状,如印之印泥,不加雕削,而曲写毫芥。故能瞻言而见貌,印(即)字而知时也。"这里说的"曲写毫芥",当然不同于所谓"细节的真实",但不只有其相通的精神,都是要求具体细致地描绘事物的真实面;在写"真"这个基本点上,"曲写毫芥"的要求,则可说有过之而无不及。只有这样,才能"如印之印泥",也才能通过作品以"见貌""知时"。这里存在的问题是:真则真矣,是否非艺术的真,或是自然主义的真?刘勰的主张可以说是前者,这是因为刘勰是情真和形真并重的。他说:

> 昔诗人什篇,为情而造文;辞人赋颂,为文而造情。何以

> 明其然？盖《风》《雅》之兴，志思蓄愤，而吟咏情性，以讽其上：此为情而造文也。诸子之徒，心非郁陶，苟驰夸饰，鬻声钓世：此为文而造情也。故为情者要约而写真，为文者淫丽而烦滥。……故有志深轩冕，而泛咏皋壤；心缠几务，而虚述人外。真宰弗存，翩其反矣。（《情采》）

这段话有两点值得注意：首先是这种情真的主张，当时颇有针对性。略早于刘勰的孔稚圭，曾写《北山移文》对南齐周颙之类假隐士进行过尖锐地嘲讽。这种假隐士，当时不是个别的。刘勰的主真说虽有更为广泛的意义，利用这种典型，却很能说明情真在文学创作中的必要。那种心怀高官厚禄的人，写的却是隐居山林的生活情趣；即使表面上把山林皋壤写得维妙维肖，仍是"真宰弗存"的虚伪之作。刘勰所主张的真情，则是《诗经》作者的"志思蓄愤，而吟咏情性，以讽其上"。他所反对的假情，则是"心非郁陶，苟驰夸饰，鬻声钓世"。以有无愤懑忧愁之情而从事创作为真情假情之别，这在当时就有较大的普遍性和现实性了。

其次，主张"为情而造文"，就不可能纯客观地写真；"为情者要约以写真"，就不可能是自然主义的真。刘勰明知"物貌难尽"，并要求做到"物色尽而情有余"，所以，虽"曲写毫芥"，必须"要约以写真"。

正因为刘勰既重形真，又重情真，两个方面的结合，就比王充、左思等前辈的崇实主真说有了重大发展。王充《论衡》不是论文学的专著。左思的《三都赋序》虽是论文，但强调"其山川城邑，则稽之地图；鸟兽草木，则验之方志"等，也未必符合艺术的真。文学艺术的"图状山川"，是和绘制地舆图不能相提并论的；文学作品中写到的鸟兽草木，也无法用地方志来验证。刘勰所主张的真,则是艺术的真。如《尚书·武成》中讲武王伐纣,有"血流漂杵"之说,这是孟子也认为不可信的话(见《孟子·尽心下》)。刘勰则认为:"倒戈立漂杵之论,辞虽已甚,其义无害也。"他在《夸饰》篇讲到的这类例子很多,认为这种与事实不符的夸张描写,不仅不违背真实,而且是"壮辞可得喻其真"。对一个艺术家来说,如果拘泥于表面形貌的绝对真实,很多事物就反而表现不出它的真来。文学创作本身就是凭虚构象,绝对求真,就势必否定文学艺术。

刘勰论形象描绘,虽主张"以切至为贵",但不是要求表面的、局部的真,而要求"拟容取心"(《比兴》),即通过准确的形貌表现其精神实质。这和顾恺之所说"以形写神"(《历代名画记》卷五)之旨颇近。怎样才能在真实地"写物图貌"的基础上表现高度真实的精神实质呢?这就是现实主义艺术论中涉及的重要课题了。早在公元五世纪末产生的《文心雕龙》,当然没有圆满解决这个问题的可能。但刘勰的"深得文理"并非虚传,他从我国第一部现实主义诗歌总集的《诗经》中,总结了一条可贵的经验:

> "灼灼"状桃花之鲜,"依依"尽杨柳之貌,"杲杲"为出日之容,"瀌瀌"拟雨雪之状,"喈喈"逐黄鸟之声,"喓喓"学草虫之韵;"皎日""嘒星",一言穷里,"参差""沃若",两字穷形:并以少总多,情貌无遗矣。(《物色》)

这条重要经验就是:"以少总多"。这个"少",就是本篇所说事物的"要害",也就是事物的本质特征。它之所以是事物的本质特征,就因为是从"多"中概括出来的。只有从大量的桃花中,才能提炼出"灼灼其华"的特征,从大量的柳树中,才能概括出"杨柳依依"的特征。因此,"灼灼""依依"等形貌,就能准确地反映所有桃花、杨柳的本质特点。这种"以少总多"的方法,正是"要约写真"的具体途径。刘勰的这些论述,比之他以前笼统的、机械的崇实主真论,显然是一个重大的发展。刘勰所论虽然侧重自然现象,而有失于人物世事之不足,但从对艺术方法的把握来看,它是合于现实主义艺术的基本特征的。

上述四个方面说明,《文心雕龙》在我国古代文学理论史上,是有其重要贡献的。它愈来愈受到国内外广大研究者的重视,这就是其重要价值的最好说明。由于这部论著内容丰富而复杂,本文只能就其大要,略述一己之见。其中还存在不少有争议的问题,这里提出的一些初步看法,也还有待广大《文心雕龙》研究者的鸿裁。

(原载于《中国历代著名文学家评传》,
山东教育出版社 1983 年版)

刘勰"原道"论的实质和意义
——兼答刘长恒同志(存目)

从汉人论赋到刘勰的赋论

赋是古代重要文体之一。在《文心雕龙》中，除《诠赋》为论赋的专篇外，《辨骚》《杂文》《夸饰》《才略》等二十余篇，都有一些相关的论述。本文以《诠赋》篇为主，联系其他论述，以求对刘勰的赋论有较为全面的认识。

一

刘勰论赋，以汉赋为主。因此，要研究刘勰的赋论，就有必要首先对汉赋有一个明确的认识。

这里存在两种情形有待研讨：一是近人对汉赋的评论，一是汉人对汉赋的评论。

近人论赋，多以汉赋乃歌功颂德、形式主义之作。如黄海章论《诠赋》，就以如何评价汉赋为主。他说：

> 其实这些大篇辞赋的产生，是由于封建帝王在大统一局面之下，思有以点缀升平，因利用一批帮闲的文人为他来歌功颂德，夸张其宫室园囿之美，田猎之盛，和都市表面的繁荣，并以此作为一种精神上的娱乐；而作者主观的意图，也在于对封建帝王的贡谀献媚，以期获得恩宠，博取一官半职之

荣，并以此卖名于天下。①

照此说来，汉赋就没有什么值得肯定了。因不仅内容如此，形式上也是"板重堆砌的文章，难道也有什么感人的魅力吗？"所以，黄文对刘勰论汉赋部分未予置评（显然是不赞同），而肯定《诠赋》篇末之说："逐末之俦，蔑弃其本。……遂使繁华损枝，膏腴害骨；无贵风轨，莫益劝戒。扬子所以追悔于雕虫，贻诮于雾縠也。"刘勰不满于"逐末之俦"的赋作固然出于其"衔华佩实"的基本观点，但把"佩实"具体化为"风轨"与"劝戒"，则无疑是上承汉人论赋的"风谕"说。黄文论汉赋，亦多据汉人之说，认为汉赋的作者并非"志在讽谏"，而是"竞为侈丽宏衍之词，没其风谕之义"②。于此可见，汉人的风谕说，不仅影响到刘勰，也影响到今人对汉赋的评论，故不可不略予检讨。

以风谕论赋，始见于《史记·司马相如列传》："太史公曰：……相如虽多虚辞滥说，然其要归引之节俭，此与《诗》之风谏何异？"③其后，扬雄对赋的风谕作用提出怀疑："或曰：赋可以讽乎？曰：讽乎？讽则已；不已，吾恐不免于劝也。"④到班固又进一步强调赋的风谕意义："或以抒下情而通讽谕，或以宣上德而尽忠孝，雍容揄扬，著于后嗣，抑亦《雅》《颂》之亚也。"⑤马、扬、班三家

---

① 《读〈诠赋〉》，《中国文学批评论文集》，岳麓书社1983年版。
② 《汉书·艺文志·诗赋略论》。
③ "此与《诗》之风谏何异"句下有"扬雄以为靡丽之赋，劝百风一"等句，与《汉书·司马相如传赞》同。据《史记会注考证》，扬雄晚于司马迁甚久，司马迁不可能引入其说，乃后人以《汉书》赞附益之。
④ 《法言·吾子》。
⑤ 《两都赋序》，《文选》卷一。

之说虽异,但以有无风谕论赋则一。这就是汉人论赋的基本观念。所谓"风谕",指对帝王作某些规谏。按汉赋的实际情况,确是"曲终奏雅""劝百风一",即使多少有些讽谏,其意义也是十分有限的。

但对汉人以风谕论赋,又不应简单地作全盘否定。扬雄、班固二人,虽一主"赋劝而不止"①,没有风谕作用;一主赋可"通讽谕""尽忠孝",而为"《雅》《颂》之亚",但从儒家观念出发是一致的。把赋的风谕纳入汉代儒术的范畴,其献力效忠于封建帝王的意义就较为浓厚了。向帝王进谏虽然都在一定程度上,或者说基本上具有这种性质,但汉人持风谕说者,并不是完全一致的。

"是非颇缪于圣人"②的司马迁,认为司马相如之赋的"要归""与《诗》之风谏何异",就和扬雄的立足点不同了。从根本上说,司马迁并不认为《诗经》是"经夫妇,成孝敬,厚人伦,美教化,移风俗"③的工具,而认为:"《诗》三百篇,大抵贤圣发愤之所为作也。"④既然《诗》本身就如此,则"与《诗》之风谏"无异者,虽不必等同,但司马迁讲的"风谕",有别于扬雄、班固所说的"风谕"则是无疑的。于此可见,对汉人的以风谕论赋,进行一些具体分析是必要的。

司马迁的"引之节俭"之评,乃对司马相如的《子虚》《上林赋》而言。此赋设子虚言楚国的田猎之盛;乌有先生讲齐国之大,珍奇之多;无是公夸天子上林苑的巨丽,游猎的壮阔等,都极尽夸

---

① 《汉书·扬雄传》。
② 《汉书·司马迁传赞》。
③ 《毛诗序》。
④ 《史记·太史公自序》。

张铺陈之能事。而赋的最后却说：

> 若夫终日暴露驰骋，劳神苦形，罢车马之用，抗士卒之精，费府库之财，而无德厚之恩，务在独乐，不顾众庶，忘国家之政，而贪雉兔之获，则仁者不由也。从此观之，齐楚之事，岂不哀哉！地方不过千里，而囿居八百，是草木不得垦辟，而民无所食也。夫以诸侯之细，而乐万乘之所侈，仆恐百姓之被其尤也。①

这些话虽是教训"诸侯"，而赋乃"奏之天子"，其针对性是明显的。反对帝王"不顾众庶"的"独乐"，而"恐百姓之被其尤"，就不是儒生的微讽谲谏了。这样的"引之节俭"，固难使汉天子一读而舍其豪奢，但至少可以说，这种指向当朝帝王而反对"独乐"的大胆风谕，是未可和汉儒的风谕说一起否定的。而汉赋中具有这种风谕意义的作品，并不是个别的。因此，对汉赋及其风谕意义，虽不能作过高的估价，也是不应一笔抹煞的。《诠赋》篇反对"无贵风轨，莫益劝戒"，既有继承汉人风谕说的一面，又有针对晋宋以来创作实际而发的一面。从刘勰强调赋乃"睹物兴情""体物写志"来看，风谕是由表达作者情志而产生的作用。这种作用就属于一般文学作品的作用了，其性质与汉儒以诗赋为经学附庸大异。因此，刘勰对汉代的风谕说已有一定的发展。

二

实际上，刘勰论赋和汉人走的路子大不相同。他并没有以有

---

① 《史记·司马相如传》。

无风谕为论赋的尺度,他所反对的,只是"逐末之俦"的作品"无贵风轨,莫益劝戒"而已。这是不是一种矛盾,或怎样看待这种矛盾呢?这就又有必要回到对汉赋的认识上来。

某些辞赋的风谕意义虽略有可取,但以风谕论赋的路子毕竟是狭窄的。所以,走汉人论赋的老路,或者仅仅从汉赋的政治思想意义上考察,便难以把握汉赋的重要成就。从汉赋诞生开始,就被视为"童子雕虫篆刻"而"壮夫不为"①之事,被斥为"侈丽闳衍之词,没其讽谕之义"②的作品。这种观念相沿近两千年而无根本性的改变,主要就是风谕说的幽灵不散。龚克昌同志近年撰《汉赋研究》③,便抛弃传统而对汉赋作全面评论,特别是以文学发展史的眼光,充分注意到汉赋的艺术成就,对汉赋的认识,才开始出现一个新的局面。

从古代文学发展的历史进程来考察,汉赋就有其不可忽视的历史地位。我在1980年曾初步讲到这点:

> 长达四百多年的汉代,文学创作是应该继《诗经》、楚辞之后而有新的发展。"极声貌以穷文"的汉赋,已开始运用大量艺术创作的手段:夸张、虚构、想象以及"拟诸形容"的描写;"赋家之心"在创作中也是经过一番"控引天地,错综古今"的艺术构思过程的。可见在创作实践上,汉赋在文学艺术的道路上,已迈出一个不小的步子了。④

汉人对辞赋的想象、虚构、夸张等,只能认为是"虚辞滥说"而有损

---

① 《法言·吾子》。
② 《汉书·艺文志·诗赋略论》。
③ 《汉赋研究》,山东文艺出版社1984年版。
④ 《〈文赋〉的主要贡献何在》,《文史哲》1980年第1期,又见《雕龙集》。

于风谕之义。排斥想象、虚构、夸张,就不仅没有汉赋,且很难成其为艺术创造了。汉代的辞赋家,虽然由于帝王的牢笼,儒术的制约,而使他们的作品具有浓厚的宫廷色彩,却不能不承认,他们是两千年前的艺术创造大师。他们大胆而充分地运用想象、虚构、夸张等艺术方法,在古代文学发展史上,确有其不可忽视的重要意义。

值得思考的是,没有汉赋的大量艺术创造,会不会出现汉末建安时期"文学的自觉"?甚至可以更大胆一点设想:汉代辞赋家的艺术创造,虽然尚未达于"为艺术而艺术"的境地,但在艺术创造这个基点上,是否已有一定的"自觉"因素?所谓"自觉",就我的理解,主要指艺术创造的自觉,即有意识地进行艺术创造。在总体上,汉人以诗赋为经学附庸或政治工具,故非自觉的艺术创造。"赋者,将以风之"[1],也是被视为一种政治工具来要求的,但"讽一劝百,势不自反"(《文心·杂文》),风谕的作用十分微弱,而作者们着意追求的却在艺术创造方面。所谓"必推类而言,极靡丽之辞,闳侈钜衍,竞于使人不能加也"[2],以及"虚辞滥说"等,虽批评了"丽以淫"的一面,但汉赋的艺术创造性正在其中。这方面既是辞赋家们着意追求的重点,所以,说汉赋创作已具有一定的"自觉"因素,是并不为过的。

《汉书·司马相如传》说:"相如以'子虚',虚言也,为楚称;'乌有先生'者,乌有此事也,为齐难;'亡是公'者,亡是人也,欲明天子之义。故虚藉此三人为辞,以推天子诸侯之宛囿。"这就是典型的"虚辞滥说"了。从文学艺术的特质来看,如果没有这种想

---

[1] 《汉书·扬雄传》。
[2] 《汉书·扬雄传》。

象虚构的描写,则无论是为君为臣为民而作,艺术创作的发展是不可思议的。现在看来,汉赋"板重堆砌"的弊病确是严重的,但这问题只能历史地看待。今人读汉赋,自然大多会感到味同嚼蜡;汉代的读者就未必如此。前引黄文中就举到一个很好的例子:"往时武帝好神仙,相如上《大人赋》欲以风,帝反缥缥有凌云之志。由是言之,赋劝而不止明矣!"①能使武帝读赋而"缥缥有凌云之志",这正是赋的巨大感人力量。赋家既是曲终奏雅,意不在讽,而着力于"虚辞滥说"的艺术创造,则其感人之处亦不在讽,就是很自然的了。

值得注意的是,汉武帝读《大人赋》的故事,至今仍被视为"赋劝不止",即赋无风谕作用的力证。而刘勰的认识却与此相反。他在《风骨》篇所举"风力遒"的唯一例证就是:

> 相如赋仙(即《大人赋》),气号"凌云",蔚为辞宗,乃其风力遒也。

"气号'凌云'",自然指汉武帝的"缥缥有凌云之志"而言,"风力遒"则指强有力的感人力量。刘勰竟抛开以风谕论赋的传统,并反其道而行之。他在这里大力肯定的,正是前人共同反对的"劝百讽一"的"劝"。刘勰以"风骨"为文学创作的最高要求,却许《大人赋》为"风力遒"之作,其评价之高可知。刘勰所高度评价的,正是"帝反缥缥有凌云之志"的作用。从上述汉赋的历史意义和艺术创造性来看,这不能不说是刘勰的卓识。

刘勰对汉赋的历史意义,还未必有明确的认识,那是须要到今天才能看清的。他之所以不囿陈说,"有异乎前论者,非苟异

---

① 《汉书·扬雄传》。

也,理自不可同也"(《序志》)。这个"理"就是文理。沈约评刘勰以"深得文理"四字①,确是知音。按照"不可同"的"文理"来立论,也就是以文学艺术自身的特征为本。《诠赋》篇说:

> "赋"者,铺也,铺采摛文,体物写志也。……及灵均唱《骚》,始广声貌。然赋也者,受命于诗人,拓宇于楚辞也。于是荀况《礼》《智》,宋玉《风》《钓》,爰锡名号,与诗画境;六义附庸,蔚成大国。遂客主以首引,极声貌以穷文。斯盖别诗之原始,命赋之厥初也。

赋本身的特点就是"铺采摛文",非"铺采摛文"者便非赋体。因此,刘勰的辞赋理论,就是以此为核心展开的。一方面,"铺采摛文"的基本要求,是对事物极力进行形象描绘,做到"写物图貌,蔚似雕画",以"极声貌以穷文"为自己的特点。这种特点是"别诗之原始"。另一方面,赋与诗又有其相同之处。赋是"体物写志";诗则是"应物斯感,感物吟志"。二者均须寓情于物,借物言情。因此,刘勰强调赋的创作:"情以物兴,故义必明雅。"而反对辞采过乎淫侈:"使繁华损枝,膏腴害骨;无贵风轨,莫益劝戒。"

以上两个方面,可说是刘勰辞赋理论的基本架构。他对二者是无所轩轾的,但《诠赋》所论却以赋的特点为主。刘勰紧紧围绕赋的特点来立论,不仅是应该的,更是其赋论能超越前人的重要原因。

---

① 见《梁书·刘勰传》。

三

汉赋以"写物图貌"为主要特色,汉人却视而不见。刘勰揭示了其"蔚似雕画"的审美意义,应该说是一个新发现。这一发现,从文学艺术的形象描绘上来看,就更为重要而值得注意了。刘勰论形象描绘的重要成就,是《总术》篇提出的:"视之则锦绘,听之则丝簧,味之则甘腴,佩之则芬芳。"能够把艺术形象描写得有色、有声、有气、有味,这就是艺术创造了。只有能创造这样的形象,才有文学艺术的发展可言。刘勰能明确而突出地提出这种主张,就主要是从"写物图貌,蔚似雕画"的辞赋创作经验中总结出来的。于此可见刘勰论赋能把握住形象描绘的特点,是其义非小的。

刘勰是否认识到"写物图貌"对文学艺术的重要意义,不必遽为断言,但他对此已有相当的注重,却是无疑的。《文心》全书有关论述甚多,这里只就其论赋而言。如《才略》所云:"王褒构采,以密巧为致,附声测貌,泠然可观。"这和《诠赋》之评一致:"子渊《洞箫》,穷变于声貌。"《才略》又云:"延寿继志,瑰颖独标,其善图物写貌,岂枚乘之遗术欤!"这和《诠赋》之评:"延寿《灵光》,含飞动之势",也是一致的。从《诠赋》《才略》诸篇评论的一致性,可见刘勰对"写物图貌"的注重不是偶然的,他对辞赋的形象描绘的重视是有意为之。

这种有意为之,还不止于注重或强调,更在于有意总结"写物图貌"的经验。如《诠赋》篇论小赋云:

> 至于草区禽旅,庶品杂类,则触兴致情,因变取会。拟诸

> 形容,则言务纤密;象其物宜,刚理贵侧附。斯又小制之区畛,奇巧之机要也。

这是讲小赋在"写物图貌"上如何出巧致奇的"机要"。因为是"小制",虽不离"铺采摛文"的辞赋写作特点,却与大赋"极声貌以穷文"的表现方法略有不同。除了篇幅较小而不容大肆铺陈外,更因小赋多是"触兴致情,因变取会",也就是在触物起情之际,作者的情是随事物的变化而与之会合的。这个"会",实指情与物的结合。小赋又谓之抒情赋,正是这个原因。要用较少的形象描绘以表达鲜明的情感,这就对"写物图貌""体物写志"提出了更高的要求。怎样才能表现物之所"宜",是能否"体物写志"的关键。任何"物"都可从不同侧面、不同角度去描绘,则所谓"宜"者,就是既要切合物象,又能通过物象透露出相应的情理。"象其物宜,理贵侧附"的"侧附"二字,就是"奇巧之机要"了。这两个普普通通的字,长期不是被强为曲解,就是被轻轻放过了。清人王芑孙于此似独具慧眼,其云:

> 莽莽古直,罗罗清疏,泯其锤炼之形,愈是精能之至。《诠赋》曰:"拟诸形容,则言务纤密;象其物宜,则理贵侧附。""侧附"二字,可谓妙于语言,唐人尤得其法。①

此说虽仍"明而未融",总是发现了"侧附"二字之妙,从"泯其锤炼之形,愈是精能之至"可知,虽从古朴自然的传统观念着墨,但独拈"侧附"二字,便有不露形迹,不落言筌之意了。若以直陈实录"写物图貌",则画犬便止于犬,画虎便止于虎,虽然形象逼真,而别无言外之意,即虽"体物"而不能"写志"。欲以小赋"体物写

---

① 《读赋卮言·造句》,《渊雅赏外集》。

志",就必选取某种角度作侧面描绘,使之显示出一定的言外之意。这与后来的"超以象外"及"不着一字,尽得风流"等说的基本原理是一致的,是刘勰赋论的一大收获。

《文心雕龙》中有关辞赋的论述还很多,也大都以汉赋为主而不乏精彩之论。如《夸饰》篇对夸张的论述就是如此。《夸饰》中所论汉人诸赋,唯不满于扬雄和张衡的《羽猎》二赋。因扬赋中讲到"鞭宓妃以饷屈原",张赋中讲到"困玄冥于朔野"。二例均非夸张过分,而是有违于事理:"义睽剌也。"至于司马相如在《上林赋》中所写"奔星与宛虹入轩";扬雄的《甘泉赋》"言峻极则颠坠于鬼神"等,写楼高则高到流星与宛虹进入其门窗,甚至鬼神也会在半途跌下来。刘勰评这类夸张描写为:"验理则理无可验,穷饰则饰犹未穷矣。"验之事理是不可能有的事,但这样的夸张,刘勰认为仍未尽夸张的能事。于此可见,即使是极度的夸大,刘勰也是赞成的。

刘勰对夸张这种艺术方法能有以上认识和态度,主要源于"莫不因夸以成状,沿饰而得奇"的汉赋。刘勰总结"因夸以成状"的艺术经验,有些是颇有价值的。如:"神道难摹,精言不能追其极;形器易写,壮辞可得喻其真。"这几句是互文见义,指无论是难写的"神道"或易写的"形器",都是"精言不能追其极",都可用"壮辞"以"喻其真"。"壮辞"即夸张之辞,"真"则是高于现实的真,艺术的真。夸张的描写虽不能验之常理,却能高度揭示事物之真。因此,"夸饰在用,文岂循检"?鼓励作者不必遵循常规而进行大胆的艺术创造。刘勰能讲出这些道理,必然是他对辞赋的艺术特征有了深刻的认识。大量辞赋以夸张的手法来"气貌山海,体势宫殿",把艺术形象描绘得"光采炜炜而欲然,声貌岌岌其将动",确有其强大的艺术力量。"深得文理"的刘勰只是如实地总结了这些艺术经验而已。

四

以上所述"写物图貌"的特点,"体物写志"的要求,"理贵侧附"的方法,以及"壮辞喻真""文岂循检"等理论,虽然主要是从汉赋的经验中总结出来的,但所有这些,无不具有一定文学艺术的普遍意义。一切文学艺术都要求表现事物高度的真,艺术的真,也无不要求有巨大的艺术感人力量,更必须通过一定的艺术形象以表情达意。刘勰对这些问题的论述,自然有一定的限度,却都有其前所未有的贡献,这就是其辞赋论的重要历史意义。毕万忱同志曾很有见解地讲过:

> 《诠赋》中提出的赋体的创作原则涉及到文学创作中最基本的理论问题,最有普遍性,这是《文心雕龙》中其他的文体专论所不及的。①

从以上所论,足证此说是很有道理的。虽然赋只是一种文体,但又是由"六义"发展起来的一种艺术方法,这种方法再发展而成"极声貌以穷文"的赋体,于是在形象描绘上极尽铺陈扬厉之能事,就必然积累一些不限于赋体的艺术经验。除怎样"写物图貌"外,还必然涉及文学理论上物、情、词的一系列关系,而研究这些关系,就是文学理论上具有根本性的重要问题了。《诠赋》篇所总结的,正是这样的理论:

> 原夫登高之旨,盖睹物兴情。情以物兴,故义必明雅;物

---

① 《体国经野,义尚光大——刘勰论汉赋》,《文学评论》1983年第6期。

以情观,故词必巧丽。丽词雅义,符采相胜,如组织之品朱紫,画绘之著玄黄;文虽新而有质,色虽糅而有本:此立赋之大体也。

这段论述正是《文心》全书理论体系的缩影。这个体系是以"衔华佩实"为轴心,以论述物与情、情与言、言与物三种关系为纲领,把全书50篇结成一个有机的整体。《诠赋》篇的上引"敷理以举统"一段,自然可为这个体系的佐证:其"丽词雅义,符采相胜"等说,显然即"衔华佩实"的轴心论。"睹物兴情"等说则是情物关系论;"物以情观,故词必巧丽",就兼及物情、物词、情词三种关系。这说明:《文心》全书的基本理论,刘勰的辞赋论都有一定的论述。这就不仅充分证明了它的普遍意义,更可由此看出,刘勰是从艺术规律的高度来论赋的。"睹物兴情""情以物兴",是物决定情的基本规律,刘勰据此而认为辞赋的"义必明雅"。因为辞赋创作既然是由某种事物引起作者的感情而为,不是无中生有或"为文而造情",其内容就必然是明显而雅正的。另一方面,"物以情观",所写之物并非无动于衷的纯客观事物,而是注射入作者的主观情绪的物,是情物结合之物。作者在描绘这种物象时,就不会是冷漠地直陈实录,故"词必巧丽"。刘勰主张的"丽词雅义"就是这两个方面的结合。

"情以物兴"和"物以情观"的结合,不仅可以构成"丽词雅义"的作品,且这种结合是一切文学创作的必由之途。没有因物而起的情和注入作者情感的物,便不可能有文学创作,所以,这是文学艺术最基本的规律。刘勰把这两个方面联系起来谓之"立赋之大体",其实也可视为一切文学创作的"立文之大体"。这里特别值得注意的,是"物以情观"的提出。此说不仅未之前闻,且更具艺术特征。古人在理论上阐明此理是很晚的事了。如王国维讲"以我观物,故物皆着我之色采"①,就是此理。刘熙载论赋讲得更为透彻:"在外者物色,在我者生意,二者相摩相荡而赋出焉。若与自家生意无相入处,则物色只成闲事,志士遑问及乎?"②此说虽由前代情景相融论发展而来,但重在"物色"何以进入作品之理。宇宙万物都可成为艺术创作的对象,但艺术家并不是随便把什么事物写进他的作品。客观事物要能成为作者描写的对象,必须这种事物和作者的思想感情有一定的联系,不然,万事万物对艺术家来说,就"只成闲事",了不相干。所以,作为文学创作的"物",是有其特定含义的,它只指那种有感于作者,或与作者思想感情有某种联系的"物"。作者在写这样的"物"时,就必然把自己的情注射在物象之中,这就是"物以情观"了。这种近代人才能说清的道理,刘勰早在1000多年前便已揭其要义,是很值得珍视的。

以上种种说明,刘勰以汉赋为主的辞赋理论,是较为深入而富有成就的,但还存在一种似有矛盾的现象有待研究。在《诠赋》以外许多篇章的论述中,刘勰对汉赋,特别是对汉赋的一些代表作家,往往是否定的,且多沿汉人旧说以论赋。如:

《宗经》:楚艳汉侈,流弊不还。

《情采》:昔诗人什篇,为情而造文;辞人赋颂,为文而造情……为情者要约而写真,为文者淫丽而烦滥。

《物色》:及长卿之徒,诡势瑰声,模山范水,字必鱼贯;所谓诗人丽则而约言,辞人丽淫而繁句也。

---

① 《人间词话》。
② 《赋概》,《艺概》卷三。

类似批评在《杂文》《才略》《程器》等篇还有一些。正因这类评论并非偶然出现,很容易引起读者或研究者的一种误解:刘勰对汉赋基本上是否定的。从上引诸条来看,这种理解并非无据,但势必形成一种矛盾:一方面是高度评价,大力肯定,并加以深入地研究;一方面又完全否定,凡赋颂之作,都是"为文而造情",都是"丽淫而繁句",似已一无可取。

这种现象是要进行具体分析的。片面地抓其只言片语或某一方面,而不作全面考察,要正确地认识这一复杂问题是不可能的。从刘勰所处的时代来看,反对淫丽的文风是当时的迫切任务;《文心》之作,也正是由于当时"辞人爱奇,言贵浮诡",为挽救文学创作的"将遂讹滥"(《序志》)而为。而汉赋的"铺采摛文"已确开淫丽之风,刘勰对此并非无识,故《诠赋》已云:"宋发巧谈,实始淫丽。"《通变》更说:"夸张声貌,汉初已极。""楚艳汉侈"之论,盖由于此。既然这样,他在《情采》《物色》等篇,批评辞赋的"丽淫繁句"等,就既有必要亦并不矛盾。《诠赋》篇则与此有别,它是要对赋这种文体作历史评论,就不能不根据赋的艺术特点来立论,也不能不对赋的艺术成就作公正的论断。这应该说是一个文艺评论家的正确态度。但是否《诠赋》之撰便忘掉了时代任务呢?这确是一个难题,本篇也处理得并不理想,但在"敷理以举统"部分,既强调"义必明雅""丽词雅义",又批判了"逐末之俦"的"繁华损枝,膏腴害骨"等。因此,总的说来,不仅并不矛盾,刘勰能兼顾汉赋的艺术成就和当时的时代要求两个方面,反能显示其精心安排是自有其理的。如果参考刘勰的楚辞论,会有助于理解他的这种安排。《宗经》篇已有"楚艳汉侈"之说,《通变》篇也有"楚汉侈而艳"之评,《定势》篇则云:"效《骚》命篇者,必归艳逸之华。"而《辨骚》篇论楚辞却颂以:"惊采绝艳,难与并能矣。"角度不同,目的有别,立论自异,岂能视为自相矛盾?

  刘勰主要从艺术特征上论赋,自然是可取的,只惜对想象虚构的重要特点,《诠赋》和《神思》两篇都没有正面论及。《神思》之论颇精,岂亦为"理贵侧附"欤?

(原载于《文史哲》1988 年第 1 期)

《文心雕龙》创作论新探(存目)

刘勰艺术构思论的渊源与发展(存目)

从刘勰的理论体系看风骨论

"风骨"是《文心雕龙》研究中的一个老问题。从杨慎、曹学佺开始作了初步论述，到黄侃提出具体的阐释，随之众说纷起，迄无定论。中国古代文论学会武汉会议组织了一次"风骨"问题的专题讨论，发言者也是人持一说。开始，我对这次讨论是缺乏信心的。完全出人意外的是，诸家论旨虽然各异，有的甚至针锋相对，但大多数同志都讲到一个共同点："风骨"是刘勰针对当时的文学创作情况提出的审美标准。应该说，这是这一专题讨论取得的重大收获之一。它给我的重要启示是："风骨"这个老大难问题，要求得某些共同的认识，并不是不可能的。

本文即在这一启示下，试图根据刘勰的理论体系，取各家之长，谈点粗浅意见。

一

"风骨"问题要求得多数同志所同意的确切理解，虽还困难重重，但这却是古代文论中不能不进行深入探讨的重要问题。因为"风骨"不仅是《文心雕龙》中的一个重大问题，也不仅仅是它在文学史上有其重要影响，还和我国古代文学艺术的民族特色，以及古代的美学思想、古代文艺理论的体系等，都有着千丝万缕的联系。"风骨"的早期研究者之一杨慎有云:"此论发自刘子,前无古人。徐季海移以评书,张彦远移以评画,同此理也。"①又说:"左氏论女色曰:'美而艳。''美'犹骨也,'艳'犹风也。文章风骨兼全,如女色之美艳两致矣。"②又说:"引'文明以健'尤切。'明'即风也,'健'即骨也。诗有格有调,'格'犹骨也,'调'犹风也。"③这些意见虽未必当,但至少说明,在我国古代,"风骨"并不是一个孤立存在的东西。照杨慎看来,上自《周易》《左传》,中至隋唐,下迄明清格调说,兼及诗文书画,都和"风骨"有某些相通之处。只此一例已足说明,搞清刘勰的"风骨"问题,对研究我国古代文学艺术是很有必要的。

　　前人解说多不圆满,这是事实;还须创立新解,也是无庸置疑的。但必须看到,古今论者对"风骨"的大量研究,已经提出许多有益的见解,取得了值得重视的成就,这也是不容轻率否定的。由于"风骨"的含义本身所具有的特点,十人十说,百家百解,要再创若干新说,也是不难"各执一隅之解"而又都可言之成理的。所以,新说虽也应创,但如为了独树一帜而一概否定前人已经取得的成果,这就不仅无助于把问题搞清楚,还会反而有害。

　　以黄侃之说为例来看。他对"风骨"的解释确有较大的影响;所谓不破不立,有的同志似乎就以"驳倒黄侃"为荣。而黄说的反对者,主要就是反对"风即文意,骨即文辞"二句。单看这八个字,自然不当,但黄侃释"风骨"何止八字?反驳者通常只抓住这八个

---

① 《杨升庵先生批点文心雕龙》卷六《风骨》篇"唯藻耀而高翔,固文笔之鸣凤"下批语。
② 《杨升庵先生批点文心雕龙》卷六《风骨》篇总评。
③ 《杨升庵先生批点文心雕龙》卷六《风骨》篇"文明以健"下批语。

字而不及其余,就未免有以偏概全之嫌。黄侃明明还讲到:"风缘情显,辞缘骨立";"结言之端直者,即文骨也";"意气之骏爽者,即文风也";"辞精则文骨成,情显则文风生"等等①。结合这些论述来研究,显然黄侃论"风骨",并未在"风"和"意"、"骨"和"辞"之间划等号。全面理解黄侃的意见,就至少应该说,它有一定的合理成分。黄侃之外,各家所论也大都如此,完全错误的论著,恐怕是不多的。既然如此,研究"风骨"的文章和有关论著已相当丰富,因而可以断言,今天我们要对"风骨"问题求得正确的解决,已有很好的基础了。

确解"风骨"二字之难,在于它既是抽象的比喻,而"风"和"骨"之间又有其不可截然分割的密切联系。文学史上所称"汉魏风骨""建安风骨"等,"风骨"实为一体;刘勰虽多分而论之,篇中也屡有合而言之,如"风骨不飞""此风骨之力也""风骨乏采""采乏风骨"等。这就产生一个合释易而分解难的问题,以至直到现在,"风"和"骨"到底属内容或形式这个大问题,尚在难解难分之中。

杨慎评"是以怊怅述情,必始乎风;沉吟铺辞,莫先于骨"几句说:"此分风骨之异,论文之极妙者。"他是肯定刘勰所论"风骨之异"。曹学佺就正好相反。他说:风和骨"虽是分重,然毕竟以风为主。风可以包骨,而骨必待乎风也"②。杨、曹二家的不同意见说明,在最早出现的"风骨"论中,分歧就已经开始了。怎样认识这种分歧呢?如"风""骨"都属内容,就不好说"骨必待风";如"骨"属形式,"风"属内容,按刘勰"文附质""质待文"的观点,说

---

① 《文心雕龙札记》,中华书局排印本第99页。
② 《合刻五家言文心雕龙文言》卷六。

"骨必待风"自然可以,但说"风必待骨"也未尝不可,因为没有形式的内容是不存在的。这里有分与合、内容与形式、对创作的要求或对作品的要求等复杂情况。杨、曹二家之异,就开始涉及这种复杂情况,因而成为后来长期争论不休的胚胎。由于从不同的角度立论,就各有其不同的理由。所以,黄侃说"风即文意,骨即文辞",有人正好相反,认为"'风'就是文章的形式,'骨'就是文章的内容"①;有的又说,"风和骨都是内容的概念"②;有的则认为风骨"既是形式,也是内容"③等等。要肯定这些意见中的任何一种毫无道理,几乎是不可能的。这就正所谓"公说公有理,婆说婆有理"。照此争论下去,或者将永无休止,或者是不了了之。但我们从这里看到了问题的症结之所在:要解决长期以来的"风骨"之争,没有一个正确而统一的角度是不可能的。角度一致,立论的出发点统一了,问题是不难解决的。

二

寇效信同志的《论"风骨"》④一文,是提出了一些较好的意见的。特别是他提出要从刘勰的理论体系来研究"风骨"问题,更抓住了问题的要害。由于"风骨"这个概念的抽象性和复杂性,如果老是在概念上绕圈子,提不出更为有力的论证,是很难找到能为多数同志所信服的解释的。从刘勰的理论体系着手,看"风骨"在

---

① 舒直《略谈刘勰的"风骨"论》,《文学遗产》第 274 期。
② 廖仲安、刘国盈《释"风骨"》,《文学评论》1962 年第 1 期。
③ 王达津《试说刘勰论风骨》,《文学遗产》第 278 期。
④ 见《文学评论》1962 年第 6 期。

他的整个理论体系中属于什么性质、处于什么地位、占据什么成分，这就有可能把握住"风骨"的确切含义，也就有较大的说服力了。而从刘勰的总的理论体系来考察，我以为正是能够认清"风骨"的实质的正确角度。

问题在于什么是刘勰的理论体系，这是又一个较为复杂的问题。寇效信同志的文章，两次提到刘勰的理论体系：一次着眼于"《文心雕龙》的一系列概念。这些概念大体上可以分为两组：'风''意''情''志''理'属一组；'骨''辞''事''义''采'属另一组。不搞清这些概念的含义以及它们在刘勰的理论体系中的相互关系，要解决'风骨'问题，是难以想象的"。这意见是很好的。但寇文下面主要是为"搞清这些概念"而进行的论述，对刘勰的理论体系本身，却语焉不详，未作正面探讨。在论述了上述两组概念的不同性质之后，又提出："如果我们更进一步窥察刘勰的理论体系，就会看出这些概念或文章构成因素各与作家一定的主观条件相联系。"但下面具体论述的，也只是"文章的构成因素"与作家的主观条件的联系。这种"性质"或"联系"，和刘勰的理论体系固然有关，但能否由此窥察到刘勰的理论体系呢？我们能否由此看到刘勰理论体系的概貌呢？显然，这是寇文所没有解决的问题。

寇效信同志论"风骨"的基本意见，我是同意的。但正由于他自己提出的理论体系问题没有解决，既没有把握住刘勰理论体系的基本面目，更没有把"风骨"问题纳入刘勰的理论体系的总体中去考察研究，因此，他的结论虽也基本正确，却缺乏说服力；而他自己的理论体系也略嫌混乱。寇效信同志对"风骨"的基本看法是："'风'，是作家骏爽的志气在文章中的表现，是文章感染力的根源，比拟于物，犹如风；'骨'，指文章语言端直有力，骨鲠遒劲，比拟于物,犹如骨。"可是,他又认为曹学佺的批语"说得好",认为风"实际上可以说隐括了'骨'在内的。《风骨》篇以'风'发端,而以'风骨'承接,这种所谓'单起双承',就是最有力的证明。要不然,在逻辑上是难以说得通的"。这似为曹学佺的"风可以包骨"说找到了力证。可是,我们从"作家骏爽的志气在文章中的表现"里,在"感染力的根源"中,能找出它包括了什么"骨"在内呢?所谓"单起双承",如果可以作为"风可以包骨"的"最有力的证明",则《情采》篇的开头也是"单起双承",也是以"采"起("圣贤书辞,总称文章,非采而何!"),以双承("文附质""质待文"),恐怕不能据以说"采可以包情"吧。曹学佺"以风为主"的说法自然是对的,但如"风可以包骨",又何"分重"之有?刘勰又何须一再讲"风骨之异"?相如赋仙已"风力遒",岂不是也包括了"骨髓峻"?通观刘勰的"风骨"论,"分风骨之异"者有之,言"风可以包骨"的却无处寻觅。在一定条件下,"风"是可以包"骨"的:一部已经完成了的富有感染力的作品,其"骨"确可包于"风"内;但这时已"风骨"不分,"风"可以包"骨","骨"也可以包"风"了。

怎样解释"骨"这个概念,是研究"风骨"论的关键所在。寇效信同志是既不同意"骨即文辞"说,也反对"骨是事义"论。他认为:"'骨即文辞'论者只看到联系而忽视区别;'骨是事义'论者只看到区别而忽视联系。"他所谓"联系"与"区别",是指"骨"和"辞"的联系与区别。照他对"骨"的解释:"'骨'是对于文章辞语方面的一种美学要求",这大约即指其联系。接着又说:"不是任何辞语都能符合这一要求的,只有那种经过捶炼而坚实遒劲、骨鲠有力的辞语,才符合文'骨'的要求",这大约即指其区别;所谓"骨"不等于"辞",主要就是这个意思。由此可见,其联系也好,区别也好,总不出"骨"是对"辞"的要求。寇文还明确总结其论:"我认为'风骨'是对文章情志和文辞的基本美学要求。"可是,在寇效信同志论及中国文学批评史上的"文质"问题时,却说:刘勰"第一次把文质的争论提高到美学评价的高度,从审美的角度用'风骨'概括了对文学的质的要求"。又说:"在刘勰那里,'风骨'相当于'质',而与之相对应的'藻采'相当于'文'。"在我国古代文论中,"文质"论的含义是明确的:"文"指形式方面,"质"指内容方面。这是从无异议的。奇怪的是,作为对"文章辞语方面的一种美学要求"的"骨",怎会属于"质"的范畴呢?

令人更难理解的是:寇效信同志在把《文心雕龙》的"一系列概念"分为两组时,以"风""意""情""志""理"为一组,却又把"骨""事""义"和"辞""采"为一组(原文前已引出);而此说竟是在论刘勰的理论体系中提出的。这样,"骨"这个概念在寇效信同志笔下就有四种难以统一的说法:(一)"骨"是对"辞"或"辞语"的美学要求;(二)在古代传统的"文质"论中,"骨"属于"质";(三)在《文心雕龙》理论体系中,"骨"既和"辞""采"为同一组概念,又和"事""义"为同一组概念;(四)在《文心雕龙》理论体系中,"骨"和"风""意""情""志"等分属两组不同的概念。第一种说法如果是对的,第二种说法就难成立。如果第二说是对的,又将与第四说矛盾。第三说以"辞""采"和"事""义"为一组,本身就不伦不类,和其他诸说都难统一。

这种情形说明什么呢?仍用寇效信同志的话来说:不明确刘勰的理论体系,"要解决'风骨'问题,是难以想象的"。寇文对"骨是事义"说的辩驳,对"骨""辞"关系的论述,对"风骨"非风格的意见等,都有一些深中肯綮之论,为什么寇论本身又存在一些混乱呢?鄙见以为,主要就是寇效信同志自己提出的刘勰的理论体系问题没有得到很好的解决。以上探讨,也不过是企图说明,认清刘勰的理论体系确有必要。刘勰的理论体系,是并无混乱之迹的,至少可以断言:"文"和"质"的关系;"骨"属"文"或"质";"事义"属"文"或"质";"骨"和"辞"、"辞"和"采"的关系等,这些在"风骨"问题上长期纠缠不清的问题,在他的理论体系中是一清二楚的。搞清这个体系,就没有论者任意解说的余地了。

三

关于刘勰的理论体系问题,《文心雕龙》的研究者们虽每有道及,但其理论体系究竟是何面目,对此作正面论述者,尚未见其人。这也许是比"风骨"更为复杂的一个新问题。笔者不自量力,曾作过一点大胆的尝试①,这里没有必要全面细说,只从与"风骨"有关的角度,勾勒大要如下。

《征圣》有云:"志足而言文,情信而辞巧,乃含章之玉牒,秉文之金科矣。"从情志和言辞两个方面,对内容和形式提出统一的要求,并以此为文学创作的金科玉律,这显然可以视为刘勰论文的主导思想,也是他对文学创作的最高要求。《征圣》中又说:"然则圣文之雅丽,固衔华而佩实者也。"刘勰力图把儒家圣人的著作,树为当时文学创作"征圣立言"的典范;经由刘勰装扮而成的这个典范,其主要标志就是"衔华佩实"。"衔华佩实"自然并非所有儒家著作都具备的特点,却集中概括地反映了刘勰对文学创作的理想。这和"志足而言文,情信而辞巧"的要求一样,都表达了刘勰论文以充实的内容和完美的形式相结合的基本观点。这个基

---

① 见《〈文心雕龙〉的总论及其理论体系》,《中国社会科学》1981年第2期。

本观点就是贯串全书而构成《文心雕龙》理论体系的一条主线。现按《文心雕龙》的几个主要组成部分,来看这一理论体系的概貌。

(一)总论:刘勰的总论,我以为只有《原道》《征圣》《宗经》三篇(详见《〈文心雕龙〉的总论及其理论体系》)。其中,《征圣》、《宗经》两篇所论,实际上是一个观点。因此,刘勰在总论部分提出的基本文学观点只有两个:一是"本乎道",一是"师乎圣"。本道,主要讲"文"的自然规律。刘勰认为"文"与天地并生,天地万物都必有其自然形成的文采。他说:"形立则章成矣,声发则文生矣",有其物就必有其形,有其形就必有其文。刘勰把这种自然规律称为"自然之道"。这就是他论文既重视文采,又反对违反"自然之道"的过分雕琢的理论根据。

师圣,因为"圣人之情,见乎文辞",所以师圣的具体途径只能是学习儒家经典。从《征圣》中的"陶铸性情,功在上哲""先王圣化,布在方册"等说法;《宗经》中的"三极彝训,其书言经。经也者,恒久之至道,不刊之鸿教也。……故能开学养正,昭明有融"等说法,可知其师圣的主张,主要是强调文学作品应有有益于封建政教的思想内容。本道、师圣两个方面,一主"衔华",一重"佩实"。两种观点的结合,就构成刘勰内容形式并重的基本文学观点。在三篇总论中,刘勰的这一基本思想是表达得很清楚的。他一方面主张"征圣立言",一方面认为圣人之作,也"莫不原道心以敷章,研神理而设教";"道沿圣以垂文,圣因文而明道",两个方面的结合,就能产生"衔华佩实""旨远辞文""符采相济"的完美作品。

(二)论文叙笔:在《辨骚》以下"论文叙笔"的二十一篇中,刘勰就主要是以总论中提出的基本观点为指导思想,来分别评论各种文体的作家作品,总结历代文学创作经验。如论骚,则赞其"虽取熔经意,亦自铸伟辞""故能气往轹古,辞来切今",最后提出"酌奇而不失其贞,玩华而不坠其实"(《辨骚》)的著名论点。论诗,则强调"舒文载实"(《明诗》)。评赋,就主张"丽辞雅义,符采相胜";要求"文虽新而有质,色虽糅而有本"(《诠赋》)。他肯定屈原的《橘颂》"情采芬芳"(《颂赞》)、嵇康的《与山巨源绝交书》"志高而文伟"(《书记》);既反对"文浮于理,末胜于本"(《议对》),也不满于"华不足而实有余"(《封禅》),而以"文质辨洽"(《史传》)、"华实相胜"(《章表》)为其理想的作品。

(三)割情析采:《文心雕龙》的下半部,即通常所说的创作论、批评论部分,刘勰在《序志》中总称之为"割情析采",其理论体系的脉络就更为明晰了。

先看创作论。《神思》篇论艺术构思,却特别提出"物沿耳目,而辞令管其枢机"的问题。这就因为,作者在构思过程中,虽有"珠玉之声""风云之色"呈现于耳目之前,还只是作者头脑中的意象,要"规矩虚位,刻镂无形",把构思所得通过艺术形象表现出来,做到"物无隐貌",语言文辞就不能不具有"管其枢机"的作用。因此,刘勰在本篇提出文学创作中"意授于思,言授于意,密则无际,疏则千里"的重要课题。怎样运用语言文字来准确地表达作者的思想感情,作品的表现形式和作者的思想感情有什么关系等,正是文学创作在理论上要具体研究的种种问题。《神思》以下各篇,就主要是从各种不同的角度来论述这些问题的。如《体性》篇是根据"情动而言形,理发而文见"的基本原理来研究作家的艺术风格;《风骨》篇是从"情"与"辞"两个方面来要求"风"与"骨";《通变》篇的主旨是反对"从质及讹"的创作趋向,而主张"矫讹翻浅,还宗经诰",目的仍是要解决文学创作上"文"与"质"

的正当关系;《定势》篇则是从"因情立体,即体成势"的道理出发,来研究文章的体势问题,主张"情固辞先,势实须泽";《情采》篇更是讨论"文附质""质待文"的文质关系的专论,提出以情为经、辞为纬,要"文不灭质,博不溺心"等主张;《熔裁》则是从"櫽括情理,矫揉文采"两个方面论述如何"规范本体"和"剪截浮词"的。《熔裁》以下,所谓"阅声、字"的几篇,主要是论述各种修辞技巧。正如其中《练字》篇所说:"心既托声于言,言亦寄形于字。"语言文字是用以表达思想感情的,则种种修辞技巧的研究,主要还是研究如何用以序志述时。直到总结其创作论的《总术》篇,强调"才之能通,必资晓术",认为"莫肯研术"者的写作,"或义华而声粹,或理抽而文泽",内容和形式两个方面不能尽善;而"执术驭篇"者,就能写出"义味腾跃而生,辞气丛杂而至"的理想作品。这些都说明,刘勰的创作论主要是围绕着"文"与"质"、内容与形式的统一及其相应关系来立论的。

　　刘勰的创作论,虽然并不完全是文质论,但以上情形说明,他的确是以"割情析采"为纲,从各种不同角度来论述文学创作,来建立其理论体系的。此外,如《知音》篇以"缀文者情动而辞发,观文者披文以入情"为基本论点,也是从情与辞的相应关系来建立其批评论的。又如《程器》篇批评近代辞人的"务华弃实",《才略》篇肯定荀况的作品"文质相称",马融的作品"华实相扶",扬雄的作品"理赡而辞坚",刘桢的作品"情高以会采"等,都说明刘勰的批评论、作家论,同样以"割情析采"为主线。

　　总上所述可见,"衔华佩实""文质相称"的基本观点是贯串于《文心雕龙》全书的。基于这种观点而用"割情析采"的方法来探讨种种文学理论问题,就构成了刘勰全部文学理论体系的一条主线。《风骨》篇不仅没有离开这个体系,且正是这个体系的重要组成部分。因此,这个体系应该是我们研究"风骨"论的重要依据;离开甚或违背这个体系对"风骨"所作的任何解释,都是徒劳的。问题很明显,和刘勰理论体系相矛盾的解释,是不可能符合刘勰的本意的。

上述理论体系的显著特点,是以文质论为核心,而不孤立地论述内容或形式。在《文心雕龙》中,我们是找不出一个单独论述内容或形式的专篇的。其中或论文与质的相应关系,或论"志以定言",或论"言以足志",虽时有侧重,但凡涉及文质的问题,都是二者并重而有它一定的联系。把刘勰的"风骨"论放回他自己理论体系中去考察,问题就十分清楚了。至少可以明确:"风骨"论属于"文质"论的范畴,这是无庸置疑的;既属"文质"论,就不可能"风"与"骨"都属"文"或都属"质"。如以"风骨"都属于"质",则所谓"风骨"问题本身就不成其为"文质"论。若以"风骨"为"质",以"藻采"为"文"而构成"文质"论,这就只能说是"风骨"和"采"构成的"文质"论,而不得谓"风骨"论为"文质"论。

问题还在于:第一,把对言辞的要求的"骨"视为"质"的"文质论",在我国古代是不存在的,也完全违反刘勰整个理论体系的实际。《熔裁》有云:"情理设位,文采行乎其中。刚柔以立本,变通以趋时。立本有体,意或偏长;趋时无方,辞或繁杂。蹊要所司,职在熔裁,櫽括情理,矫揉文采也。规范本体谓之熔,剪截浮词谓之裁。"这段话里,"文"与"质"的界线既很清楚,"文质"并重,二者相提并论的用意也很明显。我们岂能只承认"櫽括情理,矫揉文采"是讲的"文""质"两个方面,而认为"规范本体"与"剪截浮词"两个方面都属于"质"?《情采》篇是《文心雕龙》中典型的"文质"论了,我们也无法排斥其中"情者文之经,辞者理之纬"这种关键性的论点于"文质"论之外。至于"联辞结采,将欲明经;

采滥辞诡,则心理愈翳"之说,就更无可辩驳地说明:刘勰的"文质"论,是由"辞""采"和"情""理"的相互关系构成的。

第二,在刘勰"文质"并重的理论体系中,我们既找不到把"文"排斥在论题之外的凡例,也找不出把"文"置于如此次要地位的观点。《体性》篇的"体"和"性",《情采》篇的"情"和"采",《熔裁》篇的"熔"和"裁",和《风骨》篇的"风"和"骨"是一致的,都是由属于"文"和"质"两个方面的概念组成的。如果《风骨》篇是以"风骨"为"质",以"采"为"文"而构成的"文质"关系,则不仅"文"不列为篇题,整个《风骨》篇除"风骨乏采"四字涉及"采"不可无之外,再无一字肯定"采"的必要。不仅刘勰总的理论体系是"文质"并重,认为"文附质""质待文","质"与"文"经纬相成不可或缺,且一再强调"言之文也,天地之心哉""圣贤书辞,总称文章,非采而何"的刘勰,又怎么可能把"文质"的"文"置于如此次要的地位? 只以"风骨乏采"四字一笔带过的"采",如果也能和通篇强调的"风骨"构成"文质"论,这种畸形的"文质"论又怎能容于刘勰"文质"并重的理论体系? 何况这样的"文质"论,本身就是不能成立的。

这样看来,我们不仅可以说"风骨"论属"文质"论,也可以说"风"和"骨"就是构成"文质"论的两个方面。至于何者属"文",何者属"质",就难以否认黄侃的旧说了。如前所述,只要不是孤立地、机械地理解"风即文意,骨即文辞"八字,而结合全文,以"风"是对"情志"方面的要求,"骨"是对"文辞"方面的要求,则黄侃旧说就"虽旧弥新矣"。

四

《风骨》篇中有这样一段论述：

> 夫翚翟备色，而翾翥百步，肌丰而力沉也。鹰隼乏采，而翰飞戾天，骨劲而气猛也。文章才力，有似于此。若风骨乏采，则鸷集翰林；采乏风骨，则雉窜文囿。惟藻耀而高翔，固文笔之鸣凤也。

从"风骨乏采""采乏风骨"的说法来看，"采"自然属形式；与之相应并提的"风骨"，是不是该属内容呢？这恐怕是造成多年来"风骨"之争的关键之一。廖仲安、刘国盈二同志曾说："这一段比喻，本来是非常浅显生动的。三个比喻都是风骨和辞采对举，骨气和羽毛肌肉对举，说明风骨的重要意义。按说，在这样浅显生动的比喻之下，是不容读者发生任何错觉的了。但是黄侃却对这段文章视而不见，硬要说'风即文意，骨即文辞'，的确叫我们大惑不解。"[①]说黄侃对这段话视而不见，似觉过分。他明明评"风骨乏采"之论说："骨即指辞，选辞果当，焉有乏采之患乎？"[②]问题只在理解的不同。廖、刘二位认为"风和骨都是内容的概念，文辞是形式的概念"；黄侃则以为"骨"是对"辞"的要求，而"采"又是附属于"辞"的，所以认为选辞精当，"焉有乏采之患乎"；又说："辞精则文骨成"等。在这点上，我仍以为黄说近是。不过要把问题说清楚，还必须首先把上引刘勰论"风骨"与"采"的关系搞清楚。

---

① 《释"风骨"》，《文学评论》1962 年第 1 期。
② 《文心雕龙札记》，中华书局排印本第 101 页。

对这段"非常浅显生动"的话,"大惑不解"者确乎不少,因而很有认真研究的必要。

廖、刘二位本刘永济说而认为"'风'是情志,'骨'是事义,两者都是文学内容的范畴"。我的不同理解是,"骨"乃形式范畴而非内容范畴。如果"骨"是事义,不仅如上所述,这样的"风骨"论为刘勰的理论体系所不容;也很难设想这样一个浅显的道理如何解释:没有事义的"风",又怎能做到"述情必显""结响凝而不滞"呢?所谓"风力""风教",在很多作品中不正是靠一定的事义构成的吗?所以,要是"事义"和"风"必须分家,则"风"能不能成其为"风",也就大有可疑了。

有待进一步搞清楚的是,刘永济先生何以用"事义"释"骨",其说能否成立。

刘永济论"风骨",主要是根据刘勰的"三准"论,认为:舍人论文,不出"三准"①;"三准"之说"已尽文家之能事"②。他在《释刘勰的"三准"论》③一文中,对"三准"作了详细的论述,认为:"他所谓'三准',乃是指从作者内心(到)形成作品的全部过程中所必然有的三个步骤。"问题就是从这一理解开始的:既认为"三准"是文学创作"全部过程"的"三个步骤",当然就可谓"尽文家之能事"了,也可说刘勰的理论不出"三准";因而就可以用"三准"把《风骨》篇中的"风""气""骨""辞""采""藻"等概念,全部概括无遗④。这种误解是从毫厘之差开始的。刘勰的原文是:

---

① 《文心雕龙校释》第 106 页。
② 《文心雕龙校释》第 5 页。
③ 见《文学研究》1957 年第 2 期。
④ 见《文心雕龙校释》第 106-107 页。

> 凡思绪初发,辞采苦杂,心非权衡,势必轻重。是以草创鸿笔,先标三准:履端于始,则设情以位体;举正于中,则酌事以取类;归馀于终,则撮辞以举要。然后舒华布实,献替节文。绳墨以外,美材既斫,故能首尾圆合,条贯统序。(《熔裁》)

刘永济正是根据这段话,也引出这段话,然后作了如下论述:"在他这段话中,我们可以知道从作者的'思绪初发'到作品的'首尾圆合',其全部经过中,所涉及的有三件事:第一是'设情以位体'……"刘勰的话,确是讲到文学创作的全过程了,但他明明是在讲完"三准"之后,又说"然后舒华布实",最后才能做到"首尾圆合"。可见"舒华布实""献替节文",即辞藻、文采的运用,并不在"三准"之内;"三准"在文学创作中只是如何处理内容方面的问题,并不包括形式方面,因而远不是"全过程",更不能"尽文家之能事"。

刘永济的措词是不应误解的,他并未说"三准"是文学创作的全过程,只是"全部过程中所必然有的三个步骤"。但其用意却在一再强调"全部过程"之中陈仓暗度了。因此,在篇末可以这样说:一切创作"不能不具有这三个步骤,不能不符合这三个准则,不能不使他的作品'首尾圆合,条贯统序'"。由于视"三准"为文学创作全过程的普遍准则,便进而认为刘勰的全部理论不出"三准",因此,也概括了《风骨》篇中"采""藻""字""响""声""色"等全部概念;于是就得出《风骨》中的"风""骨""采",即《熔裁》篇的"情""事""辞"的结论。而他的结论,又是从对孔、孟、庄、扬诸家的"志、言、文"等概念和"三准"进行了大量的类比得出的。因此,必须对这些类比及其结论能否成立作简要的考察。

先看"三准"中的"辞"是否相当于《风骨》篇中的"采"。《释刘勰的"三准"论》中释"撮辞以举要"说:"再其次,有了与'情'相类的'事',然后方能依据这些'事'的内容和性质来'属采附声'(按:这是《物色》中的话,与'三准'无关)。这里所说的'采'与'声',就是作品中的词藻。凡是美的文学作品必然具有采色与音声之美。……这样,必然是作品中所敷设的词句都最精炼,都是'事'与'物'的最主要部分。所以说'撮辞以举要'。"这段话十分清楚地说明,刘永济认为,表达作品内容的词句、声色、藻采,都属"三准"之一的"辞"。这个解释本身就是错误的。《熔裁》是论熔意、裁辞二事,即"櫽括情理,矫揉文采"两个方面。而"三准"只是"櫽括情理"的三条准则。刘勰对此讲得十分明白:既说"先标三准……然后舒华布实,献替节文";又说:"故三准既定,次讨字句。"可见从字句到文采,都属裁辞,而不属熔意的"三准"。所谓"撮辞以举要",作为熔意的一条准则,是以之衡量能否集中文辞以突出内容的要点;其实,就是要以突出内容的要点为准。这里,"字句"尚不属熔意,遑论藻、采、声、色?如此,则无论"风骨"属内容或形式,以"风、骨"二项,根本就无法和"情、事、辞"三项类比,而《风骨》中的"采"和"三准"中的"辞",就风马牛不相及了。

再看"风骨"的"骨",是否即"三准"中的"事"。

刘永济释《熔裁》说:"撮辞必切所酌之事,酌事必类所设之情。辞切事要而事明,事与情类而情显。三者相得而成一体,如熔金之制器,故曰'熔'也。"又说:"辞以述事,事以表情。"[①]都是强调说明情、事、辞之间的联系,这固然是对的。但这种认识略微过头,就成了他种种类比的混乱之源。他说:

---

① 见《文心雕龙校释》第121页。

舍人之"情""事""辞",亦即孔子之"志""言""文",孟子之"志""辞""文"也。辞或变而称事者,辞乃说事之言,诗人之所咏歌,文家之所论列,史氏之所传述,必有事而后有言也。①

"必有事而后有言"是对的,但若准此理,据"言为心声""事以表情",就更可说"必有情而后有言""必有情而后有事"。"事"和"言"有联系,便可以"事"为"言",则言、情一也,情、事一也,情事言就"三者相得而成一体"了。所以,有联系的并不能等同。在某种特定的语言环境下,自可如刘释所引杨倞注《荀子》的话:"辞者,说事之言",但所说之"事"毕竟不是"说事之言"。而刘永济却根据这点微弱的联系,认为《熔裁》中的"事",即孔、孟的"言"或"辞",岂非谬以千里? 孔、孟的原话是:

　　志有之,言以足志,文以足言。不言,谁知其志? 言之不文,行而不远。②
　　故说诗者,不以文害辞,不以辞害志。③

首先要明确,刘勰的所谓"事"或"事义",是有其特定含义的。他自己曾说:"事类者,盖文章之外,据事以类义,援古以证今者也。"(《事类》)显然,它并不是泛指构成作品的一般内容。特别是在诗歌中,"说诗者"就不一定存在什么"以文害'事',以'事'害志"的问题。如果说孔子的话是"文以足'事'""不'事',谁知其志",岂非言之不辞? 在孔、孟所讲的"志、言(辞)、文"中,"言"者言

---

① 见《文心雕龙校释》第120页。
② 《左传·襄公二十五年》。
③ 《孟子·万章上》。

也,它是表达情志的符号,须饰以文采才能传之久远。刘勰也说:"文采所以饰言"(《情采》);如果说"言"即"事",对这个"事",又怎样用文采来修饰它呢? 这里存在的根本问题,是混淆了"言"和"事"的区别;以"事"代"言",在实际上既行不通,又否定了文学艺术中语言的独立存在。"骨"既不等于"辞","辞(言)"又不等于"事",因此,要说"骨"即"事"就更不能成立了。

五

用"三准"释"风、骨、采"的关系虽然不能成立,但刘永济先生论"三准"的某些意见,对我们研究"风、骨、采"的关系,却是很有启示的。他虽没有明确提出刘勰的理论体系问题,但他以"三准"论"风骨",正是企图从对刘勰总的理论体系的把握上来研究它。我们要继续走的,正是这条道路。刘永济多次提到孔、孟对情、辞、文三者的论述,也为我们提供了解决"风、骨、采"关系的重要线索。在刘永济研究"风骨"问题的基础上,如果我们能探索清楚刘勰的理论体系和儒家对待情、辞、文的传统观点的关系,并证实"风、骨、采"的关系的确符合刘勰的理论体系,那就可说,认清整个"风骨"问题已为期不远了。

《熔裁》篇正讲过:"万趣会文,不离辞情。"可见刘勰是认为,"情"和"辞"是构成一切文章的两个基本组成部分。《指瑕》篇也明确说过:"立文之道,唯字与义。"这个说法和总论中提出的基本观点是吻合的,《文心雕龙》全书也正以"情"和"辞"两个方面及其相互关系为纲而构成整个理论体系。《熔裁》篇不仅正是从内容和形式两个方面来论熔意裁辞,而且从中可以看到刘勰对"辞"和"采"的关系是如何处理的。其云:"故三准既定,次讨字句",

则"三准"属"情","字句"属"辞"。又说,"熔裁"的任务是要"櫽括情理,矫揉文采"。由此可见,刘勰是以"辞""字句""文采"为形式,这就为我们研究"风、骨、采"的关系带来一条重要消息。据此,就可说刘勰是以"风"属内容的范畴,"骨"和采"都属形式的范畴了。

在文学艺术中,辞和采本来是密切联系着的,刘勰之所以要把"辞"和"采"分而言之,而有"风骨乏采""采乏风骨"的说法,正是本于儒家的"文质"观。

主张"征圣立言"的刘勰,不仅在他的总论中提到"言以足志,文以足言"的儒家格言,并据以提出:

> 然则志足而言文,情信而辞巧,乃含章之玉牒,秉文之金科矣。(《征圣》)

他把"言以足志,文以足言"奉为文学创作的最高原则,这又是《文心雕龙》整个理论体系的指导思想,则"志、言、文"观点和刘勰理论体系的关系,以及他的理论体系和儒家"文质"观的关系,也就十分明显了。刘勰不仅用儒家的"文质"观为主线来建立全书的理论体系,还在具体论述中不断重复孔、孟的原话,如《议对》篇中的"志足文远,不其鲜欤";《情采》篇的"言以文远,诚哉斯验";《总术》篇的"夫文以足言,理兼《诗》《书》";《夸饰》篇更直接引证孟子的话"说诗者不以文害辞,不以辞害意"。这就充分说明,刘勰的理论体系,正是根据儒家传统的"文质"观建立起来的。因此,儒家对"志、言、文"的观点,就不能不为刘勰所袭用并贯彻到他的具体论述中来。

先秦儒家的所谓"文学",和后世具有美学意义的文学并不是一回事。他们对"文学"的语言要求是"辞尚体要"①,"辞达而已矣"②。在他们的心目中,还没有形成和文采相结合的"文学语言"这类概念。但所谓文辞采饰毕竟是通过语言来实现的,儒家对"言以文远"的事实也有了一定的认识,只是他们对真正的"文学"并不理解,他们的著作也非文学创作,因而形成了"言以足志,文以足言"的观念。在他们看来,情志和言辞是文章的主体或基本结构,文采虽有必要,只是言辞的附加成分,它是直接为言辞服务的。孟子要人们不要"以文害辞",正是这个意思。因此,在儒家的"文质"观中,就出现了"志、言、文"三种关系。但情志属"质",言辞和文采属"文",这是不容混淆的。

　　刘勰袭用儒家的这种"文质"观来建立其文学理论体系,虽有一定的保守性,但为挽救当时"采滥辞诡"的创作倾向,利用儒家的这一传统观念,既不废文,又以"志"和"言"为主干,应该说在当时是可取的。正所谓"夫子步亦步,夫子趋亦趋"③,对此,刘勰是不折不扣地照搬了。《情采》篇有一段重要论述:

　　　　夫铅黛所以饰容,而盼倩生于淑姿;文采所以饰言,而辩丽本于情性。故情者文之经,辞者理之纬;经正而后纬成,理定而后辞畅:此立文之本源也。

这里,"情"和"辞"经纬相成,是"立文之本源",也就是说,必须以"情"和"辞"两个方面为文学创作的主体,并以处理好这两个方面的关系为首要条件。而"文采所以饰言","采"是附属于言、为

---

① 《尚书·毕命》。
② 《论语·卫灵公》。
③ 《庄子·田子方》。

"言"服务的;这话正是"文以足言"的翻版。这段话就正是"志、言、文"结构的发展。据此,我们说刘勰的"文质"论体系,基本上和儒家一鼻孔出气,也就没有多大可疑的余地了。

认清刘勰理论体系的这种特点,"风骨"和"采"的关系就十分清楚了。《风骨》篇正是以"风"和"骨"为其"文质"论的主体,而以"采"为次要成分。所以说:"若丰藻克赡,风骨不飞,则振采失鲜,负声无力。"又以"骨髓峻""风力遒"为基本要求,认为"能鉴斯要,可以定文;兹术或违,无务繁采"。他极力反对的,就是不首先力求"风清骨峻"而去追求"繁采"。由此可见,"风、骨、采"的关系,正相当于儒家"志、言、文"的关系。这就是我对这问题的基本理解。而这点理解,正是刘永济先生论"风骨"意见中的合理因素。但必须重复一句:"风、骨、采"只是相当于"志、言、文"的关系,而不是等同。"风"是对"情志"的要求,"骨"是对"言辞"的要求,而"采"则是对"文辞"的要求。在刘勰的"文质"论体系中,"风"属"质","骨"和"采"属"文",这就完全符合刘勰的总的理论体系了。

总的来说,以"风骨"为刘勰的审美标准,我认为是可以的,但对"风"和"骨"分别作具体解释,要做简单的概括是困难的。"风清骨峻"虽可达其要旨,却远不能概括这一审美标准的丰富含义。长期来的"风骨"之争,就多少与此有关。刘勰对"风"和"骨"提出多方面的要求,若论者各据其中一部分要求,问题就难于说清。按刘勰在《风骨》篇已提到的,"风"既要如"形之包气",又要"意气骏爽""述情必显",并反对"思不环周,索莫乏气"等;这就包括从作者要有高昂的气志、周密的思想,到能鲜明而生气勃勃地表达出作者的思想感情,从而使作品起到巨大的教育作用。"骨"则要求"如体之树骸""结言端直""析辞必精",而不至于"瘠义肥辞,繁杂失统"等;这就要求用精当准确而又端整有力的言辞,起到支撑全局的骨架作用,使文章写得有条不紊。在这种要求的基础上,再施之以适当的"采",就能"风清骨峻,篇体光华",写出"衔华而佩实"的理想作品了。

(原载于1981年10月《古代文学理论研究》第4辑,后收入1988年1月《文心雕龙研究论文选》)

文律运周　日新其业

——《文心雕龙·通变》新探(存目)

实事求是地研究《文心雕龙》

——答马宏山同志

一

《文心雕龙·序志》中讲到:"盖《文心》之作也,本乎道,师乎圣,体乎经,酌乎纬,变乎骚:文之枢纽,亦云极矣。"马宏山同志对这里的"极矣"二字颇感兴趣。他在有关文章[1]中反复强调"极矣的地位""极矣的价值",多达六次。什么是"极矣"呢?是什么"地位"、什么"价值"呢?鄙见不敏,幸有马论原文:

> 刘勰认为"文之枢纽"在《文心雕龙》之中居于"极矣"的地位。……"文之枢纽"既居于"纲领"之中的"极矣"的地位,那么它在"纲领"之中所起的就一定是"提纲挈领"的作用。(《也谈》)

"文之枢纽"的五个项目的每一个项目,都是有其"极矣"的价值的,而不是只有"原道"和"宗经"两个项目才有

---

[1] 《也谈〈文心雕龙〉的理论体系》(以下简称《也谈》),载《学术月刊》1983年第3期;《再论〈文心雕龙〉的纲》(以下简称《再论》),载《古代文学理论研究》第8辑。

"极矣"的价值,所以每一个项目都是有其各自的分量,不可或缺的……(《再论》)

这里虽未直接阐释"极矣"之意,却至少说明:"极矣的地位"有提纲挈领的"作用","极矣的价值"是有"各自的分量"。"文之枢纽"的五篇,是否篇篇都有马宏山同志命意的"极矣"的"作用"和"分量",这是不言自明的。问题在于:"极矣"二字的原意,是否表示"文之枢纽"的五篇,都有什么"地位""价值""作用""分量"。刘勰所谓"文之枢纽,亦云极矣",本人的理解是:"极:追究到底。"句意是:"对于文章的主要关键,是可以搞透彻的。"①如果这是"望文生义"的一己之见,还可参看郭晋稀译:"作文的关键问题,莫过于这些了。"②赵仲邑译:"文学的关键性问题,也算是弄透彻了。"③周振甫译:"文章的关键,也可以说探索到极点了。"④诸家所译虽略有不同,但"极"字的理解是一致的,都指"本道""师圣"等五个方面对文学理论的关键问题研究之"极";这个"极",理解为透彻、完善,都是可以的,却无法理解为"地位"之"极"高,"价值"之"极"大。是否上引诸家都是"望文生义"呢?这是不难得到证实的。若以诸说为非,马说为是,则可"请夺彼矛,还攻其盾"。"地位"之"极","价值"之"极",就是无出其上的了,则"征圣"与"宗经"等,就应该是至高无上的"极",又怎能"以佛统儒"?怎能在儒家圣人和经典之上还有一个更高的"极"?如果都具有"极矣"的"价值""地位",又怎能说:"'道'的地位显然

---

① 见陆侃如、牟世金《文心雕龙译注》下册第 419、421 页。
② 《文心雕龙注译》第 585 页。
③ 《文心雕龙译注》第 413 页。
④ 《文心雕龙选译》第 12 页。

最高,而'圣'和'经'的地位是不能和'道'相齐并论的"?①

当然,问题的关键所在还是论旨的正确与否。要说明《文心雕龙》的思想是"以佛统儒",确是一大难题。如果要把"以佛统儒"建立在"事核理举"的基础上,最大的困难是《文心雕龙》中没有"以佛统儒"的明确论述。因此,马宏山同志的多数论文,不得不求助于概念的演绎。如《再论》的第一部分由"自然"和"名教"的关系,推论而为"自然"即"自然之道"、即"佛道""佛性";第二部分再由"神理"和"道"的关系进而反复论证:"神理"是"佛性"、"太极"是"佛"、"道"是"佛道"、"自然之道"是"佛道";"自然""太极"和"神理",都是"佛道"的"同义语",从而得出结论:

> 既然"道"是"佛道",那么,"本乎道"和"原道",当然无庸置疑"佛道"就是《文心雕龙》居于思想指导地位的"文之枢纽"之"本"之"原"了。

这样,"以佛统儒"的论点似乎是言之有据了,但它的论据是什么呢？主要就是概念加概念的推绎。马宏山同志的文章,从佛书中找来的证据确乎不少,但既非佛家思想的本质,亦非某一佛经的要旨,而多是一些词语、概念。为什么不考察一下《文心雕龙》是否以一切皆空的出世思想为指导思想呢？只是找相同、相近的词语和概念,在大量的佛家论著中是非常容易的。这不仅所有佛经、佛论都是用汉字翻译或书写的,在纷纭复杂的社会现象中,无论诸子百家还是儒道玄佛,都不可能毫无表面的、个别的共同之处。所以,不仅可以从儒、佛两家的著述找出大量相同、相似的词语或概念,要找出某些相同、相近的论点,也是不难的,但这又有

---

① 《文心雕龙散论》第153页。

多大意义呢？列宁说得很好：

> 在社会现象方面，没有比胡乱抽出一些个别事实和玩弄实例更普遍更站不住脚的方法了。罗列一般例子是毫不费劲的，但这是没有任何意义的或者完全起相反的作用……如果不是从全部总和、不是从联系中去掌握事实，而是片断的和随便挑出来的，那末事实就只能是一种儿戏，或者甚至连儿戏也不如。①

把这段话当做一面明镜，如果把两篇马文放在它的前面照一照，恐怕马宏山同志不会同意他是在"玩弄实例"，也不是"胡乱抽出一些个别事实"。我也认为不是，因马文讲的并不是什么"事实"，也不全是"实例"，而主要是词语和概念。如谓：

> 魏晋时期出现"名教与自然"的关系的争论，为时很长，影响也大。当时就有"名教本于自然""名教出于自然""名教与自然合一""名教即自然"等说法。(《再论》)

惭愧得很，自恨学识疏浅，实在不知"名教本于自然"等说出自何典。论者举出这些并非"实例"的例证，目的是要说明："刘勰对'道'和'经'的关系的看法也就是对'自然'和'名教'的关系的看法，和魏晋时期玄学盛行之下那种'名教本于自然'的关系的观点在逻辑上是完全一致的。"(同上文)奇怪的是，论者为此而举出八例，既无"名教本于自然""名教出于自然"之类说法，有的还和"名教"与"自然"的关系毫不相干。如所引《抱朴子·塞难》："……天不能使孔孟有度之祚，盖(当是'益')知所禀之有自然。"

---

① 《统计学和社会学》，《列宁全集》第23卷第279页。

讲孔孟寿命的长短出于自然,与"名教"何涉?更不必说"名教"与"自然"的关系了。又一例是嵇康有"越名教而任自然",更是反对"名教"的话。嵇康认为"名教"和"自然"是矛盾的,所以主张抛弃"名教"。此例和作者企图证明的问题正好是矛盾的。还有,头一例就是:"夏侯玄说:'君亲自然,匪由名教。'……"竟是把袁宏称赞夏侯玄的话,说成是"夏侯玄说"。这些,已足够说明马文是否"胡乱抽出"一些例证了。

偶误是任何人所难免的,但以上情形,不能都是偶误。窃意以为,论者非不认真,而是由于想要证明其难以证明的问题,潜心以求,就难免出现这种现象;在大量引证中,不仅来不及细审其含义和引证的作用,有时甚至真伪不分,把伪证也振振有词地搬了出来!论者十分重视"玄圣"和"元圣"的区别,已不止一次强调过了,《再论》中再强调:

> 必须指出:《文心雕龙》中的"玄圣"和"元圣"本来就是两个不同的词语,"元圣"这个词古已有之,它比"玄圣"还早千余年,如《尚书·汤诰》"幸(应为'聿')求元圣,与之戮力,以与尔有众请命"的话,可为明证。然而"玄圣"这个词最早见于《庄子》,它的出现是战国时期,因此,对于"玄圣"和"元圣"二词,不能混为一谈。(《再论》)

请论者注意,"自然""太极""神理"等词语,和"佛""佛性""佛道"之类,并不是同一时期出现的,论者却反复说它们是"同义语";为什么厚此薄彼,这里唯独用时间的先后来判断词语的异同呢?这本来不是一个科学的方法,何况所取唯一证据又是伪证。今存《古文尚书》之伪作,宋元以来,或疑或证,到阎若璩的《古文尚书疏证》问世,《古文尚书》之伪,已早为学术界所公认。马宏山同志如果没有推翻阎若璩用一百多条证据所做结论，而重新证实其不是伪作，却又那样信赖，那样强调，就是不能不令人怀疑其所自称的"严肃认真"的态度了。据丁晏《尚书余论》考定，《古文尚书》乃三国时王肃伪造，如此，则"元圣"一词不是比"玄圣"早千余年，而是晚出数百年。

这个例子很能说明"事核理举"的必要性。马宏山同志的文章，常常是大量引经据典。为了说明问题，这固然必要，但如果不是确有"严肃认真"的态度，虽多奚为？引用材料是论证的基础，基础不实，有可能抽一砥而致大厦之倾。这并非危言耸听，孤证既伪，不仅动摇了《再论》的第三大部分，更由于危及"玄圣"不指伏牺、周孔而指佛的结论，就势必影响到"以佛统儒"的基本观点。

二

马宏山同志曾说："问题的实质根本就不是佛教思想混不混进来的问题，而是不承认《文心雕龙》是以佛教思想为统帅的问题。"① 此论是否可立，还待继续讨论，现在只能说尚"未见其论立"。《也谈》和《再论》是马宏山同志的两篇新作，其中有破有立，从立的方面来看，别无二致，也和上述引证方式一般模样。虽其主观意图仍是为坚持和维护"以佛统儒"的基本观点立论，但在具体论述中，却似乎忘掉了自己要说明的"实质"问题。如《也谈》一文所论：

---

① 《文心雕龙散论》第 257 页。

刘勰所谓"文之枢纽"的五个项目,不仅是作为他"论文"的准则而专篇论述,并把它们作为他的理论的主干,在全书中不同次数的出现,也就是说,在全书中必须说出作为思想指导的东西的时候,刘勰就提到了它们。

这里说的"思想指导",也就是论者在同文所说的以"'文之枢纽'的五个项目作为写作《文心雕龙》的思想的准则"。要证明其确为写《文心雕龙》的思想准则,当然要借实例来说明。既然是写作的"思想指导"或"思想的准则",如果不是论者自己否认"《文心雕龙》是以佛教思想为统帅",则所谓"准则"或"指导"的"思想",就是佛教思想了。奇怪的是,论者所列举的十四条例证,竟无一条涉及佛教思想,甚至无一条有助于说明《文心雕龙》"是以佛教思想为统帅",相反,却至少有九条与儒家思想密不可分。这九条是:《封禅》:"经道纬德";《正纬》:"乖道谬典";《宗经》:"圣谟卓绝";《史传》:"若乃尊贤讳隐(应为'隐讳'),固尼父之圣旨";《情采》:"圣贤书辞,总称文章";《诸子》:"述道言志,枝条五经";《风骨》:"熔铸经典之范";《通变》:"矫讹翻浅,还宗经诰";《论说》:"石渠论艺,白虎讲聚,述圣通经,论家之正体也。"这些都是论者认为"在全书中必须说出作为思想指导的东西的时候",刘勰才提到的。无论怎样解释这些原话,如果说"思想指导",就只能是儒家思想,而不是佛教思想。论者的论旨和论证乃是南其辕而北其辙。

　　在十四条例证中,还有这样一条:"志共道申。"(《诸子》)这就不知所云了。这个"道",是指诸子著述的内容,既非佛道,亦非儒道,然则引此一证,是图证明什么"思想指导"呢?他如"成康封禅,闻之乐纬"(《封禅》)等例,也实在难以说明什么"思想指导",

已无逐一剖析的必要。不过与此有关的另一问题,是值得一提的。论者认为"文之枢纽"的五篇是"五项准则"或写《文心雕龙》的"思想的准则",这里只看其一项是怎样立论的:

> 如果说,刘勰的文学理论的"基本观点"只是《原道》和《宗经》,那么刘勰所谓"雅丽"之文的标准,就不可能提出;换一个说法,假如没有"变乎骚"这一"文之枢纽"的项目,那么所谓"雅丽"之文的"丽",就是无根之木,无源之水,没有依据的文学标准了。(《也谈》)

这段话是为了反对拙论把《辨骚》篇列入文体论而提出的理由。《辨骚》篇可否列入文体论,将在另文专论,这里只略究反对者的理由可否成立。"雅丽"二字来自《征圣》篇的:"然则圣文之雅丽,固衔华而佩实者也。"《也谈》中引过这话的原文,不能说论者不知其来历,也不能说是另有所据。问题就是这样奇怪。明明刘勰说的是"圣文之雅丽",论者却硬要把"圣"字换成"骚",不然,"雅丽"的"丽",就"无根""无源"。这种偷换概念的手段,未免太简单化了。此其一。儒家圣人之文,已经既"雅"且"丽"了,在刘勰看来,如果作为论文的"标准"和"准则",他只能取儒家经典,没有也不可能,更无必要取之于"骚"。此其二。论者对"雅丽"二字,在同文中曾有具体解释:"所谓'丽',是指文学作品在语言形式方面,必须有'耦',即成双成对的美,和在声调方面有双声叠韵的美。"这就令人瞠目结舌,不知何据了。无论是讲"圣文之雅丽"的《征圣》篇,还是论者所谓"丽"字之"根""源"的《辨骚》篇,都找不到符合这种要求的论据。因此,《辨骚》虽是"五项准则"之一,也够不上这种"丽"的标准。此其三。再就是论者不应忘记自己的话:"刘勰对于屈原以及楚辞的许多作家是怎样地从心坎里反对。"①既然对屈宋等如此反对,又要以他们作品的"丽"为论文的"准则",并且有"极矣"的地位和价值。这不是刘勰之误,便是论者之失,二者必居其一。既有其一,"五项准则"之说便难成立。此其四。仅此四端,论者自己就否定"五项准则"之说了。

以上这些,似觉正好提供一个反证:《文心雕龙》并非"以佛教思想为统帅",这才正是问题的"实质"。怎样解释大量论证不一的矛盾呢?为什么许多例证都如刘勰所说"终入环内"了呢?论者怎会有意和自己过不去呢?如此等等,只有从"实质"问题上求解答。它本非"以佛教思想为统帅",怎能从中找到"以佛统儒"的实证?勉力而为之,怎不搬出一些不知所云或正好相反的例证?怎能不矛盾重重、顾此失彼?

《也谈》和《再论》两文的立既如此,破又如何呢?破和立是两码事,但有联系,所谓不破不立、不立不破是也。破和立必须一致的是摆事实,讲道理,也就是都要求"事核理举",而反对"徒张虚论"。这种一致性,在两篇马文中,也是一致的,不过这里是指:对其立其破,都有要求"事核理举",反对"徒张虚论"的必要。

鄙见以为,破人之文,尤忌无的放矢。若无目的,大讲一通,则虽振振有词,也是"徒张虚论"而已。两篇马文,岂是"无的"?"与牟世金同志商榷"的副题是十分明确的,但在一些具体的重要问题上,本人完全可以声明:其所批所评,非我之见。"将核其论,必征言焉":

> 可是论者对属于"文之枢纽"的五个项目的态度是:第一次取消了"正纬"和"辨骚"……第二次又否定了"征圣"……

---

① 《文心雕龙散论》第22页。

> 这样，在"文之枢纽"的五个项目中，只保留了"原道"和"宗经"两项，算作"文之枢纽"的全部内容……但是这个"总论"却又不只是包括《原道》和《宗经》，它还包括着"论文叙笔"的"二十一个篇章"，不过这"二十一个篇章"是以《辨骚》为其代表而进入"文之枢纽"，亦即论者所谓"总论"的。
>
> 论者提的"总论"是不是可以代替"文之枢纽"呢？看来并不尽然。因为，论者所改造了的"文之枢纽"，实际上包括了"上篇以上，纲领明矣"的全部内容……。(《也谈》)

本人对上引评论，就不能不请问：是谁对"文之枢纽"的五个项目取消了"正纬""辨骚"，又否定了"征圣"？是谁只以"原道""宗经"两项，算作"文之枢纽"的全部内容？是谁提出的什么"总论"，不只包括《原道》和《宗经》，还包括以《辨骚》为代表的"二十一篇章"？又是谁企图用"总论"来代替"文之枢纽"？或改造了"文之枢纽"？这里不能不深表遗憾的是，两篇专门与拙论"商榷"的大作，都不愿摆出所评的原文。因此，上述公案，并无辩解的必要，略引几句有关原话，是非真相，便可大白。该文开宗明义就是：

> 《文心雕龙》全书五十篇，按照《序志》所提示，可分为三大部分：一是《原道》至《辨骚》的五篇为"文之枢纽"。
>
> "枢纽"并不等于"总论"，这是首先要明确的。……《正纬》和《辨骚》虽列入"文之枢纽"，但并不是《文心雕龙》的总论。属于总论的，只有《原道》《征圣》《宗经》的三篇。其中《征圣》和《宗经》，实际上是一个意思，就是要向儒家圣人的著作学习。因此，《文心雕龙》的总论，只提出两个最基本的主张："原道""宗经"。

本来是十分明确的话,反对者却故意颠倒,再加辩驳:明明是主张"枢纽"不等于"总论",他却来反对"总论"不可以代替"枢纽";明明是说《正纬》和《辨骚》虽列"枢纽"而非"总论",他却说是从"枢纽"中取消了"正纬"和"辨骚";明明说《原道》《征圣》《宗经》三篇属于总论,他却说是否定了"枢纽"中的"征圣";明明是说"总论"只提出"原道""宗经"两个"最基本的主张",他却说只以"原道"和"宗经"两项,算作"枢纽"的"全部内容"……这能算是什么"辩论"、什么"商榷"?

三

《也谈》一文和我"商榷"《文心雕龙》的理论体系,这是我所欢迎的。早在二十年前,我就提出过:"我们感到有探讨刘勰自己的文学理论体系的必要。目前注意于此的还不多见,我希望《文心雕龙》的研究者们考虑这个问题。"①《文心雕龙》的理论体系,确是一个复杂而不易准确把握的重要问题,一直希望有较多的同志来共同研究它。1981年虽然发表了《〈文心雕龙〉的总论及其理论体系》,自己是并无多大信心的,这篇文章的最后也表示过,只是一点"初步的探讨",仍然期望抛砖引玉,引出更好更符合实际的理论体系来。但马宏山同志的《也谈〈文心雕龙〉的理论体系》等文,却是令人失望的。

一个诚心研究问题的人,是希望听到不同的意见的。所谓"失望",即在于此。马文确也提出了许多不同意见,但其前三

---

① 《近年来〈文心雕龙〉研究中存在的几个问题》,《江海学刊》1964年第1期。

部分，主要是从维护其"以佛统儒"论出发，已如前面所析：在被他误解了的"极矣"二字上做了不少文章；对拙论的"取消""否定""代替"诸评，又并非原意；其"以佛统儒"论如能成立，自然就彻底推翻了拙论提出的理论体系，却又"未见其论立"。所以，前三部分虽也有一些很好的意见，如说"我们研究《文心雕龙》，应当是根据刘勰的原意"，以及主张"实事求是"等，这是我举双手赞成的。但论者的实际行动却与此背道而驰，所以，恕我直言，不过是"徒张虚论"而已。这三个部分的不同意见，虽多何益？

至于马文的第四、五部分，是直接"商榷"体系的意见了，并且是针对拙文的基本结论而发的。不过，这两部分如果不是多此一举，也不过是企图画蛇添足而已。

学术讨论，最怕不顾实质而在枝节问题上纠缠不清，那就没完没了，也难收实效。如《文心雕龙》全书理论体系的主干，确是一个值得反复研究的重要问题。自己提出的初步意见，当然有待讨论，这样一个复杂而重要的问题，谁能一说就准？但要讨论的是实质，就是说它是不是"主干"，能不能准确地概括全书理论体系的基本面貌等，而不是用什么词之类。拙论的初步提法是："'衔华佩实'是刘勰全部理论体系的主干。"马宏山同志不同意这个概括，他说："关于'衔华佩实'是否《文心雕龙》'全部文学理论（漏原话'体系'二字）的主干'的问题，笔者再作进一步的说明。"他要研究"是不是"的问题，自然是值得欢迎的。但说来说去，结论仍是："刘勰的'全部文学理论的主干'，应当是'雅丽'。"这就令人大失所望了。"衔华佩实"和"雅丽"二说，都出自《征圣》篇，原话是："然则圣文之雅丽，固衔华而佩实者也。"只要看看这句原话，马文专写大部分来"商榷"，来研究"是不是"其"主干",争论的性质何在,也就不言自明了。

分歧何在呢?"衔华佩实"也好,"雅丽"也好都是借用,都是用以表示圣人著作的内容和形式两方面都不错。虽然,从原文看来,"衔华佩实"是对"雅丽"的具体阐释,它既更为明确,在全书中直接用华实并重的词语来评文论文之处更多,更普遍(不过,在马文所举诸例中,有的帮了倒忙,如"务华弃实"的"华实"二字,其义有别),但从实质上看,"衔华佩实"和"雅丽"是一致的。无论是"华实"和"雅丽",不过借以指文学理论上对内容和形式两个方面的要求。同意以此为刘勰理论体系的"主干",再做大块文章来"商榷",岂非多此一举?如以为"衔华佩实"不如"雅丽",则提出"情采""文质"等来反对,虽或更为有力,却并无实际意义。如此"商榷"岂非"徒张虚论"?

自然,马论强调"只有'雅丽'足以当之",也有他的理由,就是他对"雅丽"二字所作解释:"要求在内容上符合封建统治者的意识形态和伦理道德的'雅',在形式上要求表现声律和对仗的'丽'。"就是说,只有"雅丽"二字才符合这种要求。着眼于"雅丽"二字的具体含义,这是无可非议的,但第一,这只能是一厢情愿的做法,未必尽符刘勰的用意。前面已经提到,"圣文之雅丽",并无声律对仗之类要求,《征圣》中既无其意,全书理论体系的骨干,也并非把对仗当作一大支柱。第二,如果"雅丽"的"雅"字,含有"符合封建统治者的意识形态和伦理道德"的意义,则"华实"的"实",是否容许违反封建统治者的意识形态和伦理道德呢?都是"圣文"的"雅",都是"圣文"的"实",何必厚此薄彼?所以,这些理由,不仅仍然是"徒张虚论",反而画蛇添足,难以自圆其说。

拙文曾说:刘勰"更以'割情析采'为纲,来建立其创作和批评论。"马文的第五部分，就是讨论这个"纲"。其主要论点是：

> 只说"割情析采"四个字，是不全面的，表示不了"毛目显矣"的意思，只有用"割情析采，笼圈条贯"八个字，才能把"下篇"提出"毛目"的意思表达明白。

显然，这也同样没有什么实质性的分歧。对"割情析采"这个"纲"，马论并无异议，只不过要加上"笼圈条贯"四个字。为说明增加这四字的必要，马文也讲了不少理由，这些理由能否成立，毫无牵扯的必要，归根到底，不外是说下篇的内容用"割情析采"四字来表达不全面。说"不全面"，自然是对的；"割情析采"四字，也确是表示不了"毛目显矣"的意思。问题是"全"或"不全"，究竟指何对象。论者所反驳的研究对象是《文心雕龙》的"理论体系"。《也谈》一文，虽然五次引作"全部文学理论的主干"，而砍掉原文的"体系"二字，但不仅原文尚在，也改变不了讨论的实质。虽然马宏山同志对引文多不尊重原意，但我完全相信这位故交，漏此二字，绝非有意为之。可是，这五次疏忽，就不得不自食其果了。搞错了对象，至少是白费心思，空讲一篇大道理。从"全部文学理论"来看，"割情析采"四字当然"不全面"；如果从"理论体系"着眼，就只看准确与否，而不存在"全"与"不全"的问题了。既然"全部理论体系的主干"是"衔华佩实"，则无论"上篇"或"下篇"，都只能从属于这个体系。因此，"割情析采"既是刘勰自己对"下篇"的概括，又和全书体系的主干一致，就应该说是准确的了。如果还要在"割情析采"之后加上"笼圈条贯"，这对说明理论体系，岂不正是画蛇添足？

马文第五部分既落空，第四部分和对方见解又无实质分歧，并不意味着与拙见毫无分歧。实质性的分歧仍是有的，就是是否

"以佛统儒"。正如《也谈》一文最后的总结:"《文心雕龙》是以体现'以佛统儒,佛儒合一'思想的'文之枢纽'五个项目作为它的'纲',同时,'文之枢纽'的五个项目也是刘勰'全部文学理论的主干',并且把它用于'论文叙笔',同时它又是'下篇'所谓'割情析采,笼圈条贯'的'纲'。"这就是说,《文心雕龙》全书都以体现"以佛统儒,佛儒合一"思想的"五个项目"为"纲"。这样,全书的每一个部分,都存在着实质性的分歧了。从这个意义上看,马文还并非"徒张虚论"。这就存在一个明显的矛盾现象,上述许多具体事实,恐怕是难以否认的。旗帜很鲜明,目标很明确,但一到具体问题就论证不符,不是自己否定自己,就是虽多无益。因此,如何解决论证不一和"事核理举"的问题,望马宏山同志能略加留意。

(原载于《学术月刊》1983年第10期)

怎样读《文心雕龙》

《文心雕龙》是中国古代文论的一个典型,在世界古代文论中,也是最早的一个典型。所谓典型,是指它内容全面,结构严密,系统完整。《文心雕龙》产生于公元五、六世纪之交,不仅在此之前,而且其后近千年的世界文坛上,也未出现这样典型的论著。正因如此,近数十年来,它愈来愈为中外研究者所重视。台湾、香港称《文心雕龙》研究为当代"显学",日本出版了多种日译本,涌现出目加田诚、兴膳宏等一大批以研究《文心雕龙》著名的专家。今年还将在广州召开国际《文心雕龙》讨论会。这种形势引起国内许多青年同志关注。他们希望在文学理论上发扬民族优良传统,走自己的路,为建设具有中国特色的社会主义文艺理论进行探索,这就使得学习这部典型的古代文论显得更为必要了。我自己对这部书也是在继续学习的过程中。本文谨应编者之命,讲讲怎样读的问题。

首先是读懂原文,不懂原文,就难以准确地理解其理论意义。现已有多种今译的《文心雕龙》出版,是否可以只学译文来掌握《文心雕龙》呢?有了译本,对初学者确是提供了很大方便,但我以为它只能帮助读者阅读原文,而不能取代原文。一方面,现有多种译本,还很难说某一种是全部正确的。如果读者取两种以上译文略加对照,便会发现各家之译是很不相同的。在这种情况下，相信谁呢？怎样辨别其是非呢？只能相信原文，根据原文。如自己不懂原文，就无所适从了。《文心雕龙》研究中分歧很多，大都与对原文的不同理解有关。如几十年来争论不休的"风骨"论，已发表的讨论文章，至少在六七十篇以上，至今仍无定论，主要就是对"风""骨"二字理解不同。各种译本不过是译者自己的理解，可以参考，但不能完全信赖。现举最新出版一种译本的具体例子：《史传》篇原文的"傅玄讥后汉之尤烦"句，被译为"傅玄批评《后汉书》写得更其烦琐"。仅看译文，就会发生很大的误解。译"后汉"为《后汉书》，自然会理解为今人通称的《后汉书》。此书为南朝范晔所著。西晋的傅玄，怎可能批评近二百年后的《后汉书》呢？其实，原文是指记载"后汉"历史的《东观汉记》。这种情形很能说明，不能只看译文而不读原文。

另一方面，无论学习什么，都是为了使自己有一定的真才实学。不读原文，真伪莫辨，人云亦云，是谈不到什么真才实学的。《文心雕龙》的文字确实难懂，但并不是不能读懂的。天下无难事，只怕有心人。如果有志于此，最好是下点真功夫，学点真本领。攻破这一难关，阅读其他古代文论，问题就不大了，研究古代文论就有扎实的基础了。辩证地看，多种《文心雕龙》的今译本，又为拿下此关提供了十分有利的条件。只是虽然译本在手，但切勿先读译文，而应硬着头皮读原文，一遍两遍不行，就多读几遍。不明白的字句，宁可查字典，看注释，以求得出一个自己的理解。然后以自己的理解去对照人家的译文，分析其差异，从中找出自己致误的原因。这样做，开始是很吃力的，但对提高自己的真本领是很有效的。从一个人学习历程的总体看，开始虽慢一点，比之今年不懂，明年后年以至十年八年仍不懂，就快得多了。

《文心雕龙》全书五十篇,对一般读者来说,精读其中较重要的三分之一左右就可以了。这三分之一是:《原道》《征圣》《宗经》《辨骚》《明诗》《诠赋》《神思》《体性》《风骨》《通变》《情采》《比兴》《夸饰》《时序》《物色》《知音》《序志》十七篇。若以业余时间自学,每周读一篇,则四月左右便可初步掌握全书精要了。但要作深入系统的研究,是没有止境的,初读十七篇只能为全面研究打下一定的基础。

　　初读《文心雕龙》,须知其论述的基本特点。本书用骈文写成,为了使句式整齐,上下相对,往往增加或减少文字以成偶句。如《风骨》篇为了和"风力遒"相对而讲"骨髓峻",这个"骨髓"既非动物的骨髓,也不是深入骨髓的骨髓。这里用"髓",只是为了凑成三字以相对,实际意义只是"骨峻"。本篇又讲:"蔚彼风力,严此骨鲠","骨鲠"和"骨髓"并无区别,"鲠"和"髓"都是衬字而无实义。又如《辨骚》篇说楚辞是"雅颂之博徒,词赋之英杰"。"雅颂"实指《诗经》的风雅颂,只是为了和"词赋"二字相对而省略"风"字。掌握了骈文结构的规律,不仅阅读中可以略其衬字,补其省字,还可利用其两两相对之义以理解原文。如《神思》篇说:"机敏故造次而成功,虑疑故愈久而致绩。"这是讲构思快慢的两种情况。借助其对应之词,可知与"机敏"相反的"虑疑",不是顾虑怀疑,而是思考迟疑。和"愈久"相反的"造次",并非鲁莽行事,而侧重于快速、短暂之意。"成功"则和"致绩"意同。即使是理解最难,分歧最大的《风骨》篇,也可利用这一简便方法。如:"捶字坚而难移,结响凝而不滞,此风骨之力也。"其中的"响"字,大多数理解为"声律""声调"。用字准确,声调有力,能不能构成"风骨之力"呢?这可从本篇大量论述来分析。如说:"怊怅述情,必始乎风;沉吟铺辞,莫先于骨。故辞之待骨,如体之树骸;情之含风,犹形之包气。结言端直,则文骨成焉;意气骏爽,则文风清焉。"对这些话无论如何理解,都不能否定作者的本意是"情"要有"风","辞"要有"骨",必须"情"和"辞"两个方面达到其要求,才能有"风骨之力"。由此可知,用字准确和声调有力,只能构成"骨力",而不能产生"风骨之力"。所以,"捶字坚而难移"和"结响凝而不滞"两个对句,和其他"情""辞"对举的性质是一样的。"响"不是声调,而是"情"对读者的影响。这种作用牢固而不停滞,正是下文所说的"风力遒"。用字准确,影响深远,就有"风骨之力"了。这就说明,骈文固然难懂,但善于掌握与利用,也可发挥有利作用。

《文心雕龙》阐述文学理论的方法,和以逻辑推理为主的西方文论不同。它虽有严密的逻辑性,但往往是通过具体的形象描绘来表述,或用多种生动的比喻来说明,骈偶文又加以形象生动的描述,文章自然显得很美,品读其文,本身就是一种艺术享受。但须注意,不要陶醉于华藻而以辞害意,应紧紧抓住其理论的脉络,把握其内在的逻辑,由表及里,得其精妙。

阅读《文心雕龙》的一个较大困难是,其理论术语缺乏明确的定义,而术语和非术语又混用难分。如"道"字,作为理论术语,指万物自然之美的规律,但也用以指儒道、老庄之道,或一般的道理、道路、方法等。又如"体"字,作为理论术语是风格,但也用以指体裁、体制、主体、体干、体现等。又如"情"字,用作理论术语指作品的内容,但也用以指情感、情况、神情等。其他如"风""骨""气"等类似情况甚多。由于同是一字,但用为术语或非术语其义大异,因此,区分其为术语或非术语是非常重要的,但这是一个相当复杂的问题,这里只能略述浅见。

中国古代文论本无严格统一的术语,有的词语虽习久为常,但也只是大致相近,各个不同的时期、不同的理论家,在实际运用中仍各有不尽相同的命意。如魏晋人物品评讲"风骨",古代文论、书论、画论等也讲"风骨",就是如此。所以,《文心雕龙》中的术语,只能从它本身的具体运用中求解释。据此,可以探得两种最基本的辨识途径。第一,"道""体""情""风""骨"等术语的含义,和这些字的本意虽有一定联系,但已远非本意。刘勰虽未给这些术语以明确的界定,但他又必须使读者认知其命意,因此就必须用一定的语言环境和理论的逻辑性使之显示出来。离开这种条件,就很难形成术语和发挥术语的作用。由是可知,术语的运用及其确切含义,只能在有关专题论述之中。如《原道》篇的"道",《体性》篇的"体",《情采》篇的"情"与"采",《风骨》篇的"风"与"骨"等,就绝大多数是术语。同样的字、词出现在其他篇章,是否术语,就须慎重对待了。如全书用了一百四十多个"情"字,用以指作品内容的只在《情采》篇中(亦非全部"情"字都指内容),其他各篇的"情"字,则多指感情、情况。有的研究者根据《附会》篇的"事义为骨髓"之说,解释《风骨》篇的"骨"即"事义",就颠倒了上述关系。刘勰的所谓"事义",主要是引用典故,"援古以证今"。但很多公认有"建安风骨"的优秀诗篇,都是直抒胸怀,既不用典,也不引古证今。可见"事义"非"骨",只能据有关专论之义去理解全书中的术语,不能相反。

第二,要结合上下文意和论述的具体内容而定。如《熔裁》篇说:"精论要语,极略之体;游心窜句,极繁之体。"这两个"体"字是否为风格的术语呢?根据"繁""略"之意,参照专论风格的《体性》篇,其中正有"繁与约"两种风格,可知这两个"体"字是指风格的术语。同篇还讲到两种"体"："刚柔以立本，变通以趋时。立本有体，意或偏长；趋时无方，辞或繁杂。"这是讲立文之本的"体"，确立这种"体"是为了避免内容偏斜而过多，故非风格而是指文章的体干、主体。本篇又有"百节成体"之说，"节"是骨节，许多骨节构成的"体"，自然是身体的"体"。

注意整体，联系上下文，不仅是区分术语与非术语的重要方法，也是读懂《文心雕龙》的最基本的方法。由于《文心雕龙》的骈偶结构和描述性特点，很容易使断章取义者误解其意。仍以《熔裁》篇为例来说，其中有所谓"三准"论："是以草创鸿笔，先标三准：履端于始，则设情以位体；举正于中，则酌事以取类；归余于终，则撮辞以举要。"由于其中有"始""中""终"之说，又是从"草创"到"终"，故多数研究者误认为"三准"是讲文学创作的全部过程。若不孤立看这几句，而从全篇总体着眼，很容易发现"三准"远非指文学创作的全过程。因为紧接上引几句之后就说"然后舒华布实，献替节文"，又说"故三准既定，次讨字句"等。显然，上面说的"终"，并不是创作的结束，而是三条准则的最后一条。再从全篇看，本篇是论熔意与裁辞两个方面，"三准"只是熔意的三条准则，根本不是讲创作的全过程。

有的文字理解，不仅要联系全篇，还要联系全书。如《情采》篇的"立文之道，其理有三"，这里的"立文"二字，虽是两个极普通的字，却常使研究者为难。现列举这二句的几种译文来研究：（一）"构成文采的方法，共有三种"；（二）"构成文采的原因，可以分为三方面"；（三）"文的形成有三种途径"；（四）"从艺术创作的道理来说，其文理可分为三种"。前三种译文意近，都指文采的构成或形成。原文是否此意？从本篇所讲"经正而后纬成，理定而后辞畅：此立文之本源也"来看，这个"立文"并无构成文采之意。

再看《事类》篇的"属意立文,心与笔谋",《指瑕》篇的"立文之道,惟字与义"。这两个"立文",也与构成文采无关。综合以上四个"立文"之意,可知"立文"即写文章,可以译为"创作",但非"艺术创作",而是文学创作。

以上种种,可能有助于解决一些文字上的疑难。但最重要的还是读者自己实践,精读几篇之后,便可逐渐熟悉其论述规律,掌握其行文特点,读通其书,就可愈来愈顺利了。就我自己的体会,无论学习或研究《文心雕龙》,这是最关键的一步,所以略加细说。此外,还有几点必须注意:

一、须知当时的时代背景,特别是汉魏六朝期间的文学发展概况。《文心雕龙》的现实性很强,各篇所论,鲜有无的放矢的理论空谈。它所主张或反对的问题,完全是从齐梁文坛的实际出发的。因此,学习此书,必须了解当时的文学背景。汉魏以后,文学发展的总趋势是内容日益空虚,辞采日益华艳。刘勰撰写此书,就是力图挽救这种不良倾向,全书诸论,都为此而发。但又须看到另一面:从建安时期文学创作走上自觉的、独立发展的道路之后,文坛开始对艺术形式方面注意特多,这不仅促进了文学本身的发展,也提供了许多有益于文学艺术的新经验。这也是当时的文学现实。和刘勰同时的裴子野,特撰《雕虫论》对当时文风取彻底否定的态度,这就因为他只看前者的危害而看不到后者的可取之处。刘勰的高明是他既知其弊,又识其利。故其立论,对二者多有兼顾。如第一篇《原道》,主张文学的自然之美,既强调美是必然的,又反对不自然的、过分雕饰的华艳。这是全书的基本思想之一。

二、须知刘勰的思想。这又是一个较为复杂的问题。刘勰自幼家贫,终身未婚,二十岁前父母双亡,约二十四岁到建康

（今南京）投靠佛徒僧祐，寄居定林寺十多年，《文心雕龙》就是在定林寺生活的后期完成的。除此书之外，刘勰一生还整理过大量佛经，写过不少佛教方面的文章，晚年又在定林寺正式出家。所以，刘勰和佛教的关系是密切的，若论其人，自然有相当浓厚的佛教思想。但若论其书，虽也有个别地方引用佛教词语和观点，却主要是根据儒家思想写成的。这在《序志》《征圣》《宗经》等篇中，都是旗帜鲜明的。刘勰的青少年时期，正值南齐儒学兴盛之际，因此他必然接受儒家思想较深。另外，当时又儒道佛并存，一个人兼有数家思想是允许的。所以刘勰虽身在佛门写成的《文心雕龙》，却以儒家思想为主是不奇怪的。但须注意，刘勰的儒家思想，是齐梁时期的儒家思想，和汉代的儒家思想大不相同了。刘勰既不像汉儒那样，要求一切作品"止乎礼义"或"非礼勿言"，更无狭隘的门户之见，反对一切非儒家思想的作品。《明诗》《时序》等篇批判以道家思想为主的玄言诗，是因玄言诗脱离时代现实而又写得"淡乎寡味"，《论说》篇对以道家思想为主的玄学论文，就给以充分肯定："并师心独见，锋颖精密，盖人伦之英也。"这说明刘勰论文，是从作品的好坏出发，不是从某一家的思想出发。因此，他对诸子百家的文章，都是一视同仁的。

至于刘勰的"征圣""宗经"思想，正如《征圣》篇所说："征之周孔，则文有师矣"，主要是指以儒家圣人的文章为师，也就是要学习五经来从事写作。刘勰在全书中并未强调宗奉儒家的仁义之道，更未主张文学创作必须宣扬儒道。他主要从文学的角度，大讲五经的文章有许多优点。概括地说，即是"圣文之雅丽，固衔华而佩实者也"，即既有华丽的形式，又有充实的内容。不过，除《诗经》之外，儒家经书并不都具备华实并茂的典范意义。刘勰特意推崇儒经,除了有他的思想局限外,主要是出于反对当时文风的需要。

三、须知《文心雕龙》总的理论体系。初学者不可能五十篇全读,即使全读也应先知其总体结构和理论体系的概貌,这对在逐篇学习中理解各个单篇的性质和内容是很有帮助的。最后一篇《序志》是全书序言,说明了此书的宗旨,撰写的动机,全书内容的安排和持论态度等,故宜首先仔细阅读。但对此篇的深入理解,又须在学习全书主要内容之后。

按照《序志》篇的提示,全书可分为四个部分:(一)《原道》至《辨骚》五篇为"文之枢纽"。"枢纽"即本书研究的一些关键,包括总论和与之有关的问题。(二)《明诗》至《书记》的二十篇为"论文叙笔",一般称为文体论。当时以有韵者为"文",如诗、乐府、赋、颂、赞等;以无韵者为"笔",如史、传、诸子、论、说等。刘勰即依此分论两大类的各种文体共三十余种,主要是分别总结各种文体的发展概况和写作经验。(三)《神思》至《总术》的十九篇为创作论。这部分从艺术构思论、风格论、内容和形式的关系等,到各种艺术技巧,都有专题研究。《文心雕龙》所论重要问题,大都集中在这个部分,故多为学习和研究者所重视。(四)《才略》《知音》《程器》三篇为批评论。创作论和批评论之间的《时序》《物色》两篇,则兼有论创作和批评的内容。

这四个部分是互有联系的一个整体,它以儒家思想为主导思想,以"衔华佩实"为理论纲领,贯穿起来:既用以总结各种文体的经验,也据以论述各种创作理论和评论作家作品。文体论部分是分体总结各种具体的、实际的写作经验。创作论则是以此为基础,提高为各种专题的理论研究。甚至创作论各篇与各篇之间,也有一定的内在联系。所以,《文心雕龙》全书是一个严密的整体。初学此书,应该知其大概。但全书五十篇,各篇又是一个相对独立的专论,可以单独学习和研究,这对初学者是一个极大的方便。若能了解其概貌,有意识地予以选读,能各个部分都有所接触,然后根据自己的需要确定重点,效果将会更好。

(原载于《古典文学知识》1988年第3期)

日本《文心雕龙》研究一瞥

　　中国社会科学院于 1983 年九、十月间,组织了以王元化为团长的《文心雕龙》考察团访问日本。团员有章培恒、解莉莉、牟世金,一行四人,在十四天内访问了五市六校:东京的东京大学和东洋大学,京都的京都大学,神户的神户大学,福冈的九州大学和广岛的广岛大学。此外,王元化被特邀参加了大阪的罗曼·罗兰讨论会,章培恒、牟世金参加了在广岛召开的日本中国学会恳亲会。中日文化交流已有近两千年的悠久历史,但进行这种两国学者都很关心的专题性的学术交流还是第一次。由于两国人民的友谊日益深厚,这种交流的共同语言也就特别多,所以我们每到一地,都受到日本学者的热忱欢迎。广岛的县知事,九州大学、广岛大学、东洋大学的校长,都热情地接待我们,共祝中日友谊的发展。

　　由于这次访问时间短促,接触面太广,对日本研究《文心雕龙》情况的了解,还很难深入和全面。但通过各大学专门组织的报告会、座谈会,参观各大学的研究室、图书馆,以及对某些学者的个别访问和交谈,对其大致轮廓也有了一些了解。

　　国外的《文心雕龙》研究,近年来虽南洋和欧美都有所发展,但研究的基础和成果都是远不如日本的。早在公元九世纪初,《文心雕龙》的部分内容便通过遍照金刚的《文镜秘府论》传入日本了。从九世纪末藤原佐世所编《日本国见在书目》已有《文心雕龙十卷》,看来,日本有此全书已有一千多年了。到十七、十八世纪,日本便有了两种自己的刊本:尚古堂本和冈白驹本。我们访日本《文心雕龙》版本学家户田浩晓时,他出示了自己珍藏多年的这两种版本,并断言尚古堂本刊于十七世纪,是日本国第一部自己的《文心雕龙》刊本,这两种本子的刊行,为日本学者广泛接触和研究《文心雕龙》提供了重要的条件。

铃木虎雄于1926年、1928年,相继发表了《敦煌本文心雕龙校勘记》和《黄叔琳本文心雕龙校勘记》,揭开了近代日本研究《文心雕龙》的序幕。前一种比赵万里《唐写本〈文心雕龙〉残卷校记》(1926年6月《清华学报》3卷1号)早一月发表,后一种为范文澜注本引用,是我国研究者所熟知的。铃木虎雄不仅对《文心雕龙》原文的校订有重要贡献,且对日本近代《文心雕龙》研究有较大影响。在三四十年代内,太田兵三郎、近藤春雄、户田浩晓等,开始发表少量论文,至战后而大为发展。据冈村繁教授介绍:"战后日本对中国古代文论的研究,不约而同地在若干大学里都从《文心雕龙》的精读和研究开始起来。"

日本研究《文心雕龙》的概况,和我国有一定的相似之处。大体上也是先从朴学开始,在校注译释方面做了大量工作,逐步开始进行某些单篇或专题研究,进而深入做总的、综合的研究(从后附按时间先后编辑《日本〈文心雕龙〉论著目录》,可以清楚地看到这一发展过程)。

继铃木虎雄之后,户田浩晓自谓在"战败后的混乱及奔走衣食"中,于1951年初完成《黄淑琳本文心雕龙校勘记补》,对铃木的校本做了大量补充。接着对各种《文心雕龙》的版本进行了一系列的研究,先后有《文心雕龙何义门校宋本考》《文心雕龙梅庆生音注本的不同版本》《作为校勘资料的文心雕龙敦煌本》等问世。斯波六郎从1952年开始,陆续发表了《文心雕龙范注补正》和四篇(《原道》至《正纬》)《文心雕龙札记》,除继续校订一些字句外,在义理阐发上下了很大功夫,在日本享有较高的声誉。与此同时,日本汉学家们做了大量的翻译注释工作。目加田诚从1945年开始,在九州大学《文学研究》上陆续发表了七篇译注,户田浩晓从1960年开始,在东京立正大学《城南汉学》上陆续发表了十二篇译注。到1968年,兴膳宏的日本第一个《文心雕龙》全译本出版了。其后,目加田诚和户田浩晓的全译本和选译本也相继出版。现在,日本有三种全译本和一种选译本。这不仅是其他国家所没有的,目前国内也只有三种全译本和三种选译本。日本的三种译本各有特点,据京都大学釜谷武志评价,兴膳宏的译本,"以带有非常流利的现代日语与日本传统的文雅的叫做'训读文'这两种译文,与其他注释本未曾有过的较细的注解为特征。在日本对它的评价很高"(见《文心雕龙学刊》第一辑)。

特别值得提到的,是1950年出版的冈村繁编《文心雕龙索引》,此书为中日两国的《文心雕龙》研究工作都提供了很大的方便(已征得编者同意,此书将由我国齐鲁书社翻印出版)。

对《文心雕龙》的理论研究,日本虽在战前就有少数论文发表,却是在上述校注译释的基础上逐渐发展深入的。总的来看,这方面是较为薄弱一点。林田慎之助在1967年发表《文心雕龙文学原理论的若干问题》的注中说:"日本方面……有关《文心雕龙》的研究论文很少,值得注意的更是寥若晨星。"这种情形近年来虽有一定程度的变化,但和他们的校注译释方面相对而言,仍是较为逊色的。就其正在发展中的状况来看,他们比较集中讨论的问题,和我国颇为相似。国内论题以"风骨"最多(五十多篇),

日本虽只三篇,却是同一问题探讨得最多的。他如艺术构思问题、《文心雕龙》的基本原理、刘勰的思想、自然观、美学思想、《文心雕龙》和《诗品》的比较等,都是两国研究者共同关心、研究较多的问题。1980年以来,国内展开了一场"文心"与佛教关系的激烈纷争,这也是近年来日本研究者较为注重的问题之一。1982年兴膳宏发表了长达十一万言的《文心雕龙和出三藏记集》,是这方面引人注目的一篇巨制。著者通过对二者的比较,联系当时"儒佛合一"论的思潮来考究《文心雕龙》的基本原理,对问题进行了较为具体深入的探讨。这篇宏论反映了日本研究《文心雕龙》的新发展,是值得我们注意的(国内已有两种译本将陆续出版)。

佛教是日本当前流传较普遍的宗教之一。有的《文心雕龙》著名研究者如原立正大学教授户田浩晓,退休后已在东京大乘院正式出家。他既是日本《文心雕龙》论著最多的研究者,又是佛门弟子,且是佛教世家,对佛家自然也是很有研究的。因此,我们到大乘院拜访他时,特请他谈谈对《文心》与佛学关系的意见。户田浩晓先生自谓与刘勰很相似,也是自幼家贫,晚年出家。但其颇为意外的看法却是:《文心雕龙》的基本思想属儒家思想,只是论述方法上采取一些佛家著论的因素。这说明他对学术问题仍取实事求是的态度,并不囿于自己身在佛门而作不实之论。当然,这是个正在研讨中的问题,中国和日本的研究者都尚存不同见解。肯定二者联系的日本学者,不用简单的语汇类比法,而试图从理论上探讨其内在联系,这样来研究问题是有益的。

京都大学可说是日本近代研究《文心雕龙》的发祥地。早在1925年,铃木虎雄就在此开设《文心雕龙》课了。吉川幸次郎和斯波六郎两位日本汉学家的前辈,就是当时在京都大学的受业者。吉川门下的兴膳宏,斯波门下的冈村繁,都是日本当代研究

《文心雕龙》最有成就的教授。京都大学由铃木、吉川、兴膳宏三传至釜谷武志。目前已由釜谷承担该校的《文心雕龙》教学工作,培养新的研究者,延续着京都大学的光荣传统。斯波六郎曾执教于广岛大学多年,目前该校虽暂无《文心雕龙》课,却以有斯波为荣。此外,除已退休的目加田诚、户田浩晓,还有神户女子大学的林田慎之助、德岛古川四国女子大学的安东谅、东京文化大学的门胁广文等,都是日本《文心雕龙》研究的后起之秀。特别是兴膳宏、林田慎之助、安东谅几位,都是仅四十多岁的中年学者,都已取得多方面的重要成就。我们相信日本老中青的众多《文心雕龙》研究者,今后必将取得更大的成就。

中日两国对《文心雕龙》的研究,虽然道路和方法不尽一致,但既有共同的研究对象,就必有其一致的地方。如冈村繁所编《文心雕龙索引》为两国研究者都提供了方便,就是一个明显的例子。上述两国《文心雕龙》研究发展概况的相似之处,也不是一种偶然现象。除了两国研究情况互有影响外,从两国研究者共同关心的论题中,来认识这些问题的重要性、复杂性,从而共同努力去研究它、解决它,是具有一定积极意义的。过去,虽然彼此之间了解不多,交流较少,但双方的研究成果,都在互相影响、互相推进中起到不小的作用。所以,今后加强联系,取长补短,对双方都是更为有益的。

附：日本《文心雕龙》论著目录

一、版 本

尚古堂本《文心雕龙》（线装二册，木活字本，无刊记，约为十七世纪日刊本）

冈白驹本《文心雕龙》（享保十六年[1731]大阪文海堂刊印）

二、译注本

《文心雕龙》（兴膳宏）1968年筑摩书房《世界古典文学全集》（第25卷）之一

《文心雕龙》（目加田诚）1974年东京平凡社《中国古典文学大系》（第54卷）之一

《文心雕龙》（户田浩晓）东京明治书院《新释汉文大系》之一1974年上册，1978年下册（第63、64卷）

《文心雕龙》（选译，户田浩晓）1972年东京明德出版社《中国古典新书》之一

三、校勘、论文

敦煌本文心雕龙校勘记（铃木虎雄）1926年内藤博士还历祝贺《支那学论丛》

黄叔琳本文心雕龙校勘记（铃木虎雄）1928年《支那学研究》第1卷

文心雕龙余韵论的形态（太田兵三郎）1935年《汉学会杂志》第3卷1号

支那文学论的发生——文心雕龙与诗品（近藤春雄）1940 年《东亚研究讲座》第 95 辑

文心雕龙练字篇的现代意义（户田浩晓）1942 年《斯文》第 24 卷 11 号

从文心雕龙看文章载道说的构造（户田浩晓）1943 年《立正大学论丛》第 8 号

文心雕龙考（加贺荣治）1949 年《学艺》第 1 卷 1 号

文心雕龙对于文的观念（加贺荣治）1951 年函馆人文学会《人文论究》第 3 号

《黄叔琳本文心雕龙校勘记》补（户田浩晓）1951 年《支那学研究》第 7 号

文心雕龙范注补正（斯波六郎）1952 年广岛大学文学部中国文学研究室印行

文心雕龙札记（原道）（斯波六郎）1953 年《支那学研究》第 10 号

文心雕龙何义门校宋本考（户田浩晓）1954 年《支那学研究》第 11 号

文心雕龙札记（征圣）（斯波六郎）1955 年《支那学研究》第 12 号

刘勰文心雕龙文学论的基本概念之研究（高桥和巳）1955 年京都大学《中国文学报》第 3 号

评斯波六郎《文心雕龙原道、征圣札记》（吉川幸次郎）1955 年《中国文学报》第 3 号

文心雕龙札记（宗经）（斯波六郎）1956 年《支那学研究》第 15 号

文心雕龙札记（正纬）（期波六郎）1958 年《支那学研究》第

19号

关于冈白驹的文心雕龙开本（户田浩晓）1958年《支那学研究》第20号

《文心雕龙练字篇》的修辞学考察（户田浩晓）大东文化大学《汉学杂志》1959年第1号

文心雕龙之美（金谷治）1960年福井博士颂寿纪念《东洋思想论集》

《文心雕龙梅庆生音注本》的不同版本（户田浩晓）1960年《支那学研究》第24、25合刊号

文心雕龙校本的作制（户田浩晓）1960年立正大学人文科学研究所《年报》第3号

关于文心雕龙、诗品、文选的一、二问题（大矢根文次郎）1962年早稻田大学教育学部《学术研究》第11号

读杨明照《文心雕龙校注》（户田浩晓）《大安》1961年12月号

齐梁时代的艺术思想——刘勰文心雕龙与谢赫画品（中村茂夫）1963年京都女子大学《人文论丛》第9号

诠赋篇补宋稿文体物写志（中岛千秋）1964年目加田诚博士还历纪念《中国文学论集》

刘勰的风骨论（目加田诚）1966年《九州大学文学部创立四十周年纪念论文集》

文心雕龙文学原理论的若干问题——关于刘勰的美学思想（林田慎之助）1967年《日本中国学会报》第19号

作为校勘资料的文心雕龙敦煌本（户田浩晓）1968年立正大学教养部《纪要》第2号

作为佛教徒的刘勰（木村清孝）1969年日本宗教学会《宗教

研究》第 198 号

文心雕龙与诗品的对立的文学观(兴膳宏)1968 年吉川博士退休纪念《中国文学论集》

文心雕龙风骨论(小守郁子)1972 年名古屋大学文学部《研究论集》第 57 集

风骨考(星川清孝)1974 年宇野哲人先生百寿祝贺《东洋学论丛》

从神思到沉思——文心雕龙和文选(户田浩晓)1975 年大东文化大学《汉学会志》第 14 号

文心雕龙的原理论(安东谅)1976 年小尾博士退休纪念《中国文学论集》

试论文心雕龙批评的目的——以写作行为的考察为中心课题(饭田和雄)1976 年《文薮》第 3 号

文心雕龙研究序说——刘勰的世界观及其文章的探讨(门胁广文)1978 年东北大学《集刊东洋学》第 40 号

文心雕龙小史(户田浩晓)1978 年无穷会东洋文化研究所《纪要》第 10 辑

围绕文心雕龙·神思篇(安东谅)1980 年《日本中国学会报》第 32 号

关于刘勰的基本思考方式(门胁广文)1981 年《集刊东洋学》第 45 号

文心雕龙的自然观——探本溯源(兴膳宏)1981 年《立命馆文学》第 430-432 合刊号

文心雕龙和出三藏记集(兴膳宏)1982 年《中国中世纪的宗教和文化》

文心雕龙的基本特点(甲斐胜二)1982 年九州大学《中国文

学论集》第 11 号

日本研究中国古代文论的概况（冈村繁）1983 年王元化编《日本研究〈文心雕龙〉论文集》

文心雕龙简史（釜谷武志）1983 年中国《文心雕龙学刊》第 1 辑

四、索　引

文心雕龙索引（冈村繁）1950 年广岛理科大学汉文研究室出版，1982 年采华书林发行改订版

文心雕龙研究文献目录初稿（向岛成美）1983 年《筑波中国文化论丛》第 2 号

（原载于《克山师专学报》1984 年第 1 期）

《文心雕龙》在国外

产生于公元五、六世纪之交的《文心雕龙》,是我国古代一部辉煌的文学理论巨著。全书五十篇,概括了从先秦到晋宋间一千多年的基本面貌,评论了两百多个作家,总结了三十五种文体,相当全面地探讨了文学创作、文学批评的一些基本原理和艺术方法,并建立了体大虑周的理论体系。可以说,《文心雕龙》就是我国古代的一部文学概论。

由于这部巨著在文学理论上集前人之大成,更由于它从实际出发,总结了从《诗经》以来大量文学创作的基本经验,在艺术构思、艺术风格、继承和革新、内容和形式的关系、文学和现实的关系等重要问题上,做了基本上是唯物主义的解释,提出了一系列卓越的见解,既体现了鲜明的民族特色,又总结了文学艺术的基本规律,从而对后世文学创作和文学理论都有其重要的影响。因此,《文心雕龙》不仅在中国文艺理论史上具有重要的地位,在世界文艺理论史上、美学史上,也有其突出的地位。鲁迅早就指出,世界文艺史上,"东则有刘彦和之《文心》,西则有亚里士多德之《诗学》",两书都有"开源发流"的巨大功绩而"为世楷式"(《论诗题记》)。以《文心雕龙》和《诗学》为全世界古代文艺理论的双璧,充分说明了它重要的世界意义。正因为如此,《文心雕龙》不仅一向受到国内研究者的普遍重视,也愈来愈为世界各国文艺家、美学家以至哲学家所注目。如苏联哲学副博士克利夫佐夫于1978年发表的《关于刘勰的美学观点》一文说："最近二十年来，刘勰的著作《文心雕龙》引起了研究者们越来越大的注意"，认为此书是"中国旧文学批评史上最大、最深刻的文学批评和美学著作"。日本户田浩晓教授也说："最近二十年来，海内外学者瞩目此书，且不断有研究成果发表"，并提出："今后《文心雕龙》研究者的任务，是在学界先辈学术成果的基础上进行深入的研究。希望《文心雕龙》的历史上日后会增添新的一页。"（《文心雕龙小史》）海外学者的这种瞩目和希望，正说明《文心雕龙》日益为世人所重视。

一千五百年前出现的《文心雕龙》，流传海外的历史也有千年以上了。公元九世纪初来华的日僧弘法大师，在三年的留学过程中（804—806）阅读了《文心雕龙》，回国后不久写成的《文镜秘府论》，便向日本读者介绍了《文心雕龙》的部分内容。到九世纪末，藤原佐世所著《日本国见在书目》已有《文心雕龙》十卷，说明当时日本已有《文心雕龙》全书了。据日本土田杏村、太田青丘等人的考究，日本十世纪初编成的《古今集序》，已明显地受到《文心雕龙》的影响。到十七八世纪，日本出现了两种自己的《文心雕龙》刊本（尚古堂本和冈白驹本）。冈白驹本又称"冈白驹校正句读本"，既有初步的校订，又加注了音读和标点，对日本学者阅读与研究此书就更为方便了。

至今，《文心雕龙》已传遍全世界了。据北京图书馆王丽娜和人民文学社杜维沫同志《国外对〈文心雕龙〉的翻译和研究》一文介绍，不仅《文心雕龙》的原著和国内近年来许多有关研究著作，"世界各大图书馆均有收藏"，且"在世界各大百科全书中，《文心雕龙》都占有应得的地位"（《文心雕龙学刊》第2辑）。如大英百科全书说《文心雕龙》是"第一部用骈体文写成的关于文学理论批评的长篇著作";美国大百科全书说它是"一部重新估价古代文学也严肃批评当代文学的内容深刻的作品"等。现存最早的《文心雕龙》版本唐写本残卷,自1907年被斯坦因从我国敦煌窃去,至今仍藏伦敦大英博物馆。

《文心雕龙》的国外全译本至少已有四种。最早是美国华盛顿大学施友忠教授的英译本,此书于1958年由哥伦比亚大学出版,1970年改为中英对照本由台北中华书局再版。此本译文不很理想,美国学者正在作新的翻译。其他三种都是日译本:一是京都大学兴膳宏教授的译本,1968年东京筑摩书房出版;二是九州大学名誉教授目加田诚的译本,1974年东京平凡社出版;三是东京立正大学户田浩晓教授的译本,东京明治学院1974年、1978年分别出版上下册(以上三种书名都是《文心雕龙》)。此外,部分篇章的注译评介甚多,如户田浩晓另有《文心雕龙》选译,韩国车柱环的《文心雕龙疏证》,新加坡许云樵的《文心雕龙》注,法国阿列克谢耶夫的《中国文学》等。

国外对《文心雕龙》理论上的研究更多,除上面已提到苏联克利夫佐夫对刘勰美学思想的研究外,如美国施友忠的《刘勰〈文心雕龙〉的宗经》(论文)、匈牙利弗伦斯·多奎的《中国三—六世纪理论流派》(专著)、苏联李谢维奇的《中国的文心》(专著)、韩国车柱环的《刘勰〈文心雕龙〉论》、《刘勰钟嵘二家的诗观》、新加坡任日镐的《〈文心雕龙〉文体论的渊源及其内容》(论文)等,对刘勰的思想、独特的美学观、文与道、风骨论、风格论、文体论和赋比兴等,都有一系列不同程度的论述。

国外研究《文心雕龙》的时间最长、贡献最大,研究者也最多的是日本。除三种全译本和一种选译本外,日本学者研究《文心雕龙》的版本、校释和理论意义的文章，已多达四十五篇（详见拙文《日本〈文心雕龙〉研究一瞥》，载《克山师专学报》今年第一期）。其重要论文，王元化编《日本研究〈文心雕龙〉论文集》已选入十二篇，由山东齐鲁书社出版。日本学者在理论上研究的重点和国内研究情况很相似，也集中在刘勰的思想和基本观点、风骨论、神思论几个问题上。此外，对刘勰的美学思想，《文心》与《诗品》《文选》的比较分析也颇为注意。在这些问题上，他们提出不少有益的见解，但其最主要的贡献，还在版本、校勘方面的研究。如铃木虎雄的《敦煌本文心雕龙校勘记》《黄叔琳本文心雕龙校勘记》，及其后户田浩晓的一系列版本考证和校补，对于校订原著，搞清源流，都有一定的贡献。特别是铃木虎雄最先用敦煌本进行校勘，其成果为范文澜注本所采用，更为国内学者所熟知。还值得提到的是九州大学冈村繁教授所编的《文心雕龙索引》，是《文心雕龙》研究的第一部工具书（初版于1950年，1982年由采华书林出版改订本）。此书无论对日本或中国的研究者都提供了极大的方便。其后，1952年巴黎大学北京汉学研究所曾出版过《文心雕龙新书通检》，但此书国内只存五部，又其中一部残失，学者多难得见。（因此，已征得冈村繁的同意，将由齐鲁书社翻印其《文心雕龙索引》，以供国内研究者之需。）

　　据冈村繁先生介绍："战后日本对于中国古代文论的研究，不约而同地在若干大学里都从《文心雕龙》的精读和研究开始起来。"数十年来，他们在校注译释和理论研究方面，都有值得注意的成就。为了发展中日友谊，加强学术交流，中国社会科学院特于去年组织了以王元化为团长的《文心雕龙》考察团访问日本。两国学者既进行了亲密的学术交流，又建立了深厚的友谊。为了继续发展这种友好关系，我们拟于今冬邀请日本学者来华，进一步交流《文心雕龙》研究的新成果。

　　虽然由于文字的隔阂,国外学者对《文学雕龙》的理解和研究存有一定困难,但它愈来愈为世界各国研究者所重视,并发展为国际间的共同研讨,都充分说明《文心雕龙》是我们祖国文化的光荣。这里有必要提到的是,港台学者如李曰刚、王更生、张立斋、黄春贵、饶宗颐、石垒等,数十年来对《文心雕龙》的研究是有成绩的,他们都十分珍视祖国这一宝贵的遗产;特别是李曰刚教授,"废寝忘忧"历二十年而完成近二百万言的《文心雕龙斠诠》,就是为了"发展民族文学,而略尽其绵薄耳!"我们更应为共同的目的而密切交流,共同研究。我们深信,实现这一愿望已为期不远了。

(原载于《文科月刊》1984年第8期)

墨家的"贱民"文艺观

在我国古代文学艺术史上,墨家是没有地位的。有的文学史、批评史或音乐史,也曾提到墨子,却只写了他的一大罪状:"非乐。"两千多年前的荀子,已作了墨家"蔽于用而不知文"的定论(《荀子·解蔽》);到了近代,他的"非乐"就被认为:"不仅在反对音乐;完全在反对艺术,反对文化。"(《十批判书·孔墨的批判》)这笔历史是否公正,还有重新探讨的必要。

一

首先要回顾一下墨家的历史命运。

《韩非子》中除引到楚王的话,说"墨子者,显学也"(《外储说左上》)之外,又常常儒墨并称:"世之显学,儒墨也"(《显学》);"博学辩智如孔墨"(《八说》)。《吕氏春秋》也称"孔墨徒属弟子,充满天下"(《尊师》)。从这些说法来看,墨家为先秦显学,大概是没有问题的。可是,自秦汉以来,虽其书幸存,但史罕著录。《墨子》的治者既少,传者亦稀,"而墨学尘埋终古矣"(俞樾《墨子序》)。

一代显学的墨子,竟至于"尘埋终古",原因何在呢?孙诒让《墨子间诂·序》曾讲到:"墨子既不合于儒术,孟、荀、董无心、孔子鱼之伦,咸排诘之。汉晋以降,其学几绝。"墨学在历史上的遭遇,重要原因之一,显然就是它的不合于儒术。历史上第一个打出"非儒"旗号的,就是墨子。当时,墨学对儒学构成了极大的威胁:"杨朱、墨翟之言盈天下。天下之言,不归杨,即归墨";以至"杨墨之道不息,孔子之道不著"(《孟子·滕文公下》)。孟子的话,说明当时墨家学说的盛行,已形成和儒家学说势不两立的局面。这样,孟子就必然要对墨家发起猛烈的进攻。他大骂墨家学说是"淫辞",是"邪说诬民";墨家是"率兽食人",是"无父无君"的"禽兽"等等(同上)。

继孟子之后,荀子、董无心等,也群起而攻之。这种攻击,对墨学的沉没是起了作用的。清人开始治《墨子》,大都看到了这点。"墨家者流,史罕著录。盖以孟子所辟,无人冐(肯)居其名"(《四库全书总目提要》)。头脑清醒的学者,还看出孟子的攻击,有点蛮不讲理:"孟子之辟杨墨也,曰:'杨墨之道不息……则率兽食人,人将相食',今人读其书,孰知所谓'率兽食人,人将相食'者安在哉。"(戴震《孟子字义疏证》)在荀子也不得不承认"其持之有故,其言之成理,足以欺惑愚众"(《荀子·非十二子》)的墨家学说面前,孟子的攻击固然显得很拙劣,但这种尖锐激烈的斗争,却提出有待我们深思的两个重要问题:墨家何以能成为使儒家如此害怕的显学?他为什么又在如此拙劣的攻击中遭到失败?

先谈第一点。在先秦诸子中,墨家在政治地位上,并没有什么足以使他和儒家抗衡;他们的学说能够"盈天下"而"足以欺惑愚众",除了墨家学说本身并非"率兽食人"外,很难设想他们不经过一番艰苦的宣传工作,就能得到广泛的传播;何况墨家的主张,照庄子看来,简直是一套自讨苦吃的学说:"以此教人,恐不爱人;以此自行,固不爱己。"(《庄子·天下》)如果墨家真是"不知文"

而"强说人",要使墨家学说"盈天下"而成为"显学",显然是有困难的。就以我们所熟悉的《非攻》来看:

> 今有一人,入人园圃,窃其桃李,众闻则非之,上为政者得,则罚之。此何也?以亏人自利也。……今小为非,则知而非之;大为非攻国,则不知非,从而誉之,谓之义,此可谓知义与不义之辩乎?

这样的表现方法,在《墨子》中不是个别的。它要说明的道理,不是抽象的、干巴巴的说教,而常运用生动形象的比喻,用习闻常见的具体事实来显示由浅入深的道理;这和墨家学说的服人力量和广泛传播,是无法分开的。在先秦诸子中,《墨子》一书,应该说是相当注意表现技巧而又有一定成就的了。墨子自称:"上无君上之事,下无耕农之难"(《贵义》),这就是说,他既非官宦,又非农工,虽曾从事过手工业劳动,但墨子一生的主要活动,则是一个进行宣传鼓动的游说者。一个主要以游说为业的人,就不能不重视言辞的运用,不能不重视思想言论的表达艺术:《墨子》书中通俗易懂、形象生动、逻辑性强,以及常用比喻等特点,都是其注重表现方法的说明。如果说墨子完全"反对艺术,反对文化",那就无异是否定了他自己。事实上,正因为墨子重视文化学术,并掌握了一定的表达艺术,墨家才有可能成其为墨家,才能成为与儒家抗衡的显学,才逼得孟子害怕其广泛传播而不择手段地加以反对。

但墨家毕竟败下阵来,尘埋千古了。这是我们要探讨的第二个问题:在儒墨斗争中,墨家失败的原因何在?

问题很明显,墨子本人是"贱人"(见《墨子·贵义》)。墨家集团除少数墨家后学外,基本上是一个"贱人"集团。墨子曾呼吁:"凡天下群百工、轮车、鞼匏、陶冶、梓匠,使各从事其所能。"(《节用中》)《墨子》一书,主要就是为这些工匠、小生产者说话的。墨子是当时小生产者(即"贱人")的代言人,这已是近代学术界所公认了的。但也有同志认为,孟子"与民同乐"的观念,"在墨子的思想中是毛根也没有的"(《孔墨的批判》)。这只好请孟子自己来回答了:

> 杨子取为我,拔一毛而利天下,不为也;墨子兼爱,摩顶放踵利天下,为之;子莫执中。执中为近之。执中无权,犹执一也。所恶执一者,为其贼道也,举一而废百也。(《孟子·尽心上》)

"与民同乐"的思想在墨子那里确是找不到的,因为他在当时的迫切要求,是"饥者得食,寒者得衣,乱者得治"(《尚贤下》);墨子面对战国初期纷乱的现实,不可能产生"与民同乐"的奢望。但墨子及其徒属,正是在为"利天下"而"摩顶放踵"地实干着。孟子却认为这太过分了,和不愿"拔一毛而利天下"的杨朱,同样是有害于"道"的偏执行为。"与民同乐"的说法诚然可贵,但从孟子反对"摩顶放踵"以利天下的实际行动来看,就不能不令人怀疑其虚伪,而赞同墨家的实干精神了。

墨子主张"口言之,身必行之"(《公孟》),墨家之徒,就是为"利天下"而"手足胼胝,面目黧黑"(《备梯》)的实干者。在《墨子》书中,无论是他的"兼爱""非攻",或"尚贤""尚同"等主张,无不主要是为当时的小者、弱者、愚者、贱者说话,而反对强者、大者、诈者、贵者。墨子认为当时天下之大害,就是:"大国之攻小国也,大家之乱小家也,强之劫弱,众之暴寡,诈之谋愚,贵之傲贱。"(《兼爱下》)这段话在《墨子》中屡见不鲜,而其全部学说,也就主要是企图解决当时现实生活中的这种"大害",以求"百姓皆得暖衣饱食,便宁无忧"(《天志中》)。墨子的思想,值得特别提到的是《辞过》篇:

> 当今之主……必厚作敛于百姓,暴夺民衣食之财,以为官室。………必厚作敛于百姓,暴夺民衣食之财,以为锦绣文采靡曼之衣。………厚作敛于百姓,以为美食刍豢蒸炙鱼鳖。……必厚作敛于百姓,以饰舟车……

统治者豪华奢侈的衣、食、住、行,都是残暴地夺取老百姓的衣食之财而来,这就必然造成老百姓的穷苦:"人君为饮食如此,故左右象之,是以富贵者奢侈,孤寡者冻馁。……人君为舟车若此,故左右象之,是以其民饥寒并至。"(同上)这里,墨子不仅把矛头直指"当今之主",并尖锐地揭示了富贵者奢侈的享受,是造成老百姓饥寒冻馁的原因;从而鲜明地表现了墨子的反剥削思想。在古代思想家中,有这样的认识和斗争精神者是不多的。这种思想足以说明,墨家学说是为当时广大受剥削、受压迫的"贱民"说话的。所以,荀子斥墨家学说为"役夫之道"(《荀子·王霸》)。墨家的学说,也就可称之为"贱民"的学说了。

墨子的"兼爱"思想,主要就是为"贱民"的利益提出的。"兼相爱,交相利"的主张,固然说明墨子对阶级社会的实质缺乏认识,它不仅是一种不可能实现的幻想,而且是在承认当时既定阶级关系的基础上提出的。但从墨子的整个思想体系来看,还不能说他是在搞阶级调和论。因为他是从"饥者不得食,寒者不得衣"的"贱民"利益出发的,是从大攻小,强欺弱,贵傲贱的现实出发的。墨子不可能是彻底革命论者,但他的思想主张在当时有利于贱而不利于贵。因此,孟子反对其"爱无差等"(《孟子·滕文公》);荀子反对其"僈差等"(《荀子·非十二子》);司马谈也认为行墨者之法,"则尊卑无别也"(《论六家要指》)。这些反对意见适足说明:以"兼爱"为核心的整个墨家学说,是为统治阶级所不容的。这就是为"贱民"利益说话的墨家,不能不败于为统治阶级服务的儒家的根本原因。

二

在墨家学说尘埋千古的过程中,自然就形成这样一种局面:

> 自汉以后,治教姄一,学者咸宗孔孟,而墨氏大绌。……学者童卝,治举业,至于皓首,习斥杨墨为异端,而未有读其书、深究其本者。(《墨子间诂·墨子后语下》)

这种情形到清代已开始有所改变。思想史上,近人对墨家已作了正确的评价,但墨家"不知文"的偏见,至今还无影无形地存在着。如果抛开这种偏见而"读其书,深究其本",墨家并不是"不知文"的。"本"指什么?应该指墨家学说的"贱民"观点;在文学艺术方面,就是"贱民"的文艺观。只要着眼于这个"本",正确地认识墨家的文艺观,也就为期不远了。

> 今天下之君子之为文学出言谈也,非将勤劳其惟(喉)舌,而利其唇呡(吻)也,中实将欲〔为〕其国家邑里万民刑政者也。(《非命下》)

这里说的"文学",自然是包括一切文化学术在内的广义的"文学",墨子本人的言论以至狭义的文学,也包括在内。墨子认为搞这样的"文学",并不是为了磨嘴皮,而要从国家万民的实际问题出发。这就是墨家的基本文学观。

《墨子》中虽没有直接表述其狭义的文学观点,从很多有关论述中,是可探知他对狭义的文学并不反对而有一定认识的。如《尚贤中》《尚贤下》《尚同中》《兼爱下》《天志中》等篇,都多次引用《诗经》来表达其思想、论证其学说。如:

今若夫兼相爱,交相利,此自先圣六王者亲行之。何知先圣六王之亲行之也?子墨子曰:吾非与之并世同时,亲闻其声、见其色也,以其所书于竹帛、镂于金石、琢于盘盂、传遗后世子孙者知之。……周诗曰:"王道荡荡,不偏不党;王道平平,不党不偏。""其直若矢,其易若底,君子之所履,小人之所视。"(《兼爱下》)

这里所引"周诗",前段见《尚书·洪范》,后段见《诗经·大东》,文字略异。诗的原意,是否有助于说明墨子的兼爱思想,那是另一个问题。但这段话明确表示了墨子不仅不反对纯文学的诗,而且完全信赖诗的反映现实和认识作用。墨子未与先王并世同时,没有"亲闻其声、见其色",但他根据这些诗歌描写,就知道先王是"不偏不党"地实行兼爱的。墨子这样运用诗歌,相信诗歌,怎能说他又是诗歌的反对者呢?诚然,在文史哲不分的先秦时期,墨子对诗,也是和"书于竹帛、镂于金石"的一切文字记载一视同仁的。这只能证明,在墨子那里,广义和狭义的文学,都包括在他的"文学言谈"之内。这样看来,墨子不可能是文学的反对者,只不过他的文学观,是"贱民"的文学观。作为"贱民"的文学观或文艺观,它具有这样两个基本特点:一是从当时的社会实际出发,一是从大多数"贱民"的利益出发。墨家的"非乐"观,正是这两个特点的集中反映。

墨子的"非乐",的确是坚决而彻底的。他不仅反对在乱世大搞音乐,也反对在治世时陶醉于音乐。把乐与治看成是对立的:"其乐逾繁者,其治逾寡"(《三辩》)。甚至到了汉代,还有这样的传说:"墨子非乐,不入朝歌之邑。"(《淮南子·说山训》)这虽是孔子不饮"盗泉"之水的演绎,用来形容墨子对音乐的深恶痛绝,也并不为过。如果作为一种音乐理论来看,墨子的《非乐》当然是偏激的,也可以说,这是一种不懂音乐的人的谬论。但对墨子的"非乐"思想,还不能作这种简单的论断。

第一,《非乐》并不是一篇乐论,它只是激烈地反对当时儒家提倡的音乐,而不是全面论述音乐。《非乐》中明明讲到:"子墨子之所以非乐者,非以大钟、鸣鼓、琴瑟、竽笙之声,以为不乐也";墨子也并不是没有一双音乐的耳朵,他也明明说了"耳知其乐也"。如果墨家作正面的乐论,把这种认识表述出来,就是"音乐是悦耳的,是能使人快乐的"了。墨子懂得这点而不正面讲,就因为他不是论乐,而是非乐。

第二,墨子"非乐"并不是反对一切音乐。有人认为墨子不仅反对贵族的音乐,也反对农夫的"息于聆(瓴)缶之乐"①。如果真是这样,不仅墨子的思想出现了很大矛盾,本文所谓"贱民"的文艺观,就只好垮台了。但读《三辩》原文,只能得出相反的结论。原文是:

> 程繁问于子墨子曰:"夫子曰,圣王不为乐。昔诸侯倦于听治,息于钟鼓之乐;士大夫倦于听治,息于竽瑟之乐;农夫春耕夏耘,秋敛冬藏,息于聆缶之乐。今夫子曰:圣王不为

---

① 《墨子"非乐"理论的一些问题》,《光明日报》1961年12月15日。

乐,此譬犹马驾而不税,弓张而不弛,无乃(非)有血气者之所不能至耶。"

在墨子的回答中,只解释了"圣王不为乐"的意思,并未谈及、更未否定农夫的"息于聆缶之乐"。此其一。墨子讲到:"昔者尧舜有茅茨者,且以为礼,且以为乐。"这说明尧舜时简朴的礼乐,墨子认为是可以的,并不反对。此其二。墨子从尧舜讲到周武王、周成王,其乐愈来愈繁,其治愈来愈寡,最后得出"乐非所以治天下"的结论。这说明墨子是反对愈来愈繁的礼乐,并不反对一切礼乐。此其三。最后,程繁提出一个难题:"子曰:圣王无乐,此亦乐已,若之何其谓圣王无乐也?"墨子用一个很巧的比喻说:"食之利也,以知饥而食之者,智也;因为无智矣。今圣有乐而少,此亦无也。"这就是说:知道饿了要饭吃的人,也算是"智"。但这样"智"是本能的、普遍的、正常的,因而是微乎其微的,实际上等于无智。因此,正常的,必需的,也就是很少的乐,就可谓"无乐"了。墨子的善喻,这是一个很好的例子。它不仅解答了程繁的难题,还反映了墨子的一个重要思想:少量必要的音乐,和肚子饿了要吃饭一样正常。他视这种乐为"无乐",这就进一步说明墨子所"非"之"乐",只是当时统治者的"拊乐如此之多"和儒家的"繁饰礼乐以淫人"(《非儒》)。

第三,墨子的"非乐",深究其本,主要是从当时的"贱民"利益出发。当时的现实问题是什么呢?《非乐》中说:"饥者不得食,寒者不得衣,劳者不得息,三者民之巨患也。"在广大"贱民"这种巨患面前,大搞其"撞巨钟,击鸣鼓,弹琴瑟,吹竽笙,而舞干戚",墨子认为这不仅"不中万民之利",且必将给"贱民"带来更多的灾难。因为制造大量乐器,"必将厚措敛乎万民";而演奏音乐时,

"使丈夫为之,废丈夫耕稼树艺之时;使妇人为之,废妇人纺绩织纴之事";且大量演奏者,既要"食必粱肉,衣必文绣",又"不从事乎衣食之财",而成为"食乎人"的消耗者,这仍是"亏夺民衣食之财"。此外,墨子还讲到许多反对音乐的理由,其基本出发点,都是大搞音乐,有害于当时广大"贱民"的利益。作为"贱民"代言人的墨子,他在当时提出坚决的"非乐"观点,不仅是正确的,且正是墨家文艺观具有鲜明的人民性的可贵之处。

由于墨子思想的一个重要特点,是从当时多数"贱民"的实际利益出发,人们往往称之为功利主义,这是未尝不可的。不过,要说他是狭隘的功利主义,就不如说"贱民"的功利主义更为确切。统治阶级厚敛民财以大搞礼乐,也是"狭隘的"功利主义;墨子反对厚敛民财以大搞礼乐,如果也称之为"狭隘的"功利主义,这个"狭隘"的实质含义,就是"贱民"的利益。从"贱民"的功利出发,这是墨子言行的准则。所以他一再说:"功,利民也"(《经上》);"利人乎即为,不利人乎即止"(《非乐》)。

墨子"非乐",是因为音乐不利于民;有利于民的音乐呢?《非乐》中所讲"贱民"的三患之一,就是"劳者不得息",墨子既然在力争劳者得息,自然就不会反对农夫"息于聆缶之乐"了。不仅不反对,从"利人乎即为"的原则出发,即使墨子对音乐那样深恶痛绝,但为"贱民"利益所必须的时候,他自己也干。《吕氏春秋·贵国》中有这样一条记载:"墨子见荆王,锦衣吹笙,因也。""因",就是因荆王之所好。墨子虽一贯反对"锦衣吹笙",但必要时也得因人之好而为之。《公输》篇曾讲到这件事。当时楚是大国,宋是小国。墨子听说楚将攻宋,就"裂裳裹足",十天十夜赶到楚国。"裂裳裹足"的狼狈样恐是难见楚王的。为了免于这场以强攻弱,万民涂炭的灾难,就不得不因楚王之好而"锦衣吹笙",从而达到说服楚王的目的。这很足以说明,墨子不仅不反对一切音乐、一切文饰,而且从"贱民"的功利主义出发,必要时他自己也可"锦衣吹笙"。

对于文,墨子同样是本着"贱民"的功利主义,反对"以文害用"。《韩非子》中所载田鸠的一段话,颇能说明这点:

> ……今世之谈也,皆道辩说文辞之言,人主览其文而忘其用。墨子之说,传先王之道,论圣人之言以宣告人,若辩其辞,则恐人怀其文忘其直,以文害用也。(《外储说左上》)

田鸠是墨子的弟子。墨子的另一弟子缠子也说过:"文言华世,不中民利。"(《意林》辑《缠子》)这都说明墨家的"贱民"文艺观,是重实用、反文饰的。过分的文饰是违反"贱民"利益的,要"中民利",就不能不反对"以文害用"。这种观点,也不是反对一切文饰,更非反对一切文化。墨家从"当今凶年"的现实出发,从"贱民"的功利主义出发,反对过分奢侈而不利于民的文华,这是事实,也是正确的。但他们并非"不知文",反而比某些繁文缛节的大喊大叫者,更懂得、更重视真正的"文",因而对真正的"文"也有更为可取的见地。

墨子不仅说过"有实必待文多"(《经说上》),而且提出怎样求得长久的、巩固的文的意见:

> 墨子曰:……食必常饱,然后求美;衣必常暖,然后求丽;居必常安,然后求乐:可为长,可为久。先质而后文,此圣人之务。(《说苑·反质》)

美也,丽也,乐也,文也,没有一定的物质基础是不可能的。必须在饱食暖衣的物质条件下,才能从事文艺活动,求得美与乐;也只有这样，才能得到真正的、巩固的美与乐；所以，"先质而后文"的"文"，包含着深厚的阶级内容。墨子所要求的美、乐、文，是广大"贱民"的美、乐、文；应该说，比之统治阶级纵欲享受的美、乐、文或为了统治人民而"繁饰礼乐以淫人"的美、乐、文，更为可取，更近于真正的"文"。

三

墨家对"文"有什么可取的具体意见呢？

《墨子》不是一部文艺专著，其中有关文艺的论述当然不多；但只要我们认真读其书，究其本，不难发现这部尘埋千古的著作，比之儒、道、名、法诸家对这方面的意见，并不逊色。这可从以下四个具体问题来看。

（一）不强说人，人莫之知

墨家和道家"知者不言，言者不知"（《老子》）的态度不同，非常相信"文学言谈"的必要和作用；也和儒家主张"譬若钟然，扣则鸣，不扣则不鸣"的态度相反，在《非儒》和《公孟》篇一再驳斥了这种意见。《公孟》中有一段有趣的对话：

> 公孟子谓子墨子曰："实为善人，孰不知？譬若美女，处而不出，人争求之；行而自衒，人莫之取也。今子偏从人而说之，何其劳也！"子墨子曰："今夫世乱，求美女者众，美女虽不出，人多求之。今求善者寡，不强说人，人莫之知也。"

公孟是孔子的再传弟子。他主张"君子共（拱）己以待，……不扣则不鸣"；墨子则认为在必要时，"虽不扣，必鸣者也"。公孟所谓"实为善人，孰不知"；善则善矣，但只能善其一人，在"求善者寡"

的乱世,大家都求美女去了,"善人"照样"处而不出",于世何益?所以墨子积极主张要"强说人",要使多数人知善而求善。"强说人",就是要进行大力的宣传。墨家重视宣传鼓动的思想,《鲁问》篇有更深刻的论述:

> 吴虑谓子墨子曰:"义耳义耳,焉用言之哉?"子墨子曰:"籍设而天下不知耕,教人耕,与不教人耕而独耕者,其功孰多?"吴虑曰:"教人耕者,其功多。"子墨子曰:"籍设而攻不义之国,鼓而使众进战,与不鼓而使众进战而独进战者,其功孰多?"吴虑曰:"鼓而进众者,其功多。"子墨子曰:"天下匹夫徒步之士,少知义,而教天下以义者,功亦多,何故弗言也?若得鼓而进于义,则吾义岂不益进哉!"

这可说是一篇形象生动的宣传鼓动论。它有力地论证了宣传鼓动的必要性和巨大意义。任何事情,单枪匹马,个人独干,其作用总是有限的,有的甚至根本无法完成。墨子以自己为例说,要是他自己从事耕作"以食天下之人",这是绝对做不到的。他即使干得很不错,也不过顶上一个农夫的收成,"其不能饱天下之饥者",是显而易见的。要使天下"贱民"都能"饥者得食,寒者得衣",就必须对王公大人、匹夫庶妇,进行大量的、艰苦的宣传鼓动工作,使天下都能"进于义",所有的人都"各从事其所能";其功之多,其作用之大,自然非一人从事耕织、一人行义之可比。基于这种认识,墨子对吴虑提出有力的反驳:"何故弗言也?"

"贱民"的功利主义,决定了墨子必然为"贱民"的切身利益而大声疾呼,而积极宣传,也决定了他对"文学言谈"有足够的重视和正确的认识。这种认识为儒道诸家所不及,其"本"即在于此。

(二) 言有三表

墨子如此重视"文学言谈",为了使之正确而有实用价值,他提出了"文学言谈"的三表法:

> 言必有三表。何谓三表?子墨子言曰:有本之者,有原之者,有用之者。于何本之?上本之于古者圣王之事;于何原之?下原察百姓耳目之实;于何用之?发以为刑政,观其中国家百姓人民之利。此所谓言有三表也。(《非命上》)

"表",也叫"仪法",就是立言的标准。对一切"言谈文学",墨子主张第一要从历史上考察古代帝王之事,看有没有正确的根据;第二要从老百姓的所见所闻,来考察其是否真实;第三要在实际运用中看它是否符合国家人民的利益。这既是衡量"言谈文学"真伪善恶的标准,也是立言之道所应遵循的准则。所以墨子又说:"凡出言谈由文学之为道也,则不可而不先立义法。"(《非命中》)"义法"即"仪法",也就是他说的"言有三表"。先立了"仪法",就可准此立言;否则,"虽有巧工,必不能得正焉"(同上)。由此可见,墨子的三表法,主要是对"言谈文学"内容方面提出的要求。他要求一切"言谈文学"不违背"百姓耳目之实",符合"国家人民之利",比之"凡言不合先王,不顺礼义,谓之奸言"(《荀子·非相》)这类儒家观点,无论对当时广大的"贱民",或对文学艺术的发展都更为有益。

从"文"的角度看,"三表法"实为墨家"先质后文"观的有机组成部分。"先立仪法"也就是"先质"的主张的具体化。"后文"呢?墨家反对"以文害用"的外饰文采,即使"有实"之后"必待文多",这个"文",也是与"质""用"不可分离的"文",有助于"质""用"的"文"。

（三）摹略万物之然

基本上以宣传鼓动为业的墨家，言辞成了他们唯一重要的武器。因此，他们不能不研究自己立言的方法。除前面已提到墨家言辞注意逻辑性、形象性和譬喻等修辞手段外，还有几点值得注意的论述。

墨家从求实精神出发，在言辞表达上，必然要求准确地反映客观事物的本来面貌。《经说下》中讲到：

> 有文实也，而后谓之；无文实也，则无谓也。不若敷与美，谓是，则是固美也，谓也（他），则是非美，无谓则报也。

这段话可能有错简误文，孙诒让等曾提出一些揣疑，但还没有确凿的根据。就现行文字来理解，和墨子的整个思想体系并不矛盾。这段话的基本精神，就是要如实地说明事物、反映事物。"文实"，无论是指"文之实"或"名之实"，关键都在一个"实"字，要有其实，然后"文"之、"名"之。也就是说，要它本来是美的东西，才说它是美的；本来不美的东西，就不应称之为美。本着这个精神来说明或反映事物，就是要"摹略万物之然"：

> 夫辩者，将以明是非之分，审治乱之纪，明同异之处，察名实之理，处利害，决嫌疑焉。摹略万物之然，论求群言之比。以名举实，以辞抒意，以说出故。（《小取》）

这原是墨家讲辩论术的话。值得注意的是，他认为要使自己的言论能起到"明是非之分"等作用，首先提到的方法，就是"摹略万物之然"；只有准确地把握住客观事物的本来面貌，并把它如实地表达出来，才能"以名举实，以辞抒意"，才能有较大的说服力。

"摹略万物之然"的表现方法，就和文学艺术反映现实的特点有一定的共同性了。即使对说理文来说，如果充分注意到这点，如果确以此为首要方法，则不仅可增强其说服力，也存在着走向文艺创作的可能。这种意见在长期被视为"不知文"的《墨子》中出现，并不偶然。它和墨家注重实际的精神有其必然的联系，且正是这种精神在"言谈文学"上的具体运用。

墨家讲辩论术，为什么会把"摹略万物之然"的方法提到如此重要的地位呢？对这个问题"深究其本"，就是墨家的认识论和反映论，基本上是唯物的。《经上》中很明确地讲到："知，接也。""接"，就是直接接触事物。只有接触事物，才能认识事物。这个命题未必科学，却以其鲜明的唯物观点，突出了认识事物的重要途径。根据这个认识，再进而提出：

> 知也者，以其知过（遇）物而能貌之。（《经说上》）

必须接触客观事物并把它的形貌反映出来，才能叫做"知"，才是真正的"知"。也就是说：只有能够说明它的，才算认识它。这是一个值得注意的思想：它把认识论和反映论紧紧联系起来，而以"接物——能貌"构成墨家认识论的整体。这个特点正能说明，正确地反映事物形貌，在墨家认识论中占有极为重要的地位，也是墨家"言谈文学"中出现一近于文学艺术的思想的重要原因。墨家的"接物能貌"，自然不是讲文艺创作，但它不仅接触到文艺创作的特征，而且按这种要求来从事任何"言谈文学"，都有可能接近文学艺术的特点。

（四）聚天下之美名而加之

如果说，《墨子》无文是指它缺少藻饰文采，这是事实；这种文正是墨家所反对的。但藻饰文采并不等于文学艺术的"文"，也并非文学艺术的必具特征。就以上所述来看，墨家虽然反对文饰,但按照他们提出的有关主张来从事"言谈文学",却很有接近文学艺术的可能。不过,这也只能说:可能。它对增强一般"言谈文学"的艺术性是无疑的,但还不一定就产生文艺作品。文艺作品要求通过生动的形象来真实地反映现实,并不是直观地照搬照抄,它还必须通过一定的艺术加工,以求更为高度真实地反映现实,从而取得较大的艺术效果。用这种要求来检验诸子百家的言论,自然要求太高,但《墨子》中有一段值得注意的论述:

> 尧舜禹汤文武……从事兼,不从事别。兼者,处大国不攻小国,处大家不乱小家,强不劫弱,众不暴寡,诈不谋愚,贵不傲贱。观其事,上利乎天,中利乎鬼,下利乎人,三利无所不利,是谓天德。聚敛天下之美名而加之焉,曰:此仁也、义也、爱人、利人,顺天之意,得天之赏者也;不止此而已,书于竹帛,镂之金石,琢之盘盂,传遗后世子孙。曰:将何以为?将以识夫爱人利人、顺天之意、得天之赏者也。《皇矣》道之曰:"帝谓文王,予怀明德。不大声以色,不长夏以革。不识不知,顺帝之则。"(《天志中》)

这段话的后面还讲到,对坏人、恶人要"聚敛天下之丑名而加之"。此外,《天志上》《天志下》两篇,也有这类说法。把天下的"美名"或"丑名"集聚在一个好人或坏人头上,这固然还不是近世所谓综合概括的艺术创造手段,但它和直陈实录式的简单照抄人物形貌毕竟不同。它既有强烈的爱憎感情,其"美"其"丑"就不能不具有一定的主观因素;既是聚敛天下之美、丑而加于一人,则其"美名""丑名",就不是一个实际的人所具有的。因此,对这种"美名""丑名"来说,它在一定程度上,已含有艺术加工的意义。在我国古代,对艺术创作进行综合加工的认识,这已是一种萌芽。

在我国古代文艺创作的实践中,综合概括的运用是很早的。《诗经》中"一言穷理""两字穷形"而"以少总多"(《文心雕龙·物色》)的描写,已经很多了。但从理论上来加以总结,却是较晚的。《易·系辞》中讲到过:"其称名也小,其取类也大",但不是讲文学创作,而是指《易经》的说理方法。《论语》中曾提到:"纣之不善,不如是之甚也。是以君子恶居下流,天下之恶皆归焉。"(《子张》)这虽指对人物的形容而言,却只接触到这种现象,而不是对写作方法的认识和总结。《墨子》中的"聚敛天下之美(丑)名而加之",虽不专指文艺创作,但第一,它是对广义的"言谈文学"而言;第二,它举《诗经·大雅》中的《皇矣》为例,可见包括文学在内;第三,它讲的是形容人物、表现人物的方法,本身就近于文艺创作。这样看来,墨子提出的"聚敛天下之美(丑)名而加之"的表现人物方法,在古代文艺史上就应有其重要的地位和价值。

《墨子》中提出这样的人物表现方法,也不是偶然的。和"蔽于用而不知文"的偏见相反,根据以上所述,墨家不仅很"知文",而且正是出于"用"而"知文"的。正是为了加强其宣传效果,为了充分发挥"言谈文学"惩恶彰善的实际作用,为了广大"贱民"的实际利益,才提出"聚敛天下之美名而加之"的方法,来大力宣传、歌颂那些"处大国不攻小国,处大家不乱小家,强不劫弱,众不暴寡,诈不谋愚,贵不傲贱"的"爱人、利人"者。反之,对那些"强劫弱""贵傲贱"的"憎人、贼人"者,则"聚敛天下之丑名而加之",从而狠狠地打击、批判这些坏人、恶人。

墨家正因为是在艰苦的条件下进行艰苦的宣传,才探索到一些表现其思想的方法,接触到一些有关文学艺术的观点的。只是这些观点,是从当时"贱民"利益出发的观点;这些方法,是为"贱民"利益服务的方法。离开这个基本点,我们就不能正确地理解墨家的文艺观。

(原载于《文艺理论研究》1980年第2期)

挚虞评传

程千帆先生曾说:晋朝挚虞撰《文章流别》,分为集、志、论三个部分。把作品、传记、理论批评构成一个整体,是"创造性的工作,对于后世文论的影响,是有目共睹的"①。这是事实。虽原著不存,已难窥其原貌,但其历史意义是不容忽视的。自近代第一部《中国文学批评史》问世以来的专著或大纲,鲜有不肯定其历史贡献者,只是限于史料,情况不明,大都语焉不详。笔者不自量力,试图在程序的启示下,对此做点力所能及的探讨。

一、挚虞的生平和著作

挚虞(240?—311),字仲洽(一作"仲治"),京兆长安(今陕西西安)人。父模,曾任魏太仆卿。西晋著名学者皇甫谧是其师,所以张溥在其所辑《挚太常集》的题辞中称之"玄晏高弟,知名当世"。玄晏即皇甫谧。《晋书·皇甫谧传》说他"有高尚之志,以著述为务,自号玄晏先生……耽玩典籍,忘寝与食,时人谓之'书淫'"。这对挚虞的影响是不小的,《晋书·挚虞传》(以下简称"本传")说他"才学博通,著述不倦",正是玄晏遗风。

---

① 《中国古代文论家评传·序》。

挚虞的生年，史无明文。其生平事迹较早可查的年代，是晋泰始四年(268)的举贤良对策。本传载:"举贤良，与夏侯湛等十七人策为下第，拜中郎。"《晋书·武帝纪》:泰始四年十一月"诏王公卿尹及郡国守相，举贤良方正直言之士"，挚虞、夏侯湛等即于此时同时举贤良。当年夏侯湛二十六岁。陆侃如师《中古文学系年》推测:挚虞"举268年贤良前已为郡主簿，则当生于240年左右"，长夏侯湛三岁，大致是相符的。大约挚虞二十五六岁为郡主簿，二十九岁举贤良，拜中郎。约五年后擢太子舍人。太康元年(280)平吴，汉末以来的分裂局面，至此完全统一，挚虞上《太康颂》以歌颂这一功业，颂存(见本传)。同年除闻喜(今山西闻喜县)令。后历秘书监，卫尉卿等。公元304年张方逼惠帝迁长安，挚虞随惠帝至长安，曾遭受"粮绝饥甚，拾橡实而食之"(本传)的艰辛。公元306年返洛阳，为光禄勋。公元307年怀帝即位。《挚虞传》说"时怀帝亲郊。自元康以来，不亲郊祀，礼仪弛废。虞考正旧典，法物粲然。"故知挚虞于是年开始任掌礼乐郊祀的太常卿。永嘉五年(311)，匈奴人刘曜等攻入洛阳，怀帝被虏。挚虞为官，史称"虞素清贫"，他就在这年"洛京荒乱，盗窃纵横，人饥相食"(本传)中饿死了。

身为九卿之一的挚虞却以馁卒，他的一生是不幸的。但在西晋八王之乱和"人饥相食"的天灾人祸中，却以"清贫"之身"著述不倦"，完成了大量著作。《隋书·经籍志》载其论著有:《决疑要注》一卷、《三辅决录注》七卷、《文章志》四卷、《畿服经》一百七十卷、《挚虞集》九卷、《文章流别集》四十一卷、《文章流别志论》二卷，总计二百三十卷。《晋书·张华传》说:"华性好人物，诱进不倦……雅爱书籍，身死之日，家无余财，惟有文史溢于机箧。尝徙居，载书三十乘。秘书监挚虞撰定官书，皆资华之本以取正焉。"

这说明挚虞的著作，至少在资料方面多得益张华丰富的藏书。既然"撰定官书"要取定于张书，其他著作当不例外；既要"资华之本以取正"，可知挚虞著书的态度是慎重的。只惜其大量著述今多不存了。明人张溥辑其诗、赋、文、论等近六十篇为《挚太常集》，但未尽得其佚文；清代丁福保、严可均，近人范文澜、逯钦立等，对其诗文的辑佚还不断有所增益。

二、"文章流别集、志、论"的原貌

《文心雕龙·时序》篇说："孙、挚、成公之属，并结藻清英，流韵绮靡。"这个"挚"就是挚虞，说明他仍堪称西晋有成就的作家之一。但不仅只评五言诗的《诗品》未能入品，《文选》的各种文体也未选其一篇；从其今存诗赋来看，挚虞在文学创作方面的成就确是不大的。他的主要贡献是分别文体、编选文集，并论其流别，品其得失，所以，挚虞在文学批评史上占有一定地位。但由于原著不存，原貌不清，甚至《文章流别集》所集者是什么"文章"也不得而知，因而从文学批评史上来研究也难以具体深入下去。有些情况可能现已无法辨清了，但在现有资料的基础上加以清理，还是可以确认其原貌的某些方面的。

首先是《文章流别》的集、志、论三个部分，由于古人引用书名多是简称，早就使三者的面貌混淆不清了。如《文心雕龙·序志》：

　　陆机《文赋》，仲洽《流别》……陆《赋》巧而碎乱，《流别》精而少巧。

《诗品·序》：

>挚虞《文志》,详而博赡,颇曰知言。

《文镜秘府论·四声论》:

>挚虞之《文章志》,区别优劣,编缉胜辞,亦才人之苑囿。

以上三例,一曰《流别》,一曰《文志》,一曰《文章志》,所指虞书是否三种?其实是名异而实同。第一种与《典论·论文》《文赋》《翰林论》等并论,且称之为"近代之论文"者之一;第二、三种也是与《文赋》、《翰林论》等并论,其性质同样是"论文"的。所以,三种名目都应是《文章流别论》的简称。

但挚虞确有《文章志》四卷,所以许文雨《文论讲疏》、陈延杰《诗品注》等,均注"文志"为《文章志》;王利器《文镜秘府论校注》注"文章志",引《挚虞传》中"虞撰《文章志》四卷"等语,也显然是以"《文章志》四卷"注"文章志"。查《隋书·经籍志》(以下简称《隋志》)录挚虞《文章志》四卷,与《别录》《七略》《晋义熙已来新集目录》等同类而明言:"编为簿录篇。"其性质为文章目录甚明,与"区别优劣""颇称知言"的"文志"或"文章志"不同。由于简称的"文志""文章志"和文章目录的《文章志》相混,就造成至今仍普遍使用的一个笼统含混的书名:《文章流别志论》。郭绍虞先生早在二十年代就提出:"今张溥、严可均诸人所辑,案其内容,皆为《流别论》,其称为《流别志、论》者,误也。"①此说甚是。不仅文章目录的《文章志》与《文章流别论》各异,张、严辑文的原题就是《文章流别论》。但郭论之后,诸家《文学批评史》凡论挚虞者,仍多称之为《文章流别志论》或简称《志论》,或因郭论只讲明了《文章志》为文章目录的性质,而未辨集、志、论三者的原委。

---

① 《文章流别论与翰林论》,见《照隅室古典文学论集》(上编)。

据《隋志》所载,挚虞有"《文章流别集》四十一卷,梁六十卷,志二卷,论二卷",又有"《文章流别志论》二卷"。既然梁代已分辑出"志""论"各二卷,则其"志二卷"即所谓《文章流别志》,"论二卷"则所谓《文章流别论》了;而《文章流别志论》一书,就显然是"志""论"两部分合起来的。这样看来,钟嵘等简称《文章流别志论》一书为"文志"或"文章志"也未尝不可,只是后世注家误注为文章目录的《文章志》而已。但挚虞是否曾另著《文章流别志》呢? 其本传只说:"虞撰《文章志》四卷,注解《三辅决录》;又撰古文章,类聚区分为三十卷,名曰《流别集》,各为之论。"从《文章流别志》的性质来考虑,若所"志"为文章之流别,则与《文章流别论》为一,"志二卷,论二卷"之分便不可能。若所"志"为文章,就只能是文章目录的《文章志》。所以,挚虞并无《文章流别志》的专著,《隋志》所录《文章流别志论》,应该是《文章流别论》和《文章志》的合编,只是合起来的《文章流别志论》,已无文章目录的内容和性质了。如果还保留文章目录的内容,就不可能"志""论"两部分合起来只有二卷。从钟嵘等用"文志""文章志"简称合编的《文章流别志论》,亦可见其改编本的性质是以论为主。这里存在的问题,唯在《文章流别志论》中编入了《文章志》的什么内容。

新旧《唐书·艺文志》,均录挚虞《文章志》于目录类,其为文章目录是无疑的。但《文章志》是否纯粹文章目录,这个目录是怎样编成的? 刘师培有云:"虞之所作,一曰《文章志》,一曰《文章流别》。'志'者,以人为纲者也;'流别'者,以文体为纲者也。"[1]文章目录"以人为纲",也就是以人系文。以作家为纲,则对作家的事迹有一定的介绍是很自然的。程千帆先生所说:"集是作品,

---

[1] 《蒐集文章志材料方法》,《国故》第3期。

志是传记,论是理论批评。"①对改编传世的《文章流别志论》来说,实为卓见。虽迄今未见《文章志》佚文的辑本,仅我已见多条,可证程说完全是对的:志是传记。仅录其二:

> 挚虞《文章志》曰:刘季绪名修,刘表子。官至东安太守,著诗、赋、颂六篇。(《三国志·魏书·曹植传》注)

> 挚虞《文章志》曰:(崔)烈字威考,高阳安平人,骃之孙,瑗之兄子也。灵帝时,官至司徒、太尉,封阳平亭侯。(《世说新语·文学》注)

另见于《三国志》注、《文选》注引甚多,也全是传记。又严可均所辑《文章流别论》诸条,多出《太平御览》。查《御览》各条原文,多题为"挚虞《文章流别论》曰",但铭、诔、哀辞、哀策诸条,则或称"《文章流别传》曰",或称"《文章流别传论》曰",也可能是"志""传"义同之混。

由此可知,传世的《文章流别志论》,就只是辑录了《文章志》的作者传记部分,故与文章目录的《文章志》虽有联系,其性质却大异于前了。明乎此,不仅可略知挚虞论著的本来面目,也能较为全面地评价挚虞的历史贡献。第一,《文章流别集》为古代编辑总集之始,正如《隋志》所论:"晋代挚虞,苦览之劳倦,于是采摘孔翠,芟剪繁芜,自诗赋下,各为条贯,合而编之,谓为《流别》。是后文集总钞,作者继轨,属辞之士,以为覃奥,而取则焉。"其影响是巨大的。第二,以作家传和文章目录相结合,实为重要的创举,后世的总集或选集,多附作者传略,当始于此。第三,区分文体而探其源流,品其优劣,更是挚虞在批评史上的新贡献(这点留在下

---

① 《中国古代文论家评传·序》。

面详论)。尤为可贵的是这三个方面的结合,确如程序所说:"他把这三个各有侧重面而又互相关联的组成部分,构成一个整体,就能够比较完整地体现其所涉及的历史时代的整个文学风貌。"

三、《文章流别论》的规模

《文章流别论》的佚文,严可均《全晋文》辑得十二条,范文澜《文心雕龙·序志注》增补两条残文,共得十四条。这十四条论及文体有颂、赋、诗、七、箴、铭、诔、哀辞、杂文、碑、图谶等十二体。这就是目前所知《文章流别论》的全部内容。但这只是现已辑录到的佚文,有的文体可能还一字未得,已辑得者也多残缺不全。如《文心雕龙·颂赞》云:"纪传后评,亦同其名。而仲洽《流别》,谬称为述,失之远矣。"史书篇末的"赞",刘勰认为"亦同其名",也属赞体,《文章流别论》却称之为"述",可见其中曾论到"赞"体,而为已辑佚文中所无。这种未能辑得的内容还有多少,固然是个未知数,但无论是《流别集》或《流别论》,都不能以其未知而许以"规模宏伟"或"相当宏伟"。仅据已知材料,是可以窥其大略的。

据《隋志》著录,《文章流别论》只有一卷或二卷,这对其规模是一个总的限制,不可能很庞大。从已辑诸条来看,如颂、赋、诗等体,已基本上是该体的全文了。钟嵘称其"详而博赡",是与《典论·论文》《文赋》的文体论相较而言。详论文体的刘勰评及挚虞六次,或称"《流别》精而少巧"(《序志》),或赞"挚虞品藻,颇为精核"(《颂赞》),但始终未许一"博"字、"赡"字。《流别论》规模的大小,关键在它论述了多少文体。仅从上述已知十二体,可以肯定它是《典论·论文》和《文赋》的大发展。值得注意的是《典论》

讲到八体：奏、议、书、论、铭、诔、诗、赋；《文赋》论及十体：诗、赋、碑、诔、铭、箴、颂、论、奏、说。《文章流别论》所论诸体虽详，但现已辑得的十二种文体中，却无《典论》的前四体和《文赋》的后三体。如果和《文心雕龙》的"论文叙笔"部分相较，问题就更为明显了，即《流别论》的这十二体，全在《文心雕龙》的"论文"之内，"叙笔"部分则一体未及。这是辑佚造成的偶然现象，还是本来如此？很值得研究。

《文心雕龙》"论文叙笔"部分共论三十四种文体，其中"文"类有诗、乐府、赋、颂等十六体；"笔"类有史、传、诸子、论、说等十八体。这可视为六朝时期已有文体的概况。当时既然"笔"类文体更多，挚虞虽不可能全部论及，倘论"笔"类，就必非少数，就不可能正好这部分全部失传，更不可能全部失辑。此其一。《流别论》的佚文，多辑自《艺文类聚》和《太平御览》，这两部类书都不是只录"文"类文章，特别辑得较多的《御览》，其中也有诏、策、章表、奏、论、议、檄、移等类，却无《流别论》之迹。这两部类书只收《流别论》的"文"类而舍其"笔"类诸体，也是不可能的。此其二。其他类书和各种古籍，以至刘勰等论及挚虞者，也只涉其"文"类，而无"笔"类片言只语。《三国志·杜畿传》注有云："尚书郎（《晋书·杜预传》作"秘书监"）挚虞甚重之，曰：'左丘明本为《春秋》作传，而《左传》遂自孤行；《释例》本为传设，而所发明何但《左传》，故亦孤行。'"这是对"笔"类史传体的评论，却非《流别论》的佚文。此其三。

根据以上情况，可知《文章流别论》本来就没有论述"笔"类诸体。又由此可知，现有《流别论》辑本和原著的规模已相去不远了。它既然只论"文"类各体文章，则按当时已有的文体，除已辑十二体和前述"赞"体也曾论及外，还可能论到祝文（详下），就可算基本齐全了。此外，如楚辞已并入赋体，《流别论》中论赋说："前世为赋者，有孙卿、屈原……楚辞之赋，赋之善者也。"因此必不另立一体；乐府则并入诗体了，如谓三言句"汉郊庙歌多用之"，六言句"乐府亦用之"等。这种情形也说明，挚虞对文体的分类，还没有发展到南朝那样精细。但他对"文"类文体论述得较全，而对大量"笔"类文体不置一辞，却是很值得注意的。"文""笔"之辨，向来认为到宋初才有比较明确的认识，挚虞虽未明言"文""笔"之别，甚至这一概念都未曾提到，却只以有韵之"文"类各体为限。可见其"文章"是专指有韵之"文"而言，这就大大超越在时人之前了。"文"和"笔"自非文学与非文学的准确界线，但"文"类各体比之"笔"类各体，显然与后世文学的概念要接近一些。从这个意义上看，挚虞的论文章流别，就有更值得肯定的历史意义。他这样做即使是不自觉的，也具有促进明确分辨"文""笔"的重要的客观作用。

四、挚虞的文学观和文体论

《文章流别论》有一段总论，首先提出："文章者，所以宣上下之象，明人伦之叙，穷理尽性，以究万物之宜者也。"这不是给"文章"下定义，而是挚虞对文章提出的要求、主张。他就是由此出发来论文章流别的。按这一要求，"文章"的意义至为重大：要说明天地的现象，表明人伦的次序，穷尽万物的道理和禀性，以求各适所宜。这说明挚虞对"文章"是极为重视的，但主要是要求文学作品在封建政教、道德伦常方面发挥较大的作用。所以，挚虞的文学观是较为保守的，基本上是按照儒家的传统观点来评论文学。如论赋，反对"背大体而害政教"，要求按照"古之作诗者，发乎情，止乎礼义"的教条来写作。对文体的论述,则多尊古而卑今。如论颂体:"颂之所美者,圣王之德也,则以为律吕。或以颂形,或以颂声,其细已甚,非古颂之意。"依照这种观点,颂体作品只能美帝王之德,而不能歌颂其他;则如屈原的《橘颂》亦"非古颂之意"了。所以,这种保守思想对他论文体的发展是有害的。

但挚虞要求有益于政教的文学观,对作品的内容特别重视,也提出了一些可取的意见。如论诗主张"以情志为本",论赋要求"以情义为主,以事类为佐",而反对"以事形为本,以义正为助"。挚虞进而论述其必要性:

> 情义为主,则言省而文有例矣;事形为本,则言富而辞无常矣。文之烦省,辞之险易,盖由于此。夫假象过大,则与类相远;逸辞过壮,则与事相违;辩言过理,则与义相失;丽靡过美,则与情相悖。此四过者,所以背大体而害政教。是以司马迁割相如之浮说,扬雄疾"辞人之赋丽以淫"。

这显然是总结了汉赋的教训而提出的。"文之烦省,辞之险易",关键就在以"情义为主"还是以"事形为本"。这和《文心雕龙·情采》中讲的"为情者要约而写真,为文者淫丽而烦滥"之理相近。刘勰在同篇内也主张"述志为本",与挚虞所论"情志为本"一致。这说明刘勰之论,很可能是挚虞上述观点的发展。更为后人注重的是挚虞的"四过"论。他对辞赋创作的形象描绘("假象")、文辞夸张("逸辞")、语言巧妙("辩言")、文采华丽("丽靡")等并非完全反对,这是文学创作所必需的,故云:"情之发,因辞以形之;礼义之旨,须事以明之。故有赋焉,所以假象尽辞,敷陈其志。"无论是情志的表达或礼义的宣明,都必"假象尽辞",充分发挥文辞、形象的作用。但必须运用适度,无论是"假象"或"逸辞"

等，过分则不仅是不及，反而会起到"与义相失""与情相悖"等副作用。刘勰在《情采》篇所说："联辞结采，将欲明经；采滥辞诡，则心理愈翳"，正是"四过"之理的发挥。

挚虞对文学形式的特征，鲜有正面论述。但从上述观点可知，他虽重内容，仍不废辞采。如论诗："夫诗虽以情志为本，而以成声为节"；论铭，谓李尤之作"文多秽病"，但"讨论润色，言可采录"；又如论图谶："虽非正文之制，然以取其纵横有义，反复成章。"于此可见，挚虞对艺术形式虽无高论，仍有一定的认识。不过，和早挚虞八年离世的陆机相较，虽二家所论角度不同，论旨各异，但对文学特征的认识，显然挚虞落后于时人。

挚虞的主要成就是对文体源流的初步探讨。曹丕和陆机，只是粗略地提到几种文体的基本特点而已，真正的文体论，应该说始于挚虞。

研究挚虞的文体论，首先遇到的问题是：何以把颂体列为第一？《文章流别论》的辑本所列各种文体的次第是否原貌？不辨这点，对其文体论的认识不仅仍是模糊的，甚至会造成误解。辑佚者的意图自然是复其原貌，至少是不违大旨，但现行《流别论》的辑本是否做到了这点，却很有可疑。各家辑本的次第也不一致。如张溥所辑《挚太常集》为：总论、颂、诗、七、赋、箴、铭、诔、哀辞、文、图谶、碑铭。严可均《全晋文》为：总论、颂、赋、诗、七、箴、铭、诔、哀辞、哀策、杂文、碑铭、图谶。这种区别说明，辑本的次第，是按辑者自己的理解编排的。严本流行较广，已几成定本而被普遍采用，但略核所辑类书，就会发现问题不少。只举一例，其诗体佚文辑自《艺文类聚》卷五十六，但只起首二十六字辑于"诗"类，其下二百余字却辑于同卷的"赋"类。辑文"古之诗有三言"，原作"诗之流也，有三言"。辑文三至九言诗，各有例句，唯缺四言,此虽《艺文类聚》原缺,但《御览》卷五八六有"四言者,'振鹭于飞'是也,汉郊庙歌多用之"三句失辑。这说明,严辑虽较全,却是相当粗疏的。

由此再看其所辑第一条:前为总论,后论颂体,由《艺文类聚》和《太平御览》两书合辑而成。其间文字出入且不管它。问题是总论部分辑自《艺文类聚》卷五十六的"赋"类,而其原文既有总论,也有论赋、论诗者(即前文说辑本论诗的二百字)。而《御览》卷五八五的"叙文"类也有此条,除总论外,又继以论颂、赋两体之文合而为一。这种情况不可能是《流别论》本身的混乱不清,刘勰曾评其"品藻流别,有条理焉",当非虚美,问题应出在编类书者的分类辑录上。类书自有其分类,必然打乱原著次第而按自己的分类辑录。如《艺文类聚》"诗"类在前,"赋"类在后;"诗"类已录《流别论》论诗的话,到"赋"录其总论之后,为了避免重复,故略其诗论,而继以颂、赋之论。类似情形很多,因而造成走失原貌和种种错乱,类书的次第既不足据,辑佚者又并不严谨,我们就有理由怀疑《流别论》并非列颂体为首。

文体的传统排列次序是以诗为先,保守观念较强的挚虞,不可能违反这个传统而以颂居首。(前录《文章志》载刘修之作,亦以诗、赋、颂为序。《典论》虽奏、议在前,乃从"经国之大业"出发;《文斌》就是从诗、赋开始了。)以颂为首,既无先例,亦无必要。如果他确以颂、赋、诗的次第列论,《隋志》论其《流别集》怎能说他是"自诗、赋下,各为条贯"?更能说明这一历史疑案的是《流别论》的总论:

  王泽流而诗作,成功臻而颂兴,德勋立而铭著,嘉美终而诔集。祝史陈辞,官箴王阙。《周礼》太师掌教六诗:曰风、曰赋、曰比、曰兴、曰雅、曰颂。言一国之事，系一人之本，谓之风。言天下之事，形四方之风，谓之雅。颂者，美盛德之形容。赋者，敷陈之称也。比者，喻类之言也。兴者，有感之辞也。后世之为诗者多矣，其称功德者谓之颂，其余则总谓之诗。

本节开始所引挚虞释"文章"的话，加上这段论述就是《文章流别论》总论的全文。这个总论，除对赋、比、兴的解释在汉人的基础上略有发展外，别无新意。论各种文体的产生，观点是陈旧的。解释"六诗"（即六义）的语言次第，都与汉人无异。但这段话是全部《流别论》的纲领，对认识其文体论是至为重要的。

这个纲领不仅最有力地说明其所论文体以诗为首，且文体的次第应该是诗、颂、铭、诔、祝、箴。既称之为"纲"，这自然是所论主要文体。只提到六体而无赋，当因赋乃"古诗之流"而省；在论赋体中，屡用"古之作诗者""古诗之赋（指赋比兴之赋）"要求赋体，便是以赋属诗（或诗之流）的说明。因此，其文体论应以诗、赋、颂、铭、诔、祝、箴相次，然后是哀辞、杂文、七、图谶等。果如此，就与两百多年后刘勰"论文叙笔"的"论文"部分有相近的规模了；论述的全而有序，是古代文体论趋于成熟的重要标志。

更值得注意的是，挚虞的总论主要是论诗。从诗开始而论"六诗"，形成以诗论为中心的总论，就不仅是其文体论的纲领，也是流别论的纲领。他借赋、颂都是"六诗"之一，正在显示"文章"的流别。在各体分论的佚文中，这种脉络还可见到一些。如赋是"古诗之流也"，颂是"诗之美者也"；七体则是赋的支流，故借扬雄"童子雕虫篆刻"等论赋之语以评其末流。又如谓哀辞为"诔之流也"，哀策乃"古诔之义"等。现在虽已无法见其源流之辨的全貌，但可断言者，全部《流别论》必是总纲诸体的流变。《流别论》只论有韵的"文类"各种文体，正是其总纲的性质所决定的。

由上述可知，挚虞的文体论在历史上有三大发展：一是所论文体较前人多而全；二是只论有韵之"文"；三是溯源流。后两项都是首创，而溯流别则是挚虞所以成功的关键。按挚虞的文学观，如前所述是较为保守的。其对诗体的论述，在建安时期五言诗已发展到相当成熟并成为诗的主流之后，他还强调"四言为正"，其他都"非音之正也"。这显然是落后于历史潮流的保守观点使然。但在"文""笔"之辨远未明确以前，又何以能如此清楚地论"文"而舍"笔"呢？实际上，这和他以诗为中心的保守观念也是分不开的。以诗为中心而溯流别，就不出有韵之"文"的范围了。追其源为"六诗"；查其流，就可能较为全面地发现属于"文"的各种文体，并从而注意到不同文体的不同特点。如谓："哀辞之体，以哀痛为主，缘以叹息之辞。"但挚虞其所以能在文学批评史上首创"流别论"，绝非其保守之功，主要是他编辑了三十卷《文章流别集》。挚虞只是在大量"文章"面前，认识并承认一些史实而已。

但挚虞的历史贡献是有价值的。王瑶先生曾说："中国的文学批评，从他的开始起，主要即是沿着两条线发展的——论作者和论文体。"[①]在中国古代文论中，文体论确有其重要地位。挚虞的首创，其粗疏未当之处实不可免，但其贡献却是主要的。

（原载于《中国古代文论家评传》，中州古籍出版社1988年版）

[①] 《中古文学思想》，棠棣版第124页。

漫说《世说新语》的人物描写及其史料价值

《世说新语》是六朝笔记小说的代表作。它以简洁隽永的文笔记言记事,为千载传颂不绝。此书虽是古代小说的萌芽,其独到之处,却为后世众多仿效者所难企及。这主要表现在它能用三言两语捕捉事物的特征而传其神。其例甚多,如:

> 王蓝田性急。尝食鸡子,以箸刺之,不得,便大怒,举以掷地。鸡子于地圆转未止,仍下地以屐齿蹍之,又不得。瞋甚。复于地取内口中,啮破即吐之。(《忿狷》)

这个故事很可能是"王思性急"的发展(见《三国志·魏书·梁习传》注引《魏略·苛吏传》)。王思在"执笔作书"时,"蝇集笔端,驱去复来",而怒起逐蝇,"不能得,还取笔掷地,蹋坏之"。这件小事,已把王思的性急刻画得入木三分了。王蓝田(王述)性急的故事与此很相似,却又更为曲折、逼真而传神。鸡子之圆形易转,确有不易刺中的特点。对性急的人,鸡子更能显现这种特点。怒而掷之于地,正发挥了它圆转不止的特点,对王述的性急,又是一种挑战,从而促使他更加性急。由于急不可待,一脚踏之不中,是完全可能的。这就激得他怒不可遏,抓在口中狠狠咬破后再吐掉。这比王思的性急显然大有发展。短短五十余字,用具体的行动,生动的形象，把个急性子的人写得淋漓尽致，神气活现。这就是《世说新语》的独到之处。

像描述王蓝田这样的传神之笔，《世说新语》中不仅甚多，且可说是全书写作上的主要特点。就这点来说，此书是很值得一读的，我们可从中得到许多写作技巧上的借鉴，而这些对今天的艺术创作还是颇为有益的。更值得注意的还在于，被视为笔记小说的《世说新语》，是基本上符合历史事实的艺术再现；也可以说，它是通过某些艺术加工写成的一部历史集锦。任何史书都不可能是绝对真实的，《世说新语》自不例外。但它是或掇拾旧闻，或记述近事而成，与纯属虚构的艺术创作不同，虽非字字有据，在总体上是有较高的真实性的。本书《轻诋》篇有一条可资佐证：

> 庾道季诧谢公曰："裴郎云：'谢安谓裴郎乃可不恶，何得为复饮酒！'裴郎又云：'谢安目支道林如九方皋之相马，略其玄黄，取其俊逸。'"谢公云："都无此二语，裴自为此辞耳。"……于此，《语林》遂废。

裴氏《语林》是早于《世说新语》的同类著作，既因记谢安语不实而废，其事又正为《世说新语》所载，岂非明明已注意到记言不实的前车之鉴了。本书以记两晋人物言行为主，下及刘宋（如谢灵运等），大都相去未远。如果著者不是打算书成再废，是不会毫无根据地胡编乱造的。

上举王述性急的故事，可以当作一个典型例子来研究。它既有相当离奇的故事情节，又很像是"王思性急"的故事的加工或改编，其真实性是难免令人生疑的。但历史上不仅确有王述王蓝田其人，且确是一个"以性急为累"（刘孝标注引《中兴书》语）的人。再查《晋书·王述传》，亦谓"性急为累"，也有食鸡子的记载，故事全同,只文字略异;他如王述每受职不让、对爱子大怒、旷淡不足等,虽"时人叹其性急而能有所容"(《忿狷》),总的看来,他正是一个急性人。既然王述的为人"以性急为累",则对鸡子的圆转"大怒""瞋甚",就是完全可能的了。即使这段描写在细节上有一定的加工,不仅仍不失其真实性,且更能突出人物的性格特征,应该说是可取的。

由于《世说新语》的记人记事,是在真实的基础上用简要的文字突出其特征,它就不仅在文学艺术上有其重要意义,还具有较大的史料价值。我们现在要了解魏晋士流、魏晋风度、魏晋玄学,以至整个魏晋时期的思想政治面貌,都是离不开《世说新语》所提供的史料的。全书以晋代人事为重点,论及汉魏以来六百多人,不少重要人物的各个方面都有一些记述。如谢安,在《德行》《言语》《政事》《文学》等二十五类中,共有一百多条记载;又如王导、桓温、刘惔、庾亮、王敦等,也各有大量记载。除了一些军政要人,其中还特别注重记录大量文学艺术家、玄学家、高僧佛徒,以及王妃、公主、妻妾等妇女的言行细闻,许多材料都是正史所难得而有重要历史价值的。有的人物,虽然正史有传,但往往不如此书所记生动具体,更不及其琐闻趣事。如上举王述,虽《晋书》有传,但《世说新语》所记十七条,本传只有其九,如果结合《晋书》未及的八条,就可能对其人了解得更加全面了。更为难得的是,所记六百多人中,不少是正史无传的。对于无足轻重的历史人物,自然是有既无益,缺亦无憾,但对我们很需要了解而不见史传的人,就较为珍贵了。这样的珍贵史料,《世说新语》中是不少的。

仅就我偶得的一例来看,许询就颇能说明问题。许询其人,大概是略知文学史的人所熟知的,特别是六朝文学的研究者,无不知其为玄言诗的代表作者之一。但知道他的什么情况呢?钟嵘《诗品序》谓其"文章似道德论",列之下品而评以"弥善恬淡之词",止此而已。此外,《晋书》无传,《文心雕龙》未置一辞,《文选》未选一字,查严可均《全晋文》,只辑得其《墨麈尾》《白麈尾》二铭;丁福保《全晋诗》,只得《竹扇》一诗二十字(逯钦立《晋诗》增残句二十字)。此外,《隋书·经籍志四》载"晋徵士《许询集》三卷,梁八卷,录一卷";《文选》江淹《杂体诗三十首》李善注引《晋中兴书》:"高阳许询,字玄度,寓居会稽,司徒蔡谟辟不起。询有才藻,善属文,时人皆钦爱之。"此外,许文雨《文论讲疏》注引《剡溪诗话》中曾举到许询诗句:"丹葩耀芳蕤,绿竹荫闲敞";"曲棂激鲜飚,石室有幽响"等,并谓为丁刊《全晋诗》失收。其实,这四句是江淹的拟作(见《文选》卷三十一《许徵君自序询》),并非许诗。

玄言诗在六朝文坛上盛行百余年之久,其影响不可谓不大。但是,我们现在对玄言诗或玄言诗人,除了借"淡乎寡味""平典似道德论"之类作简单否定外,要做稍具体一点的分析研究,就难免有资料不足的困难;只好人云亦云,让它"淡乎寡味"去了。这似乎是一种遗憾。在上举材料面前,我们确是束手无策的,但它提出了很值得思索的问题:既然有集八卷,则许询的作品当不会太少;既然"有才藻,善属文,时人皆钦爱之",当不会太坏;且江淹还有模仿之作,从上引《剡溪诗话》误举的几句来看,江淹素以善拟称著,应该是接近许诗原貌的,却又并非"淡乎寡味"的"道德论"。这样,就更增加我们对许询有进一步了解的必要了。

《世说新语》虽不能完全满足我们的需要,但其《言语》《文学》《赏誉》《品藻》《规箴》《栖逸》《宠礼》《轻诋》八类中,总计记述许询言行事迹二十条,在史所鲜载的情况下,就弥见珍贵了。加上刘孝标注引的部分材料,我们对许询就可得到一些较为具体的了解：

一、生卒年代：《规箴》篇说："王右军（羲之）与王敬仁、许玄度（询）并善，二人亡后，右军为议论更克。"王羲之卒于公元361年（一作379年），可知许询卒于王前。《文学》篇谓："许掾（询）年少时，人以比王苟子（修），许大不平"，因此二人发生一场较量高低的激辩。王修（334—357）只活了二十四岁（见《文学》注引《文字志》），许询和他辩论也在"年少时"，年龄当相去不远，最多长王五六岁。由此可知，许询必生于328年之后，卒于361年之前，他的一生约三十二三岁，参以刘注《言语》引《续晋阳秋》称许询"早卒"，是大致相符的。

二、家世：刘注引《续晋阳秋》："许询字玄度，高阳人，魏中领军允玄孙。"许允，《魏书》无传，据《夏侯玄传》注引《魏略》等，知其"字士宗，世冠族"，"为景王所诛"；"允二子：奇字子泰，猛字子豹"；"奇子遐，字思祖，以清尚称，位至侍中。猛式，字仪祖，有才干，至濮阳内史、平原太守"。许允的曾孙即许询的父辈则无闻。但刘孝标注引《许氏谱》提供一条线索："玄度母，华轶女也。"（《赏誉》）查《晋书·华轶传》，轶乃"平原人"。这就可以推知，许询之父，很可能是做过平原太守的许式之子。我们由此得知，许询虽出身"冠族"，祖上也世代官宦，但从许允以下均不见史传，特别是他的父亲更不知其为何许人也。余嘉锡《世说新语笺疏·言语》索得有关材料相当丰富，但其父名竟有四说：政、助、归、贩。余氏以《建康实录》之说为是。《实录》曰："询字玄度，高阳人。父归，以琅邪太守随中宗过江，迁会稽内史，因家于山阴。"此说虽有其合理性，但既难确证，又存在一些明显的矛盾。其一，《晋书·周札传》："王敦举兵攻石头，札开门应敦……顷之，迁右将军、会稽内史。"此事发生在322年，说明许归做会稽内史只能在 322 年之前。其后相继为会稽内史者为虞潭、王舒、王羲之等（均见《晋书》本传及《资治通鉴》）。而许询在 328 年之后才出生。其二，江州刺史华轶，多不受琅邪王教令；永嘉末，洛都失守，荀藩推琅邪王（即中宗司马睿）为盟主，轶又不从命，因追杀轶及其五子（见《晋书·元帝纪》及《华轶传》）。华轶之女乃许询母，如果即许归之妻，琅邪王岂能以归为会稽内史？其三，《建康实录》说许"以琅邪太守随中宗过江，迁会稽内史"，也于史不符。按西晋只有琅邪国，《晋书·地理志下》："琅邪国人随帝过江者，遂置怀德县及琅邪郡以统之"，则是过江后才置琅邪郡，才有琅邪太守。而《元帝纪》载："永昌元年……琅邪太守孙默叛，降于石勒。"这年便是 322 年，会稽内史已是周札了。以上三点说明：许询之父未必名归，也未必曾任琅邪太守或会稽内史。仅以传有四名可知，其父必非显贵人物。

三、交游行止：从《世说新语》的有关记载可知，和许询交往较多的有刘惔（丹阳尹）、王羲之（会稽内史、著名书法家）、支道林（高僧）、王修（中军司马）、谢安（太保、时寓会稽）、王濛（司徒左长史、画家）、司马昱（简文帝，时为会稽王）、孙绰（散骑常侍）等。这些都是当时名流，特别是丹阳尹刘惔和询的关系更为亲密。如《言语》载："刘尹云：'清风朗月，辄思玄度'"；《宠礼》谓："许玄度停都一月，刘尹无日不往。"许询除曾"隐在永兴南幽穴中"（《栖逸》），去丹阳在刘惔处住宿（《言语》），大都活动在会稽周围，如去会稽西寺与王修论理（《文学》）、在会稽山阴白楼亭与孙绰"共商略先往名达"（《赏誉》）等。

四、一生未仕：《世说新语》中有五处提到"许掾"，但他一生未仕，这个称谓是因他曾被征为司徒掾。《言语》注引《续晋阳秋》讲到"司徒掾辟，不就"。《品藻》注引《文章志》："（孙）绰博涉经史，长于属文，与许询俱有负俗之谈。询卒不降志，而绰婴纶世务焉。"当时的人比较孙绰、许询二人，在这点上更"重许高情"。许询有两种爱好，一是游山水，一是谈玄。《栖逸》中说："许掾好游山水，而体便登陟。时人云：'许非徒有胜情，实有济胜之具。'"有矫健灵便的身体而又兴致勃勃，应该说是一名古代的登山运动员。《言语》注引《晋中兴士人书》："许珣（询）能清言，于时士人皆钦慕仰爱之。"可见许询虽非当时玄坛高手，也还颇为士人所重。本书记其玄谈情况，有两条材料较为重要：一是前面已提及许询与王修辩高低之论，几经反复，许询最后请支道林裁评。支云："君语佳则佳矣，何至相苦邪？岂是求理中之谈哉！"《文学》篇还有一条：

> 支道林、许掾诸人共在会稽五斋头，支为法师，许为都讲。支通一义，四坐莫不厌心；许送一难，众人莫不抃舞。但共嗟咏二家之美，不辩其理之所在。

这两条很受古代思想史的研究者所重视，就以其不仅说明了许询与玄佛的关系，还反映了当时谈玄的情况，触及玄谈的实质、佛学在当时思想领域的地位和作用，以及玄学和佛学的关系等，都是值得注意的。许询不愿做官，屡辟不就，虽常与达官贵人相周旋，但多为同好，其所从事的，也主要是游山与谈玄。魏晋时期的所谓名士风度，也就于此见其大概了。

五、一代文宗：如果突然听到许询乃一代文宗之说，是要使人惊疑的。但这是史实。《文学》载："简文称许掾云：'玄度五言诗，可谓妙绝时人。'"注引《续晋阳秋》，则谓"询、绰并为一时文宗"。这个"一时文宗"，不过表示孙、许诗风盛极一时，而以他二人为代表。可是，既能成为"一时文宗"，其诗又"妙绝时人"，即使出于"知多偏好",却也不是毫无原因的。上引《续晋阳秋》同时又说:"询有才藻,善属文";《晋中兴书》也有同样的记载(已见上引);《言语》注引《续晋阳秋》更云:"许询……总角秀惠,众称神童。"上引三条,都是最早的晋史(《晋阳秋》即晋代的《春秋》),故可视为原始记录,其可靠性是较大的。刘孝标之注,征引大量史料而增《世说新语》的价值,是为公认。还可从另一角度看:刘注以大量史料为佐证,也有力地说明了《世说新语》的真实性。

《赏誉》中有两条讲到许询的才情。一为"人问刘尹:'玄度定称所闻不?'刘曰:'才情过于所闻。'"照刘惔看来,所谓"众称神童""妙绝时人"等,不仅并非虚名,且实际才情还要"过于所闻"。这可能有偏爱的成分,但就此条记录的真实性来看,正说明它是合情合理的:许有才名而更为知者所重。另一条是:

> 许掾尝诣简文,尔夜风恬月朗,乃共作曲室中语。襟情之咏,偏是许之所长;辞寄清婉,有逾平日。简文虽契素,此遇尤相咨嗟,不觉造膝,共叉手语,达于将旦。既而曰:"玄度才情,故未易多有许。"

简文的"妙绝时人"之评,正是其才"未易多有"的说明。但"妙绝时人"是对许询五言诗的称赞,此处则是"曲室中语"的清谈。这种清谈,和江左自夕达旦的玄谈风气分不开,却又并非论三玄以争理胜,而是在月明风清的衬托下,用清淡委婉的言语,表达自己的襟怀。这是颇富诗意的,简文由此联想到许询的才情就很自然了。其实,用"辞寄清婉"的言谈来表达"襟情之咏",本身就和诗分不开而充分显示了诗人的气质,又何况这"偏是许之所长"!我们不仅于此看到玄学和文学的关系,也由许询这个玄言诗的代表人物,结合"妙绝时人"诸评及其残存诗句,感到对所谓"玄言诗"

及孙、许诸人，不能仅凭"平典似道德论"的印象视之。

　　提出许询的以上情况，并非意在翻案。其人其诗，虽也稍有可取，但在文学史上是不可能有什么地位的。作为一例，企图借以说明的，主要是《世说新语》的史料价值。一个正史不载，史料不多的历史人物，我们可从中得到一些较为具体的认识。《世说新语》只记许询二十条尚且如此，在所记六百多人中，有多达七八十条以至百余条者，其提供的史料就更为丰富了。还不仅历史人物，关于汉晋期间的文学、语言、艺术、政治、思想、哲学、宗教等，其中都有大量记述。这些记述，不仅有很多比上述史料价值更为重要，且如鲁迅所说，此书乃"为赏心而作"，凡所记述，都有一定的生动性、趣味性，它本身就是选取可供"赏心"的人物言行，而用简洁隽永的文字写成的，所以成为当时笔记小说的代表作而对后世有深远的影响。因此，《世说新语》并非史书，而是有高度史料价值的文学作品。

（原载于《中国古典文学论丛》第 3 辑，人民文学出版社 1985 年）

玄学与文学

讲玄学与文学的关系，首先会想到"平典似道德论"的玄言诗，因而长期给人以不好的印象。早在四十年代之初，宗白华先生就论及老庄哲学、玄学对文学艺术的积极作用（见《美学散步》），近年来研究者注意于此的渐多。随着认识的逐步深入，玄学的形象也渐有所变了。但玄学和玄言诗的关系是无法回避的，因"中朝贵玄，江左称盛"，正好在玄风渐弱的晋宋之际，"庄老告退，而山水方滋"了。玄学固然不只和玄言诗有联系，它是否影响及整个六朝文学的发展呢？建安时期已进入"文学的自觉时代"，正始以后的玄学对文学的自觉有何作用呢？特别是玄学以老庄思想为主体，而《老》《庄》则再三强调"形若槁木，心若死灰"（《庄子》四见，《文子·道原》引《老子》也有此语）。无情无物是典型的老庄思想，它又怎会对文学艺术产生积极作用呢？这些复杂情况是有待研讨的，本文虽可尝试言之，也只能是提出问题而已。

历史上任何一种思潮都不是孤立出现的。魏晋玄学是在特定的历史条件下产生的特定思想。当时是儒而非儒，无道而有道的复杂情形，是复杂的魏晋现实决定的。因此，必须看到这时的老庄思想具有浓厚的时代特点，它不再是先秦老庄思想的原貌了，而是魏晋玄学。

自然观仍是魏晋玄学的轴心。但"自然"是和"名教"相对应的特殊概念，它是汉末儒衰之后，和儒家思想既斗争又调和的产物。嵇康的"越名教而任自然"，正着眼于二者的对立性。他认为儒教之于人，是"造立仁义以婴其心，制为名分以检其外"，人的思想行为被仁义道德所束缚，就是不自然。因此提出："六经以抑引为主，人性以从欲为欢；抑引则违其愿，从欲则得自然。"（《难自然好学论》）要求解除强加给人的礼教而任其自然，这个"自然"就含有自由的意义。

玄学家的"自然"，虽也包罗万象，却特别注重人，这是值得注意的。正因玄学的"自然"与儒家"名教"观念相应而生，它就必将和人、人性密切联系着。嵇康在《释私论》中用"越名任心"代指"越名教而任自然"，以"任心"代"任自然"并非偷换概念，其所论对象正是人，是人性的自然，而且不是泛泛的人和人性，特别是包括他们自己在内的、受礼教抑引检约的现实的人的自然。玄学家们讲自然，不仅把自己摆进去："故自然者，即我之自然"，认为人"虽区区之身，乃举天地以奉之"（郭象），甚至以"吾得为人，是一乐也"（《列子》）。正因发现了人的价值，注重自我，就更不愿受任何约束而求任其自然。《晋书》中讲到阮籍等人的"任性不羁""任达不拘""放情肆志""纵任不拘"者甚多，就是追求人的自然而付诸行动了。这类放任行为的成因虽很复杂，却是在"越名教而任自然"的思潮中涌现出来的。

魏晋文学艺术的大发展，人的觉醒是有重要作用的。人不再受制于人为的虚伪礼教而得任其情性，文学艺术就有其广阔无垠的自由天地了。这对文学的自觉道路是有促进作用的。但是，黄老虽渐兴于汉末，迄至正始，才出现"聃周当路，与尼父争涂"的局面。建安文学开始走上自觉的道路，主要是文学脱离了经学的附庸地位，和汉末"风衰俗怨"的社会现实决定的。所以，文学的"自觉"，也有"越名教而任自然"的意义，只是建安文人还未明确这点。晋代文学照刘勰看来，虽"力柔于建安"，却"采缛于正始"：前者决定于时势，后者则是文学艺术的发展。正始以后的六朝文学，都可说"力柔于建安"，玄学的消极作用是无庸讳言的。这里有必要强调的是：玄学对文学的消极作用和积极作用都有，而六朝文学的盛衰，却既不应完全归功于玄学，也不应完全归罪于玄学。就其有益于文的一面来看，玄学所起的作用是把人的"自然"上升为理性认识，从而对把握文学艺术的内部规律发挥了有益的作用。古代诗歌从主"言志"到"缘情"，正是一个标志。建安以前的诗，言情者已不少，但到陆机才第一次做了理性的表述。

"情"是文学的一大要素，没有情就没有文学。"心若死灰"的老庄思想，这时又死灰复燃了。这是人的觉醒的必然结果。秦汉文人何尝无情？但儒家用"发乎情，止乎礼义"加以限制，任其自然的情是不允许的。直到何晏，还讲"凡人任情，喜怒违理"。但不久以后，史称"雅好老庄之学"的向秀，就大讲其情的必要了。他在《答养生论》中强调："有生则有情，称情则自然得。若绝之而外，则与无生同，何贵于有生哉！"简直是不自由毋宁死了。正因以有生为贵，才如此重视情，并把情看得和生命同样重要。更值得注意的是要"称情"。否则就不自然，就"与无生同"。这是魏晋玄学的一大发展。王戎谓"情之所钟，正在我辈"，对纵情任性的魏晋士流，此话颇有代表性。

人不再受神或礼教的支配而求称情任性，这对文学艺术的影响是至为深刻的。文学创作的任务，主要就是抒发作者的思想感情。玄学家们称情任性的主张，正有助于发展文学艺术的这种特点。阮籍的《咏怀诗》就是咏其情怀而"情寄八荒之表"；张华则被目为"儿女情多"（均钟嵘评语）的作家；潘岳可谓"情洞悲苦"

"善于哀文"（刘勰评语）的专家；左思"咏古人而己之情性俱见"（沈德潜语）；刘琨"善为凄戾之词"（钟嵘语）；甚至似乎"浑身静穆"的陶潜，也敢于写倾心美女的《闲情赋》。到了南朝，刘勰总结为"情者文之经"，故文学创作应"为情而造文"；钟嵘则径称诗歌创作为"吟咏情性"。这种认识，至少和玄学家的重情是相通的，何况在玄风独扇的时期，不少人本身就亦玄亦文。

任情任性的另一必然趋向，是加深对作为人的自我认识。亦玄亦文者既是人，也就不会例外。玄坛名家殷浩有云："我与我周旋久，宁作我。"这种自我珍重，沿着自然即"我之自然"的轨迹，就启发艺术家们对"我"的独特性产生兴趣，从而促进艺术风格的发展，是有其内在联系的。晋代王廙是一个多才多艺的艺术家，其谓"画乃吾自画，书乃吾自书"，就是这种意识趋于明确的说明。到南齐张融，更声称"不恨我不见古人，所恨古人不见我"。王廙的书画，张融的草书，正有独自的艺术风格。齐末，刘勰提出了文学史上第一篇艺术风格的专论《体性》，认为艺术风格是"各师成心，其异如面"。古代的艺术风格论，其后虽还有某些发展，但到此已基本形成了。以自己的"成心"为师，其源正出《庄子》："随其成心而师之"；但风格论在这时形成，主要还是创作经验的积累，玄学的作用只在促其形成，而且是间接发挥其作用的。

玄学的自然观，不仅其任情性的主张从主观方面对文学艺术有深刻的影响，对客观的自然美的认识和追求，更有其明显的作用。

大自然的美是古今常存的，但在玄学家们的心目中，就格外亲切而感到"使人应接不暇"了。刘勰有云："物色相召，人谁获安"；"物以貌求，心以理应。"自然景物是否真有这种召感力呢？玄学家们是肯定的。司马昱入华林园，"觉鸟兽禽鱼自来亲人"；

王羲之写景："群籁虽参差，适我无非亲。"他们何以会有这种爱好大自然的强烈感情呢？这固可从《庄子》中找到渊源："山林与，皋壤与，使我欣欣然而乐与。"但主要仍是当时的历史铸成的。玄学家重自然，而正始以还的社会现实却是极不自然的。在"天下多故，名士少有全者"的昏暗恐怖社会中，只有虚伪、诡诈、丑恶、仇恨；与之相对的山水林园、花鸟虫鱼，就是最自然、纯美、真诚、可亲的了。陶渊明的"久在樊笼里，复得返自然"，就是很好的说明。王羲之晚年去官而游名山、泛沧海，竟痛快地说："我卒当以乐死！"和陶渊明的感受同是一理。自然界的自然美，就在这种情趣下被发现了。大好河山的自然美，又使"人情开涤"（王胡之），陶冶了亦玄亦文的一代人物。主客观的结合，不仅产生了大量的山水诗赋、书法、绘画，更由于山水"质而有趣灵"（宗炳），培养了艺术家们超尘脱俗的高雅情趣。这在文学艺术史上的深远意义，就无须备述了。

至于玄言诗，一方面不能不承认它是玄学史的败笔，一方面又不能不怀疑，钟嵘之评是否偏激一些，和他彻底否定声律相似？玄学本来就玄之又玄了，如果真是用诗来讲玄理，不仅不利于诗，对特重理胜的玄学家也是不利的。惜乎今存玄言诗不多，说者往往以"平典似道德论"为定论，这和上述玄学家的主自然、任情性、重自我、爱山水等是相抵牾的。其实，玄谈本身就并不是"淡乎寡味"的。《世说新语》的许多记载都能说明这点，如支道林讲《逍遥游》："作数千言，才藻新奇，花烂映发"，使王羲之听得"披襟解带，留连不能已"。所以颜之推批评这不过是作"娱心悦耳"之谈。玄谈本身尚能"娱心悦耳"，何独其诗必"淡乎寡味"？

不妨用一个具体例子来看。许询是玄言诗的代表诗人之一，据《世说新语》及刘孝标注提供的材料可知：一、其人"总角秀惠，众称神童";二、"好游山水,而体便登陟";三、其诗"妙绝时人",为"一时文宗";四、他和司马昱相会的一次具体情况是:"尔夜风恬月朗,乃共作曲室中语。襟情之咏,偏是许之所长;辞寄清婉,有逾平日。"这段记载就颇有诗情画意。一位既富才情,也好山水,更长于"襟情之咏"而又"妙绝时人"的诗人,何独其诗必"平典似道德论"?

还可得一旁证。江淹是一位以善模拟著名的作家,他和许询相去未远,当是熟谙其诗的。《文选》载江淹《杂体诗三十首》,其中拟许诗之句如"丹葩耀芳蕤,绿竹荫闲敞"等,显然与"道德论"大异其趣。又,刘勰也反对玄言诗,但较客观。他说:"简文勃兴,渊乎清峻,微言精理,函满玄席;淡思浓采,时洒文囿。"简文即司马昱,所论正是许询的活跃时期。既然许诗在当时"妙绝时人",则"淡思浓采"者,必有许在其中。所以,钟嵘之评是不应作简单理解的。玄言诗的案,以上所述是翻不了的,但所谓"玄言诗"不过是后世之称,未必完全是讲玄理的诗,也未必就全是"淡乎寡味"之作。因此,玄学与文学的这一矛盾,细究其实,即或有之,也是不会太严重的。

1985年除夕之
爆竹声中完稿

(原载于《文史哲》1985年第3期)

六朝经学的中衰与发展

皮锡瑞谓："经学盛于汉，汉亡而经学衰。"①这是治经学史者的传统观点。张衡早就讲到："愍文学之弛废，怀儒林之陵迟"②；魏明帝则说："兵乱以来，经学废绝。"③作如是论者，其后甚多。但从皮氏所说："郑（玄）学出而汉学衰，王肃出而郑学亦衰"，其故在"郑君为汉儒败坏家法之学"，王肃"效郑君而尤甚"④。我们反而由此看到：儒家经学在两汉之后虽是中衰了，但也有发展。不过从什么角度来看其兴衰，衰的是什么，发展的是什么，都应作具体分析。

一

首先考察其中衰的情况。《魏略》有云：

> 从初平之元，至建安之末，天下分崩，人怀苟且，纲纪既衰，儒道尤甚……正始中，有诏议圜丘，普延学士。是时郎官

---

① 《经学历史·经学中衰时代》。
② 《南阳文学儒林赞》，《全后汉文》卷五五。
③ 《三国志·魏书·明帝纪》。
④ 《经学历史·经学中衰时代》。

> 及司徒领吏二万余人,虽复分布,见在京师者尚且万人,而应书与议者略无几人。又是时朝堂公卿以下四百余人,其能操笔者未有十人,多皆相从饱食而退。嗟夫,学业沉陨,乃至于此!①

这是从汉献帝初到曹魏正始时期五十多年的儒学情况。满朝文武,已没有几人能提笔了,大家都"相从饱食而退",还有何经学可言!正始以后的十多年,并无任何好转。据《晋书·儒林传序》,西晋初年,晋武帝曾"修立学校,临幸辟雍",出现过"擅美一时"的短暂局面。但很快就"衅起宫掖",经八王之乱而使"衣冠礼乐,扫地尽矣"。整个晋代一百五十年的情况则是:

> 有晋始自中朝,迄于江左,莫不崇饰华竞,祖述虚玄。摈阙里之典经,习正始之余论,指礼法为流俗,目纵诞以清高。遂使宪章弛废,名教颓毁。②

降及南朝,宋、齐诸帝虽曾屡下《劝学诏》《崇孔圣诏》《兴学诏》等等③,但儒学之衰,已成江河日下之势,正如《南史·儒林传序》所说:

> 江左草创,日不暇给,以迄宋、齐,国学时或开置,而劝课未博,建之不能十年,盖取文具而已……大道之郁也久矣乎!

到了梁代,梁武帝曾诏开五馆,建立国学,置五经博士,重儒之风,略有恢复。据《南史·梁本纪》载,武帝于儒学也曾亲自"称制断

---

① 《三国志·魏书·王肃传》注引。
② 《晋书·儒林传序》。
③ 见《全宋文》《全齐文》。

疑",似乎重演了汉帝章、宣故事。但梁武帝是历史上著名的佛教皇帝,他已在置五经博士的前一年宣布佛教为国教,并多次舍身事佛,亲自宣讲佛经;即使他确有尊儒之意,也是把儒学置于佛学之下的"世间之善"而非"正道"。其《敕舍身事佛》说得很明确:"大经中说,道有九十六种,唯佛一道,是于正道……老子、周公、孔子等,虽是如来弟子,而为化既邪,止是世间之善,不能革凡成圣……若事外道心重,佛法心轻,即是邪见。"①周、孔为如来弟子之说,出魏晋佛徒伪造的《清净法行经》②。照萧衍这个佛教皇帝看来,周、孔既是为化已邪的"如来弟子",岂能事之"心重"? 他重儒的态度也就于此可知了。从宋文帝立儒、玄、史、文四馆之后,南朝某些帝王虽有重振儒学的意图,但儒学最多只有和玄、史、文、阴阳等并列的地位,比之汉代的定于一尊,自然是大为降低了。

这就是六朝期间儒道中衰的大概情况。这里须略加说明的是,史书上有的说法,容易引起对儒学衰微原因的误解。如上引《晋书》说渡江之后,学者"祖述玄虚……遂使宪章弛废,名教颓毁";又如干宝所论:"学者以庄老为宗而绌六经"③,都指儒学既衰之后玄学的作用。但如范宁之论:"时以浮虚相扇,儒雅日替,宁以为其源始于王弼、何晏,二人之罪深于桀纣。"④明确提出"源始"问题,就和上述情形不同了。后来钱大昕著《何晏论》,反对"罪深桀纣"之说,但认为:"以是咎嵇、阮可,以是咎王、何不可。"

---

① 《全梁文》卷四。
② 道安《二教论》曾引此说,见《广弘明集》卷八。
③ 《晋纪·总论》,《文选》卷四九。
④ 《晋书·范宁传》。

这都与史实不符。名教的颓毁,纲纪的废弛,远在汉末,怎能"源始"于王、何、嵇、阮呢?皮锡瑞谓"经学自汉元、成至后汉为极盛时代",其实,无论是汉代的纲纪或儒道,都从这个"纯任德政"的"极盛时代"就开始走下坡路了。到顺帝初,翟酺上言:"明帝时辟雍始成,欲毁太学,太尉赵熹以为,太学、辟雍皆宜兼存,故并传至今。而顷者颓废,至为园采刍牧之处。"①明帝虽未毁掉太学而幸存下来,但到顺帝之初已颓废成采野菜、牧牛羊的场所,其荒芜的程度也就可知了。到桓帝延熹五年(162),太学西门无故自塌,自然是年久失修所致。延熹九年(166),襄楷诣阙上疏有云:"太学,天子教化之宫,其门无故自坏者,言文德将丧,教化废也。"②襄楷此疏,言阴阳灾异者甚多,但对太学门自毁的分析,还是有道理的。一个培育封建官僚的最高学府,大门自毁而数年无人过问,则当时的太学,就只好任采牧者去耕耘了,岂非文德已丧,教化已废?经学之衰,至少是在汉末就很明显了,与王、何、嵇、阮是毫不相干的。必须明确这点,才不致模糊其衰废的真正原因。

称儒家著作为"经",《庄子·天运》中就有了:"丘治《诗》《书》《礼》《乐》《易》《春秋》六经,自以为久矣。"这时的"六经",不过指六种典籍。经,《说文》:"织纵丝也",把有关材料编织起来的书籍便是"经"。到了汉代,才赋以"常"的意思,进而把五经视为"五常之道"③。汉儒牵强附会地把儒经抬到无比崇高的地位,又从而阴阳五行化,谶纬神学化,目的是要用以统治人心,维

---

① 《后汉书·翟酺传》。
② 《后汉书·襄楷传》。
③ 《白虎通·五经》:"经所以有五何?经,常也,有五常之道,故曰五经:《乐》仁、《书》义、《礼》礼、《易》智、《诗》信也。"

护汉室政权。对汉代统治者来说,自然是不会甘心放弃这个重要的思想阵地而听其衰毁的。不仅汉代,从曹操下《修学令》以来,魏晋南北朝历代帝王,尚图振兴儒教者亦不在少数,有的甚至重新诱之以利禄,明令提出:"有能究极经道,则爵禄荣宠,不期而至。"①帝王如此,臣下岂能全不慕荣利?一切主观努力都难扭转儒学的江河日下之势,就应从社会现实和儒学本身两个方面找原因。

社会现实方面,主要是在汉末各种矛盾尖锐之下,农民起义遍及全国,从根本上动摇了日趋腐朽的汉室政权;统治阶级内部争权夺利,宦官、外戚和官僚集团之间的激烈斗争此起彼伏。京师的太学成了浮华交会的游谈之所。烦琐的章句之学,已难以为当时左右政局的任何政治集团效力,而不能不代之以直接参与政治斗争的品题清议。汉末的举士情况则如王符所说:

> 群僚举士者,或以顽鲁应茂才,以桀逆应至孝,以贪饕应廉吏,以狡猾应方正,以谀谄应直言,以轻薄应敦厚,以空虚应有道,以嚚暗应明经……名实不相副,求贡不相称。富者乘其财力,贵者阻其势要。以钱多为贤,以刚强为上。凡在位所以多非其人,而官听(职)所以数乱荒政也。②

这不仅反映了当时选士和官场的黑暗,还深刻地说明,汉代赖以笼络人心的"利禄之途"已遭到破坏。明经修行的老路既走不通了,又何必死抱住烦琐的五经章句不放呢?鱼豢所谓"天下分崩,人怀苟且",其实是不得已也。而在危机四伏,天下丧乱之下,统

---

① 魏明帝诏,见《三国志·魏书·高堂隆传》。
② 《潜夫论·考绩》。

治者已是朝不保夕,自顾莫遑了,当然谈不到振兴儒教。魏晋以降,天下分崩,时艰祚促,或图苟安,或务征战,要再兴儒教,困难就更大了。

再从儒学本身来看。汉代儒术之所以大盛,是和定于一尊而大开利禄之路分不开的。这就决定了它的愈盛就愈临近衰败。汉武帝置五经博士,弟子五十人,元帝时增至一千人,到汉末增至三万人,可谓盛矣。这就主要是利禄使然,而当时的读书人又只此一路可走。这样,无论是博士或弟子,其所教所学的内容,就不可能是真正的儒学,而只能是迎合统治者所需要的"儒术"。嵇康对此曾有所批判:

> 至人不存,大道陵迟,乃始作文墨,以传其意;区别群物,使有类族;造立仁义,以婴其心;制其名分,以检其外;劝学讲文,以神其教。故六经纷错,百家繁炽。开荣利之途,故奔骛而不觉。是以贪生之禽,食园池之粱菽;求安之士,乃诡志以从俗。[1]

嵇康认为儒家的仁义、名教,本身就是统治者用来束缚人的思想行动的。人并非生来就自然爱好这一套,只是统治者开荣利之途,使人为之奔驰而不觉。为学者既是出于"贪生""求安",为了满足其"荣利"之欲,就必然是"诡志以从俗"。这里虽然不是论述儒学之衰的原因,却有力地说明了儒学在"荣利之途"的诱惑下,必然走向上下相诳的庸俗道路。

汉代的"儒术",实际上是一种统治术。这种性质决定了汉代儒学兴盛的过程,也正是一个自杀的过程。其烦琐化、神学化、庸

---

[1] 《难自然好学论》,《嵇康集校注》卷七。

俗化等，无不是汉代儒学的这种性质决定的。因此，它愈益兴盛，就愈益烦琐化、神学化，就愈加走向衰亡。这种情形，班固已经看到一些了：

> 自武帝立五经博士，开弟子员，设科射策，劝以官禄。讫于元始，百有余年，传业者寝盛，支叶蕃滋，一经说至百余万言，大师众至千余人，盖利禄之路然也。①

> 后世经传既已乖离，博学者又不思多闻阙疑之义，而务碎义逃难，便辞巧说，破坏形体。说五字之文，至于二三万言，后进弥以驰逐。故幼童而守一艺，白首而后能言。安其所习，毁所不见，终以自蔽，此学者之大患也。②

所谓"后世"即指汉代。当时师弟之众，说经之烦，就是儒学"寝盛""蕃滋"的具体表现。这种"蕃盛"，不仅使学者从幼童到白首只能死守一艺，能言一经，且造成"终以自蔽"的"大患"。问题还在于，一个人在他的一生中，虽然"毁所不见"，若能通一经，也还是不错的。可是，当时"经传既已乖离"，大量的章句，不过是一些"碎义逃难，便辞巧说"的废话，这就更是当时"学者之大患"了。即使这样，班固还看到"后进弥以驰逐"的发展趋势，儒生们为了大量废话而耗尽毕生之力也在所不辞，"盖利禄之路然也"。汉代儒学的烦琐是这样，谶纬神学也是这样。既然统治者按照他们的需要而"劝以官禄"，就必然有愈来愈多的人跟在后面竞相驰逐。加之以汉代的独尊儒术而排斥异端，严守家法而必遵师传，汉代儒学就必然"终以自蔽"而走向衰毁。

---

① 《汉书·儒林传赞》
② 《汉书·艺文志·六艺略》。

二

汉代经学是有它一定的历史意义和成就的,上面只是说明其必然中衰的原因。以其"兴盛"的过程正是逐步走向它的反面来看,汉代儒术之"衰",就在一定程度上是儒学之"兴"的开始。如果它的"盛"主要表现在师弟之众、章句之烦以及大量的谶纬风行一世,那就必须这些东西的"衰",儒学才能有所"兴"和发展。在魏晋南北朝期间,儒道确是威信扫地了,儒经的社会地位大大降低了,从事经学研究的学者略无几人了;曹操公开重用"不仁不孝"之人,嵇康敢于"非汤武而薄周孔"。从这些现象来看,儒教确是中衰了。但首先应看到的是,魏晋以后经学之"衰",是"衰"掉了汉代师弟之众、章句之烦和谶纬神学;其次是应区别儒道、儒教和经学、儒学,不能混为一谈。历来讲六朝儒学之衰者,往往忽略了儒学和儒道的区别。六朝人蔑视礼法,纲纪不振,虽和儒学有关,但一是伦理道德,一是学术研究;伦理道德之衰并不等同于学术研究之衰,这和反对礼教、礼法并不等于反对经学、儒学是一样的。还有一点值得注意的是,儒学在中国古代有其特殊的地位,实际上它并不是单纯的一家之学。章学诚认为"六经皆先王之政典"是有道理的①。

所以,具体考察所谓"盛衰"的内容,分清"盛"的是什么,"衰"的是什么,不难发现历史上常说的六朝经学之衰是不很确切的。上引史书上的记载,就大都是讲儒道不振,"学业沉陨",蔑视礼法之类。魏晋以后的经学,在"天下分崩",战乱不已等原因之

---

① 《文史通义·易教上》。

下,确有过短暂的停滞或衰微,但总的来说,却是有所发展的。伦理道德、礼法名教,在某种情况下可以衰败,可以倒退,可以礼崩乐坏;经学则是对六经的研究,汉儒治经的成果可以继承,他们的教训可以吸取,在此基础上有所发展是不难的,至多是暂时的停顿,倒退则不可能。因此,魏晋南北朝期间的经学,只是发展的大小而已,并不存在衰退的问题。关于魏晋以后的发展,下面着重从治经方法和实际成就两个方面略予考察。

汉儒治经的主要特点,就是严守师法、家法。东汉鲁丕上疏论"说经"有云:

> 臣闻说经者,传先师之言,非从己出,不得相让。相让则道不明,若规矩权衡之不可枉也。难者必明其据,说者务立其义………法异者,各令自说师法,博观其义。①

这是主张解说经义者的意见不一,不能互相责让,只能各说自己的师法。因为说经者既是"传先师之言",就没有"相让"的必要。"非从己出",就是不允许说经者有自己的见解,只能一代一代转述"先师之言"。这正是"夫子步亦步,夫子趋亦趋"的老章程。这种规定在汉代是极为严格的,并有一系列具体措施来保证师法、家法的贯彻。如博士只能传授家法:"立五经博士,各以家法教授"②;考试考的是家法:"诸生试家法"③;经传须校以家法:"帝以经传之文多不正定,乃选通儒谒者刘珍及博士良史诣东观,各雠校家法"④;不守师法的不能做博士:"博士缺,众人荐(孟

---

① 《后汉书·鲁丕传》。
② 《后汉书·儒林传》。
③ 《后汉书·左雄传》。
④ 《后汉书·宦者列传·蔡伦传》。

喜。上闻喜改师法，遂不用"①；已经做了博士的，不守家法则取消博士资格："会颜氏博士缺，（张）玄试策第一，拜为博士。居数月，诸生上言玄兼说严氏、宣（冥）氏，不宜专为颜氏博士。光武且令还署"②。《张玄传》说他"少习《颜氏春秋》，兼通数家法"，这本是他能"试策第一"的重要原因，却又正因他"兼通数家法"而罢了博士官。

在汉代这种学家法、考家法、说家法、传家法、守家法的严重束缚下，大师也好，博士也好，太学生也好，都只能抱残守缺，儒学的发展是困难的。突破师法、家法的樊篱，便成了发展儒学的必要条件。历史事实完全证实了这点。在东汉后期儒教渐衰，师法、家法遭到破坏的过程中，儒学就开始发展了。魏晋期间，儒道更为不振，师法、家法进一步废除后，儒学在实际上有了更大的发展。显然，儒学的盛衰与这种治经的方法是分不开的。

《汉书·儒林传》载二十七家，大都有明确的师传关系。如施仇："从田王孙受《易》"；梁丘贺："从太中大夫京房受《易》"；高相："自言出于丁将军"；欧阳生："事伏生，授倪宽"；林尊："事欧阳高"；夏侯胜："从济南张生受《尚书》"；周堪："事大夏侯胜"；张山拊："事小夏侯建"；申公："事齐人浮丘伯，受《诗》"；毛公："治《诗》，为河间献王博士，授同国贯长卿"。以上十家，基本上反映了西汉儒生的授受情况：必学有师传而主治一经。

东汉儒林，一般仍继承前儒法式，但已开始有所变化。如任安："受孟氏《易》，兼通数经"；尹敏："初习欧阳《尚书》，后受古文（《尚书》），兼善《毛诗》《穀梁》《左氏春秋》"；景鸾："少随师学

---

① 《后汉书·儒林列传·孟喜传》。
② 《后汉书·儒林列传·张玄传》。

经,涉七州之地。能理《齐诗》、施氏《易》,兼受河洛图纬";何休:"精研六经,世儒无及者";许慎:"博学经籍";蔡玄:"学通五经"等①。这说明东汉儒生治经,已出现了明显的变化,就是兼通数经而不守一家之法。上举张玄的"兼通数家法"也是一例。从张玄因"兼通数家法"而取消博士资格可见,东汉的家法观念还是很浓厚的。上举诸例只说明东汉儒学已出现一种新的趋向,魏晋以后正沿着这种趋向发展,才逐渐有了经学的新貌。专治一经,必如班固所说:"安其所习,毁所不见,终以自蔽";这种方式,除死背师传,是一经也难通的。笃守一家而"传先师之言",即使学到"家",也不过回到"先师"的水平。只有博通诸经,才能融会贯通;只有兼取众长,才能推陈出新。所以,汉魏间的这一变化,是有其重要意义的。

《三国志》无《儒林传》。三国儒者首推王肃。此人负千载骂名②,主要就是破坏了汉儒家法。《王肃传》说他"年十八从宋忠读《太玄》,而更为之解"。则其自幼便不守师法了。又说:"肃善贾、马之学,而不好郑氏,采会同异,为《尚书》《诗》《论语》《三礼》《左氏》解,及撰定父朗所作《易传》,皆列于学官。"这显然与汉儒之专治一经、严守一家者大异。此外,当时的儒者,《魏略》以董遇、贾洪、邯郸淳等七人为"儒宗"。这些人大都"博学有才"。值得注意的是董遇。《魏略》说:"遇善治《老子》,为《老子》作训注。又善《左氏传》,更为作朱墨别异。人有从学者,遇不肯教,而云:'必当先读百遍';言'书读百遍,而义自见'"③。和汉儒的严守师

---

① 均见《后汉书·儒林列传》。
② 皮锡瑞称之"为经学之大蠹"(《经学历史·经学中衰时代》)。
③ 均见《三国志·魏书·王肃传》注引。

说比起来,董遇的"不肯教"而要求学者自己去求得"自见",就完全是反其道而行之了。王肃的"采会同异"和董遇的"百读自见",显然都比汉儒的治经方法高明得多。魏晋以后经学的发展,正表现为突破了汉儒因循守旧的陈腐观念和方法。当时不仅可以众采诸儒之说,且儒学与老庄佛道学说也在互相融汇中,促进了整个学术思想的大发展。这问题将以另文论述,这里只举一例:王弼注《易》,也是治经,他的《周易注》被后世尊为"独冠古今"①,主要就是超越儒经而采用《老》《庄》,这就一扫汉儒的陋习而开魏晋学者的新路了。

晋代儒生,博究通览的趋势,已蔚然成风。汉儒家法,这时已基本绝迹。儒学的师承关系,如续咸"师事京兆杜预",《晋书》中已不多见。晋儒大都不是专治一经,其"博学""博通""博览"者,除五经之外,更广涉诸子百家。晋儒中也有专精一经的,如自称"有《左传》癖"的杜预②,则可说是治《左传》的专家。但他是在"博学多通"的基础上精研一经的。王隐《晋书》说他:"大观群典……乃错综微言,著《春秋左氏经传集解》,又参考众家,谓之《释例》,又作《盟会图》《春秋长历》,备成一家之学。"③杜预治《左传》能"成一家之学"并流传至今,正是由博而专的结果。

到了南北朝时期,虽无大的发展,但比之汉代,在治经方法上仍有一定的长进。从《北史·儒林传》看,北儒稍重师承,但并无汉代严格的家法。儒者大都不专一经,如梁越"博通经传"、张伟"学通诸经"、刘兰"兼通五经"、李兴业"博涉百家"等。这在北儒

----

① 孔颖达《周易正义序》。
② 《晋书·杜预传》。
③ 见《三国志·魏书·杜恕传》注引。

中仍是较普遍的。值得注意的是《北史》称为"大儒"的徐遵明，不仅在北朝有较大的影响，且有其独特的治经道路。

> 年十七，随乡人毛灵和等诣山东求学。至上党，乃师屯田王聪，受《毛诗》《尚书》《礼记》。一年，便辞聪游燕、赵，师事张吾贵。吾贵门徒甚盛。遵明伏膺数月，乃私谓友人曰："张生名高而义无检格，凡所讲说，不惬吾心。请更从师。"遂与平原田猛略就范阳孙买德。受业一年，复欲去之。猛略谓遵明曰："君年少从师，每不终业。如此用意，终恐无成。"遵明乃指其心曰："吾今知真师所在矣，正在于此。"乃诣平原唐迁，居于蚕舍，读《孝经》《论语》《毛诗》《尚书》《三礼》。①

从这段经历可以想见北朝之儒风。颇重从师，但又不唯师是从。既可三易其师而不从，自然没有师法、家法可言。北朝有汉儒千里寻师的遗风，如张彤武"负卷从师，不远千里"；沈重"从师不远千里"②。徐遵明求师，何止千里？他对诸师都不满足，说明不是盲目从师，而有他自己的要求，最后找到"师心"自学的道路。这在传统守旧、尊师重道观念较浓的儒学领域，抛开经师而以自己的心为师，就是不要老师而自学，确乎是魏晋以来的新思想、新方法。

南儒和北儒的显著区别，是多读《老》《庄》，善谈名理。《南史·儒林传》中人物如：伏曼容"善《老》《易》"；顾越"特善《庄》《老》"；龚孟舒"善谈名理"等。从汉末至正始，玄风已盛，但此风反映到儒林，以《南史》为甚。魏晋时期读《老》谈玄的人虽很普遍，但《儒林传》中善《老》《庄》者，尚未见其人。《南史》不能不以善《老》《庄》者入《儒

---

① 《北史·儒林传·徐遵明传》。
② 均见《北史·儒林传》。

林传》,正是儒学发展至南朝的深刻变化。现以南朝名儒严植之的具体情况来考察这种变化的历史意义:

> 严植之……少善《庄》《老》,能玄言,精解《丧服》《孝经》《论语》。及长,遍习郑氏《礼》《周易》《毛诗》《左氏春秋》……天监二年,诏求通儒修五礼,有司奏植之主凶礼。四年,初置五经博士,各开馆教授,以植之兼五经博士。植之馆在潮沟,生徒常百数。讲说有区段次第,析理分明。每当登讲,五馆生毕至,听者千余人。①

天监(503—519)年间是南朝儒学最盛的时期,严植之则是这时的五经博士,梁武帝所开五馆的儒学馆主持者。他在南朝儒生中是有代表性的。严植之的特点,一是善《老》《庄》,能玄言;二是博通儒家诸经;三是讲说儒经,"析理分明",使"五馆生毕至"。这三点都有其特殊意义。儒博士而自幼善《老》《庄》,一人而兼"五经博士",都是儒学发展到南朝的特有现象。特别是"五馆生毕至",固然和严植之讲得精彩有关,但若所讲内容仅限于狭隘的儒经,或讲《礼》只能理解《礼》,讲《诗》只能认识《诗》,其他四馆之中是未必能"毕至"的。其能全部参加听讲,必有其相通之处而使各有所获。这就既是严植之博通众经,又善《老》《庄》的结果,也是魏晋以来各种学术思想大融合的历史趋势的必然反映。

汉代的博士经学,不仅对儒家以外的学说要"攻乎异端",即使同一儒经,不同的家法也是绝不相通的。因此,它只能是作茧自缚,把自己困死在烦琐章句和庸俗神学之中。历史潮流首先冲

---

① 《南史·儒林传·严植之传》。

溃了定于一尊的儒家地位，历魏晋而南北朝，一扫师法家法的残茧，由死守一经而博通群经，由采会同异而师心自见，由精研五经而傍综诸子百家。在这个过程中，儒学好像是失去了往日的尊荣而衰退了，实则在自身的解放、丰富中不断发展。

三

经学在此期间是否真有发展，当然还要看它的实际成效。首先据《隋书·经籍志》来考察、比较汉代和魏晋南北朝几种主要儒经的论著情况：汉代从公元前 206 至公元 220 年，共 426 年；魏晋南北朝从 220 到 581 年，共 360 年。通常把汉末建安时期的 24 年并入魏，仍是汉代比魏晋南北朝的时间长得多。但有关五经加《论语》的著作，汉代只有六十种，魏晋南北朝则多达二百五十三种，在汉代四倍以上。汉代著作可能到隋代已有不少遗失，但兵燹不断的魏晋南北朝，损毁亦不在少数。《隋志》是存亡并录，相去不会很大。另一个因素是汉儒多师传口授，到东汉以后才有大量书写成文的条件。这是史实，但适足以说明，经学的发展，是和整个社会物质文明的发展分不开的。所以，六十和二百五十三这个悬殊的比例，虽有某些客观原因，统计数也可能不很精确，仍不能不说经学在魏晋以后确有不小的发展。

东汉从和帝开始进入后期，到灵帝时，已经是它的末期了。两汉正统的"儒术"，这时大势已去。汉灵帝开鸿都门学，不仅与太学对立，实际上还凌驾其上，这是当时思想领域已发生变化的重要反映。桓、灵之际的清议，虽然带来政治上的禁锢，却解除了烦琐章句和博士经学对儒生的禁锢而下开魏晋清谈之风。儒术已失去控制人心的力量,桓帝时,宫中已"立黄老、浮屠之祠"①,最高统治者已对儒术失去信心而向佛老求助了;特别是儒学发展的重要因素:"学无常师",不守家法而博览综采②,汉末已开其端。"括囊大典,网罗众家"的郑玄,正是这方面的代表人物:

> 玄少为乡啬夫,得休归,常诣学官,不乐为吏,父数怒之,不能禁。遂造太学受业,师事京兆第五元先,始通《京氏易》《公羊春秋》《三统历》《九章算术》。又从东郡张恭祖受《周官》《礼记》《左氏春秋》《韩诗》《古文尚书》。以山东无足问者,乃西入关,因涿郡卢植,事扶风马融。③

这和汉儒的守一家之法、穷一经之义,显然是大异其趣的,而和魏晋以后的儒生走着相同的道路,只是后来在此基础上扩大到兼综诸子百家而已。郑玄能遍注《周易》《尚书》《毛诗》《仪礼》《礼记》《论语》《孝经》《尚书大传》等,凡百余万言④,成为汉代古文经学之集大成者,显然是和他能取新的经学道路分不开的。还有一段值得注意的记载:

> 时大将军袁绍总兵冀州,遣使要玄,大会宾客。玄最后至,乃延升上坐。身长八尺,饮酒一斛,秀眉明目,容仪温伟。绍客多豪俊,并有才说,见玄儒者,未以通人许之;竞设异端,百家互起。玄依方辩对,咸出问表,皆得所未闻,莫不嗟服。⑤

---

① 《后汉书·襄楷传》。
② 袁宏《后汉记·灵帝纪下》:"(申屠)蟠学无常师,博览无不通。"(卷二五)。
③ 《后汉书·郑玄传》。
④ 同上。
⑤ 同上。

这里充分说明,郑玄已非迂腐的纯儒,其"网罗众家"的,也就不会仅仅是儒家了。

据上述情形,不仅完全可视郑玄为汉魏经学过渡的典型人物,而且可说他已大异于汉儒而更近于魏晋学者了。郑玄如此,与之同时的赵岐、何休,也是相去不远的。以上情况,除说明《十三经》的汉人之注,除了毛亨均出汉末外,更显示了整个汉魏六朝经学发展的大势是后来居上,魏晋以后确有发展。这种发展,自然不可能直线上升,它必然会有某些短暂的迂回曲折。但向前发展的历史规律是不能改变的。《十三经注疏》无南北朝作者,或可说这是一个迂回时期。但唐人注疏大增,便又有了新的发展;而唐人的发展,又是和南北朝的大量论著分不开的。这有两个具体问题值得提出。

一、为《公羊传》作疏的徐彦为何时人?按《隋书·经籍志》有《春秋公羊疏》十二卷,不具姓氏。《唐书·艺文志》不载。宋《崇文总目》始著录而谓:"不著撰人名氏,或云徐彦。"徐彦为何时人?直到《四库全书总目提要》才"定为唐人"①。但王鸣盛以为"《公羊疏》必徐遵明作",并认为此疏"为各疏之冠"②。其后经洪颐煊、姚范、皮锡瑞等反复论证③,均以为出北朝徐遵明。主要根据有二:一是文风近六朝而与唐人不类。《四库提要》谓为"唐末之文体",但从《唐志》不载和唐末儒风尤衰,特别是查无实人等情况来看,可能性是极小的。二是其书开卷《汉司空掾任城樊何休序》的"司空掾"疏:"司空者,汉三公官名也;掾者,即其下

---

① 卷二六《春秋》类一。
② 《蛾术编》卷七《公羊传疏》。
③ 均见《经学历史·经学分立时代》。

属官也,若今之三府掾是也。"唯北齐有"三府掾"而唐无此官,则言"今之三府掾",是疏者为北齐徐遵明的力证。但查《北史·徐遵明传》有云:"又知阳平馆陶赵世业家有服氏《春秋》,是晋世永嘉旧写。遵明乃往读之,复经数载,因手撰《春秋义章》为三十卷。"服氏所传乃《左氏传》。徐遵明是否于《春秋义章》之外,另有《公羊传疏》,尚待进一步查证。

二、梁人皇侃有《论语义疏》。此书亡于南宋,可能在编纂《十三经注疏》之先;到清代乾隆年间,始由日本传回。这是南朝注经尚存的唯一著作。此书虽未辑入《十三经注疏》,但其中邢疏是在皇疏的基础上完成的,二疏相较,"互有短长"①。问题还在于,为经传作义疏,是经学的一大发展,而今存《十三经注疏》,全出唐宋人之手,则皇侃此疏,就未可轻视了。查《隋书·经籍志》所录各种义疏、讲疏近五十种,凡标注作者姓名的,全是南北朝时期之作。仅就这一点来说,此期经学仍是大为可观而有新发展的。

最后借范文澜的一段话为本文作结:

> 东汉古文经学以训诂章句纠正西汉今文经学的穿凿附会,是一个进步,魏晋经学以探求义理纠正东汉古文经学的琐碎寡要,又是一个进步。南朝开始有讲疏义疏,是魏晋经学的继续发展。②

大量的史实证明,范论是正确的。

(原载于《青海社会科学》1985年第1期)

---

① 《四库全书总目提要》卷三五《论语正义》。
② 《中国通史简编》修订本第二编第 426 页。

试论六朝时期儒道玄佛的斗争与融汇

汤用彤论魏晋玄学,屡称"新学"①。和汉代的独尊儒术及其章句之学相较,不仅魏晋玄学为历史上的新学,整个魏晋南北朝时期的学术思想与方法,都大异于汉而可谓之"新学"。如王弼注《易》,也是治经,也属经学,其所以被后世尊为"独冠古今"②、"数千载不废"③、"王弼之伟业"④等等,就要在于新。汤氏对此,已有详论。其谓:"《周易》新义之兴起,亦得力于轻视章句"⑤,显然和汉儒走着不同的道路。经过汉末以来的长期酝酿,从"魏之初霸,术兼名法",到正始而出现"聃、周当路,与尼父争涂"(《文心雕龙·论说》)的局面,儒道玄佛思想,以至诸子百家学说,在激烈的斗争中又互相融合,推动着整个六朝学术思想的发展。

---

① 见《魏晋玄学论稿》。
② 孔颖达《周易正义序》。
③ 钱大昕《何晏论》。
④ 见《魏晋玄学论稿》。
⑤ 同上。

一

　　六朝思想虽大异于汉,却与汉代思想有其必然联系;六朝思想虽呈纷纭复杂的状态,却又有其一以贯之的主线。这条主线不仅贯穿魏晋之后,还由两汉发展而来。汉初就存在黄老与儒术的尖锐斗争。汉武帝罢黜百家之后,各种"异端"思想和独尊儒术的斗争不绝于史。魏晋以后,实际上是这种斗争的继续,不过在这种斗争中,两汉以儒盛,六朝则或以玄盛,或以佛盛。汉儒把古代典籍据为一家之私以后,一方面以五经为至高无上的经典,确立了为封建统治者所宗奉的正统地位,使后世无论是玄学、佛学或理学,都难以摆脱和儒学的关系。另一方面又由于它的独尊地位,加速了自己的腐朽性,因而激起种种对立的异端思想。

　　早在东汉初年,冯衍就"孔老"并称,而谓"嘉孔丘之知命兮,大老聃之贵玄"了①。这个"知命",是"乐天知命"的意思,和老聃的"贵玄",已有一定的共同点。冯衍的这种思想虽由他的不得志而发,却说明随着时代的变化,人们是可以按照不同的需要来融合孔老而寻找新的思想武器的。稍后的傅毅,便"以显宗求贤不笃,士多隐处,故作《七激》以为讽"②。《七激》中的徒华公子"游心于玄妙,清思乎黄老"③,也反映了当时一部分人的思想变化:由于统治者(明帝)的"求贤不笃"而"士多隐处",这种思想在当时虽不普遍,却也不是绝无仅有的。当时的楚王英就是一个值得

---

① 《显志赋》,《后汉书·冯衍传》。
② 《后汉书·傅毅传》。
③ 《艺文类聚》卷五十七。

注意的例子:"英少时好游侠,交通宾客,晚节更喜黄老,学为浮屠斋戒祭祀。"①在光武诸子中,沛献王刘辅、东平宪王刘苍、琅邪孝王刘京,都"好经书""好经学"②,特别是刘辅,史称他"善说京氏《易》、《孝经》、《论语》传及图谶;作《五经论》,时号之曰《沛王通论》。"③而明帝又是一位"崇爱儒术"的统治者,何独刘英要好游侠而喜黄老呢?这就和他自己的具体处境有关了。在光武帝十一子中,唯刘英为许美人所生,加之"许氏无宠,故英国最贫小"④。因此,虽明帝大倡儒术而"正坐自讲",听者万计,刘英仍和乃兄走着不同的思想道路,终有"大逆不道"之谋而自杀。

到桓、灵之世,在宦官外戚专政,社会政治更趋黑暗,儒家思想进一步失去控制人心的作用之下,出现大量不满现实的异端思想,就更有其必然性了。如身当梁冀贵盛之际的周勰,梁冀"前后三辟,竟不能屈"。支持他的思想武器就是:"少尚玄虚……常隐处窜身,慕老聃清静,杜绝人事,巷生荆棘,十有余岁。"⑤稍后的向栩,也是公府屡辟不应,而"恒读《老子》,状如学道。又似狂生,好被发,着绛绡头"⑥。此人终被宦官头子张让诬为张角的"内应"而杀。其读《老》"似狂",也就于此可知了。值得注意的是,桓、灵之际不仅臣民如此,最高统治者也向黄老、浮屠求助了。"桓帝时,宦官专朝,政刑暴滥,又比失皇子,灾异尤数,延熹九年,(襄)楷自家诣阙上疏"有云:

---

① 《后汉书·光武十王列传》。
② 同上。
③ 同上。
④ 同上。
⑤ 《后汉书·周举(附勰)传》。
⑥ 《后汉书·向栩传》。

又闻宫中立黄老、浮屠之祠。此道清虚,贵尚无为,好生恶杀,省欲去奢。今陛下嗜欲不去,杀罚过理,既乖其道,岂获其祚哉!或言老子入夷狄为浮屠。浮屠不三宿桑下,不欲久生恩爱,精之至也。天神遗以好女,浮屠曰:"此但革囊盛血",遂不眄之。其守一如此,乃能成道。今陛下淫女艳妇,极天下之丽,甘肥饮美,单天下之味,奈何欲如黄老乎?①

这篇上疏的背景是:一,延熹九年诏:"比岁不登,民多饥穷,又有水旱疾疫之困。盗贼征发,南州尤甚。灾异日食,遣告累至。"②二,上疏正是大捕"党人"李膺等二百余人下狱的前夕;三,桓帝一朝(147—167),159年以前由梁冀一家执掌朝政,159年桓帝联合宦官杀梁冀之后,大权又为宦官独揽了。桓帝就是在这种形势下寄望于佛老的:前一年,"使中常侍管霸之苦县,祠老子";当年秋,"祠黄老于濯龙宫"③。从襄楷的上疏,还可看到两个明显的情况:一是桓帝的既"极天下之丽""单(殚)天下之味",却信清虚无为、"省欲去奢"之教;一是襄楷的借黄老之教以规劝桓帝。则无论是图用以理政、享乐或规劝帝王,都是借重黄老了。

到了献帝时期,汉王朝的统治已被黄巾大起义的风暴摧毁了。从董卓拥立刘协开始,大汉帝国的尾声,就在军阀混战中结束了。这时的儒家思想,几乎是扫地以尽,黄老思想自然更有新的发展。这里只举一例:"时人或谓之狂生"的仲长统④。其诗有云:

---

① 《后汉书·襄楷传》。
② 《后汉书·桓帝纪》。
③ 同上。
④ 《后汉书·仲长统传》。

寄愁天上,埋忧地下。叛散五经,灭弃《风》《雅》。百家杂碎,请用从火。抗志山栖,游心海左。元气为舟,微风为枻。敖翔太清,纵意容冶。①

这种思想和对现实的态度,完全可以谓之魏晋风度了。其忧愁无处发泄,只得寄之上天,埋之地下,如何不使人发"狂"?《风》《雅》五经都无济于事了,于是乘元气而遨翔太清,"思老氏之玄虚……消摇一世之上,睥睨天地之间。不受当时之责,永保性命之期。如是,则可以陵霄汉,出宇宙之外矣"②。这就和魏晋盛行的老庄思想没有多大区别了。从仲长统的《昌言》看,他是颇有政治理想的,其所以思慕老庄而至于被"谓之狂生",主要是当时的社会现实造成的,史称其"每论说古今及时俗行事,恒发愤叹息"③,正是这个原因。

以上史实说明:

一、六朝思想虽异于汉而为新学,却是由汉代逐步发展下来的。不少六朝时期的思想意识,都可在汉代(特别是后期)看到它的雏形。如不满现实或不得志者的逃世疾俗,对佛老抱某种幻想而求精神寄托等。

二、汉人崇黄老、尚玄虚的具体原因虽各有不同,但有一个共同的决定因素,就是社会现实。有的虽是个人的具体遭遇使然,但其所遭所遇的,仍是具体的社会环境。汉魏之变,大而言之,是由治而乱,从汉末大乱到南北朝,天下分崩,人怀苟且,佛老思想的发展,就有了更为适宜的土壤。

---

① 《后汉书·仲长统传》。
② 同上。
③ 同上。

汉魏思想的演变,当然还有其本身的原因。在东汉以儒家思想为基础的名教之治逐步动摇之后,由汉末清议发展为魏初的名理之学,然后演变而为魏晋玄学,正说明了汉魏之际的重要联系。这个变化过程,一般思想史、哲学史都有详论。

六朝思想发展的大势是:魏晋以玄盛,东晋至南北朝以佛盛。其具体情况则是相当复杂的。如魏初尚名法;玄学不仅杂糅儒道,且多用墨辩;汉末产生于民间的道教,到东晋初的葛洪,发展成许多世家大族所崇奉的贵族道教[1]。所有这些又是在极其错综复杂的交织中发展的。如葛洪一人,既兼综儒道,他的儒学又杂以名法。到了南北朝时期,又出现了哲学史上称之为"三教鼎立"的局面[2]。

所谓"三教",指儒、道、佛三教。南北朝时期,"三教"并称,已屡见载籍。如梁武帝有《会三教》诗;陶弘景有"百法纷凑,无越三教之境"之说[3];简文帝有《和会三教》诗;北周武帝曾"集群官及沙门道士等……辨释三教先后"[4];李士谦曾与人讨论"三教优劣"[5]。儒道佛不仅并存于这个时期,有的信奉者甚至一身而三任,梁武帝便是一个典型。他除了大倡佛教,正式下令宣布:"道有九十六种,唯佛一道,是于正道"[6],使佛教发展到全盛时期外,对儒学也曾有过一番整饬:

---

[1] 南北朝时期世奉天师道的大族有琅邪王氏、高平郗氏、兰陵萧氏、清河崔氏、京兆韦氏等。见王仲荦《魏晋南北朝史》下册第790页。
[2] 见孙叔平《中国哲学史》上册第381—382页。
[3] 《茅山长沙馆碑》,《艺文类聚》卷七十八。
[4] 《北史·周本纪下》。
[5] 《北史·李孝伯传》。
[6] 《敕舍道事佛》,《全梁文》卷四。

至梁武创业，深愍其弊（指魏晋以来儒学的衰败）。天监四年，乃诏开五馆，建立国学，总以五经教授，置五经博士各一人。……馆有数百生，给其饩廪，其射策通明经者，即除为吏，于是怀经负笈者云会矣。又选学生造就会稽云门山，受业于庐江何胤，分遣博士、祭酒，到州郡立学。七年，又诏皇太子、宗室、王侯始就学受业，武帝亲屈舆驾，释奠于先师先圣，申之以谦语，劳之以束帛，济济焉，洋洋焉，大道之行也如是。①

所有这些，比之梁武帝的数次舍身事佛，定佛教为国教，直到临死之前，"虽在蒙尘，斋戒不废"②，他对佛教自然是更为虔诚和重视，但六朝儒学，这时也可算是一个中兴时期了。梁武帝不仅以一手抓佛，一手抓儒，对于道教，也是相当重视的。《隋书·经籍志四》说："武帝弱年好事，先受道法，及即位，犹自上章，朝士受道者众。三吴及边海之际，信之逾甚。"则他不仅自幼奉道，即帝位后还影响及朝野许多信众。其《会三教》诗云：

少时学周礼，弱冠穷六经，孝义连方册，仁恕满丹青，践言贵去伐，为善存好生。中复观道书，有名与无名，妙术镂金版，真言隐上清，密行贵阴德，显证表长龄。晚年开释卷，犹日映众星，苦集始觉知，因果乃方明，示教唯平等，至理归无生。分别根难一，执著性易惊，穷源无二圣，测善非三英。③

这首成于"晚年"的诗说明，萧衍对儒道佛三教都是肯定的：儒以

---

① 《南史·儒林传》。
② 《南史·梁本纪中》。
③ 《全梁诗》卷一。

饰仁孝,道以求长生,佛以图因果,在满足帝王的需求上,完全可以并行不悖。其"少""中""晚"年,是各有不同的侧重点,所以在晚年溺佛中有"无二圣""非三英"的观点。这也无非佞佛而已。虽以佛为太阳,儒道则是"众星",仍是可并存的。当范缜的《神灭论》击中佛道的要害时,萧衍就放弃"非三英"的观点而大讲"三圣设教,皆云不灭"了①。这个"三圣",就是儒道佛三教之圣。梁武帝于天监三年(504)下《舍道事佛》令,称"三圣设教"是天监六年(507)以后的事,这说明他并未真的"舍道",其思想深处仍是三教并存的。从萧衍和当时著名道教徒陶弘景的关系中,可进一步了解他对道教的态度:

> 武帝既早与之(陶弘景)游,及即位后,恩礼愈笃,书问不绝,冠盖相望。弘景既得神符秘诀,以为神丹可成,而苦无药物。帝给黄金、朱砂、曾青、雄黄等。后合飞丹,色如霜雪,服之体轻。及帝服飞丹有验,益敬重之。每得其书,烧香虔受。帝使造年历,至己巳岁而加朱点,实太清三年也。帝手敕招之,锡以鹿皮巾。后屡加礼聘,并不出……国家每有吉凶征讨大事,无不前以咨询。月中常有数信,时人谓之山中宰相。②

对一个道教徒的书信,要"烧香虔受",其诚敬可知;国家大事无不咨询道徒,"礼聘"不得而成了"山中宰相",其敬重程度,也就无以复加了。据陶传所载,直到中大通初(529),陶弘景还向梁武帝献宝刀二柄,这已是陶弘景的晚年,可知萧衍和他的交往是终其

---

① 《敕答臣下神灭论》,《全梁文》卷五。
② 《南史·隐逸传·陶弘景传》。

一生的。陶弘景晚年也受戒为僧,所以死后僧道共同给他守灵治丧。本传载其论著,也有《孝经》《论语集注》等,《隋书·经籍志一》又载其《三礼目录注》等。所以,陶弘景这个道教徒,也是兼及儒佛的。

陶传又说:"大同末,人士竞谈玄理。"玄谈虽盛于晋而南朝未息,梁世尤甚。颜之推尝云:

> 何晏、王弼,祖述玄宗。……洎于梁世,兹风复阐。《庄》《老》《周易》,总谓"三玄"。武皇、简文,躬自讲论。周弘正奉赞大猷,化行都邑,学徒千余,实为盛美。元帝在江、荆间,复所爱习,召置学生,亲为教授,废寝忘食,以夜继朝。[①]

梁武帝、简文帝、梁元帝,都"躬自讲论""亲为教授",则当时朝野人士"废寝忘食"地"竞谈玄理",自然是不足为奇的。在玄学史上,齐梁虽近尾声,但这种盛况,却是前所未闻的。因此,萧梁时期不仅三教鼎立,玄谈之风,也畅行其间。儒道佛玄同时并存,虽在梁代较为突出,却是魏晋以来的普遍现象,只不过各种思想在不同的时期有程度不同的反映。在独尊儒术的汉代,虽也不断有种种异端思想出现,但不仅是少数人的思想,还随时有被视为"非圣无法"而遭杀头之祸的危险。六朝时期的最高统治者既"三圣"并称,自然和汉代的思想状况大不一样了。

二

各种思想同时出现之后,是不可能和平共处的。不仅儒与

---

① 《颜氏家训·勉学》。

玄、儒与佛、佛与玄、佛与道、道与佛之间存在许许多多的矛盾斗争，儒、道、佛、玄内部也往往因见解不一而进行长期的争论，如玄学中的"贵无"与"崇有"，佛学中的"六家七宗"等。至于各家之间的辩论，如名教与自然的关系、夷夏之论、本末之争、内外之辨以及有君与无君、神灭与神不灭等，更是举不胜举。对于这些纷纭复杂的思想现象，这里不作具体论述，下面只着重探讨六朝期间各种思想的发展在古代理论史上的意义。

  这个时期的思想、理论，虽然多种多样而错综复杂，但有一条主线是贯穿始终的：在汉代，是儒家思想和各种异端思想的斗争；在六朝，仍是儒家思想和佛道玄学的斗争。儒家思想的正统地位，此期内虽曾有所动摇，但无论是一度取得优势的道家思想或佛教思想，都不可能绕过或避开根柢槃深的儒家思想而独立发展。儒家以外的任何思想学说，要在中国古代社会畅行无阻是不可能的。或者遭到强烈的抵制，或者进行尖锐的辩论，或者作必要的妥协，或者曲为之解，于异中求同。总之，大都是在和儒家思想打交道中发展演变的。魏晋以来的许多论题正以此为轴心。老庄思想通过对《周易》《论语》的注解而得以发展成"蔚为大国"的玄学；没有《周易》，盛极一时的玄学是很难形成的。名教与自然的同异离合论，实际上就是研究儒家思想和老庄思想的种种关系。佛教是一种外来的宗教，其教旨教义不见儒家经传，不依附于华夏固有的思想言论，是很难立足和广布的。所以，其传入之初，不能不依附于东汉的道教。魏晋以来，不仅依附于当时盛行的玄学，且西来高僧多精研儒学。汤用彤于此颇有详论：

    释家性空之说，适有似于《老》《庄》之虚无。佛之涅槃寂灭，又可比于《老》《庄》之无为（高世安、支谦等俱以无为译涅槃）。而观乎本无之各家，如道安、法汰、法深者，则尤兼善内外。如竺法深之师刘元真，孙绰谓其谈能雕饰，照足开曚。盖亦清谈之人物。故其弟子法深，能或畅《方等》，或释《老》《庄》。而支公盖亦兼通《老》《庄》之人。因此而六朝之初，佛教性空本无之说，凭藉《老》《庄》清谈，吸引一代之文人名士。①

魏晋佛学凭藉玄学而得以发展，汤史曾多处论及，仅上引一段，已足说明这一史实了。而玄学本身又是凭藉儒学发展起来的，经过魏晋时期名教与自然同异离合的大辩论，名教与自然合一派逐渐取得优势，也就是儒教和老庄思想在一定意义上被当时的思想家们统一起来了。东晋袁宏有云：

> 夫君臣父子，名教之本也。然则名教之作何为者也？盖准天地之性，求之自然之理，拟议以制其名，因循以弘其教，辩物成器，以通天下之务者也。是以高下莫尚于天地，故贵贱拟斯以辩物；尊卑莫大于父子，故君臣象兹以成器。天地无穷之道，父子不易之体。夫以无穷之天地，不易之父子，故尊卑永固而不逾，名教大定而不乱，置之六合，充塞宇宙，自今及古，其名不去者也。未有违失天地之性，而可以序定人伦矣；失自然之理，而可以彰明治体者也。②

按照这种观点，名教和自然不仅完全一致，且更能把儒家的伦理道德说成是天经地义、永固不逾的。这种观点在晋代玄论中是很多的。唯其值得注意的，以上所引是历史家的观点，是史书中的

---

① 《汉魏两晋南北朝佛教史》1983年版第172页。
② 《后汉纪》卷二十六。

史论。它不仅反映了名教与自然可以统一起来的思想在当时已很普遍,还说明在这种统一中,儒家思想占了上风。从这个意义上看,任继愈先生认为:"南朝佛教最初以玄学的附庸资格出现,而玄学本身就是儒家的封建伦理思想的另一种表现方式。也可以说玄学是以老庄思想为外衣而骨子里是儒家封建伦理道德的积极支持者。"①就是很有道理的了。据此,则其论"佛教与玄学的亲密联系",其实主要就是佛与儒的联系。因此,不仅一些佛教信徒认为:"周、孔即佛,佛即周、孔"②,"孔、老、如来,虽三训殊路,而习善共辙也"③;有的帝王也相信佛教"妙训渊谟,有扶名教"④。当然,晋宋以来反对这种意见的论者也很多,但争论的焦点则集中在名教与自然的关系这个问题上。汤用彤先生早就讲到过这点:"若论佛学与其它思想的争论,或'内学'与'外教'的关系,其主要问题还是'自然与名教之辨'。"⑤

从以上情形来看,魏晋南北朝期间的思想理论虽较复杂,但其发展主线就是对名教和自然的关系的研讨,此期开展的许多重要争论,无不与此有关。这条主线自然是从汉代发展下来的,从儒家与儒家以外各种思想的斗争这个角度来说,则基本上是一致的。这种情况,显然是魏晋以后思想理论能有某些发展的重要原因。

这里存在的问题是:无论老庄之道或佛道,至少在出世与入

---

① 《汉唐佛教思想论集》1981年版第30页,参见第25—26页所论。
② 孙绰《喻道论》,《全晋文》卷六十二。
③ 宗炳《明佛论》,《全宋文》卷二十一。
④ 宋文帝《招集旧僧令》,《全宋文》卷九。
⑤ 《魏晋思想的发展》,《魏晋玄学论稿》第130页。

世上和儒道有截然不同的思想主张,由此而有一系列无法相容的教义和理论。当时能够得到一定程度的调和与统一,可说是六朝时期理论上的奇迹。老庄也好,佛教也好,无论当时有何具体原因(如所谓"三玄"的形成,佛书翻译的"格义"之类),如果完全坚持其异于三纲五常的东西,完全与儒教敌对起来,就不可能既有帝王的亲自讲玄说佛,又有广大的信众施主(包括不少儒学世家)。所以,他们不能不费尽心机来求同存异,促使他们从理论上探索足以服人的东西。这对六朝理论的发展,不能没有一定的作用。但是,各家思想在当时的融会,并不是理论游戏的结果,主要还是由当时的社会现实决定的。

阶级社会的一切宗教和学说是为阶级服务的。儒学在汉代是统治术,玄、道、佛则是在魏晋南北朝的历史情况下的统治术。逐步僵化的儒术,在汉末大乱中失去了控制人心的作用。在其后三百多年的动乱现实中,阶级矛盾、民族矛盾、统治阶级内部矛盾此起彼伏,十分尖锐。所谓"天下多故,名士少有全者"①,这个时期遭杀害的文人如孔融、祢衡、路粹、杨修、丁仪、丁廙、何晏、韦昭、夏侯玄、嵇康、吕安、张华、潘岳、陆机、陆云、郭璞、刘琨、卢谌、殷仲文、谢混、谢灵运、谢晦、谢朓、范晔、鲍照、王融、丘巨源、萧绎、郦道元等举不胜举。这说明当时的政治是十分黑暗恐怖的。至于广大人民群众遭受的苦难就更为深重。现实迫使他们对宗教迷信产生某些幻想,对老庄思想中的向往古朴和厌世主义发生兴趣;而统治阶级则企图借助其中某些东西来麻痹世人,愚弄民众。在世族地主专政的六朝时期,掌握思想工具、对各种思想有解说权的,多是统治阶级及其御用文人。这就决定了:名教和自

---

① 《晋书·阮籍传》。

然虽有一定矛盾,最终必将使之统一而服从名教。为了有效地欺骗人民,使各家之说成为更有利于统治阶级的思想工具,他们必然要积极地施展其最大能耐,以求理论上的自圆其说。这对本期思想理论的发展,也不能不产生一定的刺激作用。

道教和儒家的政教思想虽然不一,但历来矛盾不大。老庄和佛道怎样和名教统一而为世俗政治教化服务呢?略举数例如下:

> 以智而治国,所以谓之贼者,故谓之智也。民之难治,以其多智也。当务塞兑闭门,令无知无欲。①

> 夫安身莫若不竞,修己莫若自保;守道则福至,求禄则辱来……离其致养之至道,窥我宠禄而竞进,凶莫甚焉。②

> 夫众不能治众,治众者至寡者也。夫动不能制动,制天下之动者,贞夫一者也。(邢璹注:天下之动,动则不能自制。制其动者,贞正之一者也。《老子》曰:"王侯得一以为天下贞。"然则一为君体,君体合道,动是众,由一制也。)③

> 君臣上下,手足外内,乃天理自然,岂真人之所为哉?……夫时之所贤者为君,才不应世者为臣,若天之自高,地之自卑,首自在上,足自在下,岂有递哉?虽无错于当而必自当也。④

这样的东西当时很多。企图让老百姓无智无欲,不要争禄竞利;贫困和愚昧者,只能安于现状,守以至死;少数人为统治者,多数人为被统治者,是天经地义,合理合法的;君臣上下,尊卑有定,也

---

① 王弼《老子注》六十五章。
② 王弼《周易·颐注》。
③ 王弼《周易略例·明象》。
④ 郭象《庄子·齐物论》注。

是自然而必然的道理。这些理论,是在给《老子》《庄子》《周易》作注中提出的,亦即魏晋时期的所谓"老庄思想"。在这种"老庄思想"中,不仅没有老庄的消极遁世思想,对于作为统治者的思想工具来说,却有为儒家思想所不及的积极作用。根本原因就在于,其实质仍是一种统治术。这种实质决定了不仅老庄思想如此,佛道思想也必然如此:

> 周孔救极弊,佛教明其本耳,共为首尾,其致不殊。①
>
> 故悦释迦之风者,辄先奉亲而敬君;变俗投簪者,必待命而顺动。若君亲有疑,则退求其志,以俟同悟。斯乃佛教之所以重资生,助王化于治道者也。②
>
> 常以为道法之与名教,如来之与尧孔,发致虽殊,潜相影响;出处诚异,终期则同。……天地之道,功尽于运化;帝王之德,理极于顺通。故虽曰道殊,所归一也。③
>
> 颜延年之折《达性》,宗少文之难《白黑论》,明佛法汪汪,尤为名理,并足开奖人意。若使率土之滨,皆纯此化,则吾坐致太平,夫复何事。④

照这些说法,佛法和名教不仅并无矛盾,而且是共为首尾,相辅相成的。佛教既可以"助王化于治道",又"其致不殊""终期则同",有殊途同归的一致性,似乎有共同的目的。如果这种说法并不错,那就是在作为"统治术"这个基本点上。因此,最高封建统治者企图运用这种统治术来推行全国而"坐致太平"。宗教的作用

---

① 孙绰《喻道论》,《全晋文》卷六十二。
② 慧远《沙门不敬王者论·在家》,《全晋文》卷一六一。
③ 慧远《沙门不敬王者论·体极不兼应》,《全晋文》卷一六一。
④ 何尚之《列叙元嘉赞扬佛教事》引宋文帝语,《全宋文》,卷二十八。

是否真有这样大,自然是统治者的幻想,不过按照他们的骗术来"使率土之滨,皆纯此化",确是可以麻痹不少信众的。这种作用,何尚之说得比较具体。他鼓吹慧远法师的说教,以"释氏之化"与王道皇政"并行四海",则"成康文景"之治,都不足为奇了:

> 窃谓此说,有契理奥。何者?百家之乡,十人持五戒,则十人淳谨矣;千室之邑,百人修十善,则百人和厚矣。传此风训,以遍宇内,编户千万,则仁人百万矣。……夫能行一善,则去一恶;一恶既去,则息一刑。一刑息于家,则万刑息于国。四百之狱,何足难错;雅颂之兴,理宜倍速,即陛下所谓"坐致太平"者也。①

在这种"坐致太平"的具体途径中,关键是在使人"淳谨""和厚",也就是老老实实服从统治,能人人如此,统治者岂不就可"坐致太平"了?至于所谓"五戒"(戒杀生、偷盗、邪淫、妄语、饮酒)"十善"(不杀生、偷盗、邪淫、妄语、两舌、恶口、绮语、贪欲、瞋恚、邪见),任何统治者是不会诚心遵守的。但对多数信众则是很有治世作用的戒条。这样,佛法自然就成了当时颇受重视的统治术。

老庄思想和佛法都成了六朝期间重要的统治术,固然由于它们只有如此才有容身之地,并得以发展和盛行。但无论是名教和自然的关系,还是儒老道佛的教旨,本身并不是契合无间的。和尚就得出家,方外之士便难行"济俗为治"之道;梁武帝既要做虔诚的佛徒,又要做皇帝,就无法把二者统一起来,四次舍身同泰寺的闹剧,除骗取臣民大量钱财外,只有四次暴露他仍要做皇帝的效果,其虚伪性是很明显的。至于"不孝有三,无后为大"(《孟

---

① 《列叙元嘉赞扬佛教事》,《全宋文》卷二十八。

子·离娄上》)之类儒教,更是巧辩的僧徒所难自圆其说的。自然和名教的关系,王弼尚在吞吐其辞,企图予以调和时,嵇康便明确提出"越名教而任自然"的观点了①。正是出于和当时的名教观念相对抗,才公然声称:"老子、庄周,吾之师也"②;而"以六经为芜秽,以仁义为臭腐"③。这都很明显:名教和自然,周孔和佛老,都有其不可调和的对立面。但是,在六朝思想家们的手下,终于在一定程度上把这一切统一起来了,都成了封建帝王所赏识和重用的统治术。在这个统一的过程中,固然出现不少纯属理论游戏的荒谬之说,却也在很大程度上促进了本期思想理论的发展。

三

上述本期各种思想、宗教并存的局势,为封建治道服务的实质,以及探讨名教和自然如何统一的发展主线等,都说明对本期思想理论的发展是有积极作用的。这些基本上可称之为理论发展的客观因素。从主观因素,也就是理论发展本身来看,还有一些更为重要的使之大发展的原因。

当然,汉人在思想理论上也有一定的成就,如桓谭、王充等人的唯物主义思想,在魏晋以后得到了继承和发扬;六朝经学主要是发扬汉代古文学派的传统;甚至黄老佛道,也是由汉代发展下来的,但两汉和六朝的思想在一些重要方面,却各有其显著的不同特征,有的还正好相反。总的来说,汉代思想主要是靠皇权和

---

① 《释私论》,《嵇康集校注》卷六。
② 《与山巨源绝交书》,《嵇康集校注》卷二。
③ 《难自然好学论》,《嵇康集校注》卷七。

神权来强制奉行(如经学的分歧由帝王的"称制临决"来裁断,大倡天人感应之说和谶纬迷信来控制臣民等);六朝则相对较为重视说理,力图用种种理论来引诱、说服对方,从而达到思想控制的目的。较典型的例子是范缜。其反佛思想不仅"精信释教"的竟陵王萧子良"不能屈"[1],在天监三年(504)梁武帝宣布佛教为国教之后,范缜更于天监六年发表了系统的《神灭论》。梁武帝发动曹思文等六十余人和范缜辩论,最后,曹思文只得向武帝报告:"思文情识愚浅,无以折其锋锐";梁武帝也只好宣布停止这场论战[2]。正当梁武帝佞佛的高潮,范缜敢于如此坚持反佛的论点,已是颇不容易了;而梁武帝对这种反抗圣旨的理论,虽欲压服,却是企图以论压论,以理服理,压而不服,竟可作罢,其实是范缜大获全胜。这种情形显然是汉代所不可有的。

魏晋以后尚论理之风,也是从汉末开始的。汤用彤《读人物志》曾谓:"盖自以察举取士,士人进身之途径端在言行,而以言显者尤易。故天下趋于谈辩。"[3]这不仅说明了重谈辩的原因,且其来甚久。以言显求仕进,必然趋于谈辩,也必然注重论难之理。所以,专论考核人材的《人物志》特立《材理》篇,认为"建事立义,莫不须理。……夫辩有理胜,有辞胜:理胜者,正黑白以广论,释微妙而通之;辞胜者,破正理以求异,求异则正失矣。"只有能以"理胜"而又精于论难之道者,才"可与论经世而理物也"。所以,这是汉魏之际判断人材的一个重要标准,由此而促使"天下趋于谈辩"是很自然的。又如汉末清议,对后来清谈玄理也不无一定

---

[1] 《南史·范缜传》。
[2] 见曹思文《重难范缜神灭论》附启、诏,《弘明集》卷九。
[3] 《魏晋玄学论稿》第8页。

影响。汉末以来崇尚辨理析论之风,原因是多方面的,其根仍在社会的变迁和经学的随之失去控制思想领域的地位。社会现实发展到必须经世理物的人材时,迂阔的博士经学不能不发生变化。《人物志》分"人流之业"为十二材,第十材为"儒学",其特点被刘劭概括为:"能传圣人之业,而不能干事施政。"(《流业》)当时儒者的地位,也就于此可知了。这绝非个别论者或当时社会对"儒学"之材的看法,还与儒学本身有关。嵇康的意见颇有一定代表性:

> 六经以抑引为主,人性以从欲为欢。抑引则违其愿,从欲则得自然。然则自然之得,不由抑引之六经;全性之本,不须犯情之礼律。故仁义务于理伪,非养真之要术;廉让生于争夺,非自然之所出也。①

此论即嵇康"越名教而任自然"论的具体理由之一。他以"任自然"的立场来立论,当然有所偏颇。但也正因为他从另一立场看问题,不受传统观念的束缚,发现了"六经以抑引为主"的特点。孔子主张"克己复礼为仁",并以此构成儒家思想的主体,当然和"人性以从欲为欢"的自然观是对立的。所谓"非礼勿视,非礼勿听,非礼勿言,非礼勿动"(《论语·颜渊》)之类严格的约束,在儒家经典中触目皆是。如《孟子·离娄》:"非仁无为也,非礼无行也。"《礼记·哀公问》:"非礼无以节事天地之神也,非礼无以辨君臣上下长幼之位也,非礼无以别男女父子兄弟之亲、婚姻疏数之交也。"《左传·庄公十八年》:"王飨醴,命之宥,皆赐玉五瑴,马三匹,非礼也。王命诸侯,名位不同,礼亦异数,不以礼假人。"

---

① 《难自然好学论》,《嵇康集校注》卷七。

这样的繁文褥礼是举不胜举的。它说明了儒家思想的致命弱点：严格的约束力和浓厚的保守性。正统的儒家激烈反对"攻乎异端"而强调"思无邪"，正是这个原因。嵇康用"六经以抑引为主"，确是概括了儒学的要害。汉末以来学术思想的发展，主要就是逐步认识到儒学的不足之处而走向相反的道路：不死守一家的教条，而唯理是求。

儒家五经及其章句，以至像《白虎通》之类有代表性的汉儒著作，除了一些天人感应的神理外，主要就是对种种伦理道德的要求与规定，理论上的阐发是相当贫乏的。到了乱世，更暴露出其"不能干事施政"的弱点。所以徐幹在《中论·智行》中提出这样一个尖锐的问题："士或明哲穷理，或志行纯笃，二者不可兼，圣人将何取？"徐幹的明确回答是："其明哲乎！夫明哲之为用也，乃能殷民阜利，使万物无不尽其极者也。"唯"明哲穷理"者，才能在现实社会中起到较大的具体作用，而"志行纯笃"者虽谨守仁孝之道，却只是"空行也"。这种观念显然是对儒道的大胆否定。徐幹基本上是一个正统文人，他的这种观念，完全可以视为汉魏之际时代思潮的反映。

出于"干事施政"的历史要求，学者不再受儒经的"抑引"，而重"明哲穷理"，追求"理胜"，强调"建事立义，莫不须理"等等，都是当时"天下趋于谈辩"的说明。在古代思想史上，这无疑是一个巨大的变化。这个变化的决定因素仍是客观的历史。从学术思想本身的发展规律来看，理论上的由粗而精、由认识不足而刻意追求是必然的。汉魏之际从典型的博士经学发展而为魏晋玄学，不仅有一个漫长的渐变过程，且整个魏晋南北朝时期的思想理论仍以名教和自然的关系为主线，何况"玄学本身就是儒家的封建伦理思想的另一种表现方式"。前后关系显然是不可分割的，只是在"表现方式"上,汉代儒术就其一家独尊的孤立性、保守性和理论的贫乏来说,是封闭式的;魏晋玄学就其兼取老庄以至佛道,注重论难析理而又往往没有固定的范围和准则来说,则是开放式的。其作为统治术的本质固然是一致的,在学术理论上,后者却是一大发展。但即使是向相反的方向发展,后者仍脱胎于前者。正因"抑引"术穷,才反求之"理胜";正因"独尊"已发展到独不尊,才出现儒道玄佛并存的局面;正因以儒解儒走进死胡同,才以老解儒、以庄注经而出新意。无论魏晋思想家们是否已经明确意识到,他们在许多方面都是从汉儒的绝路中另辟蹊径的。而所有这些,如前所述,都十分有利于此期理论研究的发展。这就是魏晋新学的重要意义。

魏晋以后思想理论发展的实际情况,更能充分说明其意义。择其要者,略有三端:一是思想解放,二是玄论佛理,三是相互融会。

所谓思想解放,是和两汉相对而言。整个封建社会都不可能有真正的思想解放,但比之汉代的种种清规戒律,魏晋时期就可谓思想大解放了。前面说过,儒学有严格的家法、师法所限制,儒教则规定不合礼教的不能看、不能听、不能讲,更不能干;"非礼勿思"便自在其中了。人们只能套在种种枷锁之下独尊儒术。魏晋新学虽未彻底抛弃这个枷锁,却是从脖子上卸下来,拿在手中而运用自如了。儒学自汉末以来的衰微情况,这里只略举一例:

> 今子立六经以为准,仰仁义以为主,以规矩为轩驾,以讲诲为哺乳;由其涂则通,乖其路则滞;游心极视,不睹其外,终年驰骋,思不出位;聚族献议,唯学为贵,执书擿句,俯仰咨嗟,使服膺其言,以为荣华。故吾子谓六经为太阳,不学为长

夜耳。今若以□(明)堂为丙舍,以诵讽为鬼语,以六经为芜秽,以仁义为臭腐,睹文籍则目瞧,修揖让则变伛,袭章服则转筋,谭礼典侧齿齲;于是兼而弃之,与万物为更始,则吾子虽好学不倦,犹将阙焉。则向之不学,未必为长夜,六经未必为太阳也。①

这段话内容丰富而含意深刻。它除表示了论者对六经大胆蔑视的思想,还说明即使遍读六经而"好学不倦"犹为不足,特别是六经束缚思想的深刻道理,必须"兼而弃之"的原因。真正的"长夜"则是完全把学者苑囿在六经的准绳、规矩之内,"行不敢离缝际,动不敢出裤裆"②,虽可自以为得绳墨,却是"游心极视,不睹其外,终年驰骋,思不出位"。其视野和思考的范围是狭小得可怜的。嵇康痛斥"六经为芜秽""仁义为臭腐",岂非正是看到儒术束缚思想的危害!岂不正是要冲破"长夜"而探索黎明!当时只有如此,才能解放思想,才能敢想敢说,才能产生新的观点学说,从而有理论研究的发展。王弼有云:"物无妄然,必由其理"③;又说"夫识物之动,则其所以然之理皆可知也"④。他所能认识的物理自然不可能正确,但从事物的运动来认识事物的所以然之理则有可取之处。这里值得提出的,还在于他对一物必有一物之理的认识以及对这种理的探求。此虽小事,却可看出魏晋新一代思想家之新,没有新的、从儒教桎梏下解放出来的思想是不可能的。

照汉人看来,"舍五经而济乎道者,末(无)也"(《法言·吾

---

① 嵇康《难自然好学论》,《嵇康集校注》卷七。
② 阮籍《大人先生传》,《全三国文》卷四十六。
③ 《周易略例·明象》
④ 《周易·乾卦·文言》注。

子》），离开五经，根本就谈不上"道"。魏晋时期的何晏、王弼、向秀、郭象等，不仅"舍五经"而注《老》《庄》以求道，甚至用《老》《庄》以注经，依《老》《庄》来识道。其所以能反其道而行之，能做汉儒所不可想象的事，正是思想解放的重要表现。王弼注《易》所获"独冠古今"的"伟业"，已充分显示了魏晋思想解放的胜利。《文心雕龙·论说》总结古代理论文的发展说：

> 魏之初霸，术兼名法；傅嘏、王粲，校练名理。迄至正始，务欲守文；何晏之徒，始盛玄论。于是聃、周当路，与尼父争涂矣。详观兰石之《才性》，仲宣之《去代》，叔夜之《辨声》，太初之《本玄(无)》，辅嗣之《两例》，平叔之《二论》，并师心独见，锋颖精密，盖人伦之英也。

这个评价是很高的。刘勰作为一个崇拜孔教而又身居佛门（《文心雕龙》写于定林寺）的论者，如此称扬这些"玄论"，应该说是公正的。理论文章发展而为"人伦之英"（《御览》作"论之英"）；所举诸论，从现在尚存的文章来看，确是反映了魏晋理论研究的新水平。值得注意的是，这些理论的主要成就都表现为"师心独见，锋颖精密"。这是说，他们突破了先师先圣的教条，不囿于儒家陈说，而能自出心裁，提出独到的见解；也正因如此，才把论点组织得相当精密而锐利；若非"师心独见"而拘守旧规，要写出"锋颖精密"的论文是困难的。思想解放对理论发展的意义，这是很好的说明。

玄学和佛教是六朝时期的两大思想潮流，它们本身的发展，就主要是玄理和佛论的发展。玄学以《老》《庄》《易》"三玄"为基本内容，而以名教和自然的关系为核心展开了一系列玄理的探讨。何晏的《论语集解》、王弼的《老子注》《周易注》、向秀和郭象的《庄子注》等,对《老》《庄》思想和儒道的沟通进行了系统的阐述。这些虽是注而实为论,至少是论在其中。刘勰以注为论体之一,认为"注释为词,解散论体,杂文虽异,总会是同;若……王弼之解《易》,要约明畅,可为式矣"(《文心雕龙·论说》)。把何、王等人的注文"总会"起来看,正是他们"师心独见"的理论阐述。再如何晏的《道德论》《贵无论》《无名论》,王弼的《周易略例》,嵇康的《养生论》《声无哀乐论》《难自然好学论》,阮籍的《达庄论》,钟会的《才性四本论》,欧阳建的《言尽意论》,裴頠的《崇有论》,鲍敬言的《无君论》等等,都是魏晋时期著名的重要论著。直到南朝王僧虔在《诫子书》中还说:"《才性四本》《声无哀乐》,皆言家口实,如客至之有设也。"①又《世说新语·文学》:"旧云王丞相过江左,止道《声无哀乐》《养生》《言尽意》三理而已,然宛转关生,无所不入。"这不仅说明魏晋玄论延及江左,且"宛转关生,无所不入"了。如殷浩在玄谈中问谢安:"眼往属万形,万形来入眼不?"(同上)谢安如何解释这个问题虽不得而知,却于此可见六朝玄论"无所不入"的情况。

玄学所研讨的,既然是"无所不入"的理论问题,便必然有激烈的辩论。这正是所谓"谈玄"的重要特点。玄学颇重自然无为,玄谈则并不是轻松自然的。思想史家称玄谈为"理赌"②,正因在理论上多激烈的争论。《世说新语·文学》中提供了许多生动的例子:

> 裴成公作《崇有论》,时人攻难之,莫能折。唯王夷甫来,如小屈,时人即以王理难裴,理还复申。

---

① 《南齐书·王僧虔传》。
② 侯外庐等《中国思想通史》第3册第81页。

殷中军为庾公长史，下都。王丞相为之集，桓公、王长史、王蓝田、谢镇西并在。丞相自起解帐，带麈尾语殷曰："身今日当与君共谈析理。"既共清言，遂达三更。丞相与殷共相往返，其余诸贤，略无所关。既彼我相尽，丞相乃叹曰："向来语，乃竟未知理源所归；至于辞喻不相负，正始之音，正当尔耳。"

孙安国往殷中军许共论，往返精苦，客主无间。左右进食，冷而复暖者数四。彼我奋掷，麈尾悉脱，落满餐饭中。宾主遂至莫（暮）忘食。殷乃语孙曰："卿莫作强口马，我当穿卿鼻！"孙曰："卿不见决鼻牛，人当穿卿颊！"

卫玠始渡江，见王大将军，因夜坐。大将军命谢幼舆。玠见谢甚说之，都不复顾王，遂达旦微言，王永夕不得豫。玠体素羸，恒为母所禁，尔夕忽极，于此病笃，遂不起。

裴散骑娶王太尉女。婚后三日，诸婿大会，当时名士、王裴子弟悉集。郭子玄在坐，挑与裴谈。子玄才甚丰赡，始数交未快，郭陈张甚盛。裴徐理前语，理致甚微，四坐咨嗟称快。

前四例说明辩论的往返激烈程度，不仅争执到夜达三更而胜负难分，有的还"永夕""达旦"；不仅忘了吃饭，"冷而复暖者数四"，且忘了主人（"都复不顾王"），他人难以插嘴，甚至破口大骂。这种论争，自然要促使第一例说的"理还复申"：裴𬱟的《崇有论》本是对魏末以来的"贵无"论而发，王衍、乐广等人的攻难，又激起裴𬱟的"理还复申"，从而使论点进一步完善和加深。为了理论上驳倒对方，有的积思成病，终至"疯笃"不起。从最后一条可见当时玄谈风气之盛。不仅每有集会必有一场论战，以至在婚后大会宾客

时,也免不了挑起一番较量。获胜者不仅当场四座称快,有的还一举成名,甚至以此得官:

> 张凭举孝廉,出都,负其才气,谓必参时彦,欲诣刘尹。乡里及同举者共笑之。张遂诣刘。刘洗濯料事,处之下坐,唯通寒暑,神意不接。张欲自发无端。顷之,长史诸贤来清言,客主有不通处,张乃遥于末坐判之。言约旨远,足畅彼我之怀,一坐皆惊。真长延之上坐,清言弥日……即用为太常博士。(同上)

擅于玄谈者之受重视如此,当时的风尚也就可知了。而魏晋名士的"才气",就主要表现在这上面。在这种风气之下,魏晋名士持才骋论、理赡能辩者自然是很多的。上举裴散骑(遐)就是"以辩论为业,善叙名理"者之一①。他如钟会的"精练名理"②,王弼的"通辩能言"③,王衍的"妙善玄言,唯谈《老》《庄》为事"④,乐广的"尤善谈论,每以约言析理,以厌人之心"⑤,裴頠的"辞论丰博……时人谓頠为言谈之林薮"⑥,卞华的"说经析理,为当时之冠"⑦,顾越的"特善《庄》《老》,尤长论难"⑧等,举不胜举。当时的思想界,几可谓无人不论,无处不辩。

---

① 《世说新语·文学》注引邓粲《晋纪》。
② 《三国志·钟会传》。
③ 《三国志·钟会传》注引何劭《王弼传》。
④ 《晋书·王衍传》。
⑤ 《晋书·乐广传》。
⑥ 《晋书·裴頠传》。
⑦ 《南史·儒林传》。
⑧ 同上。

玄理的论难,还有两点值得注意:一是没有固定不变的教条与准则,能以理服人便是胜利;但这种"理"可能在另一次辩论中或被另一论者更有力的道理所驳倒,从而产生新的"胜理"。二是没有尊卑长幼的限制,更不守什么家法师法。《世说新语·文学》所载何、王故事很能说明这两点:

> 何晏为吏部尚书,有位望,时谈客盈坐。王弼未弱冠,往见之。晏闻弼名,因条向者胜理,语弼曰:"此理仆以为极,可得复难不?"弼便作难,一坐人便以为屈。于是弼自为客主数番,皆一坐所不及。

何晏(190—249)与王弼(226—249)相差三十六岁,地位又如此悬殊,但何晏以为"极"的"胜理",王弼可以推翻而使一座皆服,并"自为客主",提出新的"胜理"。又如年"始总角"的谢朗,可以和叔父谢安辈的老手"林公(支遁)讲论"(同上)。殷浩是东晋玄坛高手,史称:"浩识度清远,弱冠有美名,尤善玄言,与叔父融俱好《老》《易》。融与浩口谈则辞屈,著篇则融胜。浩由是为风流谈论者所宗。"[1]可见在玄谈中,对位尊的长者也好、叔父也好,都是不相谦让的。他们所追求的,只是没有止境的"理胜"。就以殷浩来说,他虽"为风流谈论者所宗"仍"自以有所不达,欲访之于遁(支道林)",在和刘惔辩论中理有"小屈",而被刘斥为"田舍儿强学人作尔馨语";刘惔的高傲却又受挫于初出茅庐的张凭[2]。这些情形足以说明,魏晋玄学的发展,本身就是研究玄理的发展。这些玄理,虽多无聊的理论游戏,却时有思辨的火光闪耀其间;而

---

[1]　《晋书·殷浩传》。
[2]　均见《世说新语·文学》及注。

此期对"理胜"的追求蔚然成风，又无所拘限而师心遣论，都对当时的思想的发展有一定的积极意义。

佛教为了吸引信众，说服教徒和得到王公贵族以至最高统治者的支持与信奉，不能不重佛理。佛教要用事实服人是困难的，它的传播，特别是要取信于上层人物，主要就靠编造种种诱人深信的佛理。如晋僧昙戒，本"居贫务学，游心坟典。后闻于法道讲《放光经》，乃借衣一听，遂深悟佛理，废俗从道"①。又如晋代著名高僧慧远，"少为诸生，博综六经，尤善《庄》《老》……虽宿儒英达，莫不服其深致。……后闻安（释道安）讲《般若经》，豁然而悟。乃叹曰：'儒道九流，皆糠秕耳！'便与弟慧持，投簪落发，委命受业"②。这说明"佛理"的力量是巨大的，本是"游心坟典""博综六经"的人，听一经而"深悟佛理"便下了落发为僧的决心，甚至认为比之佛理，"儒道九流，皆糠秕耳"，可见佛教确有一套使人信服的道理。而怎样诱惑信徒，怎样编造一些使人信服的道理，正是佛教的重要任务。在所有佛经中，不仅多名之为"论"，且全部佛书，都可称之为"经论"，正是这个原因。如安世高"先后所出经论凡三十九部"③，鸠摩罗什"凡所出经论三百余卷"④，这是以全部译经统称"经论"；康法朗"更游诸国，研寻经论"⑤，慧询"受学什公，研精经论"⑥，这是把所求所研的佛书统称"经论"；僧睿"博

---

① 《高僧传》卷五《昙戒传》。
② 《高僧传》卷六《慧远传》。
③ 《高僧传》卷一《安世高传》。
④ 《高僧传》卷二《鸠摩罗什传》。
⑤ 《高僧传》卷四《康法朗传》。
⑥ 《高僧传》卷十三《慧询传》。

通经论"①,僧光"学通经论"②,这就用"经论"泛指佛学了。

佛教经籍,总谓"三藏",指经、律、论三大类。"经论"本指其经、论两类,而以"经律"指经、律两类。《隋书·经籍志》也屡以"经论"泛指佛书,如"什之来也,大译经论……而什又译《十诵律》,天竺沙门佛陀耶舍译《长阿含经》及《四方律》……其余经论,不可胜记。"这都说明,"论"不仅是佛教"三藏"的重要组成部分,而且充分显示了佛教重视理论的固有特点。在魏晋南北朝期间,随着佛教大发展的客观形势之所需,也由于受到玄学等时风的影响,佛教重论的特点有了更大的发展。据汤用彤统计,此期除了大量经序,各种论著近二百种③。其论"六朝中论著之文极多,其故有四"云:

> 其一,当时出经极多,而又极重经序。……其二,佛法畅行既久,明宗义之指归,叙一己之思虑,均为时人所需要。……其三,佛经译出甚多,事数繁复,义旨各异。别其异同,定其优劣,于是有义章之作。其四,魏晋南北朝思想最为自由,谈论答辩,尤为风尚。④

这些论著,有的宣阐佛理,有的申明己见,有的答辩论难,有的沟通儒老。总之,为了佛教的发展,佛教理论在此期也有了一定的发展。

六朝时期玄、佛两大思潮,都重理论而有较大的发展,虽然玄

---

① 《高僧传》卷七《僧睿传》。
② 《高僧传》卷五《僧光传》。
③ 《汉魏两晋南北朝佛教史》1983年版第400—410页。
④ 同上。

盛于魏晋而佛盛于南北朝,但玄风至齐梁未衰,佛教则魏晋渐盛,不仅二者并存的时间很长,又都和传统的儒学齐行。儒、玄、佛在此期的发展过程中,是不会互不相干的。此外还有道教的盛行。陈寅恪"尝考两晋南北朝之士大夫,其家世夙奉天师道者,对于周、孔世法,本无冲突之处,故无赞同或反对之问题"①。但道教与佛教之间,就有种种复杂的关系。道教理论著作不多,所以只略究儒、玄、佛之间的关系。

如前所述,儒、玄、佛的关系,总的说来,是斗争中逐步融会的。不过,所谓"融会",只是在相互论难、相互影响和相互吸取中,在求同存异中部分融会,各种思想仍始终保持自己的独立性。只是既能并存,有的甚至一身三修,就不能不于异中求同。这种同,首先在于符合统治阶级的需要而成为统治术,这是它们并存的前提,也由此提供了并存的条件。离开这个前提或条件,就很难并存共处,更不可能有互相的融会。其次,在满足统治者的需要和适应新的形势下,理论本身也有其可通的线索可寻。汉代名教之治的动摇,酝酿成汉魏之际的名理学,研讨名实关系,讲求综核名实。名理学的深入研究,便发现"名"是有限的,或虽有其名而无其实,或言不尽意,难作抽象的概括,于是从《老》《庄》中提出"无"的概念,发展了"无名"的妙用。何晏著《无名论》说:

> 为民所誉,则有名者也,无誉,无名者也。若夫圣人名无名,誉无誉,谓无名为道,无誉为大,则夫无名者,可以言有名矣;无誉者,可以言有誉矣……夏侯玄曰:"天地以自然

---

① 《陶渊明之思想与清谈之关系》。

运,圣人以自然用",自然者道也。道本无名,故老氏曰,"强为之名"。仲尼称尧"荡荡""无能名焉",下云"巍巍""成功",是强为之名,取世所知而称耳,岂有名而更当云"无能名焉"者耶? 夫唯无名,故可得遍以天下之名名之,然岂其名也哉!①

这是魏晋以后新学发展的枢纽,不仅玄学强调"以无为本",并为其核心思想,佛理也由此和玄学找到理论上的联系。何晏在这里就沟通了《老》《庄》与孔教的关系。《老子》讲"道可道,非常道;名可名,非常名。"《论语·泰伯》中也说:"大哉,尧之为君也。巍巍乎!唯天为大,唯尧则之。荡荡乎!民无能名焉。巍巍乎!其有成功也。"这种联系显然是很勉强的,甚至和儒家的"正名"观念有抵牾,毕竟在有的事物不可名状这一点上有可通之理。而事物之"名",正是"取世所知而称耳"。从理论上说,事物之名,总是有一定局限的,这和"言不尽意"是一个道理,因而提出高度抽象的"无名",认为可"遍以天下之名名之"。汉魏思想理论的变化,这是一个标志:魏晋玄理向抽象化发展,也由"无名"的理论发轫。"无名为道""自然者道也""圣人以自然用",魏晋时期的许多重要论题,就是由此申发下去的。

儒玄关系在嵇阮时期曾有很大矛盾,但从何晏、王弼开始,自然和名教就是一致的。东晋以后,玄学实际上成了儒学的工具。《世说新语·语言》中有这样一条:

> 刘尹与桓宣武共听讲《礼记》。桓云:"时有入心处,便觉咫尺玄门"。

---

① 《全三国文》卷三十九。

为什么听讲《礼记》有所领悟,"便觉咫尺玄门"? 可以用同书《文学》中的一条为注:"庾子嵩读《庄子》,开卷一尺许,便放去。曰:'了不异人意。'"只有老庄思想已深入人心,用老庄思想来看待一切,并成了人们的家常便饭时,也就是说,只有到人的思想已基本上老庄化之后,才会一读《庄子》,便觉"了不异人意",也就是与传统观念并不矛盾。这样,听《礼记》或其他儒家典籍,也会感到与"玄门"相近了。如此,则读《庄》也好,谈玄也好,只有益于儒而无悖于圣。"孝慈起于自然,忠孝发于天成"①,这类说法在晋宋以后甚多,已不仅是玄学家的理论,而成了日常习用的普遍观点。名教和自然的关系经过长期讨论,终于使自然从属于名教、为名教服务,从而在一定程度上增强了统治术,也补充和发展了儒学。

由于玄学和佛学的基本思想都强调"本无",虽然两种"本无"并不完全一致,但如道安所说:"以斯邦人老庄教行,与方等经兼忘相似,故因风易行也。"②为了借助与老庄思想的"相似"处而易于传播,魏晋佛学不能不受到玄学的影响并有明显的玄化倾向。慧远在讲经传教中曾遇到这样一个实际情况:"尝有客听讲,难实相义,往复移时,弥增疑昧。远乃引《庄子》义为连类,于(是)惑者晓然。"③这种情形是必然会出现的,以佛解佛,对不懂佛理的人只能"弥增疑昧"。以《庄》解佛,虽可使"惑者晓然",但其所晓的佛理,不能不带上老庄色彩。在老庄盛行的魏晋时期,不仅这是不可避免的道路,且佛教(当时主要是般若学)能兴于魏

---

① 晋康帝《奔丧诏》,《全晋文》卷十。
② 《鼻奈耶序》,《大正藏》卷二十四。
③ 《高僧传》卷六《慧远传》。

晋，还正由于"斯邦人老庄教行"。由此而必然出现的情况，就是大量有影响的高僧读《老》《庄》，谈《老》《庄》，甚至讲《老》《庄》，注《老》《庄》。如慧远"尤善《庄》《老》"[1]，僧肇"每以《庄》《老》为心要"[2]，昙度"善三藏及《春秋》《庄》《老》《易》等"[3]，弘充"通《庄》《老》"[4]，昙迁"笃好玄儒，游心佛义，善谈《庄》《老》"[5]，康法畅"常执麈尾行，每值名宾，辄清谈尽日"[6]，支遁"常在白马寺与刘系之等谈《庄子·逍遥篇》，云各适性以为逍遥。遁曰：'不然，夫桀、跖以残害为性，若适性为得者，彼亦逍遥矣。'于是退而注《逍遥篇》，群儒旧学，莫不叹伏"[7]。支遁以佛性论《庄》，要从善者才得逍遥，这是"群儒旧学"所能接受的，并公认比泛议"适性"更为高明。这说明佛徒在研读《庄》《老》中，不仅能"通"称"善"，也必将给《庄》《老》思想注入、融会一些佛家的成分进去。《世说新语·文学》讲到此事的意义：

> 《庄子·逍遥篇》旧是难处，诸名贤所可钻味，而不能拔理于郭、向之外。支道林在白马寺中，将冯太常共语，因及《逍遥》。支卓然标新理于二家之表，立异义于众贤之外，皆是诸名贤寻味之所不得。后遂用支理。

"郭、向"指郭象、向秀的《庄子注》。按《世说新语·文学》中另一

---

[1] 《高僧传》卷六《慧远传》。
[2] 《高僧传》卷七《僧肇传》。
[3] 《高僧传》卷八《僧瑾传（附昙度）》。
[4] 《高僧传》卷八《弘充传》。
[5] 《高僧传》卷十五《昙迁传》。
[6] 《高僧传》卷四《康僧渊传（附康法畅）》。
[7] 《高僧传》卷四《支遁传》。

条说:"注《庄子》者数十家,莫能究其旨要。向秀于旧注外为解义,妙析奇致,大畅玄风。"后经郭象补成全书。则向、郭的《庄子注》已超前贤而究其旨要了,直到当今史家,亦谓"玄学发展到了郭象,已经完成了它的任务"①。要在向、郭之外,再标新理、立异义已不容易了。支遁能"拔理于郭、向之外",结合上引《高僧传》之说可知,主要是以佛理论《庄》,佛学给老庄思想注入了新血液。这一历史意义,前人已有详论:

> 我们从这里所看到的是:般若学扩大了玄学的领域,加浓了玄学的内容。因此,玄学的发展促成了般若学的繁荣,并且通过二者的合流,般若学最后成为玄学的支柱。②

儒佛之间,似无必然联系,但一方面如道安所说:"不依国主,则法事难立"③;再则儒玄合流而玄佛相关,儒与佛之间也必然有所接触。实际上,此期高僧如上引慧远之"博综六经"、精研儒学者甚多。如康僧会"博览六经"④,支谦"博览经籍,莫不精究"⑤,竺昙摩罗刹"博览六经"⑥;智琳"《礼》《易》《庄》《老》,悉穷幽致"⑦;讲、注儒经的僧徒也不少:昙谛"晚入吴虎丘寺,讲《礼》《易》《春秋》各七遍"⑧,僧旻"为僧回弟子,从回受五经"⑨;慧

---

① 唐长孺《魏晋南北朝史论丛》第336页。
② 侯外庐等《中国思想通史》第三卷第429页。
③ 《高僧传》卷五《道安传》。
④ 《高僧传》卷一《康僧会传》。
⑤ 同上传附《支谦传》。
⑥ 《高僧传》卷一《竺昙摩罗刹传》。
⑦ 《续高僧传》卷十二《智琳传》。
⑧ 《高僧传》卷八《昙谛传》。
⑨ 《续僧传》卷六《僧旻传》。

始、慧琳都曾注《孝经》，僧智有《论语》略解等①。他们研读儒经也好，讲注儒经也好，目的主要是弘法，而不是扬儒。因此，在他们手下的儒学，势必有意无意地渗入一些佛教的因素。同样，佛徒在综览五经的过程中，也难免有意无意地受到一些儒家思想的影响。仅就上举僧旻来说，他从佛徒僧回接受的儒教，未必是儒学本色，却"虽逾本色，不能复化"。其传有云：

> 晋安太守彭城刘业，尝谓旻曰："法师经论通博，何以立义多儒？"答曰："宋世贵道生，顿悟以通经；齐时重僧柔，影毗昙以讲论。贫道谨依经文，文玄则玄，文儒则儒耳。"

讲佛而"立义多儒"，说明僧旻学儒家五经并未白学；为什么"立义多儒"呢？他认为"文儒则儒"，而且是"谨依经文"的作法。这说明，照僧旻看来，佛经本身就"多儒"，是可以相通相融的。

另一方面，儒生也兼习佛经。六朝名士诵佛论佛的很普遍，已无须列举了。值得注意的是北朝儒林。东晋以后，南方盛行的玄学在沟通儒佛中起了重要作用；北方则玄风甚微，且儒学直承汉人。南北学风是有显著区别的，但北朝既非纯粹的汉学，南北儒学也有特殊的共同点，就是都和佛学有一定的瓜葛。如卢景裕，可谓北朝名儒，注《周易》《尚书》《孝经》《论语》《礼记》《老子》《毛诗》《春秋左氏》等，尤以《易》注"大行于世"。《北史·儒林传序》谓北方《易》学，"（徐）遵明以传卢景裕及清河崔瑾。景裕传权会、郭茂……其后能言《易》者，多出郭茂之门。"他们虽还继续保持汉儒家法传统，但卢景裕并非纯儒，他"又好释氏，通其大义。天竺胡沙门道悕，每译诸经论，辄托景

---

① 均见《隋书·经籍志》。

裕为之序"①。又如李同轨,"卢景裕卒,齐神武引同轨在馆教诸公子,甚嘉礼之";但他也是"学综诸经,兼该释氏"②。再如列《北史·儒林传》的刘献之:"注《涅槃经》,未就而卒。"孙惠蔚:"侍讲禁内,夜论佛经";沈重:"学业该博,为当世儒宗。至于阴阳图纬、道经、释典,无不通涉";辛彦之:"博涉经史,……又崇信佛道。"这些情况说明,北朝儒学和佛教的关系是很密切的。他们大都有该博众经的特点,这是与汉儒专治一经不同的,而其所博综的,往往包括佛学在内。沈重就颇有代表性,他为"当世儒宗"既在"学业该博",则北方的儒学观念,不排斥佛学在内就很清楚了。当然,这种"该博"不可能人人都已融汇诸学了,但在长期广泛交流与研讨中,有意无意地互相吸取、潜移而默化则是不可避免的。被称为邺都"明匠"的僧范,自幼"游学群书",《七曜》《九章》天文、筮术无所不精,北朝儒生向他请教的不少:"崔觐注《易》,咨之取长;宗景造历,求而舍短。"③这种取长舍短,就是佛儒交融的具体方式了。僧范的自幼业儒,当有他自己的理解;崔、宗等向他请教而予以取舍,其所注之《易》,所造之历,就很难是纯粹的儒学了。

南北朝期间儒、道、玄、佛的相互交融,情况是很复杂的。《南史·儒林传》中的张讥,颇能说明这种复杂性的部分情况:"年十四,通《孝经》《论语》,笃好玄言……所居宅营山池,植花果,讲《周易》《老》《庄》而教授焉。吴郡陆元朗、朱孟博,一乘寺沙门法才、法云寺沙门慧拔,至真观道士姚绥,皆传其业。"这实在是一种

---

① 《北史·卢景裕传》。
② 《北史·李同轨传》。
③ 《续高僧传》卷十《僧范传》。

奇迹。有什么学问能为儒生、佛徒、道士所共同接受呢？这就是六朝各种思想学说大交流、大融会的必然结果。六朝时期的思想理论，就在这种大交流、大融会的过程中，有了较大的发展。

（原载于《古籍研究》1987年第1期）

刘知幾对古代文论的新贡献

在五彩缤纷的唐代文坛上,刘知幾的《史通》,是值得注意的一朵奇花。它虽以论史为主,却上继《文心雕龙》[1],下启古文运动,为我国古代文论作出了新的贡献。黄叔琳认为《史通》"允与刘彦和之《雕龙》相匹"[2];陈钟凡也说此书"足与《文心雕龙》齐称"[3],这已为古代文论的研究者所公认。刘知幾自称:"其书虽以史为主,而余波所及,上穷王道,下掞人伦,总括万殊,包吞千有,自《法言》已降,迄于《文心》而往,固以纳诸胸中,曾不蒂芥者矣。"(《自叙》)论史而不可能仅论史,正因为"史"本身是笼括万殊千有的。加之古代文史一流,其中论史即论文者甚多。更由于刘知幾不拘于成说,不囿于传统,不屑于古今,不惑于时风,而以史家严峻的求实精神,就必能提出一些古代文论家所注意不够的问题。本文就拟从史家论文的独到之处,来探讨刘知幾对古代文论所作的新贡献。

---

[1] 见范文澜《文心雕龙·史传》注。
[2] 《史通序》,《史通通释》卷首。
[3] 《中国文学批评史》第82页。

一

　　文之与史,有某些共通性,也有一定区别,把二者混为一体,或者完全对立,于论文论史都是有害的。刘知幾论史而能提出一些有益于文的意见,正由于他较为正确地认识到二者的关系。

　　刘知幾"早游文学""幼喜诗赋"(《自叙》),并"以善文词知名"于时①,对文学艺术是有一定修养的。《杂说下》有一条专论文:"《李陵集》有《与苏武书》,词采壮丽,音句流靡。观其文体,不类西汉人,殆后来所为,假称陵作也。"载于《文选》的李陵《与苏武书》,虽然词采壮丽,而刘勰《文心》置之不理,可能已有所疑。历史上第一个指出其为伪托的就是刘知幾,这点深为苏轼所佩服,认为此书"决非西汉文,而统(指萧统)不悟,刘子元独知之"②。到清代浦起龙注《史通》,更谓刘知幾"具眼在坡老之前,可悟此老非不知文者"③。《史通》全书论及文学作家作品甚多,仅此一例,已足见刘知幾确是"知文"的了。因此,对文与史的一致性,他是有所认识的。《载文》篇说:

　　　　夫观乎人文,以化成天下;观乎国风,以察兴亡。是知文之为用,远矣大矣。若乃宣、僖善政,其美载于周诗;怀、襄不道,其恶存乎楚赋。读者不以吉甫、奚斯为谄,屈平、宋玉为谤者,何也?盖不虚美,不隐恶故也。是则文之将史,其流一焉。

---

① 《新唐书·刘知幾传》。
② 《答刘沔书》,《经进东坡文集事略》卷四十六。
③ 见《史通通释·杂说下》注。

《诗经》中所载传为周宣王的重臣尹吉甫写的《嵩高》《烝民》等诗,鲁公子奚斯写的《閟宫》等诗,真实地颂美了周宣王、鲁僖公的善政;《楚辞》中所载屈原、宋玉的作品,如实地反映了楚怀王和楚襄王时期的恶政。由于这些作品"不虚美,不隐恶",能真实地反映现实;所以,虽是诗歌,也具有史的作用。从这个意义上看,"文之将史,其流一焉"。历史的作用,首先在于真实地记载史实,既然"文之为用"也可真实地反映现实,则文与史都可发挥共同的功用。

刘勰论史,曾强调"彰善瘅恶"①,论诗则强调"顺美匡恶"②。刘知幾同样认为,史书的作用在于"彰善瘅恶"(《曲笔》《书事》),"惩恶劝善"(《载文》《品藻》)。这说明文与史的功用是一致的。所以,《载文》篇就以此作为衡量文学作品可否载入史册的标准。如司马相如的《上林赋》《子虚赋》,扬雄的《甘泉赋》《羽猎赋》等,刘知幾认为这种作品"繁华而失实,流宕而忘返,无裨劝奖,有长奸诈",因此不应载入扬、马的本传。"至如诗有韦孟《讽谏》,赋有赵壹《嫉邪》,篇则贾谊《过秦》,论则班彪《王命》……",这些作品"皆言成轨则,为世龟镜",因而"书之竹帛,持以不刊,则其文可与三代同风,其事可与五经齐列"。由此可见,刘知幾衡量文史的标准是相同的。

文史之异,主要是表现方法的不同。《鉴识》篇曾讲到:

> 夫史之叙事也,当辩而不华,质而不俚,其文直,其事核,若斯而已可也。必令同文举(孔融)之含异,等公幹(刘桢)之有逸,如子云(扬雄)之含章,类长卿(司马相如)之飞藻,

---

① 《文心雕龙·史传》。
② 《文心雕龙·明诗》。

此乃绮扬绣合,雕章缛采,欲称实录,其可得乎?

史书叙事以直陈实录为主,文学创作就有所不同了。刘桢有云:"孔氏卓卓,信含异气。"①曹丕曾说:"公幹有逸气。"②这说明不同的文学家可以有不同的风格特色。而扬、马诸家的作品又以驰骋藻饰为能;其雕章缛采,往往繁华失实,当然不能施之于以实录为主的历史记载。这里主要是强调写史不能过分雕琢,所以,并不意味着文学创作就应该雕章缛采。无论文史,刘知幾都反对繁华失实,只是史以实录为主,文则可以有适当的采饰和不同的表达特色。所以,有的写法"置于文章则可,施于简册则否矣"(《叙事》)。由于文史有不同的表达特点,作者的才能就可能各不相同:"故以张衡之文,而不闲于史;以陈寿之史,而不习于文。"(《核才》)

刘知幾虽然一再反对繁文缛采,却又重视必要的文采。屈宋的作品,是"惊采绝艳,难与并能"的③。但如上所述,刘知幾不仅肯定其"文之为用,远矣大矣",且是用来说明文史一流的重要例证。我们可由此窥见他对文史皆然的一个共同观点:在"不虚美,不隐恶",而有助于劝善惩恶的前提下,一定的文采是需要的。《叙事》篇说:"昔夫子有云:'文胜质则史。'故知史之为务,必藉于文。自五经已降,三史而往,以文叙事,可得言焉。"任何历史著作都必须"以文叙事""必藉于文"。这个"文",虽也包括文词在内,但这里是从"文质"关系提出的"文",也有文采的含义。用刘知幾自己的话来说,即所谓"饰言者为文"(《叙事》)。当然,刘知

---

① 见《文心雕龙·风骨》。刘桢原话已佚。
② 《与吴质书》,《全三国文》卷七。
③ 《文心雕龙·辨骚》。

幾从史学的立场所说的"文",是史必藉文,不是为文而文。史必藉文既为史本身的特点所决定,也是为了发挥史书的效果所必需的。《叙事》篇说:

> 夫史之称美者,以叙事为先。至若书功过,记善恶,文而不丽,质而非野,使人味其滋旨,怀其德音,三复忘疲,百遍无致,自非作者曰圣,其孰能与于此乎!

这是刘知幾对史书叙事的总要求。怎样才能使所叙之事、所写之史令人百读不厌呢?过于质朴粗野,是难以引人兴味的;过分雕饰淫艳,也只能使人生厌;要能增强史书的功效,"使人味其滋旨,怀其德音",就必须"文而不丽,质而非野"。刘知幾认为古来圣贤著作其所以能发挥巨大作用,就因为他们写得"句皆韶夏,言尽琳琅,秩秩德音,洋洋盈耳"(《叙事》)。显然,没有适当的文辞采饰,是写不出这样的文章来的。因此,他进而从根本上说明文饰的必要:

> 夫饰言者为文,编文者为句,句积而章立,章积而篇成。篇目既分,而一家之言备矣。古者行人出境,以词令为宗;大夫应对,以言文为主。况乎列以章句,刊之竹帛,安可不励精雕饰,传诸讽诵者哉?(《叙事》)

这段话讲到必须文饰的两个理由:一是言之不文,行而不远,古来应对尚且讲究词令,刊之竹帛的史书,更应注意文饰;一是载之竹帛的著述,是经过文饰的言辞组成的,要能传之不朽,就必须逐字逐句地"励精雕饰"。尤其值得注意的是,刘知幾把"言"和"文"作了明确的划分:要加以修饰的"言"才是"文"。他不囿于六朝"文笔"之分的旧说,把史列入"笔"而不入于"文",却从更普遍、更根本的意义上,认为经过修饰的言词都是"文"。优秀的传记文学也是"文",所以刘知幾的这种说法更为合理;而叙事之文,也是应该"励精雕饰"的。当然,不能孤立理解"励精雕饰"四字。联系其全部观点来看,刘知幾固不废文饰,但毕竟以"实录"为主。必要的文采,是为了加强叙事的效果,绝不能"繁华而失实"。有损于内容的雕饰,他是坚决反对的。最能说明这种观点的是:

> 礼云礼云,玉帛云乎哉;史云史云,文饰云乎哉。何则?史者固当以好善为主,嫉恶为次。若司马迁、班叔皮,史之好善者也;晋董狐、齐南史,史之嫉恶者也。必兼此二者而重之以文饰,其唯左丘明乎!(《杂说下》)

所谓"礼",不单指玉帛;所谓"史",也不是只讲文饰。史的主要任务是惩恶扬善,如果兼此二者而又加之以文饰,就可成为最理想的历史著作了。刘知幾论史,最推重的是左丘明,认为只有《左传》叙事,才能"兼此二者而重之以文饰,自兹以降,吾未之见也"。

刘知幾把《左传》视为一部"古今卓绝"的史书。因此,在探讨了他对文史关系的认识之后,再研究一下他认为这部"古今卓绝"的著作好在何处,就更有助于我们了解其论文的贡献了。《杂说上》有专论《左传》二条,其一是:

> 《左氏》之叙事也,述行师则薄领盈视,叱咤沸腾;论备火则区分在目,修饰峻整;言胜捷则收获都尽,记奔败则披靡横前;申盟誓则慷慨有余,称谲诈则欺诬可见;谈恩惠则煦如春日,纪严切则凛若秋霜;叙兴邦则滋味无量,陈亡国则凄凉可悯……若斯才者,殆将工侔造化,思涉鬼神,著述罕闻,古今卓绝。

《左传》叙事是否确能如此,那是另一问题。我们从这里看到的,是刘知幾的观点,他认为最理想的史书,就应如此叙事。这种叙事,总的特点是形象具体,可感可触。写行军则表现出嘈杂沸腾之状;写备火则"各儆其事"①,描绘出严整有序之貌;写胜利、失败等,都表达得如"在目",如"可见";甚至恩惠的"煦如春日",严峻的"凛若秋霜",都能给人以鲜明具体的感受。唐宋以后的诗人画家,常有"工侔造化"之说,《左传》的如上功能,也就真可谓"工侔造化"了。它不仅能写出沸腾之声,披靡之状,且能表达出恩惠之暖,严切之寒,凄凉之情,兴邦之味,这就可说尽文学艺术抒情状物之能事了。刘知幾理想中的史既如此,则《史通》虽以论史为主,其有益于文就不足为奇了。

二

用历史发展的眼光来认识问题、分析问题,是一个优秀的史学家的特点。刘知幾论文,正发挥了一般文论家所不及的这种特点。早于刘知幾两百年的《文心雕龙》,已可算一部优秀的古代文论了。我们虽能从《史通》中看到不少论点以至论述方法,在《文心雕龙》中已经似曾相识,但刘知幾鲜明突出的历史发展观点,却是刘勰所远不能及的。刘勰虽有《通变》篇专论文学的继承和发展,但其主旨是"矫讹翻浅,还宗经诰",纪、黄诸家,论之已详。而刘知幾却以突出的反袭古、重创新的思想,为古代文论作出了新的贡献。他说:

---

① 《左传·昭公十八年》。

> 古既有之,今何为者？滥觞肇迹,容或可观；累屋重架,无乃太甚。譬夫方朔始为《客难》,续以《宾戏》《解嘲》；枚乘首唱《七发》,加以《七章》《七辩》。音辞虽异,旨趣皆同。此乃读者所厌闻,老生之恒说也。(《序例》)

我们于此,确可嗅到一点古代文论的新鲜气息。自东方朔的《答客难》,枚乘的《七发》以后,踵武之作,大量出现。萧统的《文选》,便承认这一既定事实,专立"七"和"设论"二体；刘勰论文体,又以《杂文》篇对此二体作了重点论述。于是,"七"和"设论"就成了两种公认的文体。可是细审二体,它和一般的文体是颇有不同的。以"七"来说,李善认为:"《七发》者,说七事以起发太子也。"①余冠英先生就释为"用七段文字描写七件事"②。枚乘说楚太子的内容须用七段文字写七件事,魏晋仿作者多达二十家,到了隋代,竟有《七林》三十卷出现③,是否这些内容都正好也要用七段文字说七件事呢？无怪后来洪迈斥《七发》的继作者"规仿太切,了无新意……使人读未终篇,往往弃诸几格。"《答客难》的仿作者也是"屋下架屋,章摹句写"④。洪氏之评,也止此二体,且与刘知幾意同,而刘知幾却在他五百年前就指出了；其目力之锐,敢于突破传统的精神,也就由此可见了。刘知幾认为《答客难》和《七发》的表达方式,在它滥觞肇迹时,是颇为新鲜的,但迭相祖述者,只是"累屋重架",自然就为读者所厌闻,而成老生之常谈了。刘知幾这种反因袭、重创新的思想,并不是偶然出现的。"史"的

---

① 《文选》卷三十四,《七发》注。
② 《七发介绍》,中华书局版《七发》。
③ 见《隋书·经籍志》。
④ 《容斋随笔》卷七。

观念决定他用发展的眼光看待一切。他说：

> 盖闻三王各异礼，五帝不同乐；故传称因俗，《易》贵随时。况史书者，记事之言耳。夫事有贸迁，而言无变革，此所谓胶柱而调瑟，刻船以求剑也。（《因习》）

这段话表达了刘知幾的两个重要观点：一、"事有贸迁"，历史是在不断发展变化着的；三王五帝，时代不同就世事各异。二、既然事物在不断变化，史书是"记事之言"，也不能不随之而变。刘知幾曾列举很多实例来说明这种必要。如《史记·陈涉世家》中说："高祖时，为陈涉置守冢三十家砀，至今血食。"《汉书·陈胜传》也照抄为："至今血食。"刘知幾在《因习》篇指出："案迁之言'今'，实孝武之世也。固之言'今'，当孝明之世也。事出百年，语同一理。即如是，岂陈氏苗裔祚流东京者乎？斯必不然。"一指西汉，一指东汉，事隔一百七十多年，两个"今"字岂能等同？这个一字之例很能说明，忽略了历史的发展变化而胶柱鼓瑟，就必然要违反历史的真实。这是一个历史家所不能不注意的。把这种精神运用到文学上来，就有可能发挥其重要的作用了。

自齐梁到初唐，"世重文藻，词宗丽淫"（《核才》），文史皆然。《杂说下》曾明确讲到："自梁室云季，雕虫道长。平头上尾，尤忌于时；对语俪辞，盛行于俗。始自江外，被于洛中。而史之载言，亦同于此。"刘知幾在对待这个问题上，正表现出一个优秀的史学家的远见卓识。反对当时丽淫而繁滥的文风，对一个历史家来说是必然的。刘知幾虽也一再反对，但和裴子野、苏绰以至李谔、王通等反对者有所不同。他不是简单地是古非今，以质代文，而是用历史发展的观点来对待古今之异。他说：

> 昔尼父有言："文胜质则史。"盖史者，当时之文也。然朴

散淳销,时移世异,文之与史,较然异辙。(《核才》)

这里首先应该看到,刘知幾是把"朴散淳销"当做一种发展的现象,文史的"较然异辙",也是历史发展的必然结果。这种发展虽是伴随着文辞采饰的日趋华丽而出现的,刘知幾虽也反对"雕章缛采"的不良倾向,却并不主张返之古朴。所以,他反对苏绰以古奥的《尚书》体来取代时文的主张。《杂说中》指出:"绰文虽去彼淫丽,存兹典实,而陷于矫枉过正之失,乖夫适俗随时之义。苟记言若是,则其谬逾多。"苏绰的主张是开历史倒车,当然是行不通的。刘知幾认为照苏绰的主张去做,"其谬逾多",就因为他"乖夫适俗随时之义",违背了历史的发展规律。

但是,"今之所作……其立言也,或虚加练饰,轻事雕采;或体兼赋颂,词类俳优,文非文,史非史"(《叙事》)。这种现象,文和史都存在。这就出现一系列复杂的问题:史家的发展观点,怎样对待当时浮华不实的文风呢?"战国以前,其言皆可讽咏,非但笔削所致,良由体质素美"(《言语》);是不是可以舍今趋古呢?古代的史就是"当时之文",是否应回到文史一流的老路上去呢?这些问题,在刘勰的时期已开始显露了,直到蔓延数百年之久的唐宋古文运动,仍然继续探讨着这些问题。刘知幾不可能完全正确地解决这些问题,但他不仅都接触到了,且有自己独特的见地和贡献。

从刘勰到刘知幾和韩愈,他们在反对浮华文风上是有共同点的。但刘勰和韩愈主要以师古为旗帜,刘知幾则以法今为宗旨,这是他们的显著区别。刘知幾虽也讲"仰范前哲",但和刘勰、韩愈师圣、宗经之旨迥异。刘知幾以《左传》为古代"叙事之最",却指出"左氏为书,不遵古法"(《载言》)。《左氏》之可学者,仍是它的法令精神。更主要的是:《史通》反泥古,主创新,强调"适俗随时"的观点比比皆是,旗帜鲜明。如《题目》篇反对"习旧捐新,虽得稽古之宜,未达从时之义";《称谓》篇主张"取叶随时,不借稽古";《言语》篇批判"追效昔文,示其稽古""怯书今语,勇效昔言";《叙事》篇反对"假托古词,翻易今语""持彼往事,用为今说";甚至专论模拟的《模拟》篇,也一再反对"编次古文,撰叙今事""以先王之道,持今世之人"等等。正因为刘知幾牢牢掌握历史的发展观这个思想武器,在种种纷纭复杂的问题之前,他才没有迷失方向,才能提出一些较为正确的意见。对繁华失实的著作,他有今不如昔的说法,但却反对刻舟求剑,因袭古人;他虽不满于"雕虫道长""绮扬绣合",却不同意矫枉过正,返于古朴;他虽看到后世文史异辙,却不废文采,而主张"励精雕饰"。刘知幾也要求学习古代某些良好的写作经验,主要是学其善写当时之事;反对用古语古事写今言今人,主要是时过境迁,古今各异;反对文采,主要是反对齐梁以来的繁华失实,对文而有质的作品,却是提倡的。刘知幾所论的合理性,即在于此。而这种合理性、正确性,就主要得之于他的历史发展观。

略检史实,我们就会发现,反对六朝文风的刘勰,反对六朝余波的韩愈,以及反对宋初百年间"耸动天下"的"刘、杨风采"[①]的欧阳修等,无不打孔孟的旗号,走复古的道路。不可否认,在一定历史条件下,复古主张具有一定的革新意义。但也不可否认,这条道路有很大的局限性。它不仅具有引向复古的副作用,对纠正华靡之风,也并不是很有力的。因为学习古朴最多只能冲淡或消除其淫丽成分,而不能从根本上解决如何为文的问题,也不是对

---

① 欧阳修《六一诗话》。

如何描写事物提出积极的正面主张。刘知幾的重要贡献,就在于他能从描写事物本身的需要出发,来对待古今问题、文质问题,从而提出一些如何写物叙事的具体意见。

《模拟》篇有"述者相效,自古而然"之说,这是事实。问题是怎样相效,怎样模拟。对那些守株、效颦者"弥盖其丑""编次古文,撰叙今事,而巍然自谓五经再生,三史重出"的"无识"之徒,本篇进行了尖锐地嘲讽。如《公羊传》是"先引经语而继以释辞",所以常用"何以书,记某事也"的方式。后世效颦者并非引释经语,也自问自答地写:"何以书,记异也。"这就是刘知幾反对的机械模拟,他称之为"貌同而心异"。向古代优秀的著作学习是应该的,但不是简单地模仿其形式,袭用其古语,而是"取其道术相会,义理玄同"。本篇所举王劭拟《左传》一例,颇能说明刘知幾论模拟的精神:

> 盖文虽缺略,理甚昭著,此丘明之体也。至如叙晋败于邲,先济者赏,而云"上军、下军争舟,舟中之指可掬"。夫不言攀舟乱,以刃断指,而但曰"舟指可掬",则读者自睹其事矣。至王劭《齐志》,述高季式破敌于韩陵,追奔逐北,而云"夜半方归,槊血满袖"。夫不言奋槊深入,击刺甚多,而但称"槊血满袖",则闻者亦知其义矣。

两事不同,文词各异,但有一个共同点,就是用简要的语言写具体的形象,而能把事理突出地表现出来,使读者如睹其事。刘知幾称这种模拟为"貌异而心同",并说这才是"真史",而不是"似史"。"真史"则以清楚明白地表达史实为目的,"似史"就只图表面形式同于古人,所以"貌"虽同而"心"——史的实质却异。显然,这种"模拟"方法,无论对史对文,都是一种积极的方法,比消极地避免繁文缛采更为可取,而和复古论者大异其趣。

如果和唐代古文运动者的一些论点相较,会使我们更加清楚地看到刘知幾的见解,确有他的独到之处。韩愈有句名言:"唯陈言之务去"①,这和刘知幾的观点基本一致。韩愈又说,他学习古代圣贤是"师其意,不师其辞"②,这就有所不同了。韩愈要师的"意",也就是所谓志于道的"道"。他说:"愈之所志于古者,不惟其辞之好,好其道焉尔"③,则以道为主,也要兼通其辞了。因此,又自称:"其业则读书著文歌颂尧舜之道……其所著,皆约六经之旨而成文。"④"六经之旨",应该就是他所好的古圣贤之"道"了。其"约六经之旨"而成的"文",照刘熙载看来,还"不必其文之相似"⑤,和刘知幾反对"貌同心异"的观点也是一致的。但除刘知幾反对用古语古事比较彻底,否定"其辞之好"以外,在对待古道上有一个重要区别。刘知幾不仅没有好古道、写古道的主张,且明确指出:

> 盖语曰:"世异则事异,事异则备异。"必以先王之道,持今世之人,此韩子所以著《五蠹》之篇,称宋人有守株之说也。(《模拟》)

反对用先王之道来教育今世之人,这可说是离经叛道了;他敢于大胆提出这种主张,是有其充分的理由的。主要就是古今历史情况不同,在世事已有巨大变化之后,再搬出"先王之道"来要求今

---

① 《答李翊书》,《韩昌黎文集》卷十六。
② 《答刘正夫书》,《韩昌黎文集》卷十八。
③ 《答李秀才书》,《韩昌黎文集》卷十六。
④ 《上宰相书》,《韩昌黎文集》卷十六。
⑤ 《艺概·文概》。

世之人,岂不正是守株待兔?"先王之道"无论怎样正确,它毕竟是针对当时的具体人事而发,施之于今,就会牛头不对马嘴,往往是有害无益的。可是,其前的刘勰,其后的韩愈,虽然面临的形式主义文风略同,有的却以圣贤之旨为"恒久之至道,不刊之鸿教"①,有的却以儒家道统的继承者自居,以"学古道""志古道"为其终身追求的目标。显然,刘知幾对这个问题的认识,比之上述他的先辈和后继者都更为卓越。而这种认识,正是在从现实出发的历史发展观的指导之下形成的。能解放传统思想的束缚,从当前实际出发,这无论于文于史,都是十分必要的。

三

史家论文,在两个重要问题上可说是独具慧眼:一是上面所说的历史发展观,一是"良史以实录直书为贵"(《惑经》)。史和真两种观点是密切联系着的,二者都基于客观事物:没有史的观点,就不可能认清不断发展变化中的具体事物;只有表现出事物的真实面貌,才能符合史的要求,才不致违反史的规律。

刘知幾对史家求真的论述,有价值于文的,略有三端:一是勇于直书的精神,二是语言要符合不同人物的实际,三是叙事要求言约而旨丰。"实录直书"是我国古代史家的通论。虽然,秉笔直书的历史家,古来鲜见,但比之文人,特别是大量歌功颂德、奉和应制之作,史家毕竟侧重于求实主真一些。这当然是文史各不相同的特点决定的,但如把"爱而知其丑,憎而知其善"(《惑经》)的精神用于文学创作,无疑是有好处的。此理至明,没有多说的必

---

① 《文心雕龙·宗经》。

要。略值一提的是,刘知幾不仅对史之曲笔深恶痛绝,认为"记言之奸贼,载笔之凶人。虽肆诸市朝,投畀豺虎可也"(《曲笔》)。更突破尊贤隐讳的传统观点,对孔子提出了尖锐的批评:

> 观夫子修《春秋》也,多为贤者讳。狄实灭卫,因桓耻而不书;河阳召王,成文美而称狩。斯则情兼向背,志怀彼我。苟书法其如是也,岂不使为人君者,靡悼宪章,虽玷白圭,无惭良史也乎?(《惑经》)

刘勰在《史传》篇尚称:"尊贤隐讳,固尼父之圣旨,盖纤瑕不能玷瑾瑜也。"可见刘知幾比刘勰的主真更为彻底,这和他反对师古的精神也是有关的。

刘知幾论真,特别注重"言必近真"。对史书来说,无论记言记事,语言的是否真实,自然是个重要问题。而刘知幾从"言必近真"的原则出发,也提出了不少对文学语言极为有益的意见。

由于人各不同,人物的语言也是各有其不同特点的。要"言必近真",就必须把各人不同的语言特点表达出来。《杂说下》曾讲到这种情形:"辩如郦叟,吃若周昌,子羽修饰而言,仲由率尔而对",如果不注意到这种特点,不加区别地"一概而书",就不可能得其真。要真实地记言,就必须写出人物语言或善辩,或口吃,或整饰,或轻率的不同特点。刘知幾认为魏晋以后的作品,普遍存在的缺点之一就是雷同一概:

> 夫国有否泰,世有污隆,作者形言,本无定准。……谈主上之圣明,则君尽三、五;述宰相之英伟,则人皆二八。国止方隅,而言并吞六合;福不盈眦,而称感致百灵。虽人事屡改,而文理无易。故善之与恶,其说不殊,欲令观者,畴为准的?此所谓一概也。(《载文》)

凡是帝王都写得同样圣明,凡是宰相都写得同样英伟;无论国势盛衰,都"其说不殊",这就必然失真。要真,就不能老用那些陈词滥调,把事事写成一般模样,而要写出其各不相同的具体特点。人的语言是"其异如面"的,因而更有其各不相同的特点。史家记言叙事,人物语言都是一个重要内容,所以,刘知幾特重人物语言的论述。

首先是时代不同,人物语言应有所不同。如果"使周秦言辞,见于魏晋之代;楚汉应对,行乎宋齐之日",那就"真伪由其相乱"了。如《左传·哀公二十年》载吴王夫差语:"勾践将生忧寡人。"孙盛《魏氏春秋》中记曹操的话也有"将生忧寡人"[1]之说。刘知幾认为这就"事殊乖越者矣"(《言语》)。

其次是不同地域、不同民族的人,有不同的方言俗语或民族语言。王劭《齐志》"多记当时鄙言",《杂说中》给予大力肯定,认为这种史书"足以开后进之蒙蔽,广来者之耳目"。《言语》篇批评有的史书"讳彼夷音,变成华语",甚至对少数民族的语言"妄益文采,虚加风物,援引《诗》《书》,宪章《史》《汉》",以致"华而失实,罪莫大焉"。本篇举到几个生动的例子,如《左传·文公九年》载江芉骂商臣:"役夫!废汝而立职。"《史记·留侯世家》载汉王骂郦食其:"竖儒,几败乃公事!"《魏略》载单固骂杨康:"老奴,汝死自其分!"[2]《晋书·王衍传》载山涛赞叹王衍:"何物老妪,生宁馨儿!"[3]刘知幾认为:"斯并当时侮嫚之词,流俗鄙俚之说,必播以唇吻,传诸讽诵。"这种生动的口语,真实地传达了人物说话的

---

[1] 见《三国志·魏书·武帝纪》注。
[2] 见《三国志·魏书·王陵传》注。
[3] 刘知幾原作乐广叹卫玠语,恐误。

神态语气,使人如闻其声,要"言必近真",就应直接采用这种语言。

再就是人物语言必须和他的身份相称。粗野的人,其言鲁直,文墨之士,其言必雅。如果不如实记载,而"事资虚饰",就会闹出这样的笑话:"王平所识,仅通十字;霍光无学,不知一经:而述其言语,必称典诰。""《宋书》称武帝入关,以镇恶不伐,远方冯异;于谓滨游览,追思太公。夫以宋祖无学,愚智所委,安能援引古事以酬答群臣者乎?斯不然矣。"(《杂说下》)王平是"生长戎旅,手不能书,其所识不过十字"①;霍光则"不学亡术"②;宋主刘裕也"少事戎旅,不涉经学"③,他们说话,怎么可能"言必典诰"呢?

以上三个方面,都是从"言必近真"着眼的。不同时代、地点、民族以及不同文化修养的人,其语言是各有不同特色的。如实地把各种人物的语言特点表达出来,这是史的要求,也是文学艺术的要求。从"言必近真"出发来描写人物,则或粗暴,或温柔,或轻浮,或庄重,也是应予真实表达的。这样写来,就不止是语言逼真,整个人物形象也就容易给人以真切生动的具体感受了。

写史,主要是个如何叙事的问题。刘知幾所论史家叙事经验,不少是有益于文学创作的。《叙事》篇把史书的"叙事之体"概括为四:一是"直纪其才行",二是"唯书其事迹",三是"因言语而可知",四是"假赞论而自见"。他认为叙事要能"文约而事丰",必须"四体皆不相须",就是不应兼用二体或三体来叙同一

---

① 《三国志·蜀书·王平传》。
② 《汉书·霍光传赞》。
③ 《南史·郑鲜之传》。

事,如果"兼而毕书,则其费尤广"。这并不仅仅是为了避免重复。只用其一,要把事情表达清楚,其积极意义还在无论记言记事,必须选取最能表明事理的材料。如刘知幾所举:"《左氏》载申生为骊姬所譖,自缢而亡;《班史》称纪信为项籍所围,代君而死。此则不言其节操,而忠孝自彰。"这就是说,申生受譖而自缢,纪信为刘邦替死的具体行动,本身就足以显示其"节操"了,写出这种具体行动后,就不必再费笔墨来说明或论赞。"又如《尚书》称武王之罪纣也,其《誓》曰:'焚炙忠良,刳剔孕妇。'"有此誓词,已表明商纣王最残忍暴虐的罪恶了,其他罪恶就不必多加申诉。显然,这正是文学创作中用具体形象来说明问题的重要方法。

与此有关的,是刘知幾在本篇所讲"用晦之道"。史书要求写真,但"非谓丝毫必录,琐细无遗者也"。《杂说下》提出一个原则性的意见:"书之有益于褒贬,不书无损于劝诫。但举其宏纲,存其大体而已。"抓住重大事件,不写可有可无的东西,这是对的。但无论文史,必然要写到一些具体事件,怎样写这些具体事件,还必须讲究"用晦之道"。《叙事》中说:

> 然章句之言,有显有晦。显也者,繁词缛说,理尽于篇中;晦也者,省字约文,事溢于句外。……夫能略小存大,举重明轻,一言而巨细咸该,片语而洪纤靡漏,此用晦之道也。

无论写大事小事,要把所写事物全部实录无余,都是做不到的。繁词缛说,不仅"理尽于篇中",且往往会繁华而失实,或难以显其要害。所以,最好是用略小以存大、举重以明轻的方法。这不仅总结了史的叙事经验,也总结了文的创作经验。

早在《周易》中就讲到:"其称名也小,其取类也大。"①汉人论文,这类说法甚多。如司马迁评屈原的作品曾说:"其称文小而其指极大,举类迩而见义远。"②到刘勰就具体总结了"以少总多,情貌无遗"③的文学创作经验。刘知幾讲的"用晦之道",显然受到刘勰的启发。《文心雕龙·隐秀》有云:"隐也者,文外之重旨也。……夫隐之为体,义主文外。"刘知幾讲的"晦也者……事溢于句外",正是一个意思。《文心雕龙·物色》又说,"以少总多"的方法可以做到"物色尽而情有余",《叙事》篇则说,用晦的方法可以做到"虽发语已殚,而含意未尽"。怎样才能做到"以少总多"或"举重明轻"?《物色》篇提出"并据要害"和"善于适要",《叙事》篇则讲"言虽简略,理皆要害",都指要能抓住事物的要点。

这种古代文史交流、相得益彰的情形,是很值得注意的。刘知幾论史吸收了前人论文的某些意见,他论史的意见,又影响及后世的文论。除了对唐代古文运动的启发外,其论"用晦之道"对后世的影响也是很明显的。如后世论含蓄、讲意在言外甚多,"言有尽而意无穷"成了唐宋以后文论家公认的"天下之至言"④,这和刘知幾所讲"发语已殚,而含义未尽"不能无关。最直接的是"一言而巨细咸该,片语而洪纤靡漏"二句,刘禹锡用以论诗:"片言可以明百意……工于诗者能之。"⑤

更值得注意的是,刘知幾对这问题的论述,虽继承前人,却有

---

① 《周易·系辞下》。
② 《史记·屈原列传》。
③ 《文心雕龙·情采》。
④ 《白石道人诗说》引苏轼语。
⑤ 《刘禹锡集·董氏武陵集纪》。

新的发展。除了方法上,"略小存大,举重明轻",要"如用奇兵者,持一当百"等,比前人讲得更具体、更深刻外,主要是他把这种方法具体用于论人事。刘勰论自然物色的"以少总多",虽有其重要贡献,但他未及人事。刘知幾正好补充了刘勰的不足之处。如说:

> 至若高祖亡萧何,"如失左右手";汉兵败绩,"睢水为之不流";董生"乘马三年,不知牝牡";翟公之门,"可张雀罗",则其例也。(《叙事》)

刘知幾论史,特重《左氏》,对《史记》《汉书》在传记文学上的成就,尚缺乏充分的认识。但上举《史》《汉》诸例,还是能够说明"用晦之道"在叙事中的重要作用的。《史记·淮阴侯列传》载萧何急追韩信,被误报为逃亡,使刘邦大怒,"如失左右手"。话虽不多,很能说明刘邦对萧何的重视,以及萧何在刘邦事业中的重要地位。他如"翟公之门,可张雀罗",则门前冷落鞍马稀之状可知。用"乘马三年,不知牝牡"来形容董仲舒治学的专心致意,也真是"举重明轻",可见其余了。这些例句说明,用"略小存大"的方法于叙写人事,主要是用典型的具体形象来说明问题,正可用少量文笔来概括丰富的内容。因为是抓住人事的具体特征来写,就能既省繁,又逼真。这当然是文学创作的重要方法。

刘知幾对古代文论的贡献,主要就在他论写人叙事的方法。他以论史为主,当然不可能探究文学艺术的某些特殊规律。但就以上所述一些共同点来看,在初唐以前的文论史上,他是有其独特的贡献的。古与今、文与质的关系,他比前人处理得更为合理;人物语言问题,在刘知幾以前的文论史上,几乎一张白纸;概括性的叙事方法,他直接用于人物和社会现象的描写。这都是他的前辈所不及的。不能说刘知幾比他的前辈都高明,他的独到之处,主要是他作为一个优秀的史学家而特别注重史和真的观点造成的。我们于此得到的重要启示,是对古代史学家的意见,还有充分注意的必要。

(原载于《唐代文学论丛》1982年第1期)

中西戏剧艺术共同规律初探

美国J·刘若愚以为："文学理论的比较研究可使我们更好地从整体上理解文学。"(《中国的文学理论》)从艺术理论是艺术经验的概括来看，这话是可信的。本文便主要从中西戏剧理论上来探讨其共同性。中西戏剧艺术之别，论者甚多，以至有人认为是两种全然不同的文学样式。但莎士比亚的戏剧能为中国观众所爱好，梅兰芳的表演艺术亦为西方观众所赞赏，是必有其共同之迹可寻。人皆言异而我言同，其有未当，幸以门外剧谈者的大胆妄言视之；盖以应香港中大主办国际比较文学盛会之约而逼上梁山耳。

一、戏与人

高尔基称文学为"人学"，戏剧艺术更是人表演人的人学。所以，斯坦尼斯拉夫斯基强调舞台艺术所表演的首先是"活生生的人"。阿尼克斯特在《莎士比亚的创作》中说："莎士比亚的戏剧从头到尾全是写的人。"不仅莎剧，古今中外的戏剧，也无不是表现人的。既然如此，就必有人的共通之处，从而决定中西戏剧艺术不仅可以沟通，可以交流，也必有其共同的规律。

人有千差万别。时代，民族，地区，阶级，以至性格习尚的不同,使世界上没有两个完全相同的人,却未能完全阻止人与人的交流。在数千年的人类戏剧史上,这是早已得到证实的。"自有戏剧以来,它的目的始终是反映人生"(《汉姆来特》),因而莎剧可以被誉为"一切时代和一切民族的艺术发展的茂盛的花朵和丰饶的果实"(伯林斯基《诗的分类》)。历史上推重戏剧艺术的人类性、普遍性者,也举不胜举。如金圣叹评《西厢记》,以为"世间妙文,原是天下万世人人心里公共之宝";英国阿·尼柯尔在《西欧戏剧理论》中,一再强调优秀的悲喜剧都必然"具有人类的普遍性"。这方面的中西一致是戏剧艺术本身的特点决定的。从亚里士多德开始,以描写"普遍性"和"个别的事"为诗和历史的区分,就初步揭示了戏剧艺术力求表现人类社会的普遍性的特征。个别的,特殊的人事,或者构不成戏剧,或者不是好的戏剧。伯林斯基认为西班牙戏剧之所以未能称著于世,就"因为它的戏剧还没有提高到普遍的具有世界意义的内容"(同上)。帝王将相是人类的极少数,但在中西戏剧史上都占有重要的地位。法国戏剧家博马舍对此作了很好的解释:"如果我们对悲剧中人的兴趣发生了各种感情,其原因并不是因为这些人物是英雄和帝王,而是因为他们是不幸的人……真的内心兴趣,真实的关系,总是在于人与人之间,而不是存在于人与帝王之间。"(《论严肃戏剧》)

中西戏剧相通的事实,《灰栏记》是突出的一例。元杂剧《包待制智赚灰栏记》传入西方已久,日本青木正儿在《元人杂剧概说》中讲到:"《灰阑记》有裴利安的法译本,据说也有德译本。"德国的克拉本特和布莱希特先后改编成两种《灰栏记》。虽然三种《灰栏记》各有不同的处理,但都通过灰栏断案的情节以检验人类共有的最真诚的母爱。当代斯坦尼斯拉夫斯基研究者曾讲到这样一个事实:中国的某些青年演员,未必学过斯氏的"有机天性规律",其演出却暗合斯氏规律(郑雪来《斯氏体系与表演艺术本质问题》)。这是不足为奇的。斯氏自序其《体系》说:"我在这本书里论到的,并不是关于个别的时代及其人们,而是关于各时代、各民族的一切具有演员气质的人的有机天性。"(《演员自我修养·序言》)演员是人,表演的也是人,在舞台上演"活生生的人"本身就是人的"生活",则无论古今中外的舞台艺术,就既可通过互相交流而沟通,也可远隔千山万水而所见略同。

鄙见以为,无论是戏剧理论或比较研究,正应以探寻基于人的舞台艺术的共同规律为自己的重要任务。金圣叹《读第六才子书〈西厢记〉法》,第一条就是:

> 有人来说《西厢记》是淫书。此人后日定坠拔舌地狱。何也?《西厢记》不同小可,乃是天地妙文,自从有此天地,他中间便定然有此妙文。不是何人做得出来,是他天地直会自己劈空结撰而出。

这个天地间必有的"妙文",就是人而有情。男女相爱,乃人之大欲,故自有天地,便必自撰此文。古往今来,五洲四海,凡是"活生生的人",就生活在这曲"妙文"的大舞台上,使人世间生出多少悲欢和无尽的兴致。金圣叹看到《西厢记》的人类性、普遍性、必然性,这是他的高人之处。在中西戏剧艺术中,这样的"妙文"是无穷无尽的,戏剧艺术的共同规律就蕴于其间。在戏剧理论这块前人长期笔耕的沃土上,我们今天是可俯拾皆是的。

二、演出与观众

阿·尼柯尔曾做过这样的比较:"莎士比亚和索福克勒斯之

间几乎没有共同之处……除了两个人都是以对白写戏,并演给观众看外,几乎再也没有什么东西可以把两人联系在一起了。"(《西欧戏剧理论》。后引此书,只注作者)这虽是一种夸张的说法,却有力地表明:凡是戏剧艺术,纵有千差万别,都必通过舞台向观众演出。英国戏剧如此,中国和所有的戏剧无不如此。法国戏剧理论家萨赛的论断是不容置疑的:"没有观众,就没有戏剧。"(《戏剧美学初探》)他认为:"这是一种不容争辩的真理:不管是什么样的戏剧作品,写出来总是为了给聚集成为观众的一些人看的;这就是它的本质,这是它的存在的一个必要条件。不管你在戏剧史上追溯多远,无论在哪个国家、哪个时代,用戏剧形式表现人类生活的人们,总是从聚集观众开始。"(同上)所以,这就是戏剧艺术最基本的规律,舍此便不成其为戏剧艺术。中国古代戏剧家对此亦有明确认识。元代周德清的《作词十法》,已有"要耸观,又耸听"之论;明人王骥德在《曲律》中论戏剧与古优之别,是"并曲与白而歌舞登场";到清初李渔之论:"填词之设,专为登场"(《闲情偶寄》。下引李渔之论,凡未另注者,均出此书),更是这一规律的明确表述。

戏剧能否演出,首先决定于剧本创作。中国戏剧由诗、词、曲衍化而成,和诗的形式及抒情写意的特点都有密切联系。中国戏剧的唱占有重要地位,故常称演戏为"唱戏",其唱的部分就是诗。西方戏剧本身就是诗的分支,剧也多谓之诗。莎士比亚的戏剧就多是直接用诗写成的。这种中西戏剧的相似处,既非偶合,也不是受何者影响所致,而是戏剧艺术的演唱性决定的。虽然中西戏剧史上都出现过一些不能演出的案头剧本,但如拜伦、雪莱等人的诗剧,本身仍是诗,非为演出而写的剧。中国古代曾出现过一些追逐词采的剧作,虽雅丽而不宜搬演,这就违反了戏剧必须"登场"的规律,因而自明代以来,对案头剧的批判不绝于史。

"专为登场"的戏剧,决定了它的一系列不能违背的特殊要求。虽从十八世纪以来,逐渐突破"三一律"的某些规定,但中西戏剧艺术至今仍不能不受剧场、演员精力、观众时间等条件的制约。现代化的手段可以做到咫尺千里,扩大舞台的空间。但只要是在舞台上由演员向观众演出,就必须在四小时以内结束一场完整的戏剧。中国的戏剧舞台可以容纳曹操的八十万人马,却不允许有其万分之一的人成为戏剧角色,更无法使曹操从赤壁之战到自为魏王。所以,雨果主张"戏剧应该是一面集中的镜子",伯林斯基要求"戏剧动作应当集中在单独一种兴趣上"。冯梦龙讲"忌支离",李渔论《立主脑》要"一线到底",金圣叹强调"止写一人一事"等,都是舞台艺术的客观要求而中西与共。

剧作必须通过演员的表演才能完成戏剧艺术。把剧本化为舞台形象,实为演员的再创造,没有这个再创造,就没有舞台艺术可言。而演员再创造的得失,又决定着舞台艺术的成败。因此,对表演学的研究,极为有识者所重。斯坦尼斯拉夫斯基的庞大体系,李渔《闲情偶记》中的《演习部》《声容部》等,都是着意研究表演艺术的中外名著。这两位相距二百五十年的戏剧大师,其培养演员的途径自然不同。斯氏体系侧重于运用"有魔力的'假使'","我就是"什么人物,以训练演员的"有机天性",去体验具体的戏剧角色。李渔则注重最基本的演员素质。他以"文理"二字为万能之"钥",故先教以读书识字,直到能吟诗作文,使演员与"名士佳人,合而为一"。做到这点,则千门万户可得而开,故云:"千古来韵事韵人,未有出于此者。"但不仅斯氏并未忽视演员的素质,从感情、智慧,到体操、舞蹈、剑术、发声等,都有全面的训练;李渔之论,也要求"无拂其天然之性";而其"设身处地""梦往神游"诸论,虽为创作而发,亦不失为体验角色的金玉良言。作为扮演一定角色而登台的演员来说,无论中西各家之论,也不管是再现派、表现派或体验派,都必须服从的是:演员应尽可能近似他所扮演的角色。如果茶花女和杜十娘的形象无异,唐吉诃德和阿Q的形象难别,是任何一派的戏剧所不容的。

中国的传统艺术虽重传神,不过是要求高度的真,艺术的真。它和模仿体系的西方艺术相较,虽有其不同的特色,但在追求艺术的真实上是有一致性的。重神的艺术家虽讲"离形得神",但这一传统的精髓是"以形写神",即通过逼真的"形似"以传其"神似"。所以,中国古代艺术家并不忽视摹写形真,如清代画家之论:"真境逼而神境生"(笪重光《画筌》);"譬如画人,耳目口鼻须眉,一一俱肖,则神气自出,未有形缺而神全者也"(邹一桂《小山画谱》)。这说明,"神似"必以"形似"为基础,离形之神,不过自文其陋。戏剧艺术同样如此。如汤显祖评《焚香记》:"其填词皆尚真色,所以入人最深,遂令后世之听者泪,读者颦,无情者心动,有情者肠裂。何物情种,具此传神手!"赞撰者为"传神手",其能传神者,盖出于"皆尚真色"。这与汤显祖论表演艺术,要求演员"为旦者常自作女想,为男者常欲如其人"(《宜黄县戏神清源师庙记》),其精神是完全一致的。所以,中国古代戏剧家要求演员把角色演真的主张是普遍的。如臧懋循在《元曲选后集序》中所说:"随所妆演,无不摹拟曲尽,宛若身当其处,而忘其事之乌有。"李渔更主张"说何人,肖何人";"妆龙象龙,妆虎象虎"。西方的有关论述自然更多,如高乃依在《论三一律,即行动时间地点的一致》中所说:"戏剧作品是一种摹拟,说得确切些,它是人类行为的肖象;肖象越与原形相象,它便越完美,这是不容置疑的。"按照这个原则来论表演艺术,自然是要求"完全与真实相合"。这可说是模仿体系的典型论点。斯氏的体验论,也主要是"体验角色",以求做到"和角色完全一样正确地、合乎逻辑地、有顺序地、象活生生的人那样去思想、希望、企求和动作。演员只有在达到这一步以后,他才能接近他所演的角色,开始和角色同样地去感觉"(《演员自我修养》)。除以上所举,中外类似论述甚多,如西班牙的维伽、英国的屈莱顿、法国的奥·威·史雷格尔、中国的王骥德、杨恩寿、王德晖、王廗绰等,不胜枚举。

  这里不能不提到的,是以论间离效果称著的布莱希特。他反对演员与角色融合为一,为了保持演员"清醒的判断",能理智地控制自己的感情,故主张演员"一刻也不能完全彻底地转化为角色"(《戏剧小工具篇》)。此论和斯氏体系自然有别,一是表现派,一是体验派;主体验者是要求演员接近角色,主表现者是要求演员和角色之间保持距离。二论似为对立,夷考其实,在本质上并无巨大出入。斯论并非主张演员与角色"完全彻底"地合而为一。他不仅一再强调演员的"自我感觉",且明明说过"化身并不是离开自我",而要求演员以自己的智慧、意志、感情为"统帅",正与布论"清醒的判断"同旨。布氏重演员的理智,却断言"陌生化效果(即间离效果)不是出现在没有感情冲动的形式里"。什么感情冲动呢?他否认:"如果他(演员)要塑造热情的人,自己必须冷酷。"既如此,演员的感情至少应与角色协调一致。特别有趣的是,布氏这样概括他的基本观点:"演员在舞台上有双重形象:既是劳顿(演员),又是伽利略(角色)。"而要求舞台上的演员"既成为别人(角色),又保持自我(演员)"正是斯氏的名言。这种双重形象的结合,只能是为了驾驭演员的感情,以求高度艺术地表现角色的真,而绝非相反。所以,斯、布二家在这个问题上不仅相去未远,甚至是殊途同归。

我们于此看到的演剧规律,是演某人必须像某人。在这一总的要求下,多角度、多层次地进行各种不同的探索,是正常的,需要的。

三、娱乐与教育

演剧效果涉及舞台艺术的一系列问题,这里只就戏剧演出对观众的作用略陈鄙见。

这要从戏剧艺术本身的特征来考察。舞台上表演的是活生生的人,是集中的人的生活。这种现身说法的特点,使舞台艺术比其他艺术有更为直接的感染力。观众未必抱着接受某种道德教育的目的进入剧场,但随着舞台上悲欢离合的变化,观众的情绪难免在不知不觉中随之起伏激荡,从而受其影响。高尚的情操、崇高的品德,某些人可能无动于衷,但绝大多数观众是敬仰的;庸俗趣味、下流动作,可能引起少数人的兴趣,却必为多数观众所不齿。所以,舞台艺术的这种特点,既决定了它对观众的思想感情、道德品质有一定的潜移默化的作用,也决定了戏剧家的何去何从。

亚里士多德早就看到,悲剧是对"比一般人好的人的摹仿",因而可使观众的感情得到"陶冶"(或称为"净化")。经过长期戏剧实践的检验,这一认识愈来愈明确和加深了。如十八世纪意大利喜剧家哥尔多尼提出剧院成为"防止恶习的学校"(《回忆录》)的理想,法国哲学家狄德罗希望戏剧能"帮助法律引导我们爱道德恨罪恶"(《论戏剧艺术》)。到斯坦尼斯拉夫斯基就进而断言剧场是"人类心灵的工厂",是"大众性的课堂。剧场栽培几十万、几百万人!"(《演员自我修养》)中国戏剧家对这方面的要求则有过之而无不及。如元代戏剧作家高明在《琵琶记》的开场词中提出:"不关风化体,纵好也徒然。"明代戏剧家汤显祖认为戏剧"可以合君臣之节,可以浃父子之恩,可以增长幼之睦,可以动夫妇之欢"等等(《宜黄县戏神清源师庙记》)。近代戏剧家吴梅的"传奇之作,用之代木铎",说出李渔,而与西方"学校""课堂"诸论同旨。他还有一段较为具体的论述:

> 风俗之靡,日甚一日。究其所以日甚之故,皆由于人心之喜新尚异。剧之作用,本在规正风俗。顾庄论道德,取语录格言之糟粕,以求补救社会,此固势有所不能也。就人心之所向,而为之无形之规导,则不妨就末流之习,渐返于正始之音,故新异但祈不诡于法而已。新之有道,异之有方,总期不失情理之真,俾观者知所惩劝而无敢于为恶,斯亦可矣。(《顾曲麈谈》)

被誉为近代"曲学大师"的吴梅,这段论述确能反映他对戏剧的教育作用有高于前人之识。首先是"庄论道德"对挽救世风之靡不如戏剧,并非危言耸听,戏剧艺术的力量,确为某些政论所不及。更值得注意的是,他懂得"就人心之所向"而投其所好,在因势利导中发挥戏剧艺术"规正风俗"的作用。这就既不违戏剧艺术的规律,又不失戏剧家的主导作用。中西戏剧艺术都存在这样一个客观事实:一经上演,就必对观众产生这样或那样的影响。既然如此,从剧作家到演员,是从纯娱乐出发而使戏剧成为娱乐之具呢?还是别有所图?地球上各种各样的戏剧家对此可以有不同的态度。可以断言的是:伟大的戏剧必出于伟大的戏剧家之手。

但戏剧艺术毕竟是一种艺术。世界上未必有人专以接受教育为目的而充当观众,也不会有一位真正的剧作家把剧本当做伦理道德的教科书来写。(笔者在《雕龙集》中曾论及明儒邱濬的《伍伦全备记》,邱氏自谓此剧所宣扬的"实万世纲常之理",确是"伍伦全备"的道德教科书。但沈德符已说他于戏曲"尤非当行",邱濬只是一个道学家,而非真正的戏剧家。)所以,有的研究者以娱乐和教育为戏剧艺术的双重目的。阿·尼柯尔对此做了专题研究,试图解决这样一个难题:观众是期待从演出中获得教益,抑以娱乐为目的?他列举欧洲许多评论家的意见,却未能得出一个明确的结论。他只能说:"以教诲为目的的实际想法,我们通常是不从戏剧中寻找的。然而,这并不意味着'道德伦理'与戏剧无关。"这是戏剧艺术固有的特征决定的:剧场既非伦理道德的课堂,它又培育着几十万、几百万观众;它既是工作学习之余的娱乐场所,人们却为它洒下了庄严的泪花。所以,本文无意卷入娱乐与道德的争论,只图认定这样一个事实:古今中外的戏剧艺术,其演出效果不外娱乐、教育二端。

就戏剧艺术的一般情况来看,其教育作用和娱乐作用往往是难解难分的。很可能作者无意施教而教在其中。正如莱辛在《汉堡剧评》中讲到的情形:莫里哀的《吝啬者》"连一个吝啬的人也没有改造过来";但它对慷慨的人却"富有教育意义"。这是不难理解的。喜剧的笑自然可以娱人,但莱辛断言:"在整个道德中再也没有比滑稽可笑的事物更强有力,更有效果的了。"当然,问题在笑的是什么,赞美的是谁,以及是否应该笑或赞。这里有必要回到阿·尼柯尔对道德问题的讨论。他很赞同歌德的以下意见:"如果一位诗人的心灵与索福克勒斯的心灵一样崇高,他的影响总是在道德伦理方面",因此"让他写他想要写的东西吧!"这就是说,心灵崇高的作者,凡写其所想写的东西,虽非有意寓教于剧,也"总是在道德伦理方面"的。正因此说近于戏剧艺术的创作规

律,自然就不只歌德一人有此认识。大概歌德和尼柯尔都未曾读过《闲情偶记》,李渔在歌德一百五十年前就有如下论述:

> 凡传世之文者,必先有可传世之心,而后鬼神效灵,予以生花之笔,撰为倒峡之词,使人人赞美,百世流芳。传非文字之传,一念之正气使传也。《五经》《四书》《左》《国》《史》《汉》诸书,与大地山河同其不朽。试问当年作者,有一不肖之人、轻薄之子,厕于其间乎!

这当然不是偶合,精于此道者,自可英雄所见略同。两说相较,虽各有千秋,却难许后来者居上。"不肖之人、轻薄之子",是写不出不朽的传世之作的。这和歌德所论相近。歌德以为凡心灵崇高者总在道德,李渔则强调"可传之心"和"一念之正气",此其略异处。李渔指出"非文字之传",就排除了单纯创作技巧的作用,但又不废技巧,只是"必先有可传世之心"或"一念之正气",然后以生花之笔,写流芳百世之作。是则更为深入而兼顾教育与娱乐二义。试准此理以衡诸中西伟大戏剧家,莎士比亚、关汉卿等等,其所以有流芳百世的普遍性、人类性者,无不首先决定于其高尚的品德;而历史上一切伟大的剧作,也总是教育与娱乐的和谐统一。

中西戏剧家之间教育与娱乐不可分的观念是普遍的。纯粹的娱乐说和教育论,虽也中西并存,但都是极少数。这种情形同样不能归之于巧合。凡符合戏剧艺术本质特征的共同点,就有其必然性,就是规律而非偶合。以上分析可从中西戏剧史上的大量论著得到证实。如英国批评家屈莱顿在《悲剧批评的基础》中所论:"使观众从愉快中得到教益是一切诗歌的总目标。"比之把娱乐和教育视为两种作用的众多意见,此说更为合理。娱乐和教育并不等同,也可以说是戏剧艺术的两个目的,但在艺术实践中,在它对观众发生的作用上,必然在总体上是统一的。单纯的娱乐至少不是优秀的戏剧;仅仅是教益,就用不着戏剧了。所以,观众只能在戏剧的艺术享受中得到教益。在实践和理论上,可能各有侧重,却不能偏废。布莱希特的间离效果不过是一种艺术手段,使用这种手段的目的,仍是为了"使人们得到娱乐、教育和鼓舞"(《戏剧辩证法》)。在他看来,娱乐和教育更是统一的:

> 通过艺术和生活改变自己,通过艺术改变生活,这是人的一种乐趣。(同上)

改变自己和改变生活是戏剧艺术给人的教育和鼓舞,而布氏认为这就是"人的一种乐趣",娱乐和教育本身是一致的。我们于此又一次看到殊途同归的事实。不同时代,不同派别,虽是笔区云谲,文苑波诡,艺术见解各不相同,但在戏剧艺术的基本规律上是一致的,即娱乐和教育的统一。

再进而考察中国的戏剧观念。王骥德《曲律》有云:"古人往矣,吾取古事,丽今声,华衮其贤者,粉墨其慝者,奏之场上,令观者藉为劝惩兴起,甚或扼腕裂眦。涕泗交下而不能已,此方为有关世教文字。"何谓"关世教"?教化作用缘何体现?就是戏剧艺术的强大感人力量。艺术家让台上"贤者""慝者"的行动令观者或怒不可遏,或痛哭流涕,这是"关世教"。这里,教育就是娱乐,娱乐就是教育,二者不可得分。和西方一样,中国戏剧家也有的侧重强调教育,有的侧重强调娱乐。如清初黄周星所论:

> 制曲之诀,虽尽于"雅俗共赏"四字,仍可以一字括之曰:"趣。"古云:"诗有别趣",曲为诗之流派,且被之弦歌,自当专以趣胜……趣非独于诗酒花月中见之,凡属有情,如圣贤豪杰之人,无非趣人,忠孝廉节之事,无非趣事。(《制曲

枝语》)

主张"专以趣胜",自然以娱乐为主,故以忠孝廉节亦为"趣事"。然忠孝廉节正是中国的传统道德观念,只不过以趣出之,寓道德于趣人趣事之中。所以,道德和娱乐仍是统一的。

回顾上文可知,非必庄论道德始可言"教",非必喜笑颜开始可谓"乐"。在戏剧艺术中,教与乐的作用是广泛的,能以"趣胜",中有"趣人""趣事",便有娱人作用,改造自己、改造世界,亦为"乐趣";喜笑欢愉是乐,痛哭流涕、崇高的献身也是乐。不仅所有这些可"乐"者也"教"在其中,凡是忠于生活的戏剧,就无不具有一定的教育意义。只是教有深浅,乐有雅俗,或大小,或高低,各不相等而已。这样看来,几乎所有的戏剧都是如此,而越是优秀的戏剧,其娱乐与教育作用就结合得更为完美。

四、真情与假戏

"感动人的绝不是人所不信的东西。"(《诗的艺术》)这是布瓦洛论古典戏剧的名言。约翰逊在《莎士比亚戏剧集》的序言中也有类似的说法:"戏剧若能感动人,人们就把它当作是真实事件的一幅正确的图画而加以相信。"虽然怎样看待戏剧艺术的真实性,还有许多复杂问题尚待研究,至少可以说,没有真实感的东西是难以动人的。中国的戏剧家不仅也认为"词之能动人者,惟在真切"(祁彪佳《远山堂曲品》),且认为:"大抵剧之妙处,在一真字。真也者,切实不浮,感人心脾之谓也。"(吴梅《顾曲麈谈》)以"感人"释"真",真和感人就更加密不可分了。"能感人"既是戏剧的普遍要求,求真也无疑是中西与共的。

但如李渔所断言:"传奇无实,大半皆寓言耳",这也是一切戏剧艺术的共同特征。斯坦尼斯拉夫斯基则以为:"剧场中能谈得到什么真呢?剧场中的一切都是虚构、虚假,从莎士比亚的剧本起,一直到奥瑟罗用来刺死自己的那把硬纸刀为止。"(《演员自我修养》)这就可谓说到底了。戏剧艺术既要求真,但凡是戏都是假戏,所以,真和假是中西戏剧艺术所共有的矛盾。怎样使这个矛盾在舞台上得到很好的统一,则是自有戏剧史以来许许多多戏剧家都在共同努力的问题。当然,解决这一矛盾的具体途径是各不相同的。相对而言,中国侧重从抒情言志出发而形成以形写神的传统,在虚实结合中求得真假统一。西方从模仿的要求出发,侧重于从观感上的真以求真假统一。前者重神似而多虚,后者重形似而多实。中国的古典戏剧从人物角色、程式化的动作,到舞台布景,一切都只求艺术的真,可谓虚则虚到底;西方戏剧的角色、动作、场景等,一切都力求合于现实的真,可谓实则实到底。其区别虽显,但重虚者不能当众说假,重实者不能让"奥瑟罗"用真刀杀死自己。

真和假的统一是中西戏剧艺术的又一共同规律。戏剧艺术的所谓"真",绝非真实生活的复制。舞台上的一切人物、情节都是虚构。贺拉斯早就试图把这一矛盾处理得当。他在《诗艺》中提出:"虚构的目的在引人欢喜,因此必须切近真实;戏剧不可随意虚构,观众才能相信。"他提出虚构而求近真的原则,为处理这一矛盾提供了初步基础。其后的戏剧家们曾进行过多方面的探索,按照亚里士多德提出的"可然律或必然律"来描述,是较为常见的方式。如维伽在《当代编剧的新艺术》中所说:"作者必须提防不可能的事情,因为在台上只能表演那种与真实相象的东西,这问题是头等重要的。"屈莱顿在《悲剧批评的基础》中,也讲到悲剧人物的行为"必须是可能的……所谓'可能的'是指成功或发生的机会多于不发生"。这就触及一个困难：用"可能性"来虚构的情节,怎样判断其成功机会的大小呢？问题更在于：即使是绝对可能的,甚至与现实的真完全一致,却未必符合戏剧艺术能感人的要求。约翰逊在序莎剧中提出"普遍人性的真实状态"这个概念,从而总结老一代艺术家的成功经验："他们的描述是人人亲眼证实的,他们的见解是人人心里同意的。"这在解决"可能性"的大小上自然是一大发展,但亲眼证实的东西真则真矣,在布瓦洛看来,"有时候真实的事很可能不象真情"(《诗的艺术》),这确是"很可能"的。萨塞也曾讲到："一切从现实生活中直接吸取来的真实情景,一旦原样搬上舞台,同样会显得奇形怪状。"(《一种戏剧理论》)其实,戏剧艺术必须是艺术,太真太实就不是也不需要这种艺术了。因此,用实证的方法、统计的方法,并不能解决艺术的真这个困难。所谓"无巧不成书",多数戏剧反而不是现实生活中常见的东西。

中国古典戏剧家也一直重视戏剧的真实性。如李贽评《琵琶记》,赞以"都是真情,咄咄如见"；冯梦龙自称其全部剧作"绝无文彩,然有一字过人,曰真"(《太霞新奏》)。这类观点,在中国古代剧评中触目皆是。值得注意的是,其所重之"真",多指真情而言。李贽以真心真情评戏曲小说是他一贯的思想。在《琵琶记》的总批中讲到"真"的另一概念："戏则戏矣,倒须似真,若真者反不妨似戏也。今戏者太戏,真者亦太真,俱不是也。"这里以"戏"和"真"相对而言,"戏"指假戏,"真"则指一般的真假之真。他认为戏不宜太假,也不应太真,而以"似真""似戏"为佳。对"真"和"戏"二者比较起来,李贽以为"真者反不妨似戏"。这里透露出来的消息是：对真假的真,中国古代戏剧家是不太重视的。

冯梦龙所自许的"真",也是真情。他不仅以重视山歌的真情闻名于史,对戏曲也主张以"悦性达情"为主,而不满于"今日之曲……不足以达人之性情"(《太霞新奏》)。可见他以"一字过人"自许的"真"是达其性情之真。更可注意的,是冯梦龙在《墨憨斋新定洒雪堂传奇》尾诗中表露的见解:"谁将情咏传情人,情到真时事亦真。"情真可使事真,这对我们认识戏剧艺术的特点是很有启发的。这里,可以对照一下模仿说首创者亚里士多德的如下论述:

> 被感情支配的人最能使人们相信他们的情感是真实的,因为人们都具有同样的天然倾向,唯有最真实的生气或忧愁的人,才能激起人们的忿怒和忧郁。(《诗学》)

模仿说的末流,或有排除艺术家主观的思想感情而主纯客观的模仿论者,但以此视为欧洲模仿说的基本观念,则显然是一种误解。实际上,模仿说并不绝对排斥主观感情,除非不是艺术创作。各有不同的侧重是事实,但文学艺术的人类性决定其基本规律是相通的。亚里士多德的论述,不仅说明了感情的重要性,也对何以真情可使事真做了很好的解释。演员必须有真情实感支配其行动,才能演得真,并给观众以真实感。演员的内心若无忧郁之情,是不可能把忧郁的角色演真的。剧情、布景一切皆近于真,而扮演者无其情,则表情、语言、行动难谐,就势必使一切失真了。斯坦尼斯拉夫斯基体系就正是建立在人"都有同样的天然倾向"的基础上,培养演员的"有机天性"以体验角色的感情,其体验愈真,整个演出就愈真切感人。在斯氏体系里,演员体验角色的感情,就是支配其舞台生活的"内心根据"。他说:"当我找到并且感觉到这些内在的根据时,我的心灵在某种程度上便同角色的心灵相融合了。"(《演员创造角色》)有了这种"融合",舞台上就既是演员在表演,又是角色自己在活动了。所以,戏虽是假的,情必须是真的。这并非体验派的独得之秘,根据以上所述,也可说它源于古老的《诗学》。而中国戏剧家不仅揭示了"情到真时事亦真"的奥妙,袁于令还在此基础上进一步提出真情假戏之论:

> 盖剧场既一世界,世界只一情人。以剧场假而情真,不知当场者有情人也,顾曲者尤属有情人也。即从旁之堵墙而观听者,若童子、若瞽叟、若村媪,无非有情人也。倘演者不真,则观者之精神不动;然作者不真,则演者之精神亦不灵。兹传之总评,惟一"真"字足以尽之耳。(《焚香记序》)

作者、演员、观者都是有情人,通过"情"把三者联系起来构成一个完整的统一体:戏剧"世界",没有"情",这个"世界"就不复存在了。"情"之所以具有这样大的作用,惟一"真"字足以尽之,就因真情能把假戏演真,使有情人为之动情。所以,用真情演假戏是符合戏剧艺术的本质特点的。

从一般艺术理论上考察,艺术的真可以高于生活的真。雨果认为"戏剧应该是一面集中的镜子"(《克伦威尔》序言),这是对的,经过集中概括而典型化的艺术形象,自然比现实生活中的真人真事更具有高度的真实性。阿尼克斯特在《莎士比亚的创作》中所说:"莎剧往往跟生活的表面现象不相符合,但却深刻揭示了生活的本质,他的艺术真实与生活真实是一致的。"这是较为流行的一种正确观点。但从戏剧艺术的整体上看,它不止于剧本的创作,还要经过演员的再创作,并向观众演出才能完成其创作过程。特别是它要通过活生生的人(演员),面对活生生的人(观众),演出活生生的人(角色),因而存在着不可避免的真假对比。其他艺术,无论是诗歌、小说、音乐、绘画等,就没有这种对比存在。斯氏体系中还遇到过这样的"不调合":舞台布景和道具,全部环境都是真的。而"生活"在这种环境中的演员,却没有相应的真实感情。这种"不调合"固然可以通过对演员的训练来解决,而"虚到底"的中国戏剧则不会出现这种"不调合";但无论中西,也无论演技高低,都存在一个面对观众以真人演假戏的问题。这是通常的典型化理论所解决不了的。因此,欲求得舞台艺术的真,还须遵循以真情演假戏的特殊规律。

五、变与不变

把假戏演真,是以情感为纽带把作者、演员和观众连成一个戏剧"世界",而感情是其中最活跃的因素。即使同一观众观赏同一演员上演同一剧目,也往往以不同的"情"构成不同的戏剧"世界"。这种特点决定戏剧艺术必须不断变新。

李渔强调:"变则新,不变则腐;变则活,不变则板。"这是一切文学艺术的常理。舞台艺术乃"出生人之口"而又面对时人演出,就更须不断发展创新。故其论"脱窠臼"云:

> 新也者,天下事物之美称也。而文章一道,较之他物,尤加倍焉。……至于填词一道,较之诗赋古文,又加倍焉。非特前人所作,于今为旧,即出我一人之手,今之视昨,亦有间焉。……若此等情节,业已见之戏场,则千人共见,万人共见,绝无奇矣,焉用传之!

戏剧艺术之所以较其他文学艺术更需新变,就因其必"见之戏场"。一经演出,就为千百万观众所共见,故不能"百岁登场,乃为三万六千日雷同合掌之事"。更重要的是"世道迁移,人心非旧。当日有当日之情态,今日有今日之情态"。人心不同,情态已异,以情为中心的戏剧"世界"若不随之变新以适应"世道迁移",这个"世界"的统一就难以维系了。

不断发展创新是戏剧艺术的必然规律。既是规律,当然不是李渔个人的发明创造。亚里士多德就已谈到"悲剧的演变以及那些改革者"了。中国也早在元代就有人反对戏剧的"踵陈习旧"而要求"日新而不袭故常"(胡祗遹《优伶赵文益诗序》)。其后如冯梦龙序《永团圆》主张"掀翻窠臼,令观者耳目一新"等,举不胜举。到了近代,革新戏剧之议更遍及整个戏剧界。

西方戏剧不仅同样求新,且其基本论点也与中国大致相同。如法国圣·艾弗蒙在《论对古代作家的摹仿》中说:"我们时代的精神和寓言与神怪故事的精神是对立的……神祇,自然,政治,人情风俗,一切都变了。这许多变化不会在我们的作品里引起变化吗?"这和李渔的"世道迁移"论同理。李渔也说:"凡涉荒唐怪异者,当日即朽",又谓求新,"非《齐谐》志怪、《南华》志诞之所谓新也",亦与圣·艾弗蒙反神怪故事的用意相通。提倡"严肃戏剧"的博马舍也认为:"如果戏剧是人类社会中所发生的事情的忠实图画,那么,它在我们身上所引起的兴趣,一定与我们观察实际事物的方式有着密切联系。"(《论严肃戏剧》)而为了使"观众发生兴趣",他认为必须反对"奴隶似地服从前人制定的迷人的、狭隘的清规戒律"。

这就接触到戏剧艺术变与不变的矛盾了。要发展创新,就必须打破前人的"清规戒律",而所谓规律,对活的戏剧艺术来说,也不过是"清规戒律"而已。既如此,"规律"云云,又论之何益呢?在受到电视艺术的冲击而中西戏剧艺术都不景气的当前,这个问题倒是很值得探讨的。

　　必须首先肯定的是：变是绝对的，不变是相对的。一般来说，"规律"是历史的产物，对未来是不可能永远具有合理的约束力的。"三一律"正是如此。戏剧艺术要发展，就不能不突破前人的种种清规戒律。狄德罗在《论戏剧艺术》中颇为激动地写道："我对戏剧艺术愈深思，我对那些戏剧理论家愈怀反感。他们根据一系列特殊规律，订出一般教条……艺术中规则充斥，而作者由于奴颜婢膝地拘守这些规律，就时常花费了很多的力气写出比较不好的东西。"这种害人的"教条"常常使作家感到苦恼，若非大家，很难突破。问题还在于：这些"教条"未必就是规律。清代诗人刘廷玑论戏，强调"兴会所至，托以见志，何拘定式？"（《在园曲志》）不拘定式的精神是对的，但此论乃针对类书不可以为传奇而发就未必对了。违反常理而为所欲为还是不行的。其后，黄图珌主张："不失古法，而不为古法所拘。"（《看山阁闲笔》）这和高乃依的见解略近。高乃依一方面认为亚里士多德的"定义是与他所处的那个时代的风习有关的"，因而在新的时期"不必再踏古希腊人的足迹"了；一方面又提出："我并不认为这些材料可以使我们任意拒绝古希腊人制订的原则。"（《论戏剧的功用及其组成部分》）这是前人对戏剧艺术变与不变的矛盾所找到的统一办法。

　　中西戏剧艺术的发展规律，都是必须不断突破某些过时的原则或规律，但又不能任意否定古来一切原则或规律。如发展创新是规律，否定这个规律显然是现在和将来都不行的。任何创新的戏剧家，不可能创造一种不经演员演出或不需要观众的戏剧。舞台设施可以充分利用现代科学加以改进，甚至可使电影与舞台艺术相结合，让演员走出银幕而登台表演。即使如此，也不过是布景的现代化而已；超越此限就不再是舞台艺术了。而这样做虽有好处，却扩大了真和假的矛盾，使之愈真而愈远离艺术的王国。如果艺术应该是艺术，戏剧艺术只能是舞台艺术，则现在我们所能认识到的、真正的戏剧艺术规律，是难以轻易否定的。

只要真是艺术规律，就有其相对的稳定性。凡是古今中外所共有的、有必然性的本质特征，就应该是戏剧艺术的共同规律了。探讨这种规律，遵循这种规律，正是为了戏剧艺术的发展创新。只有掌握其规律才能促进戏剧艺术的发展。例如，在电视和戏剧争衡中，如果不抓住并充分发挥自己的本质特征，就势必完全丧失戏剧艺术的优势。舞台艺术的直感性，演员和观众直接交流感情的特点等，是任何其他艺术所不能取代的。所谓发挥优势，正应从此着手。

我非戏迷，但对中西戏剧艺术的前途是乐观的。

（原载于《文史哲》1987年第3期）

文章得江山之助

我国古代艺术家"得江山之助",不仅创造出许许多多至今尚为世人惊叹不已的艺术珍品,而且在这方面积累的许多丰富经验,直至今天仍使我们亦为之惊叹不已。

刘勰有云:"然屈平所以能洞监风、骚之情者,抑亦江山之助乎。"从此,"江山之助"成了古代艺坛的通论。《新唐书·张说传》:张说的文思精壮,"人谓得江山之助";《碧溪诗话》论诗:"燕公得助于江山"(卷八);《芬陀利室词话》论词:"昔人论作诗必有江山、书卷、友朋之助,即词何独不然"(卷一);《溪山卧游录》论画:"诗画均有江山之助。若局促里门,踪迹不出百里外,天下名山大川之奇胜,未经寓目,胸襟何由而开拓?"这就说明,"江山之助"的意义是普遍的,深刻的。"江山"者,艺术描写的对象。其所以有助于诗文绘画,则在于艺术家的足迹所至,亲目所寓,认识了它,熟悉了它。

一

黄宗羲提出一个颇耐寻思的问题:"所谓文者,未有不写其心之所明者也。心苟未明,劬劳憔悴于章句之间,不过枝叶耳,无所附之而生。"(《论文管见》,《南雷文定》三集卷三)这自然是颠扑不破的至理名言。所写事物未明于心,根本就无从下笔;勉强写来,作者自己也是不知所云的。既然如此,就不能不考虑:所写事物怎样才能明之于心?

姚最认为,对"未曾涉川,遽云越海"的人来说,是没有资格谈绘画的(《续画品录》)。心中无江山,江山何能为之助?古代艺术家对这点是很有认识的。因此,他们普遍强调:要"立万象于胸怀"(同上),要"胸中备万物"(李开先《中麓画品》),要"画竹必先得成竹于胸中"(苏轼《文与可画筼筜谷偃竹记》),也就是后世常讲的"胸有成竹"(董棨《养素居画学钩深》)。至于山水之作,更须具有"胸中丘壑":"造化之神秀,阴阳之明晦,万里之远,可得之于咫尺间,其非胸中自有丘壑,发而见诸形容,未必如此。"(《宣和画谱·山水叙论》)这都是我国古代艺术宝库中极其珍贵的遗产。"胸中丘壑""胸有成竹",是广大艺术家千百年来辛勤地艺术实践的结晶。他们深知,心中无物是难以进入艺术创作的,要心中有物,要把千山万壑纳入艺术家的心胸之中才能下笔,要求是高的,却十分必要,它概括了极为丰富而深刻的艺术经验。

"胸有成竹"虽似老生常谈,但真要做到"胸有成竹",却又谈何容易?且看被苏轼称为"画竹必先得成竹于胸中"的文与可:"盖与可工于墨竹之画,非天资颖异,而胸中有渭川千亩,气压十万丈夫,何以至于此哉!"(《宣和画谱》卷二十)文与可的天资由何颖异?为什么有"气压十万丈夫"之势?不能说毫无主观因素,关键却在他"胸中有渭川千亩"。渭水之南多产竹,与可嗜而构亭于筼筜谷,朝夕游处其间,在和竹的长期共同生活中,才把渭川千亩之竹,尽纳胸中。正是在这个基础上,他才能做到"胸有成竹"。"胸中丘壑"又何尝不是这样?明代无名氏《画山水歌》说得好:"脚根踏尽四海五湖,心中方有千崖万壑。"莫是龙有云:要有"胸

中丘壑","不行万里路,不读万卷书,欲作画祖,其可得乎?"(《画说》)

当然,走马观花,或如开卷有益,总是有好处的。但所谓"行万里路",无论交通发达的今天,古代"走马",也是易事。古代艺术家已深知,山水是有性情的。明代唐志契就做过《山水性情》的专题研究(见《绘事微言》)。他认为:"岂独山水,虽一草一木,亦莫不有性情。"走马观花者,又从何识得一草一木的性情? 不识山水性情,又从何写其心之所明? 近代画家黄宾虹曾说:"画黄山松,要懂得黄山松之情意,做诗也如此"(《黄宾虹画语录》),正是这个道理。一个艺术家的修养,还远远不止于此。陆游就说过:"诗岂易言哉? 一书之不见,一物之不识,一理之不穷,皆有憾焉。"(《何君墓表》)任何诗人、画家,他所应认识、应了解、应懂得的东西,都是无穷无尽的。但关键在于:"身之所历,目之所见,是铁门限。"(王夫之《薑斋诗话》卷二)没有亲身的经历,不进行直接的观察了解,就什么也不能识,什么也不能懂。这样,也就不可能写什么"心之所明"了。

二

常言"江山如画",黄宾虹认为这"正是江山不如画"的说明。对于"斟酌尽善"的绘画艺术来说,"真境且无有若是其恰好者"(《芥舟学画编》卷一),这是不足为奇的。此中道理,固无待细说。须要研究的是:艺术作品来自现实生活,是艺术家观察生活、认识生活,把客观的物明之于心,赋之以形的结果;那么,艺术家在认识生活的过程中,客观的物是怎样使艺术家的心"明"起来的? 艺术家何以能把现实的物创造成高于现实的艺术品?

其实,凡是真正的艺术作品,就不可能等同于生活的原型。古代许多优秀的艺术家是意识到这点的。郑板桥以善画竹知名于世,且看他的创作经验:

> 江馆清秋,晨起看竹,烟光、日影、露气,皆浮动于疏枝密枝之间。胸中勃勃,遂有画意。其实胸中之竹,并不是眼中之竹也。因而磨墨展纸,落笔倏作变相,手中之竹,又不是胸中之竹也。(《板桥题画·兰竹》)

这是郑板桥的实地创作经验,他确是"晨起看竹"而兴起画竹之意的,但他的"胸中之竹"和"眼中之竹"绝不等同。其间虽有种种复杂因素,但有一个基本点,他必须胸有千亩之竹,才能不为"眼中之竹"所囿,才可任意挥洒,而喜笑怒骂,皆成文章,并创造出"高于现实"的艺术佳品。

艺术不是直陈实录,而是创造。早在公元四、五世纪的王微,就明确认识到山水画的"效异山海"了。他虽然十分重视对山水的观察,并注意把山水实景"咸纪心目",却认为"古人之作画也,非以案城域,辨方州,标镇阜,划浸流"(《历代名画记》卷六)。反对把山水画当做地舆图、把诗"但作记里鼓"(《带经堂诗话》卷三),甚至"登临则必名其泉石,燕集则必纪其园林"之作,都被斥为"诗家下乘小道"(《诗薮》内编卷五),这是古代艺论中屡见不鲜的观点。

对事物的观察认识,可以使眼亮心明,但不可依样画葫芦,机械地照搬照抄。这是艺术创造的一条基本规律,离开这一基本规律,就不成其为艺术创造。但心明眼亮的目的,不是要违背事物的真实,而是为了更真实地把握事物。王微论画便接触到这点了:"目有所极,故所见不周。"郑板桥的"胸中之竹"不是"眼中之竹",正是这个原因。深入观察认识事物的作用,就是使心明眼亮,以克服"目有所极"的局限。

赵师秀有一个很有趣的比喻:"但能饱吃梅花数斗,胸次玲珑,自能作诗。"(《梅磵诗话》卷中)细味此话,中寓深理。"胸次玲珑"就是"心明"的结果,它是得之不易的。要写梅花,就得饱吃梅花,吃得太少还不成,必须吃它几大斗!显然,这是要求诗人对大量的梅花进行深入细致的观察研究,把梅花的各种形象以至性格特征,深铭于艺术家的心胸之中。能如此,则无论诗人画家,提起笔来,就可自如地写其心之所明了。这种境地,就是"胸次玲珑";这种梅花,就不是"眼中之梅"了。于此可见,"走马观花"和"饱吃梅花"是大不相同的。艺术家所需要的,自然是"饱吃梅花"的精神。

"饱吃梅花"之说,可谓妙论矣,它还并非我国古代艺术家绝无仅有的认识。这里只略举数例:

> 山川脱胎于余也,余脱胎于山川也。搜尽奇峰打草稿也。山川与余神遇而迹化也,所以终归之于大涤也。(《石涛画语录》)

> 记诵实胸中,何患气机艰涩;登临遍宇内,自然心目开张。(《野鸿诗的》)

> 故欲求神逸兼到,无过于遍历名山大川,则胸襟开豁,毫无尘俗之气,落笔自有佳境矣。(《绘事发微·游览》)

"搜尽奇峰""登临遍宇内""遍历名山大川",也就是"饱吃梅花"之意;"心目开张""胸襟开豁",也就是"胸次玲珑"了。山川景物与作者的"神遇迹化",则是"胸次玲珑"或"心目张开"所起的重要作用。在艺术家见多识广而心明眼亮之后,他既能见一叶而知秋,也能写一叶以明秋;也就是说,生活丰富的艺术家对待某一具体物象,将和他头脑中已有的有关物象相熔化,从而铸造成一种既真实而又不同于原貌的艺术形象。沈德潜谓"苏子瞻胸有洪炉,金银铅锡,皆归熔铸"(《说诗晬语》卷下)。艺术家的胸中,没有一座巨大的"洪炉",还能进行什么艺术创造?但这个"洪炉"必非天生,而是在长期生活实践中形成的。诗人如此,画家也是如此。《山静居画论》讲得好:

> 人谓道人行吟,每见古树奇石,即囊笔图之。然观其平生所作,无虬枝怪石,盖取其意而略其迹,胸有炉锤者,投之粹然自化;不则彼古与奇,格格不入,非我有也。(卷下)

这段精辟的论述,可以概括上述要旨。画家平时注意观察搜集古树怪石的素材,但到作画时却是略其形而取其神,否则"格格不入,非我有也"。要把客观物象化为"我有",成为自己的艺术创作,则必须"胸有炉锤";有无这个"炉锤",又是和艺术家能否长期勤于观察和艰苦地艺术实践分不开的。

三

苏轼是我国古代艺苑的明星。他在诗文书画上的卓越成就,是早为世人所熟知的。但这位描绘形象的大师却认为求物之难,"如系风捕影,能使是物了然于心者,盖千万人而不一遇也,而况能使了然于口与手者乎!"(《答谢民师书》)这确是深知写物之难的经验之谈。"使是物了然于心",或可"写其心之所明"了,未必就"胸有炉锤",这还是"千万人而不一遇"的。写物之难,也就于此可知了。这绝不是故作高深,大话吓人。有实践经验的古代艺术家,是深知其中甘苦的。举一个具体例子,足见古人对这问题的认识。和苏轼同时的郭熙,是《宣和画谱》称为"独步一时"的山水画家,他对认识山水真面目的不易,有很详细的论述:

> 山近看如此,远数里看又如此,远十数里看又如此,每远每异,所谓山形步步移也。山正面如此,侧面又如此,背面又如此,每看每异,所谓山形面面看也。如此是一山而兼数十百山之形状,可得不悉乎?山春夏看如此,秋冬看又如此,所谓四时之景不同也。山朝看如此,暮看又如此,阴晴看又如此,所谓朝暮之变态不同也。如此是一山而兼数十百山之意态,可得不究乎?(《林泉高致集·山水训》)

同是一山,就要察究数十百种不同的意态,说明对事物的认识,诚非易事。这也很能说明,古代艺术家观察认识事物是何其深入细致。如果我们把郭熙的《早春图》《秋山行旅图》《溪山雪霁图》等,和上面所论,特别是其中以下几句相对照:"春山淡冶而如笑,夏山苍翠而如滴,秋山明净而如妆,冬山惨淡而如睡。"我们不仅确是看到了春山的笑貌,秋山的明净和冬山的睡意,更可悟其山水画论,并非凭空臆说。无怪清代况周颐论词,引了郭熙的这四句,又引金人许古《行香子》中的"夜山低,晴山近,晓山高"三句,然后赞以:"非入山甚深,知山之真者,未易道得。"(《蕙风词话》卷三)郭熙和许古的"知山之真",自然是"入山甚深"的结果。值得注意的是一个"真"字。苏东坡讲求物之不易,难就难在得其真。郭熙所论一山而有数十百山之意态,更说明任何艺术家是不能一眼看清山的真貌的。郑板桥不写"眼中之竹",就因为"目有所极",直观的眼前实物,未必能表达是物之"真"。

艺术的写真,应该是反映事物的本质特点。这是艺术家认识事物的最高要求,也是艺术家认识事物的最大困难。盲人摸象,扣盘扪烛,自然认识不到事物的真貌;浮光掠影,走马观花,虽然见到某些事物的局部或表面,也远远谈不到什么本质认识。古代艺术家之所以要吃梅花数斗,正是这个原因。他们为了全面深入地认识事物的真相,不仅主张"亲临极高极深"去"看真山水"(《绘事微言·要看真山水》),有的还在太行山下安家落户,"耕而食之",以长期细赏其奇山异水(荆浩《笔法记》)。有的"游于荆、湖间,搜奇访古……几与猿狖鹿豕同游"(《宣和画谱》卷十八);有的"家治园圃,手植花竹,日游息其间……遂与造物得为友"(同上,卷十九);有的主张诗人"与花鸟共忧乐"(《人间词话》);有的强调画家与山水通性情,做到"山性即我性,山情即我情"(《绘事微言》);有的则不辞艰辛,全神贯注地去探讨大自然的秘奥:"黄子久终日只在荒山乱石丛木深筱中坐,意态忽忽,人不测其为何。又每往泖中通海处,看急流轰浪,虽风雨骤至,水怪悲诧而不顾"(李日华《六砚斋笔记》)。古代艺术家能够创造出众多流芳百世的珍品,显然是和他们这种深入认识事物的顽强精神分不开的。

所谓"深入",在古代艺术家所总结的丰富经验中,有一点是值得注意的。如果说与猿豕同游、与造物为友是认识事物的途径,则与花鸟共忧乐、与山水通性情,就是深入的结果了。一个演员要演好某个角色,他就必须深入角色。徐大椿曾说:"必唱者先设身处地,摹仿其人之性情气象,宛若其人之自述其语,然后可形容逼真。"(《乐府传声·曲情》)深入角色,就既是"深",也是"真"了。深入认识事物的目的和深入的标志,就是是否得其真。这个基本道理,是和诗画相通的。李渔就认为:"说一人肖一人"的表演艺术,要"若《水浒传》之叙事,吴道子之写生,斯称此道中之绝技"(《闲情偶寄》卷三)。熟谙艺术对象山水人物的"性情气象",也是诗文绘画创作的"绝技"。无论人或物,认识其暂时的、某个侧面的外部形貌,是比较容易的,但不一定能得其真。只有准确地掌握了人物内在的思想感情、性格特点,才有可能反映其本质的真。而这样的真,没有长期艰苦的深入认识过程,是不易做到的。这就是古人深感使物了然于心之不易的原因。

这样来看,古代艺术家对"与造物为友""与花鸟共欢乐"的认识和重视,应该说是十分可贵的。这种认识,在古代文艺创作实践中,是发挥了巨大作用的。焦循《剧说》中讲到明代剧作家汤显祖一个有趣的故事:"相传临川作《还魂记》,运思独苦。一日,家人求之不可得,遍索,乃卧庭中薪上,掩袂痛哭。惊问之,曰:填词至'赏春香还是(你)旧罗裙'句也。"这可真是深入角色了。《还魂记》即汤显祖的代表作《牡丹亭》,如果不是作者对其主人公杜丽娘怀着息息相关的深情,何以提起她的旧罗裙而伤心痛哭如此?又如《鹤林玉露》所载"工画草虫"的曾无疑:他说"某自少时,取草虫笼而观之,穷昼夜不厌。又恐其神之不完也,复就草地之间观之,于是始得其天。方其落笔之际,不知我之为草虫耶,草虫之为我也"(人集卷六)。这种物我融为一体的境界,是艺术家"穷昼夜不厌"地长期深入观察的结果。没有这种耐心细致的观察,是不可能产生"我为草虫"的感觉的。只有全神贯注而体察入微,才能深入角色,领会其情性,表现其特点。

传奇和绘画创作须要深入角色,诗文创作也其理不二。刘熙载论诗,曾总结过这一重要经验:"代匹夫匹妇语最难。盖饥寒劳困之苦,虽告人,人且不知,知之必物我无间者也。杜少陵、元次山、白香山,不但如身入闾阎,目击其事,直与疾病之在身者无异。"(《艺概》卷二)这段话概括了一些较为深刻的道理。为什么

"代匹夫匹妇语最难"呢？士大夫文人吟风弄月，写他们熟悉的闲情逸致，那是容易的。反之，写饥寒劳困者的生活情感，就即使"告人，人且不知"了。他们自己没有这种实际体验，虽听人说"饥寒"，也不知饥寒是何滋味。

"直与疾病之在身者无异"，也就是深入角色了。但这对不熟悉"匹夫匹妇"的封建文人来说，就必有一个艰苦的认识过程。即使"身入闾阎，目击其事"，如果是一个冷眼旁观者，仍是无济于事的，还必须做到"物我无间"。"物我无间"，也就是虫即我、我即虫的境地。这在封建社会中，真就是"千万人而不一遇"了。但在理论上，刘熙载是对的。像杜甫这样的伟大诗人，他和广大老百姓同样遭受过安史之乱的灾难，因而写出了不少"直与疾病之在身无异"的诗篇。对没有这种亲身经历的文人来说，认识到这个"最难"是有益的；至于一般的写物，"物我无间"的要求就具有较大的普遍意义了。

四

文学艺术家认识生活的过程是复杂的。在接触具体的、个别的事物中，作者的头脑积储了大量生动的形象，因而也就逐步"心目开张"，提高了识别事物的能力。但这个认识过程既无止境，也不是绝对地直线上升。古今许多艺术家的实践经验说明，某种新颖奇妙的景象或意念，往往在生活的长河中，一触即发，稍纵即逝。这种情形的出现，既有一定的偶然性，也有一定的必然性。它是在生活实践的总过程中某个瞬间出现的，艺术家很难人为地控制它在何时出现，这是偶然性；但它必须在认识生活的过程之中出现，而不会出现在生活的起点。至于根本就没有某种生活阅历的人,如从未接触过戎马疆场的深宫闺秀,就不会产生写边塞征战的灵感。必须有一定的生活基础,才能触类而发,这是它的必然性。这种认识过程的微妙关系,古代艺术家虽然未必有明确的理解,却也不是毫无认识的。

沈宗骞论画家的"毕生之酝酿"和"一时之酝酿"说:

> 少壮之时,兼收并蓄,凡材之堪为吾用者,尽力取之,惟恐或后,惟恐不多……及至取资已富,别择已精,则当平其心气,抑其才力,以求古人之所以陶淑其性情而自成一种气象者,又不在猛烹极炼之功,是则一生之酝酿也。因有所触,乘兴而动,则兔起鹘落,欲罢不能,急起而随之,盖恐其一往而不复再觏也。若其迹象既成……务令意味醇厚咀嚼不尽而后已,是则一时之酝酿者也。(《芥舟学画编》卷一)

沈宗骞所讲的"酝酿",原不在论艺术家的认识过程。他自己解释说:"吾所谓酝酿云者,敛蓄之谓也。意以敛而愈深,气以蓄而愈厚,神乃斯全。"这种敛意蓄气以求神全的活动,不仅是在认识事物的基础上进行的,且无论是对毕生"兼收并蓄"的酝酿,还是对"因有所触,乘兴而动"的酝酿,都是认识过程的高级阶段。沈宗骞在《酝酿》一节中,再三强调的"细细斟酌""反复推究""检其疏失""熨其矜暴"等,正是艺术创作中的理性认识活动。但他所谓"毕生之酝酿",又有其特殊含意,是要在"兼收并蓄"基础上,以求"陶淑其性情而自成一种气象",指艺术家的艺术修养而言。"一时之酝酿",则主要是对偶有所触而产生的形象如何斟酌尽善。

沈宗骞提出的这两种"酝酿",显然既有明显的区别,又有密切的联系。"毕生之酝酿"在于铸成一个具有良好艺术修养的艺术家,"一时之酝酿"则在创造一件"意味醇厚,咀嚼不尽"的艺术品。没有修养有素的艺术家,自然难以创作成理想的艺术品;而"因有所触"引起的"一时之酝酿",实际上也是"毕生之酝酿"的一个组成部分。这种关系,沈宗骞虽未明白讲出,但至少可以肯定他明确提出这两种"酝酿"是很有价值的。艺术家的认识活动不仅确有这两种不同的"酝酿",且正是在这两种"酝酿"相互推动之中不断加深、不断提高的。

沈宗骞之前,魏禧论文已提到过文学家的"酝酿蓄积",虽未分论两种不同的"酝酿",却有沈论所不及之处。其《宗子发文集序》有云:

> 人生平耳目所见闻,身所经历,莫不有其所以然之理,虽市侩优倡大猾逆贼之情状,灶婢丐夫米盐凌杂鄙亵之故,必皆深思而谨识之,酝酿蓄积,沉浸而不轻发。及其有故临文,则大小浅深,各以类触,沛乎若决陂池之不可御。辟之富人积财,金玉布帛竹头木屑粪土之属,无不豫贮,初不必有所用之,而当其必需,则粪土之用,有时与金玉同功。(《魏叔子文集》卷八)

魏禧论文,重在积理,认为"文章之能事,在于积理"。他要求文学家应认识的,也主要不在种种人物的情状,而是要明白"其所以然之理",也就是说,要认识市侩、优倡、大猾、逆贼等,其言行举止何以各有不同的特点。这种认识和沈宗骞讲的"酝酿"角度不同,但也是一种高级阶段的、重要的认识活动;必须有这样深刻的认识,并经长期的"酝酿蓄积",临文之际,才能"沛乎若决陂池之不可御"。

魏禧所论"酝酿蓄积"的另一积极意义,是对各种各样的人物,都要"深思而谨识之"。对一个不可有"一物之不识,一理之不穷"的文学家来说,他这意见是极为重要的。文学家必须认识整个社会,魏禧生动地说明了这种必要性。金玉、布帛、竹头、木屑,以至粪土,对于积财的人来说是无所不需的。文学家则不仅要写帝王将相、才子佳人;他既以整个社会为自己的对象,则凡是社会成员中的市侩、优倡等等,都应该熟悉;凡是社会上存在的事物,从金玉到粪土,都应该了解。在必要时,粪土与金玉同功,这在文学创作中是毫不奇怪的。

无论是"毕生之酝酿"还是"一时之酝酿",积聚丰富的、无所不包的文学艺术家的"财富",都是重要的基础。没有这个基础,就正如袁守定所说:"犹探珠于渊而渊本无珠,探玉于山而山本无玉,虽竭渊夷山以求之,无益也。"(《佔毕丛谈》)正因如此,平素的观察积识,就为古代文学艺术家所普遍重视。

《新唐书·李贺传》说李贺"每旦日出,骑弱马,从小奚奴,背古锦囊,遇所得,书投囊中。……及暮归,足成之。"这种方法为后世诗人画家所普遍采用,现只举诗、画各一例。明代诗人谢榛:

> 作诗譬如有人日持箕帚,遍于市廛,扫沙簸而拣之,或破钱折簪,碎铜片铁,皆投之于袋。饥则归饭,固不如意,往复不废其业,久而大有所获。(《四溟诗话》卷三)

元代画家黄公望:

> 皮袋中置描笔在内,或于好景处,见树有怪异,便当模写记之,分外有发生之意。登楼望空阔处气韵,看云采,即是山头景物。李成、郭熙皆用此法。(《辍耕录·写山水诀》)

从这些论述中,我们可以看到古代艺术家对待生活的勤奋。谢榛之论,除如积破铜烂铁,细大不捐,和魏禧所论同旨外,其坚持不废,久而大有所获的经验是至为重要的。艺术家在认识生活,摄取生活的过程中,"固不如意"的情况是常有的,甚至久不见效,也在所难免。但只要有"穷昼夜不厌的精神",能够"往复不废其业",终必大有所获,这是无数的实践经验证明了的。如李成、郭熙、黄公望等,都是宋元时期注重实践的著名山水画家,他们的巨大成就,自然和长期不懈的生活实践分不开。

师法大自然,从而得江山之助,这是古代艺术家获得成就的一个重要方面。但这只是一个方面,许多优秀的艺术家并不仅仅是观察、研究或取法他们要描写的对象,而是以整个社会为大课堂。目光锐利的艺术家,能够不放过一切机会来攫取营养,来充实自己的心胸,滋润自己的思路。唐代书法家张旭就是一个突出的实例。他自谓"始见公主担夫争道,又闻鼓吹,而得笔法意;观倡公孙舞《剑器》,得其神"(《新唐书·张旭传》)。担夫争道、公孙大娘的《剑器舞》,和书法艺术是没有直接联系的,善于领悟的张旭,却由此得到了重要启示。

更有甚者,清代诗人袁枚竟认为:"村童牧竖,一言一笑,皆吾之师。"这是一点也不夸张的。当梅花盛开之际,担粪的人在梅树下说:"有一身花矣!"这不过是劳动者脱口而出的一句话,但却极其精练而形象逼真,概括了用许多文辞不易表达的动人景象。袁枚就没有放过它,借以成诗云:

　　月映竹成千"个"字,
　　霜高梅孕一身花。

又一个梅香时节,袁枚出门,送行者说:"可惜园中梅花盛开,公带不去!"袁枚又借以成诗云:

只怜香雪梅千树,
　　不得随身带上船!(《随园诗话》卷二)

这都是十分可贵的经验。在日常生活中,在担夫、倡优、担粪者、村童牧竖身上,都蕴藏着取之不尽的艺术珍宝,唯勤者得之。

(原载于《文苑纵横谈》(4),山东人民出版社1982年版)

文学创作的"铁门限"

  人生平耳目所见闻,身所经历,莫不有其所以然之理,虽市侩优倡大猾逆贼之情状,灶婢丐夫米盐凌杂鄙亵之故,必皆深思而谨识之,酝酿蓄积,沉浸而不轻发。及其有故临文,则大小浅深,各以类触,沛乎若决陂之不可御。辟之富人积财,金玉布帛竹头木屑粪土之属,无不豫贮,初不必有所用之,而当其必需,则粪土之用,有时与金玉同功。

——魏禧《宗子发文集序》

  代匹夫匹妇语最难。盖饥寒劳困之苦,虽告人,人且不知,知之必物我无间者也。杜少陵、元次山、白香山,不但如身入阊阎,目击其事,直与疾病之在身者无异。

——刘熙载《艺概·诗概》

  这两段话,前段论文,后段论诗,都是讲文学创作必须对所写事物有全面深刻的认识和理解的。这是文学创作的一个首要课题,如果作者对所写的人或物一无所知,根本就无从着笔。古人对此是深有认识的,所以著名评论家王夫之提出:"身之所历,目之所见,是铁门限。"(《薑斋诗话》卷二)所谓"铁门限",就是进行文学创作所决不可无的极限。王夫之接着举例说:"即极写大景,如'阴晴众壑殊''乾坤日夜浮',亦不逾此限。非按舆地图便可云'平野入青徐'也,抑登楼所得见者耳。"描写高度概括的景象,如众多山壑的变化、整个乾坤的气象,也不能超越这个铁的限度;即使写地势的"平野入青徐",也不是按照舆地图便可表现出来的,也是得之于登楼所见。所以,写作者的亲历目睹是文学创作的"铁门限"。谓之"铁门限",还只在说明亲历目睹是文学创作的起码要求。怎样亲历目睹,对事物观察认识的广度和深度如何,古代文论家都有很多重要论述,上举魏禧和刘熙载的两段话,便在一定程度上涉及这些问题。

魏禧所讲"耳目所闻见,身所经历",就是文学创作的"铁门限",但对一个文学艺术家来说,只有自己的某些闻见与经历是远远不够的,还要进而认识他所闻见的一切现象,"莫不有其所以然之理"。刘勰早就提出过,作家必须"研阅以穷照"(《文心雕龙·神思》),就是要研究自己的阅历以达到对事物的彻底理解。这是相当精辟的见解。自己的阅历或见闻,并不都是靠得住的。事物的表面现象,人人都可得而闻见,却并非人人(或任何作家)都可写出揭示事物实质的作品。知其然而不知其所以然,本来就谈不到对事物已有什么认识。所以,如果不理解其所见所闻的"所以然之理",实际上还是在文学创作的"铁门限"之外。于此可见,要求文学家认识事物的"所以然之理"是完全必要的。

魏禧能看到这点,已是他的卓见了。更值得注意的是,他对怎样认识事物的"所以然之理",提出了十分可贵的见解。他在同文中断言:"文章之能事,在于积理",但"天下事理日出而不穷",新的事理无穷尽地不断出现,孤立地、静止地认识某些事物,是难以穷尽物理的。因此,为了从根本上解决这个问题,他不仅要求纵的方面积累作者"生平"的见闻和经历,更主张在横的方面对市侩、优倡、大猾、逆贼等各种各样的人物,以至柴米油盐等各种琐屑的杂事，进行全面的察究而深思谨识。他认为必须这样经过长期的"酝酿蓄积"，才能形成一种充沛而不可遏止的创作力量。这说明，作家必须以整个社会生活为自己的认识对象。因为作者所写任何生活现象，都不是孤立的存在；作者要表现的，也不是孤立的现象。只有全面认识生活，融汇贯通，在提笔临文之际，才能"大小浅深，各以类触"；也只有全面认识生活，才能认识生活现象的"所以然之理"。于此可知陆游所说："诗岂易言哉！一书之不见，一物之不识，一理之不穷，皆有憾焉"（《何君墓表》），这确可说是千古不易之论。

古代文论多是直感式的经验之谈，所以，魏禧对以上问题虽未作深入的理论阐发，但因是对创作实践的总结，从其内在联系中，是可发现一些有价值的理论意义的。如他讲到：无论金玉、布帛、竹头、木屑以至粪土之属，都是作家所需要的；大量收藏这些，必要时粪土可与"金玉同功"。此说未必符合一般生活逻辑，在文学创作上，却是令人信服的经验之谈。这一经验有力地说明：社会生活中各种大大小小的现象，都有可能成为重要的文学素材，因此，都是作者应该注意观察，并"深思而谨识"的；不仅如此，粪土之所以可"与金玉同功"，又正是生活的逻辑决定的，这只有从互相联系的生活整体，才能解释其"所以然之理"。作家必须全面认识生活以至"粪土之属"，可由此得到进一步说明。

许多古代诗人的创作实践证实了这点。清代诗人袁枚的经验就十分生动。他说：

> 村童牧竖，一言一笑，皆吾之师，善取之皆成佳句。随园担粪者，十月中在梅树下喜报云："有一身花矣！"余因有句云："月映竹成千'个'字，霜高梅孕一身花。"余二月出门，有

野僧送行，曰："可惜园中梅花盛开，公带不去！"余因有句云："只怜香雪梅千树，不得随身带上船。"(《随园诗话》卷二)

担粪者、送行僧的话，是在日常生活中脱口而出的，诗人却由此受到启发而成佳句，真就化"粪土"为金玉了。它不仅说明善于捕捉生活素材的作者，随时都可从平庸的生活中得到"金玉"，更说明随时随地都应留心生活，常人的"一言一笑"，甚至担粪者的话也不能轻轻放过。一个文学艺术家，就需要以这样的精神来对待生活。

但生活给予作者的艺术启示，有可能偶尔得之，也有可能穷年累月求索不得。这种情形，古人也有所认识并能以正确的态度对待，如明代诗人谢榛所说："作诗譬如有人日持箕帚，遍于市廛，扫沙簸而拣之，或破钱折簪、碎铜片铁，皆投之于袋……固不如意，往复不废其业，久而大有所获。"(《四溟诗话》卷三)生活中的各种现象，并非一切皆可入诗或成为文学素材，作者辛辛苦苦地搜集大量破铜碎铁，往往"固不如意"，这是很自然的。沙里淘金，毕竟是沙多金少，但只要坚持下去，"久而大有所获"，这也是必然的。古代许多优秀的文学艺术家，正因坚信这点而长期深入生活，或"与造物者为友"，或"与花鸟共忧乐"，或"遍历天下名山大川"，或"身入间阎"，从而创造了许多千古不朽的艺术珍品。

这里需要说明的是，古人所论认识生活的内容固有其局限，他们还不理解社会生活的本质。但以上所讲柴米油盐、竹头木屑、村童牧竖、破铜碎铁等，不能误解为只要注意生活小事。以上论述，主要是强调作者必须全面深入认识生活，并从而知其"所以然之理"。以上所论，主要侧重于"全"，认识事物的全，以至得益于破铜碎铁、粪土之属，已是"深"的重要标志了，但对认识事物的

"深",古代文论家也做了许多具体论述,前面所录刘熙载的话,就是一段精彩之论。

刘熙载的话虽不多,却相当深刻地总结了杜甫等人的创作经验,提出了两个较为重要的理论问题:第一是深入认识事物的最高要求——"物我无间";第二是怎样写作者不熟悉的人物。两个方面结合起来看,这段话更具典型意义。它所探究的,是"代匹夫匹妇语最难"这个难题,要对"最难"认识的人物有最深的认识。

古代的文人学士,对饥寒劳困中的"匹夫匹妇"是鲜有认识了解的,要表达他们的思想感情自然"最难"。这种难还有一个原因:"饥寒劳困之苦,虽告人,人且不知。"这也是古今常理,某些内心的情感、深切的痛苦,确是"虽告人,人且不知"的。这就是认识人物必须达于"物我无间"之境的道理。所谓"物我无间",就是感同身受,"直与疾病之在身者无异"。这就要求作者不再是文人学士,做到自己"无异"于受苦受难的"匹夫匹妇",作者(我)和他认识的对象(物)融为一体(无间)了。能如此,则表达"匹夫匹妇"的思想感情就像述说自家心事,自能恰如其分而毫无困难了。我们要求作家深入"体验生活",正是为了求得达于"物我无间"之境。不过,如果作者忘不了自己的"作家"身份,则纵然努力于对他人的"体验",物我之间的距离便难消除,对所写人物的思想感情,就难免有某些格格不入之处,"最难"的情况也就依然存在了。于此可见,作者以旁观者的态度去认识人物固然深不下去,以同情者、体验者去观察了解,也有不足之处,"物我无间"才是认识人物、生活的最高要求。

真要做到"物我无间",自然并非易事,它不仅要求作者"身入间阎,目击其事",而且还要求作者的思想感情必须有一个变化,化我为物。古代文学艺术家在这方面作过不少努力,也积累了丰富的经验。宋代画家曾无疑工画草虫,他说:"某自少时,取草虫笼而观之,穷昼夜不厌。又恐其神之不完也,复就草地之间观之,于是始得其天(自然神态)。方其落笔之际,不知我之为草虫耶,草虫之为我也。"(《鹤林玉露》丙编卷六)曾无疑自幼学画草虫,到"年迈愈精",有一个漫长的艰苦历程。开始把草虫关在笼子里观察,整天整夜地看不够,又怕不能从笼子中看到草虫的天然神情,更伏在草丛中细看虫子的自由活动,直到彻底掌握草虫的"庐山面目"。在这个过程中,画家从移情于虫到物化为虫子,好像自己的情态动作就是虫子,虫子的情态动作就是自己。达于这种"物我无间"之境,自能把草虫画得神态活现。在古代文艺理论中,这样的例子很多,如苏轼论文与可画竹,做到了"其身与竹化"(《书晁补之所藏与可画竹三首》);李渔论戏曲创作,强调作者对所写人物要作"设身处地"的思考(《闲情偶寄》卷三);金圣叹评《水浒》,认为作者写淫妇、偷儿时,也必把自己设想为淫妇、偷儿(五十五回总批)。所有这些,都是为了做到"物我无间"。

许多古代文艺家的实际经验说明,"物我无间"是长期深入认识生活的结果。只有长期深入的物我相触才能产生移情作用,达于"物我无间"之境。所以,这仍不出亲历目睹的"铁门限"范围,只是这种亲历目睹不是走马观花,而必须经过长期的接触,在深刻了解的过程中,才能产生感情的联系和交融。南宋诗人赵师秀从另一个角度加深说明了这个道理。人问赵师秀作诗之法,他说:"但能饱吃梅花数斗,胸次玲珑,自能作诗。"(《梅磵诗话》卷中)此话虽简,却有至理。梅花怎么"吃"法?为什么要吃"数斗"之多?饱吃梅花的意义何在?都是深有所指的。

我们现在常讲"吃透"什么精神,"饱吃梅花"正是这个意思。这个"吃",不是用口吃,而是用眼睛和头脑,精研细品梅花的形神风貌,把它"吃"到作者的大脑中去。这样,太少就谈不到"饱吃",必然数斗之多,才能"吃透"梅花的共同特征,把握其独具的个性,倾心其风韵,雅爱其品格,细享其清香,叹赏其孤芳,这样,吃花人就逐渐"胸次玲珑"起来,能得心应手地活画出梅化的傲霜神态。所谓"胸次玲珑",本指作者得以心思灵敏;其所以能心思灵敏,正由于吃花者胸藏梅花数斗,已是"物我无间"了。

认识梅花应如此,认识桃花李花、张三李四也应如此,一个作者认识生活,能广到无一物不识,无一理不穷;能深到吃饱吃透,物我无间,就不难创造出传世的佳品了。当然,这只是就作家对生活的认识而言,文学创作的许多重要理论问题,古代文论家都作过大量论述。认真总结、清理、学习古代文艺家长期积累的这些经验,对今天的文艺创作,还是很有借鉴意义的。

(原载于《文学知识》1986 年第 11 期)

古代文艺的形神论

形神论原是一个哲学命题。"形"指人的形体,"神"指人的精神,如《战国策·齐策》中的"形神不全",就指人的形体与精神而言。《荀子·天论》中的"形具而神生",便是从哲学上论述形与神的离合关系。汉魏六朝期间,对人的精神能否脱离形体而存在,曾进行过激烈的论争。汉晋之际的人物品评,反对"玩其形而不究其神",特重人的风神气韵,形成一种社会风气。这个时期的绘画正以人物画为主,在时风的影响之下,所画人物也不满足于外形,而要求表现人的精神特征。东晋著名画家顾恺之的"传神"论,就是在这种背景下产生的。所谓"传神阿堵""以形写神""传神之趣"等,这些对古代艺论产生深远影响的论点,都是顾恺之对人物画的经验总结。其基本观点,就是传写人物之形,应求表现人的精神特征。

古代文艺的形神论,虽曾受哲学上的形神论和魏晋人物品评的启示,却是文学艺术本身的规律决定的。清人翁方纲著《神韵论》,说"神韵乃诗中自具之本然",其实,不只诗,也不只人物画,一切文学艺术无不是借助一定的形象描绘以体物写志或因物言情。凡是文学艺术就不能没有形象,却又不以单纯地描绘形象为目的;所以,怎样使艺术形象把作者的思想感情表达得准确、有力和丰富,这是古今中外的文艺理论家一直在不断探索的重要问题。中国古代文艺理论家对此有独特的卓越贡献,就是总结了"以形写神"的艺术规律。

正因"以形写神"是文学艺术的普遍规律,所以早在顾恺之五百多年前的《淮南子》中就有所论及了。如论画:"画西施之面,美而不可悦;规孟贲之目,大而不可畏,君形者无焉。"这是说,虽画出西施之美却不能令人喜爱;画了战国猛士孟贲的大眼睛但不使人害怕,就因为没有表现出统其形的神。又论乐:"使但吹竽,使工厌窍,虽中节而不可听,无其君形者也。"让一人吹竽,另一人来按其孔窍,即使合拍,却奏不出动人的音乐来,也是由于没有统其形(声)的神。两例说明:音乐、绘画都需要"君形"的东西;两个"君形"虽含意有别,但都是要有主其形的"神"。只有其貌、其声的"形",就不可能产生应有的艺术效果,甚至并非真正的艺术品。这种"君形"论,直到清代袁枚论诗还继续采用,如在《续诗品·葆真》中说:"画美无宠,绘兰无香,揆厥所由,君形者无。"形象描绘应有"君形"之神的要求,在我国古代不仅源远流长,而且被广泛地运用于各种样式的文艺评论。除诗画方面最为普遍外,如论音乐:"弹筝奋逸响,新声妙入神"(《古诗十九首》);"一切情状,皆可宣之于乐,以传其神而会其意者焉"(祝凤喈《与古斋琴谱》);论书法:"体有六篆,要妙入神"(蔡邕《篆势》);"书贵入神"(刘熙载《艺概·书概》);论舞蹈:"形态和,神意协"(傅毅《舞赋》);"临颖美人在白帝,妙舞此曲神扬扬"(杜甫《观公孙大娘弟子舞剑器行》);论戏曲:"唱曲之妙,全在顿挫,必一唱而形神毕出"(徐大椿《乐府传声·顿挫》);至于李贽、金圣叹等人评小说,赞以"传神传神""写得入神"的就更是屡见不鲜。古代艺论中这种普遍的要求充分说明,传形之神确是形象描绘的艺术规律,几千年来,古代艺术家们创造出大量艺术珍品,主要就是这一优良传统的结晶。

这里存在一个复杂的问题,是何谓"神"?对此应注意到三种情况:其一,各种艺术样式的各种形象描绘都要求有"神",就很难用一个简明的定义来概括;其二,古人论艺,通常没有统一明确的概念,因而如传神、写神、入神、精神、风神、神气、神韵、气韵等参差互出,这些不同的说法,既有其相通之处,也有相异的侧重点,有时又词同而意异或词异而意同;其三,形神论本身又在不断发展丰富着,到清代翁方纲的《神韵论》,就认为神韵是"彻上彻下,无所不该"的了。其复杂性虽如此,但也并不如古代有的人所说"一切而不可知之谓神",究其实质,总不出艺术创作中如何处理形与神的关系这个根本。所以,翁方纲虽认为神韵"无所不该",却进而归结为:"神韵者,是乃所以君形者也。"能抓住这个实质或根本,就不难看到它是万变不离其宗的。

古代名目繁多、千变万化的形神论,可大别为两种类型:一是较直接的写形之神,一是艺术创作的神境。前一种是"君形"的本义,后一种是"君形"的引伸。如《沧浪诗话》以"诗之极致"为"入神",就是指诗歌创作所达到的极诣之境。这个"神"不是某一具体形象的"君形"者,大多是对艺术创作的整体而言。如杜甫所讲的"诗成觉有神"(《独酌成诗》)、蔡邕讲的"要妙入神",以及谓之神韵、风神、气韵者,就多指神境。既然是艺术创作的一种极诣之境,是否仍属形神论呢?这可就严羽的"诗之极致"作具体分析。严羽论诗主张"以盛唐为法",而"盛唐诸人惟在兴趣",这个"兴趣"是很值得注意的;陶明浚《诗说杂记》释为"如人之精神",基本上是对的;严羽自己的解释是:"羚羊挂角,无迹可求。故其妙处透彻玲珑,不可凑泊;如空中之音,相中之色,水中之月,镜中之象,言有尽而意无穷。"这些话虽觉玄虚,正是"精神"的特征,更是对形象描绘的要求。形象描绘至此,就是"入神"之境了。王士禛发展"兴趣"说而主"神韵",虽然讲得更玄,亦不离传形之神的本旨。如其《居易录》称赵子固的咏梅诗"甚得梅花之神韵",也就是写出了梅花之形的神。又其《池北偶谈》评陆鲁望的白莲诗:"语自传神,不可移易,《苕溪渔隐》乃云移作白牡丹亦可,谬矣。"此诗的"传神",就是它写出了白莲形象独具的精神特点。

由此可见,"君形"之神和"神境"之神虽略有不同,却又是基本一致的。就"君形"之神的本义来说,其义又可大别为二:一是要求表现事物独具的精神特征,上举白莲诗就是很好的例子。又如沈宗骞论画人物的传神:"不曰形、曰貌,而曰神者,以天下之人形同者有之,貌类者有之,至于神,则有不能相同者矣。作者若但求之形似,则方圆肥瘦,即数十人之中,且有相似者矣,乌得谓之传神?"(《芥舟学画编·传神》)人形的高矮方圆肥瘦等,其所以不能传神,就因为它不是一个人独具的特征,人的精神气质就千差万别,各不相同了。不仅如此,沈宗骞还进一步讲到,一个人即使前肥而后瘦,前白而后苍,但"形虽变而神不变"。艺术创作要表现这样的"神",则不仅是人物独具的精神特征,而且是其本质的特征。

二是有生气,使形象变活,给人以呼之欲出之感。李渔论戏曲创作,强调精神、风致,认为"少此二物,则如泥人土马,有生形而无生气"(《闲情偶寄》卷一)。舞台形象如泥人土马,虽有声音动作,仍是死形,正如《宣和画谱》论画虎:"形似备而乏气韵,则虽曰近是,奄奄特为九泉下物耳。""九泉下物"就是死虎,虽画得形象近似,却没有艺术感人力量。要画虎便如真虎,写人便似真人,这就是艺术形象的"生气"。高诱注《淮南子》说:"生气者,人形之君",前面所举画西施、孟贲的"君形者无",就是没有生气。从这些论述可知,艺术形象的"生气",不仅是要求把形象写活,栩栩如生,而且要能产生强大的艺术感染力,能激发读者的爱憎感。

这两个方面虽各有侧重,但也互有联系:只有捕捉住虎的特征,才能虎虎有生气;只有画出西施、孟贲的生气,才能体现其不同于别的美人、猛士的特征。所以,二者在古代艺论中往往是不可分的。如李贽评《水浒》:"描绘鲁智深,千古若活,真是传神写照妙手。且《水浒传》文字妙绝千古,全在同而不同处有辨,如鲁智深、李逵、武松……渠形容刻画来各有派头,各有光景,各有家数,各有身份。"这里的"千古若活"是生气,"各有派头"等是特征,二者统一而成具有鲜明性格的生动形象。

从上述写形之神的基本含义、基本要求可知,这一优良传统是很值得重视的。但应注意的是,唐宋以后部分文学艺术家忽视了形与神的基本关系,逐渐出现一种轻形重神的倾向,有的甚至抛开形似而单纯追求主观的神韵,因而诗不知所咏何事,画不知所绘何物,和西方印象派的作品颇有相似之处。这个时期,曾出现过一些背离形神关系的传神论、神韵论。但多数艺术家仍认为"未有形缺而神全者也"(邹一桂《小山画谱》);"神无可绘,真境逼而神境生"(笪重光《画筌》);"体物而得神"(王夫之《薑斋诗话》)。这正是顾恺之"以形写神"论的发展。从形神关系看,"神"既然是"君形"的,当然不能离开形而存在,只能通过形的描绘来体物得神。所以,"形神兼备""形全神足"才是古代形神论的主流,我们今天应发扬的,也正是指这一正确的优良传统。

(原载于《文艺学习》1986年第1期)

什么是古诗中的"兴寄"

讲究"兴寄"是我国古代诗歌的重要特点之一。它原是诗歌创作的要求,但"兴寄"的深浅有无,古人不仅常用于诗歌评论,且注重"兴寄"的诗,作者往往有意让它的意味"使人思而得之",或"以俟人之自得",而不正言直述。因此,了解这种特点,对阅读或欣赏中国古典诗歌也是很有必要的。但古诗的"兴寄"涉及许多复杂问题,本文只是简述它的来龙去脉及其重情意、主兴象的基本特征。

"兴寄"也称"寄兴"。如沈德潜评阮籍诗:"兴寄无端"(《古诗源》卷六),陈廷焯评贺方回词:"寄兴无端"(《白雨斋词话》);胡应麟既以"寄兴无尽"评《青青河畔草》(《诗薮》内编卷二),又用"兴寄无存"评《柏梁诗》(同上卷三);元稹论诗评诗则多用"寄兴",如评"沈、宋之不存寄兴",说自己的诗"稍有寄兴"等(均见《叙诗寄乐天书》)。所谓"寄",就是寄托。钟嵘《诗品》评张华的诗"兴托不奇",也就是"兴寄"平常的意思。"兴寄"可称为"寄兴","兴托"也可称为"托兴",《诗人玉屑》中就有"托兴"一条。此外,如"讽兴""托喻"等,也是相近的意思。

所谓"兴",原是赋比兴的"兴"。赋比兴是汉人从《诗经》中总结出来的三种写诗方法。"兴"的写法就是"托事于物"(郑众《周礼》注引),或"托物兴词"(朱熹《晦庵诗说》)。寄托于某种事物以表达感情的"兴",也就是"兴寄"或"兴托"。"兴"字的含意是"起",诗人所兴起的是情,所以,《文心雕龙·比兴篇》说:"兴者,起也。……起情,故兴体以立。"有的便直接说:"兴者,情也。"(《二南密旨》)只是这种情是诗人触发外物而兴起,又寄托于物而表达出来的。由上述可见,古典诗歌的所谓"兴寄",主要就是通过具体事物的描写以表达作者的思想感情。但"兴"或"寄"是一种历史的概念,它在我国古代漫长的诗歌史上,还不断有所丰富和发展。

《诗经》民歌富有现实主义的精神,这是文学史家所公认的;加以汉人尊为五经之一,成为儒家的一部经典,更增强了它在古代文学中的权威性。汉魏以后,每当文学创作出现浮华艳丽的严重倾向时,评论家多强调《诗经》的优良传统以反对过分地追逐形式。兴诗的托物起情,便逐渐受到诗人和评论家的重视,并越来越突出其"起情"的意义。刘勰论比兴,就批评汉代文人"日用乎比,月忘乎兴,习小而弃大,所以文谢于周人也"。他第一次明确区分比、兴的小大轻重,认为诗歌创作抛弃了更重要的兴,就远不如周代诗人的《诗经》了。钟嵘评张华"兴托不奇",就因他的诗"其体华艳""务为妍冶"。到陈子昂提出:"齐梁间诗,彩丽竞繁,而兴寄都绝,每以永叹"(《修竹篇序》),也是为反对"彩丽竞繁",希望恢复"风雅"的传统而强调"兴寄"的。其后,如李白一方面声称"将复古道,非我而谁",一方面强调"兴寄深微"(《本事诗》);直到明人许学夷所论"汉魏五言,深于兴寄,盖风人之亚也"(《诗源辨体》)等,无不是从发扬《诗经》优良传统的要求来讲"兴寄"的。

在"兴寄"的这种发展过程中,虽然始终没有离开"兴"的本义,却逐步发生了较大的变化,它不仅仅是一种"托事于物"的写诗方法了，而更侧重于用这种表现方法所寄托或兴起的情。"兴寄"逐渐形成和"彩丽竞繁""其体华艳"的相对概念，用以指对诗歌应具有充实而有意义的思想内容的要求。这和整个"比兴"概念的发展变化过程是一致的。如白居易《与元九书》所论："诗之豪者，世称李、杜。李之作，才矣奇矣，人不逮矣；索其风雅比兴，十无一焉。杜诗最多……然撮其《新安吏》《石壕吏》《潼关吏》《塞芦子》《留花门》之章，'朱门酒肉臭，路有冻死骨'之句，亦不过三四十首。"从白居易在同文中称自己有关"美刺兴比"的诗为"新乐府"，元稹在《进诗状》中称自己的乐府诗"稍存寄兴"，可知"比兴"和"兴寄"的要求是相近的。这种"比兴"或"兴寄"，就是要求诗歌具有深刻的现实意义了。用这样的要求来衡量齐梁时期的诗作，自然是"兴寄都绝"。

唐宋以后，诗词的"兴寄"受到诗人们更大的重视。除上举明人胡应麟、许学夷等多次用"兴寄"的深浅来评论诗歌的优劣外，到了清代，甚至认为"文无比兴，非诗之体也"（冯班《钝吟杂录》）；"伊古词章，不外比兴"（陈廷焯《白雨斋词话·自序》）。没有比兴就不成其为诗，以至一切文学作品，无不是用比兴写成的，这就把比兴的地位提得更高了。比和兴的共同特点都是托物寓情。唐宋以后"比兴"连用，就往往指托物寓情的共同要求。清代诗人不仅认识到托物寓情的普遍意义，且不满足于一般的寄托。如陈廷焯所论："托喻不深，树义不厚，不足以言兴。深矣厚矣，而喻可专指，义可强附，亦不足以言兴。"（《白雨斋词话》卷六）不仅要有深厚的寄托，还要有广泛的意义而不专指某一具体内容；情与物之间要有内在的联系而不是勉强的比附，才算得"兴"。这样的"兴"，就是具有高度概括性的艺术创作了。古代对"兴寄"的要求，又是一大发展。

"兴寄"之所以能成为一种古代写诗或评诗的重要要求，并得以不断地丰富和发展，这是它本身的特点决定的。首先，"兴"不是人为的规定，而是从《诗经》的实际创作经验中总结出来，又为历代诗人的创作实践不断丰富起来的。这样，它就符合诗歌艺术的基本规律。所谓"诗以言志"，诗歌必然是为了表达诗人的某种思想感情而写，没有任何思想感情的诗是不存在的。但不借助于一定事物、不通过具体的形象而直陈其情，也不成其为诗，至少不是好诗。托物寓情正是"兴寄"的基本特点，它能受到历代诗人的普遍重视，并不断有所丰富，就是这个原因。

　　"兴"的含意古来虽有种种不同的解说，但如"触物起情""借物兴情""托物寓情"等，大多不能离开"物"的作用，这个"物"，就指事物的形象。所以，"兴"和"象"是有着必然联系的。古代诗人对"兴"的重视，正因为诗人抒情言志必然通过一定的形象。如《诗经》中的"昔我往矣，杨柳依依；今我来思，雨雪霏霏"。刘熙载举以为例说："雅人深致，正在借景言情，若舍景不言，不过曰春往冬来耳，有何意味？"（《艺概·诗概》）仅仅说："春往冬来"，的确毫无诗味，甚至不成其为诗。运用"兴寄"的托物寓情则不只是为了有诗意诗味，还在发挥诗的更大作用。古代诗词，篇幅短小的甚多，怎样才能使有限的篇幅，容纳丰富而深厚的内容？主要就靠"兴寄"。《诗人玉屑·讽兴》中举到王安石一诗为例："黄雀有头颅，长行万里余。想因君出守，暂得免苞苴。"此诗乃"送吕望之赴临江"，因其出守临江，使黄雀敢于远飞而无遭捕杀之虑，这确能说明很多问题。所以《玉屑》析云："诗才二十字耳，崇仁爱，抑奔竞，皆具焉。何以多为！能行此言，则虐生类以饱口腹，刻疲民以肥权势者寡矣。"这里有歌颂，有批判，确是思深意广。

　　这种"寄兴"之妙，就是充分发挥了形象的作用。钟嵘《诗品》释"兴"为:"文已尽而意有余,兴也。"这话发展成古代诗话中的名言:"言有尽而意无穷。"其实,能发挥"有余"或"无穷"作用的,主要是形象,所以,"深得文理"的刘勰在《物色》篇提出:"物色尽而情有余。""物色"就是事物的形象,上举王诗就是借"黄雀"这个形象而"情有余"的。古人常讲意在言外,也就是借助形象而产生的象外之意。如《六一诗话》引梅圣俞所举诗例:"若温庭筠'鸡声茅店月,人迹板桥霜',贾岛'怪禽啼旷野,落日恐行人',则道路辛苦,羁愁旅思,岂不见于言外乎?"诗人并不直言旅途的愁苦,但他们描绘的形象不仅表现了愁苦,且生动地再现了途中早早晚晚的愁苦之状,它比直言愁苦更为感人。这种可贵的经验,古人曾做过许多总结。如李东阳《麓堂诗话》所说:

> 所谓比与兴者,皆托物寓情而为之者也。盖正言直述,则易于穷尽,而难于感发。惟有所寓托,形容摹写,反复讽咏,以俟人之自得;言有尽而意无穷,则神爽飞动,手舞足蹈而不自觉。

这段话可以作为本文的小结,它具体说明了"兴寄"的特点和作用。直质的陈述,只能是言尽意止,没有感人的力量。必须把感情寄寓在形象之中,让读者不知不觉地从这种形象中受到感染,才能产生意味无穷的作用。细心体味我国古代诗词,不仅会发现这样的作品是很多的,也有助于领略其独特的艺术趣味。

(原载于《文史知识》1985年第2期)

古代文论研究现状之我见

古代文论研究是一门年青的学科,如果从1927年出版陈钟凡的《中国文学批评史》算起,至今尚不足六十年历史。而为众多研究者所瞩目,各高等院校普遍开设此课,使之"蔚为大国",还是近几年内的事。我国文化遗产的这一宝库一旦打开,这门新学科便呈迅猛之势发展,近来每年以五百篇论文和十多部专著的规模,在文学艺术的百花园中,开放出古色古香的民族之花,十分引人注目。但它毕竟是年青的,在其高速度发展中,虽已成绩斐然,却有许多问题尚待研究。目前,又面临新的方法论的挑战。因此,怎样认清古代文论研究的现状,今后应该怎样发展,就很有必要进行一些探讨。本文之所谓"我见",也就是做一己的初步探讨而已。

一

古代文论研究取得的成果是巨大的。就我所知,到目前为止,《中国文学批评史》(包括简史、小史)已出郭绍虞、朱东润、罗根泽、黄海章、刘大杰、敏泽、周勋初等七种,正在编写中的还有人民大学、复旦大学等多种,特别是复旦由王运熙、顾易生主编的多卷本《中国文学批评通史》,从其已发表的部分章节来看,其具大、全、深、准的显著特点,是古文论界十分关注的一部巨著。各种各样的专史和断代史,除已出版夏写时的《中国戏剧批评的产生和发展》、张少康的《先秦诸子的文艺观》等外,诗歌理论史、小说批评史、戏曲批评史等,也有许多研究者正在编写中。专家专著的研究更为繁荣,除较为突出的《文心雕龙》外,如司空图《诗品》已有郭绍虞、祖保泉、孙昌熙和刘淦、乔力、刘禹昌等家的校注和论著;王国维《人间词话》的校注笺释已有十余种之多,其中解放后出版的也有徐调孚、王幼安、靳德峻、滕咸惠、陈杏珍和刘烜等数种;甚至一篇《文赋》,除发表了多篇译注论述的文章外,近年来就有张少康的《文赋集释》、张怀瑾的《文赋译注》和周伟民的《文赋注译》等书出版。他如杜书瀛的《论李渔的戏剧美学》、徐中玉的《论顾炎武的文学思想》、梅运生的《钟嵘和诗品》之类,就举不胜举。

古代文论研究的单篇论文,仅 1983、1984 两年,就发表一千篇左右。这个巨大的数字,就充分说明古代文论研究在当前的繁荣和迅速发展状况。从 1979 年底开始,古代文论研究有了自己的阵地:《古代文学理论研究丛刊》;其后又有专研《文心雕龙》的《文心雕龙学刊》、兼容古今中外文论的《文艺理论研究》和融汇古代诗文、绘画、音乐等文艺理论的《中国文艺思想史论丛》等相继问世。这些刊物的出版,既反映了近年来古代文论研究的客观需要,也有力地促进了古文论研究的迅速发展。这几种刊物,从点到面,从沟通古今中外到综合研究各种文艺理论,不仅互相配合,构成一个完整的体系,更反映了整个古代文论研究正朝着纵深的方向发展。

资料的汇辑、整理和校注,对这门新的学科来说,虽还是较为薄弱的一环,但至今亦已取得十分重要的成绩。如郭绍虞主编的一套《中国古典文学理论批评专著选辑》，已出二十余种（加上一些二、三种合刊本已三十多种）。由程千帆主编的一套《明清文学理论丛书》正在陆续出版。唐圭璋的《词话丛编》已作大量增补待出。新校点的《历代诗话》与《续编》、《清诗话》及新编《清诗话续编》已出齐。选本如《中国历代文论选》《中国历代小说序跋选注》《历代论诗绝句选》等；各种资料的汇编，如《古典文学研究资料汇编》《中国古代文艺理论资料目录汇编》《中国古代文论类编》《历代诗话论作家》等，已陆续出版很多。此外，不少研究者和出版部门，还正积极编印大量有关资料。较重要的如：郭绍虞编《万首论诗绝句》（已付印）、徐中玉主编的《中国古代文艺理论专题资料汇编》（约二十卷），以及万云骏等人正编辑中的《词话类编》《曲话类编》等。可以预料，这些巨型资料的出版，必将有助于古代文论研究的新发展。无论是资料的搜集、编类、校点或注释，本身就是古代文论研究的一个重要方面，且非研究有素的学者不能胜任。近年来许多著名学者留意于此，当是古文论界的大幸，也说明古代文论研究这门新的学科，正在逐步成熟和深化之中。

　　古代文论研究在当前更值得庆幸的一点，是研究队伍的空前壮大，特别是出现了一大批新人。十年以前，这支队伍还是屈指可数的；专门从事古代文论研究者，更是寥若晨星。其基本队伍，主要由文学史工作者和现代文艺理论工作者兼治与会合而成。多数高等院校的古代文论研究者，至今仍或属古典文学教研室，或属文艺理论教研室而很少独立。这样两种不同出身的人来研治古代文论，显然各有优点而又各有其不足。古代文论的研究与教学，都须要史和论的高度结合而独立成为一门新的学科。这个变革过程至今还是相当缓慢的。但是，从古代文论课的普遍开设，到古代文论（批评史）硕士和博士研究生的独立培养，古代文论研究的一代新人大量涌现出来,并已崭露头角于当今文坛。他们既有较全面的基本训练,又眼光敏锐,接受新事物较快,因而为近年来的古代文论研究增添了活力,做出许多引人注视的新贡献。这样的新人必将越来越多,他们在结合史论、融贯古今、沟通中外上,都程度不同地发挥了自己的优势,从而加速着古代文论研究的进程。

古代文论研究这门年青的学科,近年来不仅已迅速进入它的茁壮成长时期,且面临着一个急剧的变革和演化时期。大发展的条件已相当充分了,借刘勰的话说,当前唯在如何"拓衢路,置关键,长辔远驭,从容按节"。

二

为了"长辔远驭","从容按节"是必要的。为此,必须探明古代文论研究近年来得以发展的基因是什么,只有认清这点,才能为文论研究的进一步发展"拓衢路,置关键"。

这可能是一个有不同见解的问题。新人的出现,新思想、新观点、新方法的运用,新材料的发现与整理等等,都与古代文论的新发展有密切关系。但究其基因,我以为一是在前人研究基础上的必然发展,一是举国一致的思想大解放。前者虽是学术发展的一般规律,却绝不可稍有忽视。从总体上说,后来居上是必然的,但若离开前人的基础,就可毫不夸大地说,寸步难行。至于后者,借程千帆先生的话说,就是"从新经学的迷雾中走出来",而且是关键所在:"总之,解放思想……我看是解决古典文学研究中存在问题的关键。"并断言"我们要将研究工作搞上去,取得新的突破,就必须从新经学的迷雾中走出来"①。这虽是四年前对古典文学研究的论述,也精确地概括了古代文论研究的必然道路。近四、五年来古代文论研究的大发展,正是思想解放的累累硕果。思想解放不是唯一的因素,却是关键性的因素。只有认清这个关键,才能找出近几年来古代文论研究大发展和发展不够的主要原因。

裴斐的《白居易诗歌理论与实践之再认识》②,被誉为研究白居易诗论的"石破天惊"之作③,便是很好的一例。白居易的诗论和创作,固有其不可磨灭的杰出成就,但长期来对他的过高评价,却是极不相称的。历来对白诗及其诗歌主张评价之高,主要着眼于他的主张和部分作品有较强的现实性和政治性,这和过去"政治标准第一"的观点显然是有关的。而"新经学"的流弊又往往是把政治标准视为唯一的标准,"政治"好就一切皆好。因此,白居易的诗论不仅成为中国古代现实主义理论的完成者,且推重其《与元九书》为"最全面、最系统、最有力地宣传现实主义、批判形式主义的宣言"④。今天评价白居易,我以为对其"但伤民病痛,不识时忌讳"的精神,不仅仍应给以高度肯定,而且值得发扬。但从文学理论并不等同于政治理论,从文学应该是文学的角度来看,白氏之论,并没有为文学理论本身作出有价值的历史贡献,更谈不到什么"最全面、最系统"的现实主义理论。所以,裴文指出《与元九书》中常被人称道的一些观点,不过是《诗大序》的翻版,

---

① 《从新经学的迷雾中走出来》,《社会科学战线》1980年第4期。
② 《光明日报·文学遗产》第166期。
③ 吴调公《关于白居易评价问题》,《光明日报·文学遗产》第687期。
④ 游国恩等主编《中国文学史》第2册第451页。

且"比汉儒更加无视诗歌本身的艺术规律"。裴斐认为,照白居易的"文章合为时而著,歌诗合为事而作"等主张,则"诗歌并不是一种艺术,而仅仅是为政治服务的工具"。白居易的全部诗论,除了如何反映民情而为当时的封建政治服务外,对诗歌艺术的内部规律,确是鲜有所及;仅仅作为一种政治工具来要求,其意义就相当有限了。

和"新经学"的传统观念相较,这种"再认识"之所以能够提出,主要就是近年来思想大解放的结果。论诗而衡以诗歌本身的艺术规律,应该说是甚为平易的至理常情,但在"新经学的迷雾"笼罩学术界的年代里,却是难以看清的。多年来,政治就是一切,庸俗的社会学、阶级分析法,在整个文学领域泛滥成灾。而白居易诗论中狭隘的功利主义观,在这种气候下成了珍品,只能得到越来越高的评价。因此,不冲破多年来的阴霾迷雾,没有研究者的思想解放,就很难发现白氏之论,主要不是诗歌艺术,而是政治的工具。

这是一个较为典型的例子,却绝非孤例。古文论研究中近年来许多新的突破、新的发展,无不与思想解放有直接或间接的联系。如道家文艺观的研究,以金圣叹为代表的小说评论研究,新观点、新方法在古代文论研究中的运用,以及对古代大量的文论、诗话及有关学术论著,从简单的阶级分析进入美学研究等,都是古代文论研究近年来十分显著的新发展,新变化,而思想解放正是这一切的催化剂。

以道家文艺观来说,1979年以前的三十年间,专题论文一篇未闻,近两年多来发表的专论就有二十余篇之多,结合有关诗文、小说理论、民族特色、神韵、意境、虚静说,以及司空图、苏轼、王渔洋等人的研究,论及道家思想的更多。这自然不是一种偶然现象。张文勋同志曾谈到过去对老庄美学思想缺乏实事求是的研究的原因:"一方面,是由于老、庄学术思想本身代表了没落的剥削阶级的思想意识,消极成份较多,诸如否定一切、逃避现实、具有浓厚的虚无主义和神秘主义色彩等等。但是,另一方面和我国历史上长期以儒家思想为正统,歧视儒学以外的学派所造成的偏见也分不开。再加上我们的研究工作受'左'的思潮干扰,用形而上学的方法,片面强调老、庄学术思想的落后性,未能实事求是地一分为二地给以深入细致的全面评价。"①这里深刻地说明,在传统观念的束缚下,老、庄的美学思想何以得不到实事求是的评价。现在之所以能进行实事求是的全面研究,正是排除了"左"的思想干扰,抛弃了正统观念的偏见,消除了对待古人的迂腐观点。即使"没落的剥削阶级"代表,也要"从中引出许多合乎艺术规律的有益的东西,可以作为我们今天发展社会主义文艺的有益的借鉴"(同上)。

　　一座新的艺术宝库被打开了,研究者很快就发现,其中确有不少"有益的东西"。如张少康提出:"以庄子为代表的文艺思想对我国古代文学发展的影响是极其深远的。其地位不亚于儒家……我国古代文学创作在审美标准、创作构思、艺术表现方面所形成的传统特征和道家文艺思想的影响有密切关系。"②漆绪邦更认为:"道家思想对于我国古代文艺理论的影响不但是巨大的,而且在许多方面,甚至是决定性的,它规定了中国古代文学理论中关于艺术辩证法的许多基本范畴。"③道家思想对古代文论

---

① 《老庄的美学思想及其影响》,《古代文学理论研究》第8辑。
② 《重视古代文艺思想发展特点的研究》,《光明日报》1984年1月17日。
③ 《自然之道与"以自然之为美"》,《古代文学理论研究》第9辑。

影响之深之大，还不仅仅是其哲学思想的间接影响。李壮鹰还深入论及道家的"艺术本体论"："道家对后世文艺理论批评影响最大最深的一点，我以为就是他们的艺术本体论。是道家首先透过实在的艺术品的物质形式，揭示出艺术本体的观念性，从而把人们的眼睛从艺术品的外壳引向它观念形态的本体，所以后来才产生了诸如'象外'说、'滋味'说、'兴趣'说、'意境'说、'神韵'说等等这些深入阐发艺术内部规律特质的理论。"①道家主张"以无为本"，对文学艺术也"认为只有无形无质的精神才是艺术的本体"。因此，用"无必生有"来解释艺术生产，不仅有其合理性，由于注重的是"言所以在意"，对"意"的表达的追求，就启示了后世艺术家们"象外""神韵"等艺术特征的认识。多数研究者都认为道家思想对认识文学艺术的内部规律，在古代文论的发展中有较大作用，"艺术本体论"是一个较为具体的说明。此外，不少研究者还论述了道家文艺观对古代文论重自然的传统，强调"心听""神遇"的艺术鉴赏论，以至古代文论一系列民族特色的形成，都有其重要作用。

在近年来的古代文论研究中，注意儒道释思想者甚多，这是其深入发展、拓广领域的好现象。特别是对佛教文艺观及其影响，虽已有人进行了长期研究，近年来已发表过少数论文，但可以说，这是古代文论研究中尚未完全打开的一座十分丰富的艺术宝库。佛教思想虽然更为复杂，但可以相信，完全打开这座宝库已为期不远了。不过无论对儒道佛，都不应作孤立的研究，而必须从具体的时代、具体的人，以及当时的文学发展状况去考察，才能得到符合历史实际的准确认识。

---

① 《道家的艺术本体论剖析》，《学术月刊》1984年第2期。

白居易的诗论，过去作了不切实际的过高评价，现在作了重新认识；老庄文艺观过去批判多而研究少，现在有了较充分的研究和肯定。两种相反的类型，都是思想解放带来的新发展、新认识。另一种类型是争议较大的金圣叹，长期来纠缠于他是否"反动文人"的论辩，而对其小说理论的价值，既不能也不敢作具体的研究和肯定。近年来对其以"性格"为轴心的小说理论，有了大量深入的研究，充分肯定了它的重要贡献和价值，这更是思想解放的结果。上述三种类型都说明，古代文论研究突破了种种旧的框框，不再受其他因素的干扰与约束，就能从古代文学理论本身出发，作实事求是的研究。这就是古代文论研究近年来大发展的基本原因。而古代文论研究的继续发展，正有待于研究者的思想继续解放。

如批评史的编写，早期的郭绍虞本、罗根泽本，尚各有自己的特色，其后种种新出的批评史，固然各有其新的成就，却和文学史的编写一样，越来越统一于"作家作品论"的固定模式。古代文论家按户头立章节，各自独立成篇；多数章节单独发表出来，都有其独立的内容，完整的结构。这种方式是可取的，也有它的优点。问题在于为什么只能有这样一种形式呢？是否还有其他优点的形式？不同的内容需要与之相适应的不同形式，今天的读者、今天的社会，早就提出多种多样批评史的需要了。为什么我们的新老文学批评史一直裹足不前，至今尚无新的突破呢？原因虽多，却不能不认为主要是研究者的思想解放不够，勇于创新的精神不足。批评史有不同于其他的特定内容，有自己的特定任务，它的研究对象本身就是对古代文学创作鉴赏的理论总结，因而具有更高的理论要求；要适应这一要求，更有效地完成自己的任务，以满足当前的需要，就必须进一步解放思想，突破现行批评史的唯一体制,而从古代文学理论发展脉络本身的特点出发,创造性地编写出多种多样的批评史。

又如古为今用的问题,虽已强调了几十年,也进行了多年的努力,但若问实效,至今即使不是一句空话,也是其效甚微的。早在五十年代,有人听说某大学的"文艺学引论"讲"文学理论的历史发展"时,"闭口不谈"中国古代的文学理论,因而感到"令人奇怪"①。二十多年后的今天,这种"令人奇怪"的事不仅仍然存在,而且是相当普遍的。今天的文学概论,最多是引几句"刘勰云云"以证它论,文学理论的历史发展,仍是讲中国文学批评史的任务。这种泾渭之分,自然是分工不同造成的,却能说明很多问题,最重要的一点,就是古今有别。既然有此鸿沟为界,就只能各讲一套,互不相干,"古"又怎能用于"今"呢?

古为今用是古代文论研究的根本任务。只有在实际上做到古为今用,古代文论研究才有更大的意义,也才能有更大的发展。但由于长期来对"厚古薄今"的批判、对"批判继承"的片面强调等,古今界线形成一个特殊的禁区,只能抽象地讲"借鉴"、讲"继承",怎样落实到具体的实践中去,在文学理论或创作上怎样实际用之于今,却不敢问津。这就是研究者思想解放不够的说明。继续解放思想,当然不是要否定古今之别,这个客观存在是谁也否定不了的。古为今用的原则是"为今",是从"今"出发,而不是"为古",也不是从"古"出发。所以,坚持古为今用的原则,本身就有古今之别。须要解放的思想是:彻底清除"左"的思想残余,抛弃那些不合理的清规戒律,而大胆地探索古为今用的具体道路。

---

① 邹鄘《打开我国古代文学理论的宝库》,《光明日报》1957年3月3日。

这是一个很复杂的问题,有些观点或理论,如批判继承、继承与革新的关系、古与今的关系等,都有待作进一步的研究。但古为今用势在必行,古代文论研究的古为今用是大有可为的。

三

任何学科的发展,都是和它的研究方法的发展相辅相成的。古代文论研究也是这样:随着它的深入发展,必然要提出新的研究方法。只有在古代文论研究深入发展的基础上,才有新的方法论的要求,也才能在此基础上产生新的方法论;而新的研究方法又必将推动古代文论研究更大的新发展。这是一种辩证关系,忽略这种关系而孤立地讲方法、求新变,就会脱离实际而虽新无益。任何学说必须通过或适应于事物的内因而发挥其应有的作用,即使放之四海皆准的马克思主义,不仅必须和中国革命的实践相结合,且首先是为半殖民地半封建的中国社会所需要。被称为"新三论"的系统论、控制论、信息论,多年来风靡全球,也急剧地震荡着中国的当今文坛。目前,不仅掀起了研究方法论的热潮,也在文学理论和批评的实际研究中,取得了令人耳目一新的重要成果。

就古代文论研究本身来说,研究方法的革新确属必要。最显著的一点,就是古代文论研究长期处于不能适应古为今用的状态。如有的出版社提出:"能不能用中国古文论的系统来写一本文学概论?"这个设想是很不错的,古代文论研究要能在今天发挥较大的作用,这是一个重要途径。但是,"因为这个条件不成熟,大家没敢答应"①。条

---

① 《中国古代文论研究和建立民族化的马克思主义文艺理论问题》(座谈纪要),《文史哲》1983年第1期。

件不成熟确是事实,什么条件呢?为什么至今条件还不成熟呢?问题自然较多,但只要回顾一下古代文论研究长期来运用的一套研究方法,不难得到应有的答案。过去常见的论述,一是用机械的阶级分析法,致力于精华和糟粕的辨析;一是甲乙丙丁,罗列若干论点,或几点成就、几点局限;一是探讨其论在当时的现实意义或历史意义,再加之以源于何家、影响何家等。总之,多数研究都止于对古人作何评价,而使古代文论研究形成一种自给自足的封闭状态。这样的研究绝非全无必要,今后仍不可全废,但若研究古人而止于古人,则无异为古而古,古为今用的条件是永远难以具备的。这就是必须革新研究方法的主要原因。

近年来古代文论研究之所以呈现一些新气象,有了一些显著的新发展,正与研究者逐步采用一些新的研究方法有关。总的来说,对古代文论内部规律的探讨,作综合的、宏观的研究,进行美学的分析等,日益增多,这和刘再复同志对当前文学研究方法的发展趋势所作基本估计是大致相同的。正因为古代文论研究逐步采用一些新的研究方法,才逐渐从古代文论中发现或总结出一些文学艺术的基本规律。作为艺术规律,就可超越古今的限制而为"今用"创造条件。所以,新方法的采用并不是赶时髦,其实质是古代文论研究深入发展的必然产物;需要新的研究方法,本身就是古代文论研究不断演化的说明。

应该由此看到的是,古代文论研究方法的革新,西方"三论"的输入,无论产生多大作用,总是外因;而中国古代文论研究本身发展的需要,才是内因。所以,在研究古代文论的历史长河中,研究方法的更新,既不始于"三论",也不终于"三论",更非只有"三论"才可谓之方法论。早在六十年代完稿的《文心雕龙创作论》,其《创作论八说释义小引》,就是一篇古代文论研究的方法论,其中既讲到如何"从中探讨中外相通、带有最根本最普遍意义的艺术规律和艺术方法",也论述了如何"使我国古典文艺理论遗产更有利于今天的借鉴"。而这本书也正是"企图在批判继承我国古典文艺理论遗产方面提供一些新的研究方法"。到本书的《第二版跋》,更进而总结成一套古今中外相结合的综合研究法。近几年来有关方法论的研究更多了,如1980年7月《社会科学战线》编辑部组织的古典文学研究座谈、1982年10月《文史哲》编辑部组织的古代文论研究座谈、1983年底至1984年初《光明日报·文学遗产》组织的古代文论研究讨论等,涉及古代文论研究方法问题的甚多,提出了大量重要意见。此外,如陆海明的《古代文论研究中的方法论问题》①,主要讲"古代文论研究中的马克思主义方法论";王运熙的《谈谈中国古代文论的研究方法》②,提出"统观全人,避免以偏概全"等主张。这些充分说明,在新的方法论提出之前,随着古代文论研究的发展,其研究方法也在不断研究、不断发展之中。明乎此,则知新"三论"用之于古代文论研究,不过是其研究方法发展过程中的新发展而已。

所以,为了古代文论研究的发展,在研究方法上取抱残守缺的态度,显然是不应该的。汤用彤论魏晋玄学有云:"故学术,新时代之托始,恒依赖新方法之发现。"③这是对的,老是对一家一篇、一个论点或词语、概念作孤立的、封闭性的研究,前面已经说过,是很难适应当前的需要而开创古代文论研究的新局面的。但汤氏又云:"汉魏之际,中华学术大变。然经术之变为玄谈,非若

---

① 《社会科学》1983年第4期。
② 《复旦大学学报》1984年第5期。
③ 《魏晋玄学论稿》第26页。

风雨之骤至,仍渐靡使之然。经术之变,上接今古文学之争。魏晋经学之伟绩,首推王弼之《易》,杜预之《左传》,均源出古学。"①这不仅是值得注意的历史经验,也是学术史的必然规律。没有汉代经学,便不会有魏晋新学。同样,古代文论研究若无前人对一家一篇以至一字一句的长期研究,也不会有近年来的新发展。所以,舍旧趋新,抛弃一切传统,甚至认为马克思主义的方法论也过时了,显然是违反历史规律的。用违反历史规律的"方法"来研究文论史上的规律,只能是一种自我嘲弄。对待新事物,热情和冷静都有必要。在新方法的讨论中,有人认为"并不存在一种万能的方法";"新方法仅仅提供一个起点,而不能取代一切";"新方法是对传统方法的补充和发展""两者没有根本的区别,而是相辅相成的"②。这些意见颇有合理性。只见一点,不计其余,本身就违反系统论的新方法了。

郭绍虞先生的意见,我以为是很值得注意的:"我们必先注意中国文化与西洋文化之共同点与区别处,极端审慎地运用外来术语,决不能轻率比附。借鉴是以我为主,比附则牵强附会。假使全盘西化,那就反害为主,更不可为训了。"③吸收外来的新思想、新方法和一切有用的东西,都是应该的、必要的。中国文化一直是在不断吸取外来营养中发展的,但中国文化始终是中国文化。所以,"以我为主"是必须坚持的原则。如果抛弃或否定一切传统的东西,那就无异从零开始,岂非"反害为主"?全盘西化、一边

---

① 《魏晋玄学论稿》第84页。
② 见《文学评论》1985年第4期记厦门、扬州两次文艺方法论讨论会。
③ 《关于中国古典文学理论批评研究的问题》,《社会科学战线》1980年第4期。

倒,我们都有过沉痛的教训,必须走自己的路,才是正确的结论。

四

最后谈几个具体问题:关于民族特色研究、《文心雕龙》研究和学风问题。

古代文论民族特色的探讨,可说是古代文论研究在当前的总任务。多数研究者明确意识到,总结数千年来文学理论的丰富经验,探讨其民族特色,是建立具有民族特色的马克思主义文艺理论的"必由之路"。近几年来,有关这方面的论述几乎遍及古代文论研究的各个领域:有专题的论述,有从诗文、小说、戏曲理论方面的研究,有结合专家专著的研究,有对文气、意境、风骨、神韵、比兴、虚实等问题的专论,有对民族特色的具体表现、形成原因以及特殊规律的研究;有大量论文,也有专书如《古文论的民族特色》(赵盛德)、《文学艺术民族特色试探》(牟世金)等陆续出版。总的说来,对古代文论民族特色的研究,已引起普遍的重视,取得了较大的成绩,且正在纵深发展之中。但对建立具有民族特点的马克思主义文艺理论来说,现在还仅仅是开始;即使是对民族特色的探讨,也有待于继续解放思想,用新的方法作许多新的努力。

首先,什么是民族特色?这就很有认真研究的必要。现在已经提出的,从内容的重抒情到表现形式的模糊性,以及"象外""兴趣""神韵""意境"等,举不胜举。根据什么说这些是民族特色?若以某一民族所独有者为民族特色,则民族特色的范围将无限扩大,从而使之失去任何意义,何况我们常说的某些民族特色,并非他民族所无(从钱锺书《谈艺录》中可见)。因此,有人提出:"中国古代文论的民族特征,就是指中国古代文论的本质规律,它是个性与共性的统一,在个别中表现了一般,其特征本身也表现出中外古今人类文学的共同规律。"①此论自然补救了"独有"说之不足。相对而言,前说失之太泛,后说是否又失之太严呢?太泛,就可能把凡是其他民族所无,甚至在本民族也是出之偶然的特殊现象视为民族特色;"本质规律"说是否会以其太严而排除某些通常被视为民族特色的东西呢?如古代文论的所谓"模糊"性、"生动的形象"性,以及诗话、词话、评点、序跋等结构形态的特点,这些是不是中国古代文论的民族特色呢?如果是,又怎样衡诸"个性与共性的统一"这个公式,其"共性"何在、"规律"何存呢?这些问题都有待做进一步研究,或者是过去所理解的某些民族特色不确,或者是"民族特色"的概念未明。

研究问题自然不必从定义出发,但以上情形足以说明,研究古代文论的民族特色,并不是信手举出而罗列几条例证就能说明实际的。一个民族在文学理论批评上的特色,不会是一些偶然的、个别现象的积累,甚至一个作家、一个时期的某些特点,也未必就是一个民族的民族特点。研究者要从古代文论的大量文献资料中找到自己需要的某种例证是不难的,所难只在能否从大量现象中概括出本质。民族特色必须是这个民族的本质特点。既然不是偶然的、个别的现象,而必须是本质特点,就应该是规律性的特点。至于结构形态的特点,它不能脱离与之相应的内容而存在,如果不是偶然现象,则究其实质,也是有规律可循的。

所以,进一步深入研究中国古代文论的民族特色,用宏观研究的方法作规律性的探讨是必要的。中西比较无疑是研究民族特色的重要手段之一,但我以为作词语概念的比附,比较一些点

---

① 黄保真《漫谈中国古代文论的历史特征》,《学术研究》1984年第1期。

点滴滴的现象之异同是无益的。只有对两方面的基本倾向或特征,尤其是作规律上的比较,才能说明其本质特征的同异,才能发现真正的民族特色之所在。从规律性来研究民族特色,自然以研究其特殊规律为主,但绝不能忽视一般规律即所谓"共性"的研究。违反文学艺术共同规律的民族特色是毫无价值的,且离开一般,就难以认识特殊。

总结规律,综合研究法是值得重视的。近年来古代文论研究中提出的规律已很多了,这些"规律"是不是规律,是什么性质的规律,其规律是否确为中国古代文论所有,有的是尚待证实的。为了避免把某些非本质的现象视为规律,除了对文学理论本身的必然性作全面地、历史地考察外,结合其他一系列有关问题而加以综合研究是有必要的。王元化曾提出"三个结合,即古今结合、中外结合、文史哲结合"①;孙逊提出:"要使我国古代文艺理论研究有重大的突破,就必须打破各种艺术形式的界限,打破文学和艺术的界限,对构成我国古代文艺理论系列的各个环节作综合的研究,从宏观的高度,总结出一些共同的和不同的带根本性的规律,建立起我国古代文艺理论自己的体系。"②这些意见都是很好的。探讨文学艺术的民族特色也是如此。这可重复笔者五年前的一点体会:"凡是可称之为民族特色的,必然为多种艺术样式所共有……要探索出具有普遍意义的、真正的民族特色,只对某一种文艺样式进行研究,是很难把握准确的,而必须对各种文学艺术进行综合研究。"③这样做当然困难较大,有人谓之"谈何容

---

① 《文心雕龙创作论·第二版跋》。
② 《古代文艺理论系列研究刍议》,《文汇报》1984 年 3 月 31 日。
③ 《文学艺术民族特色试探·前言》。

易",也是事实。但应该为此努力;一时难以全面做到,不妨先从局部的、从一个侧面、一个问题做起,逐步积累,终必有成。事实上近年来不少研究者已在一定范围内取得了一些新的成就。

《文心雕龙》研究值得一谈,就因为它是古代文论的一个典型。周扬同志对此讲得很明确:"《文心雕龙》是一个典型,古代的典型,也可以说是世界各国研究文学、美学理论最早的一个典型。"①这里想说的也只是这一点:应该充分重视这个典型。"文革"之后,虽还有个别研究者斥其"反动",不满于它"是历来最受重视的一部书",但随着整个古代文论研究的大发展,这部书却受到更多研究者更大的重视了。近两三年来,每年都有百篇以上论文问世,超过全部古代文论的五分之一。《文心雕龙》确是古代文论的一个典型,对待《文心雕龙》研究,也就应从怎样发挥其典型作用来考虑。

近年来继续听到一种议论:《文心雕龙》的文章太多了,书出得太多了!以至有的编辑同志"碰到《文心雕龙》的文章就头痛"。多少的问题是相对而言,若比之台湾省,他们从1967到1982年的十多年,就出版了研究专著三十种②,而我们至今才二十六种,这就不是太多,而是太少了。从全中国看,从整个古代文论研究来看,对这个典型研究得多一些、深一些,都是好事,都有必要。研究《文心雕龙》的文章使编者感到头痛,我以为也是好事。其所以头痛,不外是很多论题已被反复说过而难出新意,一

---

① 《关于建设具有中国民族特点的马克思主义文艺理论问题》,《社会科学战线》1983年第4期。
② 细目见拙文《台湾的〈文心雕龙〉研究与出版》,《古籍整理出版情况简报》第140期。

些长期争论不休的问题还提不出令人信服的解释。这就说明，《文心雕龙》研究已发展到必须有新突破的时候了。有的研究者或编者可能尚未看到这点而有所抱怨。其实，这是个大好事。《文心雕龙》不仅本身有它的典型性，作为古代文论之一的研究工作，也有其典型性：微观研究的基础已相当扎实，各方面的论题已充分展开；宏观的、"三结合"的研究不仅早已开始，且取得了显著的成果；中外交流、比较研究、综合研究、美学研究、系统研究、民族特色研究等，都在逐步深入。《文心雕龙》研究的步伐是不会停滞的。今后的道路自然更艰巨，但相信它将成为古代文论研究的突破口，为古为今用作出较大的贡献。

必须谈点学风问题，这是当前古代文论研究的需要。王运熙在1982年已有此论："当前古代文论研究中要注意的一个问题：应该重视端正学风。"他所指的学风，是古代文论研究中"现代化""拔高化"的倾向，是研究者没有充分占有材料、掌握材料，因而一些论点不符合古人的原意。他认为："这种学风在不少研究文论的文章中表现得比较突出。"①这是个多年来存在的老问题，虽不断有人提到却又一直存在，其根在于研究的对象是古代文论而目的是说明它的理论意义，加之古代文论不仅用古文写成，还有论述的模糊性。这就形成一种矛盾，往往精于古者拙于今，长于论者失于史。偏者多而兼者寡，这是我们现有研究队伍的客观存在。就我的估计，这种状况不仅短期内难以完全改变，且有继续扩大的倾向。

当前正面临向理论高度进军的新形势，历史的要求把宏观研

---

① 《中国古代文论研究和建立民族化的马克思主义文艺理论问题》（座谈纪要），《文史哲》1983年第1期。

究提到首要地位,学风问题就有予以冷静关注的必要。我很赞同南帆的意见,加强对古代文论的宏观研究是完全必要的。但是,"假如宏观研究不以大量的微观研究作为基础,那只能是一种毫无根据的空谈"①。这是毫不夸张的确论。凡是古代文论研究,对此必须有清醒的认识,否则,所论虽高,如果未能掌握准确的信息,若非空谈,也与古人之论无涉。就以系统论的观念来说,在"古代文论研究"这个系统中,没有微观研究,恐怕就不成其为"古代文论研究"了。所以,王元化在论古代文论的科学研究方法时强调:"首先的一个问题,是弄清基本概念(或范畴)的问题……如果在这方面不注意,就很可能造成望文生解,牵强附会,用现代文艺理论术语生搬硬套,从而改变古代文论的本来面目。"②当前讲"科学研究""科学方法"者甚多,若基本概念不清、生搬硬套,把古人的东西讲得面目全非,这就最不科学了。科学首先是实事求是,绝不是忽视实际、不顾原意的放言高论。

不难理解,从资料的搜集、鉴别、整理,到准确判断其原意等微观研究,并不是古代文论研究的分外之事,它本身就是古代文论研究的有机组成部分。研究者虽有分工的不同,并不须每个研究者都去从事校勘、考据、训诂、笺注之类,但凡是研究古代的文论,就不能不从古代文论的资料出发,不能不要求资料的可靠性,特别是对有关资料作正确的分析与运用。当然,目前我们还可依靠前人的一些成果,但现有一切校注并非都完全可靠,也未必完全适应新的要求,更有大量资料尚未发现和整理;如果只能在已有资料和解释的范围内施展新观点、新方法的威力,则可借刘勰

---

① 《我国古代文论的宏观研究》,《上海文学》1984 年第 5 期。
② 《用科学态度研究古代文论遗产》,《人民日报》1983 年 9 月 18 日。

的话说:"此庭间之回骤,岂万里之逸步哉!"

在这点上,老一辈学者的意见还是值得重视的。愿以程千帆先生的一段话,奉献给当代古文论研究者:"作品是从事研究的根本材料,没有作品做基础,史与论都无从说起。可是我们却长期忽视这个问题,读得少,论得多。因此养成一种不踏实的学风,认为只要有正确的论点,材料的多少是次要的。教学如此,研究也如此。一些青年教师往往自谦基础不好。什么是基础呢?我个人的偏见,首先是作品。将一部完整的古典名著、文集、专书,认真从头到尾,连注解也在内,读个十部八部,也就算有了一点家底了。"①此论虽是对古典文学而言,却也是古代文论研究的金玉良言。从古代文论研究的长足发展看,这个"家底"是不可没有的。必须有坚实的"家底",先进的思想方法才有用武之地;先进的思想方法又进一步发展"家底",如此结合,相得益彰,古代文论研究便可驰骋于无穷之途了。

(原载于《文学遗产》1985年第4期)

---

① 《从新经学的迷雾中走出来》,《社会科学战线》1980年第4期。

我的读书法

我从五岁发蒙读《三字经》，到现在已读书五十年了，略晓读书之法，不过是最近几年的事，但也还在不断走弯路中继续探索。我的粗浅体会是：读书必须得法，但无一定之法；前辈的经验必须吸取，但又要从自己的实践中得来；读书之法法无穷，必须在实践中不断总结、不断提高。所以，这里讲的读书法，不可能是万灵的。

古人认为："读书千遍，其义自见。"这就是他们的读书法，虽然不无道理，却流弊不小。朱熹已觉其不完善，补充为读书必三到："心到，眼到，口到"，而反对不用心思的"漫浪诵读"；但死记硬背的阴魂，却长期不散。我的童年，在这上面吃过不少苦头。那时所谓读书，就是背书，虽则背过几本，何尝"其义自见"！这种可笑的读书法，似乎早已抛弃了，其实，直到"文革"前的教学中，仍是换汤不换药，不过改"背"为"记"而已。那时教学，不是引导学生自己去研究问题，而是把全部内容编成若干条文，源源本本告诉学生；学生的任务，就只有记住这些现存的结论。这和旧日的读书法又相去几许？当自己于读书法略有所悟，才明白仍是承袭老路，继续在害人害己。

我能识迷途而知返，完全是党的指引。1962年，系总支确定我做陆侃如先生的助手，任务是三五年内，要把他的一整套学到手。我对这一重任感到为难。以为三五十年能否实现,也无把握。但党给我指明了道路:不要你一字一句向他学,而要学方法。至今仍深铭心底的一个比喻是:不要现存的产品,而要生产这些产品的机器,要制造机器的方法;有了它,便可自己生产出无穷无尽的产品。这是照亮我后半生读书方法的明灯。在我的人生途程中,对这一重要道理常恨相识太晚,借此机会介绍给青年读者,想必会有裨益。

但是,现成的读书妙方是不存在的,欲得一夜秘传便功成学就,是必将落空的幻想。所以,陆侃如先生虽曾介绍过一些治学方法,曾示以他自己所做卡片和笔记等,但不仅有的我能接收,有的不能,且均非举手可得的简单方法,而须自己长期下苦功去实践。如要求三年内系统地阅读百多种书籍便是。我当时没有知难而退,力量的源泉确是来自党的教导。老一代丰富的治学经验,不能后继无人。落在我们身上的历史重担,不仅是继承前人,还必须向前发展。而要解决两代之间学识悬殊的突出矛盾,必须首先尽快地把他们的治学方法学到手。在这一思想支配下,我不仅向某一位老先生学习,也向所有的前辈请教;不仅校内,也向校外。我随时带着某种问题,在同路的途中,在会前会后,在日常交谈中,一有机会就向前辈请教。

提问,也有一个方法问题。问一事知一事,就不是善问者,善问者要"闻一以知十"。如《尚书》中某一篇,我不知其真伪,但不问此一篇,而问何种著作全面辨其真伪。这样,一句话便可问得全书各篇的真伪。有一本《毛主席诗词》注解,为说明"激扬"二字的传统用法,注者举古书六例为证。六例出处,均已注明。一般读来,只注意六例说明"激扬"二字应作何解而已,但其中却大有学问。查查手头的工具书,只得其四,还有二例未能查到。我注意的问题是:注者是用什么方法得到这六条例证的,这就是一门学问了。我带着这个问题,趁便请教一位老先生,他要我查《佩文韵府》《辞通》等,我说都已查过;他就教我顺藤摸瓜,就这些工具书提供的例句,看其原文和注文。后来我从这个顺藤摸瓜法中,举一反三,摸到不少做学问的路子。这说明,在读书做学问上,要善于小题大做,而不要轻易放过一些日常遇到的小问题。只要勤于探索,注意总结,日积月累,自可形成一套自己得心应手的读书方法。

我正是在零敲碎打、兼收并蓄的过程中,结合自己在读书学习中的体会,养成一种自己的读书习惯,或可谓之读书法;简单说来,就是"友、敌、师"三字。友,就是和书本交朋友,无非是要经常和书本打交道。交朋友,自然须熟知对方的性格、爱好、特长等,同时也就有个深交和广交的问题。这方面前辈学者谈得很多了,我的体会也以深交和广交相结合为好,所谓"为学要如金字塔,要能广大要能高",正是这个道理。以交友之道来说,远朋近友都不可少,但须近友多多益善。所以,我常常劝人,即使省吃俭用,也要尽可能自备一些必要的书籍。只有身边经常接触的朋友,才能更好地熟悉它,一旦有事,才知道请谁相助。我们常会遇到一些麻烦问题,是请一两位朋友解决不了的,往往要同时进行多方面的反复查究才能搞清,如果身边缺少"近友",遇有急事,势必费时误事。所以,我以为在一定条件下,一个人学问的大小,是和他掌握书籍的多少有关的。

但是,把所有书籍都当做忠诚可靠的朋友,必将吃亏上当。即使像《辞源》《辞海》这类最基本的工具书,也绝不可完全信赖。旧工具书的错误百出,自不必说,就是我认为对古典文学工作者最适用,并多次向人推荐过的新《辞源》,也是如此。如释"啻"

字,它引《书·泰誓》"不啻若自出其口"为例证。但三篇《泰誓》并无此语,而是《秦誓》中的话。又如释"元符"一词,引了《汉书·扬雄传》中的注:"元符,大瑞也。"查《汉书》颜注乃:"元,善也;符,瑞也。"而释"元符"为"大瑞",乃《文选·长杨赋》李善之注。这都是其勘误表未予纠正的例子。就我已发现的,还不只这两条,如果有人正好据其所误以证要义,岂不误事?所谓"尽信书,则不如无书",这是几千年前的人就看到的浅显道理。只要读者稍加留神,就会发现无中生有、张冠李戴、以讹传讹之类,在古来论著中是屡见不鲜的。

我近年读书,已成怪癖,打开书本,就如临大敌。近年教书,也一反常态,不是唯恐学生不接受自己的意见,而是唯恐不加思索地全盘接受。我不断告诫同学:书本不可迷信,教师的话同样不可迷信。这是否过火,会影响教或学的效果呢?事实正好相反。对书本或文章愈怀敌意,会读来愈上劲,有时真会使人废寝忘餐,领略到"读书之乐乐无穷"的滋味;越是要求同学不要全盘接受,他反会更加注意听讲,以求辨识可否接受。但以书为师或以书为敌,绝不能孤立地对待,这只是我说的读书三字法中不可分割的环节之一。"敌"这个环节特别重要,甚至可视为这一方法的核心,还不仅仅在于消极地避免书本中的谬误;更主要的,还在积极地求得开卷有益。

由于旧读书法的影响,不少人读书听讲,和我自己长期走过的曲折道路一样,往往是带一只大口袋,日复一日地往里装。读到点什么装进去,听来点什么塞进去,勤则勤矣,但装满了口袋,最终很可能是毫无实惠的废品。不少学人就在这上面浪费了自己大量极可宝贵的时间,一旦放下口袋,却是依然故我。孟轲有云:"君子深造之以道,欲其自得之也。"赵岐解释说:"言君子学问之法,欲深致极竟之以知道意。欲使己得其原本,如性自有之然也。"借这话来讲治学之道,有一点很可取的,是要化所学所问为"自有"。口袋装的虽多无益,就因为它没有化为"自有"。《学记》中说:"记问之学,不足以为人师。"正是这个原因;这也是古人总结的一条可贵的治学经验。

以书为敌,正是要使读一点,消化一点;学到一点,化一点为自己所有。其所以要视之为敌,甚至如临大敌,就由于古今论著,都有它一定的迷人之处;毫无道理的著作是不多的。有的论著,自为首尾,颇能引人入胜;有的则貌似有根有据,讲得天经地义,头头是道。若非首先待之以敌,就会俯首贴耳,做了俘虏还不自知。在读书上甘做俘虏的人,是做不出什么学问来的;这种人既取舍莫辨,遑论超越前人而创新?古人称读书为"攻书",良有以也!只有像对待敌人那样,攻而破之,才能察其虚实,辨其真伪,识其精华而补其不足。

郑板桥说:"善读书者曰攻,曰扫。攻则直透重围,扫则了无一物。"此说痛快,却嫌鲁莽。有的著作,可能读来读去,将被一扫而光,但多数书籍并非如此。正如不能单纯以书为友,也不能绝对以书为敌。作为一种读书法,"友、敌、师"三字,是独立便不成,缺一也不可的。要能读书受益,还少不了一个"师"字,这就是古人所谓"经师"了。如果不欲从中学得什么,那就弃之可矣,何必读书。只是对待书本,应该先兵而后礼,能攻就攻下,能扫就扫掉;当攻之不下,扫之不了时,很有可能,它就是正确的了。对这种内容,只得老老实实,拜它为师。读书之益,就在其中;读书之乐,也若出其里。

无论古今"要言妙道",囫囵吞枣不仅消化不了,虽装进自己的口袋,仍是人家的学问,且往往会索然无味而"昏睡耳目"。如果怀着敌意向书本进攻,当一篇论文、一个论点,被自己攻来攻去,否定了,推翻了,这就是自己学识水平的一个提高。这时的读者,岂不拍案叫绝,其乐何如?如果左攻右攻攻不下,自己的疑问全部冻解冰释,这时就会心悦诚服地承认它、接受它。经过这个过程之后的接受,才可说是真正地读懂了。这个懂,也就是消化的标志。如此得来的学识,不仅能牢记心底,且已化为自己的学问而可运用自如了。这对读者来说,才可谓有了真正的收获,从而享受到无穷的读书之乐。有志于学的人,在这个进攻过程中,兴致勃勃,废寝忘食,便是很自然的常情。

　　刚开始这样做,进度必然很慢,但比之长年累月装口袋的笨法,那就快得多了。从根本上看,这样来读书学习,将使读者一次有一次收获,一次有一次提高;其中某些劳动,可能好似白花了,其实这种白花以至失败,都有其看不见的实效。作为整个读书法来看,它主要还不在解决某一具体问题,而在充实和提高读者独立研究问题的能力。若能持之以恒,习惯成自然,磨练得心明眼亮之后,继续读书也好,研究问题也好,就有可能遇事便迅速作出较为正确的分析与判断,而敏锐的眼力,独到的见解,也可望在这个过程中较快地培养起来。能如此,就不难生产出无穷无尽的产品。

　　以上只是个人的一得之愚,善读书者,当以此法对待此法。

(原载于《文史哲》1982年第2期)

基本功和新方法

1985年被称为学术研究的"方法论年",现在虽是新春暮矣,方法论的研究还正处于方兴未艾之际。看来,还必将有若干个方法论之春。"风物长宜放眼量",在人类历史的长河中,方法论的研究,可说从来没有停止过;虽然从来没有像现在这样重视方法问题。但当人们谈着"走向未来"的时候,自会想到必有许多未来的方法。新方法的研究,就是为了加速走向未来的步伐。新方法的意义,当前已受到普遍注视,就不应止于时髦的放言高论了。抱残守缺者在地球上是永远不会绝迹的,但现在仍死背"四书五经"、坚持"半部《论语》治天下"者,能有几人?所以,当前的迫切需要是实效,是如何使新的研究方法付诸实践,使我们的研究工作确有八十年代的新突破。就我看来,这只能是一个十分艰苦的历程,而不是搬弄几个新名词、新概念所能济事的。

"文律运周,日新其业",这是一千五百年前的古人就看到的必然规律。它的发展是不会停止的,只是大量史实证明,学术上的新突破,必有赖于新方法之实施。司马迁的《史记》、王弼的《易注》、刘勰的《文心雕龙》等,无不如此。十分有趣的是,两百多年的玄谈,并没有留下多少东西;可是玄风伊始,就出现一部被尊为"独冠古今"的《周易注》;归余于终,又产生一部"体大思精"的《文心雕龙》。它们都是魏晋新学的产物,也是突破两汉经学的传统方法之后,用新方法取得的新成果。重提这笔老账,不过企图说明:新变是历史的必然规律,新法是新变的催化剂,但不是新在形式,而是新于实践。

方法论还是应该继续研究的,我的希望只在深入一步,多研究点实际问题。西方的方法可否引进,最好的回答是实践。只有实践才是检验真理的标准。而研究方法、引进方法,也无非是为了研究工作的实践。但要具体讲实践,问题就不那么简单了。对新方法的向往,可能有人视为某种灵丹妙术,一旦得手,便可超越前人而登临学界的高峰。我在前几年谈读书法时曾说过:"现成的读书妙方是不存在的,欲得一夜秘传便功成学就,是必将落空的幻想。"(《文史哲》1982年第3期)这样的研究方法也是不存在的。青年研究者对老一代的传统方法固有难色,掌握新的方法又何尝容易? 诚如《文史知识》读者来函所说:"如果从更高的综合层次上对当时的生态、地理、心理、生产劳动、社会结构、艺术等众多因素进行分析,恐怕效果会好得多。"这是必然的,问题在于这一切从何得来? 研究者要得到准确的信息,不掌握大量的第一手资料,就只好画饼充饥。这就是一个很实际的问题。如果坐等电子计算机来提供这一切,恐怕就只能用"坐等"二字来回答"八十年代我们怎样治学"了。

八十年代怎样治学是个非常迫切的现实问题,容不得二百年的高谈阔论之后再问成效。要是现实主义一点,就应书归正传:我们的论题是文史方面在八十年代怎样治学,且它的对象是广大青年文史爱好者、研究者。这里要研究的是青年同志用什么方法来取得文史研究的新突破。具体问题具体对待是必要的。各种学科的研究有共同性,也有特殊性。文史研究离不开经史子集,研究方法自当有别于其他;一般说来,饱餐经史的学者,有一套习用的传统方法,掌握新方法较困难一点;青年同志容易接受新思想、新方法,但大都是初涉经史,家底较薄。若论提高,就只能在这个基础上提高;所谓突破,也是讲这些人的突破。明确了这种具体针对性,势必出现一个"难"字,但对青年同志多讲点难处,我以为是有好处的。科学的道路本来就不平坦,何况要有所突破;而当代青年大多不是知难而退者,问题只在知其难、难在何处。

经史子集这类老古董,可能现在一提起来就叫人厌烦。是不是还要走老路呢?我看这个老路是非走不可的。既要研究文史,特别是中国古代的文史,就不能不以经史子集为主要研究对象,甚至可以说,研究中国古代的文史,主要就是研究经史子集,这个老路怎能不走?只不过要有新的走法。这就是个具体的方法问题了。经史子集四部,每部典籍都浩如烟海,怎样才能握其精要,获其所需?一位历史学教授,要求研究生通读"四史",但一年过去,一史未完。这就不仅是方法问题,还有阅读能力的强弱。而今天谈文史方法,就不能不把阅读能力的因素考虑在内。如果应该从实际出发,这也是无法回避而应予研究的问题。

对待研究方法,自然会有不同的角度。笔者着眼于以上细微末节,可能与做教师的职业病有关,即除注意方法,还注意掌握方法的人。析而言之,应有三个环节:一是方法本身,二是运用方法的人,三是方法的掌握。这三个环节构成一个系统,缺一不可:有人而无法不行,有法而不能掌握也不行。人可以掌握方法,方法也是人创造的,所以人是三者的中心。只看到方法而看不到人和人能否掌握,就可能流于空谈而不切实际。文史研究的方法和开关电钮之类操作技术不同,人的因素更为重要。但所谓"才之能通,必资晓术",依靠"晓术"使人成为通才,则方法也可创造人,使人迅速提高研究能力。就是要有这样的人,通过这样的人,才能实现文史研究的新发展、新突破。

再就是许多同志已正确谈到的：固定不变的方法、万能的方法是不存在的。这和古人论诗法、画法的道理一样，只有活法而无死法。任何先进高超的研究方法，凡是死搬硬套、机械运用，它就变成最落后、最笨拙的东西了。既是活法，只能是人在实践中根据千变万化的具体情况而灵活运用；则所谓掌握方法，其实质正是在创造方法。必须有这种能创造方法的人，才能实现文史研究的新发展、新突破。由此得到一个最基本的认识：文史研究在八十年代的新突破，关键在于一代新人的迅速成长。

"十年树木，百年树人"的老章程，已被火箭时代做了大大的修改，这是不足为虑的，新方法正是一个加速器。不过从对人的要求来看，就不能不重复一句老话：必须有扎扎实实的基本功。当前强调这点，似乎很不合时宜，但要讲实效，要发挥人的关键作用，就不能不强调。时下之议，不仅训诂考校之类可以不问，掌握基本知识，占有必要的资料等，也好像过时了。果然如此，就难免令人生疑，方法虽高，对腹中无物的研究者又有何用呢？有一条妇孺皆知的真理："巧妇难为无米之炊。"家无柴米油盐，其巧岂非枉然？广大青年同志是深明此理的，《文史知识》发行数十万份的数字，就是有力的说明。近年来在文史领域大显身手的青年研究者也足以说明，正因他们有较好的基本功，才发挥出新思想、新方法的威力，取得了迥异于前的成就。

必须同时强调的是，忽视新的思想方法而墨守成规，也是很难有所作为的。不少诗书满腹的饱学夫子却白首无成，主要就是方法不对头。人的头脑如果只是充当储存知识的仓库，掌握知识的方法只是穷年累月地装仓入库，则虽有金玉，也终成粪土。所以，不仅胸藏万卷者，必须有新的思想方法才能充分发挥其作用，且装仓入库,也要有新的思想方法。怎样才有基本功呢？如皓首穷经、烦琐考证、严守章句、死记硬背等,这类老路现在就走不通了。何以言之？说到底,"基本功"这个概念本身也和过去有所不同了。生活在知识爆炸的信息时代而言治学,纵能熟背《说文》《尔雅》,通读二十五史,仍不得谓之基本功。今天的研究者,不仅要求具备更为广阔的知识,并能对各种知识加以分析、判断、组织、综合等。所以,居今而言基本功,并不是记诵某些死的知识和条文,而是活的创造能力；它应该是一个研究者必备的基本知识、基本理论、基本技能和基本方法的总合。

必须以这样的基本功为基础,新方法才能得以实施,新法才不致变成徒具形式的死法。对古代任何文学现象、历史现象作宏观的、综合的、系统的研究,没有多方面的历史知识便不可能。南朝文人就苦于古来文章"翘足志学,白首不遍"了,怎样从汪洋大海的古籍中找到研究者所需要的东西呢？前人已发现、整理或总结过的大量资料固可依凭,但他们往往是按照自己的目的、需要或认识而搜集的,未必能满足和适应今人需要。特别是对人类历史上的一切,都有必要重新加以检验；从近人的论著到古代的原始记载,可以完全据信吗？史料就是史家的信息,不准确的信息只会得出错误的结论,又从何作高度综合的、宏观的研究而有所突破？如此等等,都说明没有扎实的基本功,对新突破除了望洋兴叹,就只能纸上谈兵。

其实,从资料的搜集、鉴别、整理、综合、判断,到进行系统研究等,本身就是一个完整的研究系统。整个系统的实施,都应该走新路。如用系统的方法来搜集整理以求其全,用综合的方法来组织分析以明其用,用宏观的方法来鉴别判断以明其实等等,就既可避免许多枝节的纠缠,省去大量无益的劳动,又能得到全面准确的认识,捕捉住问题的实质和规律。基本功和新方法正是辩证的统一体。而这种基本功和新方法相得益彰的过程,也就是一代新人的成长过程、八十年代文史研究新突破的过程。

(原载于《文史知识》1986年第4期)

门外字谈

古来许多在学术上造诣高深的学者,无不精通字学词道。字词是治学的基础,所以,"字词与治学"的笔谈,确是很有意义的。不过,我对文字学完全是门外汉,只能作点门外之谈。

几天前一位青年教师和我谈古典文学研究,我曾讲到搞点注释是研究古典文学的入门之法,这就是自己在学习古典文学、古代文论中的一点体会。常听到一种议论:某些研究古典文学或古代文论的长篇大论,如果对其所据论的古文古词作正确解释,就有像高楼大厦被抽掉几块基石那样危险。这种现象是存在的,自己也曾在这方面吃过苦头。我深感要树立一种扎扎实实的学风,首先要从字词的功夫做起。

记得年幼时上私塾,除了死背古书原文,还要背注文。这是我当时很感头痛的事,所以根基至今仍很差。这虽未必是可取的办法,也许老一辈中不少人是这样培养出来的。现在除少数专治文字学的同志,恐怕能背《说文》《尔雅》的是愈来愈少了。以我自己来说,不仅不能背什么,搞了几十年古代文学,甚至没有通读过《十三经》。这恐怕是可以"不以为耻"的。我们的前辈所走的道路,自有它的好处,现在显然是走不通了。今天要学的,还有比《十三经》之类更多更重要的东西:"皓首穷经"既无必要,即便能"穷",也未必有多大意义。

但没有一点国学的根基而图治好国学是不可能的。浩如烟海的文化遗产尚待整理,历史还要求我们在前人的基础上继续发展。因此,怎样走新的路子是一个亟待探索的问题。现在的中青年学者,虽不乏根柢槃深的后起之秀,但像我这样底子薄弱的人还不在少数。对这种人来说,就我的体会,搞点注释是有好处的。为古书作注,并不是根治学贫识弱的良方,却是治学入门的一种基本训练,也可对字词工力较差者略起补课的作用。

一部古书,特别是诗文集子,往往是"四书五经"、诸子百家,无不涉及,它迫使注者不能不进入古籍的汪洋大海,诱人去"倒海探珠,倾昆取琰"。这种得之不易的珠玉,不仅能深铭心底,还常常给人以多方面的启示。所注渐多,便可升堂入室,进窥整个古代典籍的概貌。对非专治古汉语的多数研究者来说,要熟读《说文》,兼通群籍是不大可能的,但如果对一些影响较大的重要典籍一无所知,古代学术宝库的大门就难得而入。通过对一部适当的古书作注,这些问题便可得到一个大致的训练。

很多治学有道的前辈,都主张从精读一书开始。这确是重要的经验之谈。但怎样才算"精",怎样"精"法?我的体会就是搞一部注释。常人读书,总有"不求甚解"的毛病,即使欲求甚解,又从何着手?所谓"心既托声于言,言亦寄形于字"(刘勰),语言文字是表达思想的符号,不通过文字,恐怕谈不到任何研究。研究古人,必须从逐字逐句的理解开始,这是毫无疑义的。平时读书,虽是意在求精,却常对某些冷字僻典,一略而过。这类字词,可能无关大局,但并不尽然。有的文字虽属常见,且自以为懂得,却时有似是而非之解。如果为之作注,这类问题就不能不求彻底准确的理解了。不仅如此,所谓"解剖麻雀",注释就是很好的一种解剖术。除可由此较为准确细致地了解作者的思想观点外,其语言风格、语法特点、常用词汇典实，或严守家法，或杂取诸家等等，都可在逐字逐词的注释中得到具体的理解。如曹操的古朴，曹植的华丽，陆机的文繁，陆云的清省，都是从他们所习用字词的情况反映出来的。又如《刘宾客集》袭用《庄子》语汇特多，我们就可由此探讨刘禹锡和《庄子》的关系了。刘勰说："陆贾典语。"有人认为陆贾并无《典语》，可能是《新语》之误。"典""新"二字字形迥异，何由致误是可疑的，且现存各种《文心》版本，都作"典语"。细读现存《新语》十二篇，这个疑难是易于解决的。刘勰确是以"典语"指《新语》，但非字误，而是谓其合于所谓"典诰之体"的《新语》。在注释工作中，可发现的问题甚多。一般精读甚至背诵，很多深幽细微的地方是难于认清的。注其全集，则麻雀庶几可解，治学之道，也就可得十之七八了。

三国魏人董遇有云："读书百遍，而义自见。"后来发展为："读书千遍，其义自见。"这个古板的读书法，现在已没有多少人相信它了。但也不必彻底否定。一个人如果不多读点古书，虽精通古汉语语法，熟背《说文解字》，未必就能过古文字关。除应相辅而行外，我觉得搞点注释，尤为必要。为古书作注，必然要遇到许多具体的、特殊的实际问题，这些问题也只有联系实际（如作者的思想、用词特点、上下文意等）才能解决。这种功效可能比读百遍千遍的作用更大。一般涉猎，知其大意是可以的；谈到治学，就不能满足于大致读懂了，还必须下点苦功，才能进窥古学的奥堂。较之前人，以上所说已算不得苦功了；如果没有其他更有实效的办法，对有志于古学的人来说，这条道路还是可以试行的。

（原载于《字词天地》1985年第1期）

四十年的愿望

——我的书斋

大约1943年,我家在一个"拔贡第"的大院里租得一套住房,它坐落在白居易贬忠州刺史时在"东坡种花"的东坡之下,正门前竖着一块巨大的"东坡"石碑。我就在这里找到一间不过六平方米的地下室,建立起第一个"书斋"。虽然它还有一半要承担储藏室的职责,我却乐进小屋成一统,读书,写字,作画,陶然其间。

在上师范的几年中,我最大的兴趣是画虎。其后虽无重振旧业的念头,但在十年大乱的无聊岁月中,还是画过几幅,并在至今尚存的一张上,题过一首只有自己才懂的歪诗:"投笔未从戎,画犬避狂风;龙虎何须斗,余年且雕虫。"因画虎不成,故云"画犬";"避狂风"者,作画时的处世哲学也。"投笔"指放下画笔。1949年底四川解放,出于对共产党的长期向往而投笔从戎了。说"未从戎",是在军中并未完全放下笔杆,一直仍做笔杆子工作,并兼机关干部中学的语文教师。这几年内,"书斋"的愿望虽不复存,但驻地与青岛图书馆为邻,图书馆就成了我的书斋。另一方面,家里的书随身带出一部分,又有家存书目在手,需要时可随时请家里寄来。我现有书斋的一点老底,就是这样来的。其中就有我最早读到的杜天縻"广注"《文心雕龙》。此外,不仅有李何林《近二十年中国文艺思潮论》、林语堂《大荒集》之类,还有毛泽东同志的《辩证法唯物论》,此书为1946年丘引社版,"丘引"即做地下工作的蚯蚓,这可说是我存书的"珍本"之一了。可惜天长日久,家藏书籍逐渐散失;为我格外怀念的是一本《支那历代疆域沿革图》。我后来到日本时查询过几所大学的图书馆,亦未有所闻。

1956年入山东大学之后,对书斋所抱的希望自然日益迫切,但得到的却是长期的"书灾"。特别是近十年来,除自己不断大量购置外,岳父赵省之先生,老师陆侃如先生前后各赠一批,日本汉学家目加田诚先生一次便寄赠三箱。这样,我的宿舍从拥塞的过道到门前门后、床上床下都是书,真是以书为患了。也许是水到渠成之理,去秋外出开会回家时,一个整整二十平方米的真正书斋出现在我的新居,四十年来的愿望终于实现了!

这个书斋得以建成,不能不感谢老伴赵璧清。不仅是我不在家时她就给布置好这间适意的书斋,也不仅整整一壁齐天花板高的书架主要是她操办的,最根本的一条是她一直支持我购买图书。璧清常说我"爱书如命",可谓知言。在解放前的白色恐怖之下,不但李何林的《思潮论》是禁书,毛泽东的著作也珍藏在家,岂止是爱书如命?

我曾说过:"在一定条件下,一个人学问的大小和他掌握书籍的多少成正比。"这就是我爱书如命的原因。我不大相信"过目成诵",而赞成"旧书不厌百回读";不过,对我这种根底不深而要读的书又太多的人来说,就更有赖于旧书不厌百回查。没有一个适宜自己的书斋,困难就大了。前两年和一位藏书甚丰的老先生谈起书来,他说:"一个人(学者)的一生,大都建设了一个适合自己专业的图书馆。"我深以为然。对一个教师,特别是培养研究生的教师,更是如此,我很不赞成用在课堂上念讲稿的方式培养研究生。我的书斋就是课堂,书架就是讲稿。要知有关版本特点,要明某一问题的历史和现状,要知古今各家之说,要了解某一问题的研究线索,就让实物说话,就让学生自己去找答案。这岂不既省事又见实效?

老舍四十岁的时候曾说:"再活四十年,也许能有点出息。"我则再活六十年,也许能不负于我的无名书斋。

(原载于《光明日报》1986年7月12日)

附录

牟世金论著目录

(一) 专著

1. 陆侃如、牟世金:《文心雕龙选译》(上),济南:山东人民出版社,1962年9月。收入《陆侃如冯沅君合集》第七卷《陆侃如古代文论研究集》,合肥:安徽教育出版社,2011年8月。

2. 陆侃如、牟世金:《文心雕龙选译》(下),济南:山东人民出版社,1963年7月。收入《陆侃如冯沅君合集》第七卷《陆侃如古代文论研究集》,合肥:安徽教育出版社,2011年8月。

3. 陆侃如、牟世金:《刘勰论创作》,合肥:安徽人民出版社,1963年5月。收入《陆侃如冯沅君合集》第七卷《陆侃如古代文论研究集》(《文心雕龙》原文译注部分略),合肥:安徽教育出版社,2011年8月。

4. 陆侃如、牟世金:《刘勰论创作》,香港:文昌书局,1970年。

5. 山东大学中文系"毛主席诗词"教研组编:《毛主席诗词浅释》(主要编者),济南:山东人民出版社,1974年4月。

6. 陆侃如、牟世金:《刘勰和文心雕龙》,上海:上海古籍出版社,1978年8月。收入《陆侃如冯沅君合集》第七卷《陆侃如古代文论研究集》,合肥:安徽教育出版社,2011年8月。

7. 山东大学中文系古典文学教研室:《中国古代文学作品选》(上册,第二作者,与董治安、张可礼合作),济南:山东人民出版社,1980年2月。

8. 山东大学中文系古典文学教研室选注:《杜甫诗选》(参编),北京:人民文学出版社,1980年8月。

9. 牟世金:《文学艺术民族特色试探》,济南:齐鲁书社,1980年9月。

10. 山东大学中文系中国古代文艺理论史编写组:《中国古代文艺理论资料目录汇编》(主持编纂),济南:齐鲁书社,1981年8月。

11. 陆侃如、牟世金:文心雕龙译注(上),济南:齐鲁书社,1981年3月。

12. 陆侃如、牟世金:文心雕龙译注(下),济南:齐鲁书社,1982年9月。

13. 陆侃如、牟世金:《刘勰论创作》(修订本),合肥:安徽人民出版社,1982年4月。

14. 牟世金:《雕龙集》,北京:中国社会科学出版社,1983年5月。

15. 牟世金:《台湾文心雕龙研究鸟瞰》,济南:山东大学出版社,1985年12月。

16. 牟世金:《文心雕龙精选》,济南:山东大学出版社,1986年12月。

17. 牟世金:《刘勰年谱汇考》,成都:巴蜀书社,1988年1月。

18. 牟世金主编:《中国古代文论家评传》(上册、下册),郑州:中州古籍出版社,1988年8月。

19. 中国文心雕龙学会选编:《文心雕龙研究论文集》(主持编

选），北京：人民文学出版社，1990年8月。

20. 牟世金、罗宗强等：《中国古代文论精粹谈》，济南：齐鲁书社，1992年6月。

21. 牟世金：《雕龙后集》，济南：山东大学出版社，1993年11月。

22. 陆侃如、牟世金：《文心雕龙译注》，济南：齐鲁书社，1995年4月。

23. 牟世金：《文心雕龙研究》（中国古典文学研究丛书），北京：人民文学出版社，1995年8月。

24. 牟世金：《刘勰年谱汇考》（附：刘彦和世系表），刘跃进、范子烨编：《六朝作家年谱辑要》（下册），哈尔滨：黑龙江教育出版社，1999年1月。

25. 陆侃如、牟世金：《文心雕龙译注》（齐鲁文化经典文库），济南：齐鲁书社，2009年4月。

26. 陆侃如、牟世金：《刘勰和文心雕龙》，上海：上海古籍出版社，2011年7月。

27. 牟世金：《刘勰年谱汇考》，范子烨编：《中古作家年谱汇考辑要》（卷三），西安：世界图书出版西安有限公司，2014年6月。

（二）论文

1. "神化境界"由何而来？人民文学出版社编辑部编：《中国古典文学厚古薄今批判集》第三辑，北京：人民文学出版社，1958年9月。

2. 《陈子昂诗风初探》，《山东大学学报》1961年第4期。

3. 《刘勰的生平和思想——〈文心雕龙〉简介之一》（与陆侃如合作），《山东文学》1962年第1期。收入《陆侃如古典文学论文集》（下），上海：上海古籍出版社，1987年1月；收入《陆侃如冯沅君合集》第七卷《陆侃如古代文论研究集》,合肥:安徽教育出版社,2011年8月。

4.《〈文心雕龙·序志〉译注——〈文心雕龙译注〉之一》(与陆侃如合作),《文史哲》1962年第1期。

5.《刘勰的文体论——〈文心雕龙〉简介之二》(与陆侃如合作),《山东文学》1962年第2期。收入《陆侃如古典文学论文集》(下),上海:上海古籍出版社,1987年1月;收入《陆侃如冯沅君合集》第七卷《陆侃如古代文论研究集》,合肥:安徽教育出版社,2011年8月。

6.《钟嵘的诗歌评论》,《文学评论》1962年第2期。收入作者《雕龙集》。

7.《〈文心雕龙·诠赋〉今译》(《文心雕龙》选译之八)(与陆侃如合作),《山东大学学报》1962年第2期。

8.《〈文心雕龙·镕裁〉今译》(与陆侃如合作),《山东大学学报》1962年第4期。

9.《刘勰论文学与现实的关系——〈文心雕龙〉简介之三》(与陆侃如合作),《山东文学》1962年第4期。收入《陆侃如古典文学论文集》(下),上海:上海古籍出版社,1987年1月;收入《陆侃如冯沅君合集》第七卷《陆侃如古代文论研究集》,合肥:安徽教育出版社,2011年8月。

10.《刘勰论内容与形式的关系——〈文心雕龙〉简介之四》(与陆侃如合作),《山东文学》1962年第5期。收入《陆侃如古典文学论文集》(下),上海:上海古籍出版社,1987年1月;收入《陆侃如冯沅君合集》第七卷《陆侃如古代文论研究集》,合肥:安徽教育出版社,2011年8月。

11.《刘勰的创作论——〈文心雕龙〉简介之五》(与陆侃如合

作),《山东文学》1962年第6期。收入《陆侃如古典文学论文集》(下),上海:上海古籍出版社,1987年1月;收入《陆侃如冯沅君合集》第七卷《陆侃如古代文论研究集》,合肥:安徽教育出版社,2011年8月。

12.《刘勰有关现实主义的论点——〈文心雕龙〉简介之六》(与陆侃如合作),《山东文学》1962年第7期。收入《陆侃如古典文学论文集》(下),上海:上海古籍出版社,1987年1月;收入《陆侃如冯沅君合集》第七卷《陆侃如古代文论研究集》,合肥:安徽教育出版社,2011年8月。

13.《刘勰有关浪漫主义的论点——〈文心雕龙〉简介之七》(与陆侃如合作),《山东文学》1962年第8期。收入《陆侃如古典文学论文集》(下),上海:上海古籍出版社,1987年1月;收入《陆侃如冯沅君合集》第七卷《陆侃如古代文论研究集》,合肥:安徽教育出版社,2011年8月。

14.《刘勰和他的创作论》(与陆侃如合作),《大众日报》1962年8月12日。

15.《〈文心雕龙选译〉序例》(与陆侃如合作),陆侃如、牟世金:《文心雕龙选译》(上),济南:山东人民出版社,1962年9月。收入《陆侃如冯沅君合集》第七卷《陆侃如古代文论研究集》,合肥:安徽教育出版社,2011年8月。

16.《〈文心雕龙选译〉引言》(与陆侃如合作),陆侃如、牟世金:《文心雕龙选译》(上),济南:山东人民出版社,1962年9月。收入《陆侃如冯沅君合集》第七卷《陆侃如古代文论研究集》,合肥:安徽教育出版社,2011年8月。

17.《物色》(与陆侃如合作),《大众日报》1962年9月12日。

18.《神思》(与陆侃如合作),《大众日报》1962年10月

24日。

19.《刘勰的批评论——〈文心雕龙〉简介之八》(与陆侃如合作),《山东文学》1962年第10期。收入《陆侃如古典文学论文集》(下),上海:上海古籍出版社,1987年1月;收入《陆侃如冯沅君合集》第七卷《陆侃如古代文论研究集》,合肥:安徽教育出版社,2011年8月。

20.《刘勰的作家论——〈文心雕龙〉简介之九》(与陆侃如合作),《山东文学》1962年第11期。收入《陆侃如古典文学论文集》(下),上海:上海古籍出版社,1987年1月;收入《陆侃如冯沅君合集》第七卷《陆侃如古代文论研究集》,合肥:安徽教育出版社,2011年8月。

21.《葛洪的文学观》(与陆侃如合作),《山东大学学报》1963年第1期。收入刘固盛、刘玲娣编:《葛洪研究论集》,武汉:华中师范大学出版社,2006年10月;收入《陆侃如冯沅君合集》第七卷《陆侃如古代文论研究集》,合肥:安徽教育出版社,2011年8月。

22.《〈刘勰论创作〉序例》(与陆侃如合作),陆侃如、牟世金:《刘勰论创作》,合肥:安徽人民出版社,1963年5月。收入《陆侃如冯沅君合集》第七卷《陆侃如古代文论研究集》,合肥:安徽教育出版社,2011年8月。

23.《〈刘勰论创作〉引言》(与陆侃如合作),陆侃如、牟世金:《刘勰论创作》,合肥:安徽人民出版社,1963年5月。收入《陆侃如冯沅君合集》第七卷《陆侃如古代文论研究集》,合肥:安徽教育出版社,2011年8月。

24.《〈文心雕龙〉中有关现实主义的论点》(与陆侃如合作),陆侃如、牟世金:《刘勰论创作》,合肥:安徽人民出版社,1963年5月。收入作者《刘勰论创作》(修订本),合肥:安徽人民出版社,

1982年4月；收入《陆侃如冯沅君合集》第七卷《陆侃如古代文论研究集》，合肥：安徽教育出版社，2011年8月。

25.《〈文心雕龙〉中有关浪漫主义的论点》（与陆侃如合作），陆侃如、牟世金：《刘勰论创作》，合肥：安徽人民出版社，1963年5月。收入作者《刘勰论创作》（修订本），合肥：安徽人民出版社，1982年4月；收入《陆侃如冯沅君合集》第七卷《陆侃如古代文论研究集》，合肥：安徽教育出版社，2011年8月。

26.《刘勰论诗的幻想和夸饰》（与陆侃如合作），陆侃如、牟世金：《刘勰论创作》，合肥：安徽人民出版社，1963年5月。收入作者《刘勰论创作》（修订本），合肥：安徽人民出版社，1982年4月；收入《陆侃如冯沅君合集》第七卷《陆侃如古代文论研究集》，合肥：安徽教育出版社，2011年8月。

27.《〈文心雕龙〉术语初探》（与陆侃如合作），陆侃如、牟世金：《刘勰论创作》，合肥：安徽人民出版社，1963年5月。收入作者《刘勰论创作》（修订本），合肥：安徽人民出版社，1982年4月；收入《陆侃如冯沅君合集》第七卷《陆侃如古代文论研究集》，合肥：安徽教育出版社，2011年8月。

28.《近年来〈文心雕龙〉研究中存在的几个问题》，《江海学刊》1964年第1期。收入作者《雕龙集》。

29.《关于〈中国文学史〉一书中的批判继承问题——与〈中国文学史〉编者游国恩等同志商榷》（第二作者，与颜学孔、朱德才、袁世硕合作），《文史哲》1965年第2期。

30.《文心雕龙原道译注》（与陆侃如合作），周康燮编选：《文心雕龙选注》，香港：龙门书店，1970年3月。

31.《文心雕龙辨骚译注》（与陆侃如合作），周康燮编选：《文心雕龙选注》，香港：龙门书店，1970年3月。

32.《文心雕龙神思译注》(与陆侃如合作),周康燮编选:《文心雕龙选注》,香港:龙门书店,1970年3月。

33.《文心雕龙风骨译注》(与陆侃如合作),周康燮编选:《文心雕龙选注》,香港:龙门书店,1970年3月。

34.《文心雕龙情采译注》(与陆侃如合作),周康燮编选:《文心雕龙选注》,香港:龙门书店,1970年3月。

35.《文心雕龙知音译注》(与陆侃如合作),周康燮编选:《文心雕龙选注》,香港:龙门书店,1970年3月。

36.《文心雕龙序志译注》(与陆侃如合作),周康燮编选:《文心雕龙选注》,香港:龙门书店,1970年3月。

37.《曹操为其法治路线服务的诗歌创作》,《文史哲》1974年第4期。

38.《斩断"四人帮"伸进文学史领域的黑手——评梁效〈杜甫的再评论〉》,《文史哲》1977年第3期。

39.《评新版〈中国文学发展史〉》,《文学评论》1978年第2期。

40.《古代文论家刘勰》,《大众日报》1978年8月23日。

41.《从文与道的关系看儒家思想在古代文学发展中的作用》(上、下),《文史哲》1978年第6期、1979年第1期。收入作者《雕龙集》。

42.《景无情不发,情无景不生——关于情景交融》,《学术月刊》1979年第7期。收入作者《文学艺术民族特色试探》;收入作者《雕龙集》,题为《景无情不发,情无景不生——艺术构思民族特色试探之一》。

43.《诗学之正源,法度之准则——关于赋比兴》,《古代文学理论研究》第1辑,上海:上海古籍出版社,1979年12月。收入作者《文学艺术民族特色试探》;收入作者《雕龙集》,题为《诗学之正源,法度之准则——艺术构思民族特色试探之二》。

44.《中国古代文学艺术的形神问题》,《文学评论》1980年第1期。收入作者《文学艺术民族特色试探》;收入作者《雕龙集》。

45.《〈文赋〉的主要贡献何在》,《文史哲》1980年第1期。收入作者《文学艺术民族特色试探》;收入作者《雕龙集》;收入文史哲编辑部编:《中国古代文学:作家·作品·文学现象》,北京:商务印书馆,2012年5月。

46.《刘勰的文学批评论》,《欣赏与评论》1980年第1期。

47.《墨家的"贱民"文艺观》,《文艺理论研究》1980年第2期。收入作者《雕龙后集》。

48.《刘勰论文学欣赏》,《社会科学战线》1980年第4期,《中国古代、近代文学研究》(复印报刊资料)1980年第33期。收入作者《雕龙集》;收入《文心雕龙研究论文选》,济南:齐鲁书社,1988年1月;《文心雕龙学综览》(上海书店出版社,1995年6月)摘编。

49.《杜甫的〈春望〉》,《教学与研究》1980年第7期。收入作者《文学艺术民族特色试探》,题为《杜甫的〈春望〉——情景交融一例》。

50.《〈文学艺术民族特色试探〉前言》,作者《文学艺术民族特色试探》,济南:齐鲁书社,1980年9月。

51.《刘勰思想三论》,《文史哲》1981年第1期,《中国哲学史》(复印报刊资料)1981年第6期。

52.《意得神传,笔精形似——关于形神统一》,《古代文学理论研究》第3辑,上海:上海古籍出版社,1981年2月。收入作者《文学艺术民族特色试探》;收入作者《雕龙集》,题为《意得神传,笔精形似——艺术构思民族特色试探之三》。

53.《〈文心雕龙译注〉说明》,陆侃如、牟世金:《文心雕龙译注》,济南:齐鲁书社,1981年3月上册,1995年4月一卷本,2009年4月一卷本。

54.《〈文心雕龙译注〉引论》,陆侃如、牟世金:《文心雕龙译注》(齐鲁书社,1981年3月上册,1995年4月一卷本,2009年4月一卷本)。收入作者《雕龙集》。

55.《〈文心雕龙〉的总论及其理论体系》,《中国社会科学》1981年第2期。收入《文心雕龙研究论文选》,济南:齐鲁书社,1988年1月);收入《文学探讨撷英——〈中国社会科学〉文学论文集》(1980—1985),西安:陕西人民出版社,1988年7月;收入《文心雕龙研究论文集》,北京:人民文学出版社,1990年8月;《文心雕龙学综览》(上海书店出版社,1995年6月)摘编。

56.《〈文心雕龙〉成书的历史条件和作者思想——〈文心雕龙译注〉引论之一》,《齐鲁学刊》1981年第2期。

57.《刘勰的"论文叙笔"——〈文心雕龙译注〉引论之一》,《东岳论丛》1981年第2期。

58.《刘勰论"图风、势"——〈文心雕龙译注〉引论之一》,《文学遗产》1981年第2期。

59.《释"苞会、通"——〈文心雕龙译注〉引论中的一节》,《南开学报》1981年第2期。

60.《刘勰的诗歌理论》(上、下),《文学知识》1981年第2、3期。

61.《景无情不发,情无景不生》,山东大学中文系编:《文与情》(研究资料),1981年3月。

62.《刘勰的创作论》(与陆侃如合作),《编辑之友》1981年第

3期。收入《陆侃如冯沅君合集》第七卷《陆侃如古代文论研究集》，合肥：安徽教育出版社，2011年8月。

63.《从刘勰的理论体系看风骨论》，《古代文学理论研究》第4辑，上海：上海古籍出版社，1981年10月。收入《文心雕龙研究论文选》，济南：齐鲁书社，1988年1月；收入《文心雕龙研究论文集》，北京：人民文学出版社，1990年8月；收入作者《雕龙后集》；《文心雕龙学综览》（上海书店出版社，1995年6月）摘编。

64.《风骨辨》，《活页文史丛刊》（《淮阴师专学报》增刊）第6辑（1981年）。

65.《〈文心雕龙〉创作论新探》（上、下），《社会科学战线》1982年第1、2期，《中国古代、近代文学研究》（复印报刊资料）1982年第12期。收入陆侃如、牟世金：《刘勰论创作》（修订本，安徽人民出版社，1982年4月）；收入《文心雕龙研究论文选》，济南：齐鲁书社，1988年1月；收入作者《雕龙后集》；《文心雕龙学综览》（上海书店出版社，1995年6月）摘编。

66.《刘知幾对古代文论的新贡献》，《唐代文学论丛》1982年第1期。收入作者《雕龙后集》。

67.《我的读书法》，《文史哲》1982年第2期。收入《文史哲》编辑部编：《治学之道》，济南：齐鲁书社，1983年10月；收入作者《雕龙后集》；收入老品、柯扬选编：《书山有路勤为径——名人谈读书》，北京：同心出版社，1997年10月；收入邓九平主编：《中国名家随笔》，北京：经济日报出版社，2004年8月；收入王宗仁主编：《好读书》，北京：中国华侨出版社，2008年8月；收入蒙田等著、张恒主编：《读书记》，北京：新星出版社，2010年5月；收入文史哲编辑部编：《考据与思辨：文史治学经验谈》，北京：商务印书馆，2013年5月。

68.《〈刘勰论创作〉再版前言》,陆侃如、牟世金:《刘勰论创作》(修订本),合肥:安徽人民出版社,1982年4月。

69.《刘勰及其文学理论》(与陆侃如合作),陆侃如、牟世金:《刘勰论创作》(修订本),合肥:安徽人民出版社,1982年4月。

70.《怎样读〈文心雕龙〉》,《文史知识》1982年第7期。收入《文史知识》编辑部编:《怎样读文学古籍》,北京:中华书局,1994年3月;收入作者《雕龙后集》。

71.《文章得江山之助》,《文苑纵横谈》(4),济南:山东人民出版社,1982年10月。收入作者《雕龙后集》。

72.《刘勰对古代现实主义理论的贡献》,《文史哲》1983年第1期,《中国古代、近代文学研究》(复印报刊资料)1983年第3期,《文心雕龙学刊》第1辑,济南:齐鲁书社,1983年7月。

73.《建立有中国特色的文艺理论是研究古代文论的首要任务》,《中国古代文论研究和建立民族化的马克思主义文艺理论问题》(座谈纪要),《文史哲》1983年第1期。

74.《刘勰论建安文学》,《柳泉》1983年第1期。

75.《古代的文学概论〈文心雕龙〉》,《语文教研》1983年第2期。

76.《〈雕龙集〉前言》,作者《雕龙集》,北京:中国社会科学出版社,1983年5月。

77.《〈文心雕龙〉理论体系初探》,作者《雕龙集》,北京:中国社会科学出版社,1983年5月。

78.《刘勰》,吕慧鹃、刘波、卢达编:《中国历代著名文学家评传》(第一卷),济南:山东教育出版社,1983年5月第一版,1997年9月第二版,2009年3月第三版。收入作者《雕龙后集》,题为《刘勰评传》。

79.《钟嵘》(第一作者,与萧华荣合作),吕慧鹃、刘波、卢达编:《中国历代著名文学家评传》(第一卷),济南:山东教育出版社,1983年5月第一版,1997年9月第二版,2009年3月第三版。

80.《刘勰》,吕慧鹃、刘波、卢达编:《山东历代作家传略》,济南:山东教育出版社,1983年7月。

81.《陆侃如传略》(第一作者,与龚克昌合作),《晋阳学刊》1983年第5期。收入晋阳学刊编辑部编:《中国现代社会科学家传略》第8辑,太原:山西人民出版社,1987年7月;收入夏晓虹、吴令华编:《清华同学与学术薪传》,北京:三联书店,2009年7月。

82.《从两个结合着手改进文学史编写工作》,《光明日报》1983年8月9日,《新华文摘》1983年第10期。收入《中国少数民族文学史编写参考资料》,中国社会科学院少数民族文学研究所编印,1984年3月。

83.《从〈文心雕龙〉看中国古代文论的民族特色》,《学术研究》1983年第4期,《中国古代、近代文学研究》(复印报刊资料)1983年第9期。收入赵利民主编:《儒家文艺思想研究》(20世纪儒学研究大系),北京:中华书局,2003年12月。

84.《从〈文心雕龙〉看中国古代文论的民族特色》(续),《学术研究》1983年第5期,《中国古代、近代文学研究》(复印报刊资料)1983年第11期。收入赵利民主编:《儒家文艺思想研究》(20世纪儒学研究大系),北京:中华书局,2003年12月。

85.《〈文心雕龙〉研究的新起点》,《光明日报》1983年9月13日,《中国古代、近代文学研究》(复印报刊资料)1983年第9期。

86.《〈文心雕龙〉研究》,《中国百科年鉴1983》,北京:中国大百科全书出版社,1983年10月。

87.《实事求是地研究〈文心雕龙〉——答马宏山同志》,《学术月刊》1983 年第 10 期。收入作者《雕龙后集》。

88.《说"风骨"》,《文史知识》1983 年第 11 期。收入文史知识编辑部编:《中国文学史百题》,北京:中华书局,1990 年 12 月。

89.《关于〈辨骚〉篇的归属问题》,《中州学刊》1984 年第 1 期。

90.《捐躯赴国难,视死忽如归——曹植〈白马篇〉》,《名作欣赏》1984 年第 1 期。收入《名作欣赏》编辑部编:《诗词曲赋名作赏析》(1),太原:山西人民出版社,1985 年 11 月。

91.《日本〈文心雕龙〉研究一瞥》(附:日本《文心雕龙》论著目录),《克山师专学报》1984 年第 1 期。收入作者《雕龙后集》。

92.《善于捕捉思想教育的结合点》,《大众日报》1984 年 2 月 7 日。

93.《从〈文赋〉到〈神思〉——六朝艺术构思论研究》,《中国文艺思想史论丛》第 1 辑,北京:北京大学出版社,1984 年 5 月。

94.《〈文心雕龙〉研究的回顾与展望——祝〈文心雕龙〉学会成立并序〈文心雕龙研究论文选〉》,《文心雕龙学刊》第 2 辑,济南:齐鲁书社,1984 年 6 月。

95.《〈文心雕龙〉的"范注补正"》,《社会科学战线》1984 年第 4 期,《中国古代、近代文学研究》(复印报刊资料)1984 年第 24 期。

96.《〈文心雕龙〉在国外》,《文科月刊》1984 年第 8 期,《中国古代、近代文学研究》(复印报刊资料)1984 年第 18 期。收入作者《雕龙后集》。

97.《读书三字法》,《吉林日报》1984 年 10 月 10 日。

98.《刘勰"原道"论管见》,《文史哲》1984 年第 6 期。

99.《在古典文学教学中怎样进行爱国主义教育》,《高教战线》1984年第6期。

100.《赵盛德〈古文论的民族特色〉序》,赵盛德:《古文论的民族特色》,南宁:广西民族出版社,1984年11月。

101.《六朝经学的中衰与发展》,《青海社会科学》1985年第1期。收入作者《雕龙后集》。

102.《门外字谈》,《字词天地》1985年第1期。收入作者《雕龙后集》。

103.《什么是古诗中的"兴寄"》,《文史知识》1985年第2期。收入作者《雕龙后集》。

104.《玄学与文学》,《文史哲》1985年第3期,《中国哲学史》(复印报刊资料)1985年第6期。收入作者《雕龙后集》;收入文史哲编辑部编:《道玄佛:历史、思想与信仰》,北京:商务印书馆,2012年4月。

105.《台湾的〈文心雕龙〉研究与出版》,《古籍整理情况简报》第140期(1985年5月20日)。

106.《刘勰原道论的实质和意义》,《古田教授退官纪念·中国文学语学论集》,日本东方书店,1985年7月。

107.《曹植〈白马篇〉赏析》,《汉魏六朝诗歌鉴赏集》,北京:人民文学出版社,1985年7月。

108.《曹植〈美女篇〉赏析》,《汉魏六朝诗歌鉴赏集》,北京:人民文学出版社,1985年7月。

109.《近三十年来的〈文心雕龙〉研究》,《语文导报》1985年第7期,《中国古代、近代文学研究》(复印报刊资料)1985年第16期。

110.《古代文论研究现状之我见》,《文学遗产》1985年第4

期,《中国古代、近代文学研究》(复印报刊资料)1986年第2期。收入中国社会科学院文学研究所《中国文学研究年鉴》编辑委员会编:《中国文学研究年鉴1986》,北京:中国文联出版公司,1988年2月;收入作者《雕龙后集》。

111.《〈文心雕龙论稿〉序》,毕万忱、李淼:《文心雕龙论稿》,济南:齐鲁书社,1985年9月。收入《鲁版图书序跋集》,济南:山东人民出版社,1987年8月。

112.《台湾学者〈文心雕龙〉研究鸟瞰》,《中国社会科学》1985年第6期,《中国古代、近代文学研究》(复印报刊资料)1985年第24期。

113.《〈台湾文心雕龙研究鸟瞰〉前言》,作者《台湾文心雕龙研究鸟瞰》,济南:山东大学出版社,1985年12月。

114.《漫说〈世说新语〉的人物描写及其史料价值》,《中国古典文学论丛》第3辑,北京:人民文学出版社,1985年12月。收入作者《雕龙后集》。

115.《致力于发展民族文学之一翼——台湾〈文心雕龙〉研究鸟瞰之一》,《社会科学战线》1986年第1期,《中国古代、近代文学研究》(复印报刊资料)1986年第3期。

116.《古代文艺的形神论》,《文艺学习》1986年第1期(复刊号)。收入作者《雕龙后集》。

117.《刘勰的"征圣""宗经"思想》,《文史哲》1986年第2期。

118.《基本功和新方法》,《文史知识》1986年第4期。收入作者《雕龙后集》;收入《文史知识》编辑部编:《文史专家谈治学》(文史知识文库),北京:中华书局,1994年6月。

119.《评〈文心雕龙论稿〉》(第一作者,与罗宗强合作),《学术研究丛刊》1986年第3期。

120.《六朝经学的中衰与发展》(摘录),赖长扬等编:《中国史研究文摘》(1985年1—6月),郑州:中州古籍出版社,1986年6月。

121.《四十年的愿望》,《光明日报》1986年7月12日。收入作者《雕龙后集》;收入《光明日报》原周末生活编辑组编:《我的书斋》,北京:科学普及出版社,1998年3月。

122.《刘勰》,吕慧鹃等编:《中国古代著名文学家》(高等学校文科教学参考书),济南:山东教育出版社,1986年9月。

123.《文学创作的"铁门限"》,《文学知识》1986年第11期。收入作者《雕龙后集》。

124.《〈文心雕龙释义〉序》,冯春田:《文心雕龙释义》,济南:山东教育出版社,1986年11月。

125.《〈文心雕龙精选〉前言》,作者《文心雕龙精选》,济南:山东大学出版社,1986年12月。

126.《刘勰"原道"论的实质和意义——兼答刘长恒同志》,《文心雕龙学刊》第4辑,济南:齐鲁书社,1986年12月。收入作者《雕龙后集》。

127.《刘勰生平新考》,《山东大学学报》1987年第1期(复刊号)。收入作者《雕龙后集》。

128.《试论六朝时期儒道玄佛的斗争与融汇》,《古籍研究》1987年第1期。收入作者《雕龙后集》。

129.《刘勰〈文心雕龙〉》,吴文治主编:《中国古代文学理论名著题解》,合肥:黄山书社,1987年2月。

130.《古代文论研究述评》,《中国古典文学研究年鉴1984》,上海:上海古籍出版社,1987年2月。

131.《"近亲繁殖"小议》,《山东大学学报》1987年第2期。

132.《〈文章流别志、论〉原貌初探》,《中华文史论丛》1987年第2、3期合刊。

133.《中西戏剧艺术共同规律初探》,《文史哲》1987年第3期。收入《比较戏剧论文集》,北京:中国戏剧出版社,1988年12月;收入作者《雕龙后集》。

134.《"龙学"七十年概观》(上、中、下),《社会科学战线》1987年第3、4期,1988年第1期。收入饶芃子主编:《文心雕龙研究荟萃》,上海:上海书店,1992年6月;收入作者《雕龙后集》。

135.《〈刘勰年谱汇考〉序例》,作者《刘勰年谱汇考》,成都:巴蜀书社,1988年1月。

136.《〈文心雕龙研究论文选〉序——〈文心雕龙〉研究的回顾与展望》,甫之、涂光社主编:《文心雕龙研究论文选》,济南:齐鲁书社,1988年1月。

137.《从汉人论赋到刘勰的赋论》,《文史哲》1988年第1期,《高等学校文科学报文摘》1988年第3期摘编,题为《刘勰的赋论》。收入作者《雕龙后集》。

138.《左思文学业绩新论》(第一作者,与徐传武合作),《文学遗产》1988年第2期,《中国古代、近代文学研究》(复印报刊资料)1988年第7期。

139.《怎样读〈文心雕龙〉》,《古典文学知识》1988年第3期。收入作者《雕龙后集》。

140.《香港第四届国际比较文学会议概述》,《国际学术动态》1988年第4期。

141.《〈中国古代文论家评传〉前言》,牟世金主编:《中国古代文论家评传》(上册),郑州:中州古籍出版社,1988年8月。

142.《挚虞》,牟世金主编:《中国古代文论家评传》(上册),郑州:中州古籍出版社,1988年8月。收入作者《雕龙后集》,题为《挚虞评传》。

143.《刘勰》,牟世金主编:《中国古代文论家评传》(上册),郑州:中州古籍出版社,1988年8月。

144.《刘知幾》,牟世金主编:《中国古代文论家评传》(上册),郑州:中州古籍出版社,1988年8月。

145.《刘勰论民间文学》,《青海社会科学》1988年第5期,《中国古代、近代文学研究》(复印报刊资料)1989年第1期。

146.《刘勰艺术构思论的渊源与发展》,《江海学刊》1989年第3期,《中国古代、近代文学研究》(复印报刊资料)1989年第10期。收入作者《雕龙后集》。

147.《文律运周,日新其业——〈文心雕龙·通变〉新探》,《文史哲》1989年第3期,《中国古代、近代文学研究》(复印报刊资料)1989年第8期。收入作者《雕龙后集》。

148.《文心雕龙·情采》(注释鉴赏)(第一作者,与戚良德合作),徐中玉主编:《古文鉴赏大辞典》,杭州:浙江教育出版社,1989年11月。

149.《文心雕龙·知音》(注释鉴赏)(第一作者,与戚良德合作),徐中玉主编:《古文鉴赏大辞典》,杭州:浙江教育出版社,1989年11月。

150.《挚虞》,吕慧鹃、刘波、卢达编:《中国历代著名文学家评传》(续编一),济南:山东教育出版社,1989年12月第一版,1997年9月第二版。

151.《美女篇》,《先秦汉魏六朝诗鉴赏辞典》编委会编:《先秦汉魏六朝诗鉴赏辞典》,西安:三秦出版社,1990年6月。

152.《陆侃如传》(附:论著目录)(第一作者,与龚克昌、唐子恒合作),陈翔华等编:《中国当代社会科学家传略》(第11辑),北京:书目文献出版社,1990年7月。

153.《〈文心雕龙研究论文集〉序——"龙学"七十年概观》,中国文心雕龙学会编:《文心雕龙研究论文集》,北京:人民文学出版社,1990年8月。

154.《才思之神皋》,庄焕先主编:《著名学者谈利用图书馆》,济南:山东大学出版社,1990年9月。

155.《嘉惠士林的陆侃如教授》,山东省政协文史资料委员会编:《悠悠岁月桃李情》,北京:中国文史出版社,1991年1月。收入樊丽明、刘培平主编:《我心目中的山东大学》,济南:山东大学出版社,2005年9月。

156.《有关忠县历史的几个问题》,中国人民政治协商会议忠县委员会学习文史工作委员会编:《忠县文史》(文史资料选编,第1辑),1991年2月。

157《风骨考论》,《文心雕龙学刊》第6辑,济南:齐鲁书社,1992年1月。

158.《〈三都赋〉的撰年及其他》,《文史哲》1992年第5期。

159.《刘勰和文心雕龙》(第一作者,与萧洪林合作),牟世金、罗宗强等:《中国古代文论精粹谈》,济南:齐鲁书社,1992年6月。

160.《〈文心雕龙研究〉自序》,作者《文心雕龙研究》,北京:人民文学出版社,1995年8月。

161.《闻名海内的古典文学研究专家陆侃如》(第一作者,与龚克昌合作),江苏省政协文史资料委员会南通市政协学习、文史委员会编:《文海星光——南通文化名人》(一),《江苏文史资料》编辑部,1999年12月。

162.《刘勰的生平》(与陆侃如合作),张光年:《骈体语译文心雕龙》,上海:上海书店出版社,2001年3月。

163.《〈文心雕龙〉的理论体系》,《山东大学百年学术集粹·文学卷》(上),济南:山东大学出版社,2001年9月。

164.《富于创新精神的古典文学专家陆侃如》,张体勤主编:《百年山大群星璀璨》,济南:山东大学出版社,2001年9月。

165.《"体大思精"的理论体系》,张少康主编:《文心雕龙研究》,武汉:湖北教育出版社,2002年8月。

166.《"龙学"七十年概观》(摘录),钱钢编:《一切诚念终将相遇——解读王元化》,武汉:湖北教育出版社,2003年4月。

167.《备考(对本书的品评)》,王元化:《文心雕龙讲疏》,桂林:广西师范大学出版社,2004年11月。

168.《刘勰》,吕慧鹃等主编:《中国古代著名文学家》,济南:山东教育出版社,2008年1月。

169.《白马篇》,袁行霈主编:《历代名篇赏析集成》(魏晋南北朝隋唐五代卷,上)北京:高等教育出版社,2009年3月。

170.《挚虞》,吕慧鹃、刘波、卢达编:《中国历代著名文学家评传》(第7卷),济南:山东教育出版社,2009年3月。

171.《"体大思精"的理论体系》,李建中主编:《龙学档案》(中国学术档案大系),武汉:武汉大学出版社,2012年3月。

172.《古诗中的"兴寄"》,《文史知识》编辑部编:《怎样鉴赏古诗词》,北京:中华书局,2013年8月。

173.《怎样读〈文心雕龙〉》,《中华活页文选》(教师版)2016年第12期。

(三)其他

1.《修建第四号阵地的英雄们》(第一作者,与彭世荣合著),

《人民海军》第 14 期,1951 年。

2.《某基地军械处举办军械统计工作训练班》,《人民海军》第 58 期,1953 年。

3.《武器器材保养工作未能做好的原因何在?》,《人民海军》第 72 期,1953 年。

4.《一五四六支队火炮保养工作的经验》,《人民海军》第 94 期,1954 年。

5.《访日诗钞》,《柳泉》1984 第 3 期。

6.《台湾省〈文心雕龙〉研究专书目录》,作者《台湾文心雕龙研究鸟瞰》,济南:山东大学出版社,1985 年 12 月。

7.《台湾省〈文心雕龙〉研究论文目录》,作者《台湾文心雕龙研究鸟瞰》,济南:山东大学出版社,1985 年 12 月。

8.《〈文心雕龙〉研究论著索引》(1907—1985)(第一作者,与曾晓明合作),中国文心雕龙学会编:《文心雕龙研究论文集》,北京:人民文学出版社,1990 年 8 月。

9.《牟世金(书法)》,山东大学校友会诗书画社编:《山东大学校友诗书画专集》,济南:山东大学出版社,1991 年 6 月。

10.《〈文心雕龙〉研究论著目录索引》(1907—1990)(第一作者,与曾晓明、戚良德合作),《文心雕龙学综览》,上海:上海书店出版社,1995 年 6 月。

11.《论著者索引》(第一作者,与曾晓明、戚良德合作),《文心雕龙学综览》,上海:上海书店出版社,1995 年 6 月。

12.《牟世金》,国务院学位委员会办公室编:《中国社会科学家自述》,上海:上海教育出版社,1997 年 12 月。

13.《书斋》,国务院学位委员会办公室编著:《中国社会科学家自述》(青少年版),上海:上海教育出版社,2000 年 3 月。

14.《牟世金教授函》,蒋永文、牛军、魏云编:《跋涉者的足迹——张文勋教授从事教学科研五十周年纪念》,昆明:云南人民出版社,2003年4月。

15.《牟世金词》,周康杰、何勇才主编:《近现代忠州名人诗词集》(《忠县文史》第4辑),忠县政协社会事务办公室、忠县史志协会、忠县诗词楹联研究会编,2003年9月。

牟世金传略

戚良德

牟世金，笔名是今，男，四川忠县东坡镇人，1928年7月生。1984年5月加入中国共产党。

1945年忠县精忠中学毕业，1948年四川省立万县师范学校毕业。1949年任忠县南宾中学语文教员。同年12月考入军政大学学习，任革命军人委员会副主任。1950年毕业后分配到二野十一军军部，寻调海军青岛基地军械处组织计划科，至1955年转业到山东省药材公司、山东省供销合作社工作共一年。1956年考入山东大学中文系，1960年毕业留本系任助教，1978年升讲师，1980年升副教授，1983年升教授。曾任山东大学中文系主任、文心雕龙研究室主任、山大文科学术委员会主任；兼任中国古代文论学会常务理事，中国《文心雕龙》学会常务理事、秘书长，《中国古典文学研究年鉴》《古代文学理论研究丛刊》《文心雕龙学刊》及《文史哲》等刊编委。

1989年6月19日，牟世金先生因病医治无效，在山东济南逝世，享年61岁。

一

当代著名学者王元化教授在为牟世金先生《文心雕龙研究》所作序中说:"世金同志可以说得上是《文心雕龙》的功臣。这一点,有他的大量论著可以为证。"①《人民日报》则发表文章,认为:"牟世金……被称为'龙学家',是因为他关于《文心雕龙》的著作已有注、译、选、编、系统的理论研究和年谱汇考等不下十种,得到国内外学者的首肯。"②的确,牟世金先生首先是以系统、完整而深入、扎实的《文心雕龙》研究,载入中国当代学术史册的。

牟先生在《文心雕龙研究》的"自序"中,回顾了他和"龙学"的因缘:

> 解放前,我在四川老家的一所中学任教,当时还年少无知,但听到同事中的年长者谈起《文心雕龙》,引起我的兴趣,便从书店买来一本标以"广注"的《文心雕龙》③,却根本看不懂。因而萌生一种愿望:能读到一种今译本就好了。当时还绝无自己来译的奢望,只希人家译出,以利自己学习而已。直到1958年,山东大学成仿吾校长亲率中文系师生编写文学史,陆侃如先生和我被任命为汉魏六朝段的负责人,分工时只好任别人先选,最后剩下绪论和《文心雕龙》两个部分,便由陆先生写绪论,我分《文心雕龙》。这就再一次促使我产

---

① 《文学报》1988年7月7日。
② 马瑞芳《他走着一条艰苦的道路——记"龙学"家牟世金》,《人民日报》1988年4月16日。
③ 原注:"杜天縻注,世界书局1947年版。此书至今尚存身边。"

生读到《文心雕龙》译本的强烈愿望。但那时仍然没有译本可读,历史就为我安排了这样的道路:三年之后,陆先生和我决定,自己来译。

1962年9月,二位先生合作的《文心雕龙选译》上册由山东人民出版社出版,1963年7月又出版了该书下册。这是《文心雕龙》研究史上的第一个译注本。全书译注《文心雕龙》二十五篇,每篇写有"题解",书前有近四万字的"引言",对《文心雕龙》进行了较为系统的论述。1963年5月,二位先生合作的《刘勰论创作》也由安徽人民出版社出版。对《文心雕龙》的创作论进行专题研究和注译,这在"龙学"史上也是第一次。以上两书的相继出版,不仅深深地影响了中国大陆的《文心雕龙》研究,而且对香港、台湾及国外的"龙学"也产生了长期的影响。如《刘勰论创作》出版后,香港文昌书局便翻印出版了此书;1982年增修再版后,香港三联书店又以此书为向国外重点推荐书目之一;香港、台湾、日本的许多有关论著,都列此书为重要参考书。

牟世金先生的《文心雕龙》研究跃上新的高峰,还是在八十年代。1981、1982年,《文心雕龙译注》上、下册相继出版,这是"龙学"史上第一个《文心雕龙》全译注本。它虽然仍可说以六十年代的《选译》为基础,但牟先生不仅补译补注了《选译》未收的二十五篇,而且对《选译》的二十五篇也全部仔细推敲,进行修订。更重要的是牟先生统一重写了长篇"引论"和五十篇"题解",体现出对《文心雕龙》的全新认识和评价。因此,《译注》实际上已成面目全新之作了。对此,石家宜先生曾经作过深入分析。他说:

新著面貌焕然,须刮目相看。首先,新著的整体感强……取得了理论整体上比较准确的把握。其次,牟著的理论质地好:一篇引言,洋洋洒洒达六、七万字,纵横捭阖,层层推进,条分缕析,益见谨细,从《文心》整个体系上作出这样全面深入的理论剖析,目前是不多见的。……同时,新著的科学性也大大加强了。……作者博取众长,尊重权威,但更尊重科学,他对所引的每一条资料包括范注的全部引文都找原文查核,从不用第二手资料,这种尊重历史的基本态度贯穿在整个校注工作中。……正是这种执着的注重论据使牟著充满了首创性。……牟著取得的成就是和他始终坚持尊重历史、尊重事实的执着认真分不开的,我们应当从这里总结他的已经引起海内外重视的理论研究工作。①

王元化先生也称其"治学严谨,掌握资料丰富而全面,持论公允,为目前同类著作中所罕见"。著名龙学家詹锳先生亦指出:"牟世金同志新出的《文心雕龙译注》比1963年他和陆侃如先生合写的《文心雕龙选译》提高了一大步。"②《译注》以非凡的学术功力和重要的学术价值赢得了普遍推重,被公认为是现有多种《文心》译注本中较好的一种。即以注释而言,虽有范注享誉在前,但牟先生仍细心钩稽,纠谬补正之处每每而有。如《史传》篇有"宣后乱秦,吕氏危汉"之句,范注引《史记·匈奴列传》之语,以"乱"为淫乱,其后注家皆从此说。但牟先生细究原文,认为"宣后乱秦"与"吕氏危汉"性质相同,而与"淫乱"毫不相干,并证以《史记·穰侯列传》和《范雎列传》的史实,"宣后乱秦"之本义始明。《译注》虽后出,但对《文心雕龙》注释的这种首创之功,可以说屡见不鲜。

---

① 《〈文心雕龙〉研究的勃兴——近年来〈文心雕龙〉研究专著漫议》,《读书》1984年第5期。
② 《〈文心雕龙〉的风格学》,人民文学出版社1982年版。

《译注》对《文心》的翻译,更是圆润畅达,既忠实于原著,力求搞清本义,又灵活变通,做到以现代的理论语言准确地传达出一千五百年前的文学思想。诚如评者所说:"《文心雕龙译注》……恰到好处地注释、翻译了《文心雕龙》全书。"①

1983年9、10月间,牟先生参加中国社会科学院《文心雕龙》考察团访问日本,在那里见到了许多台湾的"龙学"著作。先生深感"我们不少研究者对他们还一无所知""回国后便一直设法搜集这方面的材料"②,终于在1985年撰成出版《台湾文心雕龙研究鸟瞰》一书,对近三十年来台湾的"龙学"作了全面介绍,并以自己多年研治《文心》的心得,本着"知无不言"的态度,就"龙学"的诸多问题,与台湾学者展开了严肃认真的讨论。同时,"鉴于评论对象的特殊性,以及众所周知的一峡之隔的非正常状态,作者'瞰'的角度与视野就不能不更加广阔与深远,更加富有现实感与历史感,更加富有'炎黄子孙''龙的传人'的使命感,质言之,作者始终着眼于中华'全龙',这就使全书有了比纯粹的学术讨论更加深厚的底蕴。"③牟先生说:"两岸学者若真从学术着眼,便应加强交流,取长补短,为我中华全龙的发展而努力。"④这就确乎是"寓深意于学术研究,寄至情于字里行间"⑤了。正因有此深衷,牟先生在身染恶疾以后,仍坚持参加1988年11月在广州举行的首届国

---

① 王树村《评〈文心雕龙译注〉》,《文学评论》1984年第3期。
② 《台湾文心雕龙研究鸟瞰·前言》。
③ 萧华荣《着眼于中华"全龙"的腾飞——读牟世金〈台湾文心雕龙研究鸟瞰〉》,《社会科学战线》1986年第4期。
④ 《台湾文心雕龙研究鸟瞰·赘语》。
⑤ 萧华荣《着眼于中华"全龙"的腾飞——读牟世金〈台湾文心雕龙研究鸟瞰〉》,《社会科学战线》1986年第4期。

际《文心雕龙》讨论会。因为他得知台湾的几位学者也将出席会议,他希望海峡两岸炎黄子孙能够坐在一起研讨我们共同的文化遗产,以为"早得中国的全龙"鸣锣开道。令人遗憾的是,"当时台湾方面尚未开放到可以赴大陆从事学术交流的程度"①,牟先生的愿望未能实现。可以告慰于先生的是,他的著作得到了台湾龙学家们的重视。著有《文心雕龙研究》等重要龙学著作的王更生先生说:"他那种具有深度和广度的分析与组织,洋溢着智慧的火花,给台湾学者极大的鼓励。先生不仅学有专精,对龙学的研究和推广,付出极大的心力,从每本书的行文措词上,还肯定知道他是一位古道热肠、外刚内柔、彬彬多礼的君子。所以先生的去世,不但在学术上,使我失去一位可供切磋的知己,就在为人处世方面,也使我失去一位学习取法的楷模。"(同上)1990年2月,王更生先生"远从台湾专程来吊祭这位志同道合永未谋面的知音",《鸟瞰》一书,不正起了"鸣锣开道"的作用么?

　　1988年1月,牟先生的《刘勰年谱汇考》一书出版,这是他多年思考、研究刘勰生平的一部力作。全书汇考中外学者所撰刘勰的年谱、年表十六种,并兼考众多《文心雕龙》研究论著中有关刘勰生平的论述,从而"于比较之中折中近是"②,《汇考》成为刘勰生平研究的集大成之作。其中对刘勰的生卒年、《灭惑论》撰年、《文心雕龙》成书年代等"龙学"的许多至关重要的问题,根据大量的第一手资料,作出了新的论证。如关于《灭惑论》撰年,李庆甲先生指出,它撰于齐代还是梁代的分歧"是带有原则性的","因为它涉及对刘勰思想、世界观的形成、发展和《文心雕龙》思想体

---

① 王更生《〈雕龙后集〉序》。
② 《刘勰年谱汇考·序例》。

系属于儒家还是佛家这样一些重大问题的分析与评价"①。而近年来,《灭惑论》撰于刘勰后期(梁代)之说几成定论,以至于《文心》研究者不敢问津刘勰的这篇重要作品,《灭惑论》之"道"成了与《文心》之"道"水火不容的东西。事实上,《文心》第一篇虽即标《原道》,但刘勰却并未在其中论述什么是"道",而《灭惑论》却正堪称一篇"道"论;刘勰在《文心》中把"道"作为一个既成概念加以运用,且以之为其庞大文艺理论体系的逻辑起点,这不能不使人想起《灭惑论》对"道"的大量论述②。《汇考》以全新的考核,力证《灭惑论》撰于齐代,且撰于《文心》之前,这为充分利用它全面研究刘勰思想以及《文心雕龙》思想理论体系提供了重要依据。《汇考》之意义,于此亦可见一斑了。

1988年春天,牟世金先生完成了四十万字巨著《文心雕龙研究》,实现了自己的宿愿。早在1979年,当他第一次看到台湾王更生先生的《文心雕龙研究》时,就为大陆未能有一部完整、系统的《文心雕龙研究》而深感遗憾;同时,他也下定决心,要写出一部真正超越前人的《文心雕龙研究》来,并为此开始了种种准备。牟先生在《文心雕龙研究》的"自序"中说:以上种种,从注、译、考、论以至对前人研究的总结,都是为完成《研究》一书所作的准备。王元化先生指出:"世金同志这部书毫无哗众取宠之心,也许会被认为过于质朴,但这也是它的长处。因为从这种质朴中可以看到

---

① 《〈关于《灭惑论》撰年与诸家商兑〉之商兑》,《中华文史论丛》1984年第4辑。
② 笔者认为,《文心雕龙·原道》正紧承《灭惑论》对"道"的论证和阐发;"道"作为刘勰的基本宇宙观,成为《文心》重要的哲学思想基础。详见拙文《道之文与文之道》,《怀化师专社会科学学报》1989年第3期和第4期。

一种实事求是的治学态度,既不刻意求新,也不苟同于人。……他力图揭示原著的本来意蕴,而决不望文生解,穿凿附会。书中那些看起来平淡无奇的文字,都蕴涵着作者的反复思考、慎重衡量,其立论之严谨,断案之精审,我想细心的读者是可以体察到作者用心的。"①

《文心雕龙研究》全书分为八章。第一章是"绪论",首先论述了《文心雕龙》乃"中国古代文论的典型",从而阐明了《文心》研究在中国文艺理论史研究中的举足轻重的意义;然后对"龙学"的历史进行了回顾和展望;最后论述了"产生《文心雕龙》的时代思潮"。第二章为"刘勰",对刘勰的家世、生平进行了新的考证,并论述了刘勰的思想。第三章专门探讨"《文心雕龙》的理论体系",首先清理了"《文心雕龙》的篇次问题",然后探讨"《文心雕龙》的总论",再次说明"《辨骚》篇的归属问题",最后对"'体大思精'的理论体系"作出科学表述。第四章论"文之枢纽",探究了"'原道'论的实质和意义""'征圣''宗经'思想"以及"《正纬》和《辨骚》的枢纽意义"。第五章研究"论文叙笔",由"概说"和"楚辞论""论诗""论赋""论民间文学"几部分组成。第六章探讨"创作论",首先研究了"创作论的体系",然后论述了《文心雕龙》的"艺术构思论""风格论""风骨论""通变论"和"情采论"。第七章研究"批评论",首先介绍了刘勰对建安文学的评价,然后论述了刘勰的"批评论和鉴赏论"以及"作家论"。第八章是"几个专题研究",分为四节:刘勰对古代现实主义理论的贡献、从《文心雕龙》看古代文论的民族特色、从"范注补正"看《文心雕龙》的注释问题、台湾《文心雕龙》研究鸟瞰。

---

① 《文学报》1988年7月7日。

牟先生在"自序"中说:"这是我毕生所能雕画的一条'全龙'。"可以说,《文心雕龙研究》的完成,标志着牟世金先生成为一位全面的"龙学"家。从龙学史上看,多数研究者或长于校勘,或重在注释,或精于评点,或深于论证。牟先生则以其不下十种龙学著作,成为对注、译、考、论各个方面都有重要贡献的龙学家。

牟世金先生的《文心雕龙》研究,不仅得到国内学术界的称道,而且引起港台及海外学者的关注和重视。牟先生曾谈到:"台湾学者对他们在龙学上的成就自视甚高,对大陆龙学则颇为轻视。"但这种情况近年则有明显改变。王更生教授便指出:"大陆上学者对《文心雕龙》的研究,自'文化大革命'结束以后,有相当突破性的表现……经我看到的有几篇重要的文献,首先是牟世金先生在民国七十三年(1984)《文心雕龙学会成立大会专辑》上发表的《〈文心雕龙〉研究的回顾与展望》。"① 牟先生此文确为解放后三十年来龙学的第一篇总结性文献。当时王先生可能还没有看到牟先生《"龙学"七十年概观》的长文,那更是对七十年龙学的第一次全面系统的检视和总结。牟先生的这两篇文章,分别为齐鲁书社和人民文学出版社出版的两种《文心雕龙》研究论文选的"序言"。两种论文选的序言均由牟先生执笔,其在当代龙学界的地位可想而知;其能改变台湾学者对大陆龙学的态度,亦决非偶然了。

日本汉学家对他们在龙学上的成就亦自视甚高,事实上他们对《文心雕龙》的研究也确有独到之处。版本的校勘,索引的编纂以及理论的探索等,他们都开始较早而卓有成就。但他们对牟先生的研究成果亦极为看重。1985年7月日本出版的《中国文学语

---

① 《明道文艺》(台湾)1988年元月号。

学论文集》,把牟先生所撰《刘勰"原道"论的实质和意义》列为六篇《文心雕龙》论文之首。著名汉学家安东谅先生在一篇论文中,引据或提及牟先生论点达十余次,称其研究为"牟世金精密的理论"。仅东洋大学图书馆便收藏有《台湾文心雕龙研究鸟瞰》《刘勰年谱汇考》《文学艺术民族特色试探》等牟先生的多种著作。至于其他国家汉学家对牟著的称引,也所在多有。如原苏联的李谢维奇在其专著《中国的文心》中,便多次称引牟先生的观点。美国著名汉学家刘若愚先生也多次在其著作中提到牟先生的论著。程千帆先生曾指出:"世金先生……研究《文心雕龙》,卓著成绩蜚声海内外。"①应当说,这是言之不虚的。

二

1983年5月,牟世金先生的《雕龙集》由中国社会科学出版社出版,此书被评为山东省1981至1983年度社会科学研究文学方面唯一的一等奖。牟先生视自己的《文心雕龙》研究为"雕龙",更以自己对中国古代文学艺术理论的综合研究为"雕龙",且后者是其长远的规划和目标。《雕龙集》便分为上下编:"上编从历史的发展上,对古代文学艺术的几个传统问题,进行一点综合探讨;下编主要谈魏晋南北朝期间有代表性的三种文论:《文赋》《文心雕龙》和《诗品》。"②牟先生非常赞同周扬先生关于"《文心雕龙》

---

① 《〈中国古代文论家评传〉序》,《文史哲》1986年第4期。
② 《雕龙集·前言》。

是一个典型"①的论断,他对这个"典型"的不懈探索,正是为把握中国古代文艺理论全貌所找到的一个突破口。牟先生的长文《从〈文心雕龙〉看中国古代文论的民族特色》也清楚地说明,他决不满足于研究《文心雕龙》一书,而是企图通过对这个"典型"的深入分析,找到一把打开中国古代文学艺术理论宝库的钥匙。牟先生曾深刻地指出:《文心雕龙》所论述的问题,在中国古代文学艺术的许多传统问题的发展过程中,都起着重要作用,且后者都是《文心雕龙》已安排的体系的延伸②。因此,对《文心雕龙》理论体系的深刻理解和完整把握,确乎就成了研究中国古代文论的一个关键和"枢纽"。牟先生从六十年代便强调对《文心雕龙》理论体系的研究③,可谓独具慧眼;至八十年代,他发表于《中国社会科学》的《〈文心雕龙〉的总论及其理论体系》,便是对《文心》理论体系所作第一次科学表述。很显然,这不仅是龙学本身至关重要的问题;牟先生的"综合研究"之所以具有深度,正与此密不可分。

早在1980年,牟先生便出版了《文学艺术民族特色试探》一书,通过对中国古代诗论、文论、画论、乐论、舞论以及书法、戏曲理论进行综合研究,来探讨中国文学艺术的民族特色及其发展的规律性问题。全书概括地清理了情景交融、赋比兴和形神统一等作为一种艺术传统的形成和发展过程,论述了它们在创作上与形象思维的关系,重点探讨了其艺术构思的民族特色。因此,全书

---

① 《关于建设具有中国民族特点的马克思主义文艺理论问题》,《社会科学战线》1983年第4期。
② 《雕龙集·前言》。
③ 《近年来〈文心雕龙〉研究中存在的几个问题》,《江海学刊》1964年第1期。

是以艺术构思为中心来探讨文学艺术的民族特色的。

在中国古代文学艺术中,情景交融、赋比兴和形神统一等问题,既具有较大的普遍性,也是源远流长的传统特色。对这些问题的探讨,既是古代文论研究的重点,而要使研究有所突破,又十分困难。牟先生的研究,不仅第一次较为全面、系统并客观地清理了这些问题的发生、发展过程,而且从重视文学艺术民族特色普遍性的问题着眼,体现出以下两个重要特点:一是强调各种艺术特色之间的相互联系。如赋比兴,它既是一种独立的传统特色,也是实现另一特色——情景交融的手段和方法。又如"兴在象外",它既是"兴"的重要特点,又与神韵的特点密切相关。而情景交融、赋比兴和神韵三者,在要求通过形象反映现实或抒情言志上,都是一致的。因此,各种特色是在互为影响、相得益彰的过程中发展起来的。这一问题的强调使得对情景交融、赋比兴和形神统一等这些传统问题的探讨,不再孤立进行,不再互不相干,而是纳入了以艺术构思为中心探讨文学艺术民族特色的系统,因而这种探讨便有可能从各种民族特色的内在联系上,更深刻地把握文学艺术的民族精神和整体特色。显然,这种把握是尤为需要和重要的。二是强调对各种文学艺术进行综合研究。这是和上一点密切相关的。既然要探讨各种民族特色的内在联系,既然要把握文艺的整体民族特色,则局限于一两种文艺样式显然是不够的,也是不可能的。实际上,凡可称之为民族特色的,必然为多种艺术样式所共有。如情景交融,既是诗文的要求,也是绘画以至戏曲的要求。赋比兴虽主要用于诗词,但在绘画艺术中也受到相当的重视。至于神韵,就更为诗文、绘画、音乐、书法以至戏曲艺术的共同要求。因此,要探索出具有普遍意义的真正的民族特色,就必须对各种文学艺术进行综合研究。

显然，这种研究的难度是可想而知的。牟先生不仅最早系统地开展了这项工作，而且拿出了扎扎实实的成果。他的一系列文章发表后，程千帆先生指出："近读《丛刊》及《评论》尊著，极佩用力之勤。由某些单独的概念或个别批评家之分析、判断、评价，走上综合的历史的研究，是个发展，而且是非常需要的发展，先生的工作正是如此，可为欣贺。"《文学艺术民族特色试探》一书出版后，福建师大副校长陈一琴先生指出："我以为这本不足十万字的著作，卓见很多，精彩极了，不只是您研究水平的一次突破，也是解放以来古代文论研究的一个大突破。"

"文学艺术民族特色试探"的成功，为牟先生开辟了更为广阔的研究道路。可以说，在兢兢业业雕画"全龙"的同时，他一直没有停止对中国古代文学艺术理论的综合研究。1985年，牟先生的"中国古代文学艺术理论综合研究"被列为国家教委博士点专项基金资助项目。牟先生在《文心雕龙研究》"自序"中说："本来还有少许打算，且'龙'门深似海，常叹难得而入，不愿废于半途。但屈指年华，已承担的其他任务不允许在这条路上蹒跚下去了。从今以往，虽非洗手不干，最多也是绘其半爪，模其片鳞而已。"《文心雕龙研究》完成之后，牟先生要全力进行"综合研究"，写出一部既不同于文学理论批评史也不同于美学史的"中国文艺理论史"。

牟先生的壮志未酬，但他为此而作的种种准备工作，除《文学艺术民族特色试探》一书，其他也有不少已经以研究论文的形式发表出来，且引起人们的瞩目。如《从文与道的关系看儒家思想在古代文学发展中的作用》的长文，从文道关系的角度，对儒家思想在中国古代文学发展中的作用，进行了一次较为彻底的清理。文章从考察汉魏六朝间的文道斗争开始，论述了刘勰的文道并重论、唐宋古文运动以及道学家和苏黄的对立、理学和反理学的斗争,一直谈到清代章学诚的总结,从而较为清楚地认识到了文道关系在中国古代文学发展中的具体情形,以及在这一发展过程中,儒家之道对文学的重要作用及其消极影响。又如《试论六朝时期儒道玄佛的斗争与融汇》的长文,以丰富翔实的第一手资料,具体阐述了六朝时期各种思想的相互斗争及其相互融合的复杂过程,较为生动地展现出整个六朝学术思想的发展和变化。这些工作对新的"中国文艺理论史"的撰写,是十分必要和重要的;其研究成果本身的重要价值,也是非常明显的。

1987年8月,牟先生应邀参加香港第四届国际比较文学会,并提交了《中西戏剧艺术共同规律初探》的论文。该文以独特的视角,探讨中西戏剧艺术的发展规律,许多见解精辟、深刻而极富独创性。它显示出,在对各种文学艺术进行综合研究的基础上,不仅能较为清晰、正确地把握文学艺术的民族特色,而且可以从"总体文学"或"世界文学"的角度,更为深广地探讨文学艺术发展的共同规律。而这也正是文艺研究者的共同目标。那么,文学艺术综合研究之必要和重要,不是清楚地显示出来了么?从这个意义上说,牟世金先生虽未能给我们留下一部《中国文艺理论史》,却已经为中国古代文学艺术理论研究提供了宝贵的经验,留下了重要的财富。我们应当继承他未竟的事业,沿着他所开辟的"综合研究"的道路前进。

三

牟先生曾指出:"任何学科的发展,都是和它的研究方法的发展相辅相成的。"他既反对"在研究方法上取抱残守缺的态度",又强调古代文论研究方法的革新,应着眼"中国古代文论研究本身发展的需要"。他说："吸收外来的新思想、新方法和一切有用的东西,都是应该的、必要的。中国文化一直是在不断吸取外来营养中发展的,但中国文化始终是中国文化。所以,'以我为主'是必须坚持的原则。"①从这种基本认识出发,牟先生治学首先强调"必须有扎扎实实的基本功",这是运用各种新方法的前提。而这种"基本功","并不是记诵某些死的知识和条文,而是活的创造能力;它应该是一个研究者必备的基本知识、基本理论、基本技能和基本方法的总合"②。

同时,牟先生强调微观研究和宏观研究相结合。他认为,"历史的要求把宏观研究提到首要地位","加强对古代文论的宏观研究是完全必要的"③。但是,"假如宏观研究不以大量的微观研究作为基础,那只能是一种毫无根据的空谈"④,对此,牟先生亦深以为然。他说:"从资料的搜集、鉴别、整理,到准确判断其原意等微观研究,并不是古代文论研究的分外之事,它本身就是古代文论研究的有机组成部分。"⑤牟先生强调:"要树立一种扎扎实实的学风,首先要从字词的功夫做起。"⑥即以《文心雕龙》研究而论,他特别强调要"读懂原文,搞清本义",力求认识其本来面目。他说:"倘能理清《文心》的原貌,就是我最大的愿望。但这个愿望并不是容易实现的。识其原貌,主要就是准确地理解原文原意,

---

① 《古代文论研究现状之我见》,《文学遗产》1985 年第 4 期。
② 《基本功和新方法》,《文史知识》1986 年第 4 期。
③ 《古代文论研究现状之我见》,《文学遗产》1985 年第 4 期。
④ 南帆《我国古代文论的宏观研究》,《上海文学》1984 年第 5 期。
⑤ 《古代文论研究现状之我见》,《文学遗产》1985 年第 4 期。
⑥ 《门外字谈》,《字词天地》1985 年第 1 期。

才能从而作正确的、实事求是的论析。"①其实,认识《文心雕龙》本来面目的过程,也就是认识文学艺术民族特色的过程,从而也就是阐述它在中国文艺理论史上的影响和地位的过程,也就是总结中国文学艺术发展规律的过程。所以,微观研究和宏观研究从来就是密不可分的,是辩证统一的。正是在这个意义上,牟先生深刻地指出:

> 读懂《文心》的原文,可以说既是龙学的起点,也是龙学的终点。不懂原文,谈何研究?真正地懂,可以断言其本意如何,做了定论,岂非龙学的结束?所以,我始终认为读原著和研究是并行的,从逐字逐句、一篇一题到全书,由全书的理解再回到字句;由个别认识以助整体,再由整体认识以提高个别。如此反复,逐步修正,逐步加深和提高,这就是龙学的发展史。②

这既是牟先生终生研治《文心》的甘苦言,也为龙学的进一步发展指明了道路。

牟先生曾这样说:"我毕竟是在教育、军事、商业方面绕行一圈,然后才半路出家,进入我后半生从事的古典文学工作。既然在学业上起步较晚,故略有所成,学术界便视为'速成'……"这种"在学业上起步较晚"的紧迫意识,确乎一直伴随着牟先生的研究工作;而其数百万字的研究成果,也确乎标志着他的"速成"。我曾在一篇小文中说:"牟世金之所以能在《雕龙集》等论著中,抉精发微,使新意迭出,尤其能在一些传统的问题中提出独到的见解,

---

① 《文心雕龙研究·自序》。
② 同上。

就主要得力于他的'读书三字法'。"①

所谓"读书三字法",主要是以"友、敌、师"的态度对待书本知识,勤读书而不轻信书,不重简单地接受与记诵而强调贵在自得,关键是化他人的学问为自己的学问。以书为友、以书为师,都是容易理解的,前人也都曾谈到过;而以书为敌,且以"敌"为中心环节联结"友"与"师",则是牟先生之"读书三字法"富有生命力的关键所在。要和书本交朋友,且要广交深交,但同时又须带有"敌"意,因为朋友有真诚虚伪之分;只有察其虚实、辨其真伪,识其精华与不足,方能从而师之,也才能在这个过程中发现问题、解决问题。如《文心雕龙·练字》篇中,有这样几句:"是以前汉小学,率多玮字,非独制异,乃共晓难也。"不仅没有援用故实,文字上似也无特别难解之处。各家译文是这样的:

> 周振甫:因此前汉讲文字的书,往往多奇异的字,不仅当时的制度和后来不同,也是所用文字大家难懂。
> 李曰刚:因此前汉小学著述,大率收集甚多玮奇字汇,不独制作特异,而且训义古奥。非浅学之士所易共晓也。
> 赵仲邑:因此前汉的文字之学,一般说来,怪字很多,不但字形的制作特别,而且大家都很难认识。
> 郭晋稀:所以前汉作家都懂得小学,作品中很多怪字,不单是字形奇异,而且意义也难明白。
> 向长清:所以前汉的小学书籍,多有奇异的字,不仅文字体制与后世不同,而且即在当时,大家认识它也很困难。

---

① 《怎样博览群书——牟世金教授的速成之秘》,《博览群书》1987年第9期。

这些译文略有差异，但其理解原文的思路则大体相同。尤其对"非独制异，乃共晓难也"一句的理解，完全一致。然而，牟先生指出，"非独……乃……"的结构，显然不能译为"不但……而且……"，"难"字亦不是"困难""难懂"之意，而是指"难字"，杨明照先生早有注释。因此，牟先生将刘勰这段话译为："因此，西汉时期擅长文字学的作家，大都好用奇文异字。这并非他们特意要标新立异，而是当时的作家都通晓难字。"这个译文显然是独辟蹊径的。它的精彩，不仅在于它符合上下文意，从而准确地把握了原文，而且它揭示出刘勰的一个重要思想：文学作品的语言是具有时代特征的。这一思想在今天也仍有其生命力，仍能帮助我们更好地理解、正确地评价古代的作家作品。如汉大赋，人们往往指责它好用奇文僻字，几成字林，令人不堪卒读。其实，汉大赋的作家们"非独制异，乃共晓难也"，他们许多人本身都是文字学家，我们今天读起来佶屈聱牙，但在他们却是平平常常的。清代著名学者戴震便指出："昔之妇孺闻而辄晓者，更经学大师转相讲授，而仍留疑义，则时为之也。"①刘勰认识之可贵与难得，便不言而喻了。牟先生的这种发明，也就决不仅仅是一句话的理解问题了。

牟先生说："据我自己的实践，'友、敌、师'辩证统一的读书方法，确能迅速培养和提高敏锐的思考、辨析或判断问题的能力，故可称为'速成之秘'。"正因如此，当牟先生把自己积数十年读书经验而形成的这套读书方法在《文史哲》上介绍给读者后，很快被《博览群书》《吉林日报》《治学之道》《读书方法探寻》以至《中学生》等书报刊广为转载介绍，还被《新闻与成才》杂志作为首届优秀读者奖试题之一，产生了相当广泛的影响。牟先生强调："方法

---

① 《戴东原集》卷三。

的掌握者是人。要能长期坚持,必须有一种坚强的信念:人生价值在于有自己的作为;前人的知识与成就应该尊重和继承,但必须在前人的基础上有所前进或发展。这就是我最基本的人生信条。它促我'走着一条艰苦的道路',也促我'速成'。"那么,"读书三字法"就决不仅仅是一种读书方法,更是牟先生数十年学术生涯的结晶,是牟先生人生道路的经验总结。

四

1983年6月和1987年9月,中国古代文论学会分别在广州、成都召开了第三、五两次年会,并同时改选了学会第二、三届理事会。牟世金先生虽因故未能参加后一次年会,但两届理事会选举都得全票。学术界同仁的普遍信赖和推重,使牟先生成为一名出色的学术工作的组织者和领导者。

1983年8月,由牟先生倡议并积极筹备的中国《文心雕龙》学会在青岛成立,他也在会上当选为常务理事、秘书长,并被推举为《文心雕龙学刊》编辑组组长。王元化先生曾指出:"他也是全国《文心雕龙》学会的倡议筹建者,学会的繁杂事务几乎都是由他承担起来的,因此学会倘在学术界有所贡献,首先得归功于他。"[①]牟先生去世后,王先生在一篇怀念文章中又指出:"我可以说全国《文心雕龙》学会是他以他一人的心血筹备而成的,如果不是为他的埋头苦干和对学术的真诚精神所感动,这个学会是不会成立并维持到今天,我也不会滥竽充数地来充当这个学会的负责人之一的。"学会成立以后,已召开三次年会,举办一次中日学者《文心雕

[①] 《文学报》1988年7月7日。

龙》讨论会,一次国际《文心雕龙》讨论会,组织一次《文心雕龙》考察团访问日本,并出版了六本《文心雕龙学刊》,选编一本《文心雕龙研究论文集》。可以说,《文心雕龙》研究真正进入一个新时期,"龙学"真正成为国内外瞩目的显学,是与《文心雕龙》学会的工作密不可分的。

牟先生重视"龙学"工作,同时也对整个古代文论的研究倾注心力。1988年8月,他主编的84万字的《中国古代文论家评传》出版。程千帆先生说:"对这部《评传》的编纂,显示了他已由一个研究者进而成为一个研究工作的组织者。对此,我感到由衷的高兴。"①《评传》选古代文论家六十七人,囊括最重要的中国古代文论著作;全书邀请当代著名的研究者和少数新起之秀共六十人撰稿,海内名流大都为其捉笔。因此,《评传》不仅集中国古代文论之精华,也可说集近年来古代文论研究之大成。正如程千帆先生所说,这不仅"为读者提供了较大的方便",而且"也是一次百家争鸣、百花齐放的实践,对此后古代文论的研究会起到推动作用"②。

牟先生致力于学术事业的同时,更没有忘记自己是一位人民教师。他执教三十年,先后为本科生、研究生开设"汉魏六朝文学""古代文论""中国文学批评史"和"文心雕龙研究"等多门课程。在基础课的教学中,他既强调培养学生扎扎实实的基本功,又时时引导学生跳出教材的框框,去独立地思考问题,以培养他们独立分析问题、解决问题的能力。他经常把自己的科研成果首先用于教学,既使课堂讲授内容充实、丰富而新颖,又培养学生从

---

① 《〈中国古代文论家评传〉序》,《文史哲》1986年第4期。
② 同上。

事科研的兴趣。如发表于《中国社会科学》上的《〈文心雕龙〉的总论及其理论体系》一文，就是首先运用于课堂，而后发表的。

对本科生如此，对研究生，牟先生更以高标准要求，重视培养其独立的科研能力，尤其强调要有自己的独立见解。他说："我很不赞成用在课堂上念讲稿的方式培养研究生。我的书斋就是课堂，书架就是讲稿。"①的确，牟先生从不以念讲稿的方式给研究生上课，而是代之以共同讨论的方式进行。他随时回答研究生们提出的问题，也不时提出一些问题让研究生们思考、回答。有时他滔滔不绝地谈古论今，还不时请出书架上的一本本著作以助其论，把某一问题的源流讲深讲透；有时则只是仔细地听学生分析、论证，最后加以归纳、讲评。他鼓励研究生们之间要敢于讨论问题，相互辩难，更鼓励学生敢于向他提出挑战。他经常说，"师不必贤于弟子"，要尊敬老师，更要追求真理，在真理面前人人平等。有一次，我们讨论《文心雕龙·总术》篇，我说：学术界自黄侃以来皆以《总术》为创作论的总结，牟先生也持此说；但这难以解释《总术》第一段对"文笔之分"的论述，所以"总术"应是"论文叙笔"的文体论和"割情析采"的创作论这两部分的总结。牟先生听后非常高兴，连说有道理，并嘱我写成文章。后来他将文章推荐到《文史哲》发表了。

牟先生的"读书三字法"在社会上产生较大反响以后，许多素不相识者写信给他，提出种种问题，先生均一一认真答复。有位解放军写信给牟先生，要求知道"三字法"的详细内容，先生便抄出一份给他。有位小学生来信问读书为何要"如临大敌"，牟先生工工整整地写了一封回信，告诉那位小学生，在他们这个阶段，主

---

① 《四十年的愿望》，《光明日报》1986年7月12日。

要是认真读书、学习知识,不要轻易地怀疑。牟先生病重住院期间,有位安徽的青年农民给他写信,请求对自己业余学习古代文学予以具体指导;牟先生知道后,嘱托我一定代他给那位青年回信,并尽力讲了他对自学古代文学的看法。牟先生在日记中这样写道:"人家满怀求知欲望来函求教,我的时间确实不够用,但自己是教师,无论校内校外,相识不相识,凡自己能起到一点作用,就应起一点作用。……只有如此,才能于心无愧。"1988年,牟先生收到湖南一位作者论述《文心雕龙》成书年代的文章,他仔细看后说:这篇文章的结论他并不同意,但作者运用了一些新的材料,论述也有一定道理,能成一家之言。于是,牟先生提出修改意见,经作者再次修改后,文章收入了《文心雕龙学刊》第六辑。

牟先生的书房里,有这样一副对联:"书城高大能藏道,心地光明始爱才。"每当我想起这副对联,总对先生的"心地光明"有一种特别深切的感受,他是真正言行一致的人!他那高大的书城所藏,既是"爱才"之道,更是对学术事业的挚爱,对教育事业的忠诚,对人生价值的独特理解和追求!

牟世金先生过早地离开了我们,但如王元化先生所说:"我相信牟世金同志可敬的人格和他那些严谨的著作,将永传于后世。"

1991年圣诞之夜于济南

编 后 记

　　牟世金先生去世不久,师母赵璧清老师便嘱我为先生选一个集子。历经两载,《雕龙后集》终于将要付梓问世了。从文章的搜集、复印到整理,都凝聚着赵老师的心血。可以说,这个文集寄托着师母对先生的深切怀念,也包含了学生对老师的景仰之情。倘能聊慰牟师世金先生的在天之灵,便是我们最大的满足了。

　　牟先生把自己的《文心雕龙》研究称之为"雕龙",更把自己对整个中国古代文学艺术理论的探索视为"雕龙"。影响甚广的《雕龙集》便既有《文心雕龙》的研究文章,也有对古代文学艺术进行综合探索的成果。牟先生视前者为"点"的深入,后者为"面"的综合;他毕生所孜孜以求的,正是点与面的结合与统一。

　　《雕龙后集》即援《雕龙集》的体例,收录了牟先生公开发表的研究《文心雕龙》和古代文艺理论的三十篇文章。这些文章大致可分为四组。第一组是《文心雕龙》论文。牟先生研究《文心》的文章很多,这里的选录,既注重其代表性和重要的理论价值,又注意尽量不与其他文集或专著重复。如"刘勰评传",牟先生写有四、五篇,这里选录收集在《中国历代著名文学家评传》中的一篇,这篇评传不仅详细、全面,而且对《文心雕龙》的理论价值作了较为系统而又深入独到的阐发;这个阐发,牟先生没有在其他地方重复。牟先生身卧病榻时曾告诉我,他本拟以此为基础,在《文心雕龙研究》中补写一"《文心雕龙》的美学"的专题，惜其未能实现；故此文便尤为珍贵。《刘勰生平新考》一文是《文心雕龙研究》中的一章，考虑到其中关于刘勰生平的观点已与《刘勰评传》有所不同，故一并收入。牟先生论述刘勰"原道"论的文章也有多篇，这里选录一篇带有论战性质的；从这篇文章以及《实事求是地研究〈文心雕龙〉》和《怎样读〈文心雕龙〉》两文中，可见牟先生研究《文心》的方法和态度，可见其治学的严谨风范。《〈文心雕龙〉创作论新探》是牟先生受英国著名文艺理论家瑞恰兹启发而写出的一篇长文，产生过较大影响。这篇文章中的许多著名观点，如关于文学创作的物、情、言的关系等，已为许多"龙学"著作所接受。《刘勰艺术构思论的渊源与发展》是牟先生在六朝文艺理论的背景上重新审视刘勰"神思"论的一篇力作，本文发表时，牟先生已与世长辞。论《通变》的一篇也是《文心雕龙研究》中的一章，因牟先生较少谈及《通变》，且本文观点亦与《雕龙集》有所不同，故收入本书。这组文章的另一重要内容，是对"龙学"史的总结和探索。这项工作，牟先生开展得最早，成果也最为卓著。洋洋四万余言的《"龙学"七十年概观》，可以说是一部《文心雕龙》研究简史。

  本书的第二组文章是牟先生研究"中国文艺理论史"的成果。牟先生曾承担国家教委博士点基金项目《中国文艺理论史》的研究和撰写，惜其壮志未酬；但为撰写成熟独到的"文艺理论史"，牟先生作了种种准备工作，进行了多方探索和磨练。这些文章即是其部分成果。谈《世说新语》的一篇，刊于《中国古典文学论丛》第 3 辑之首；《六朝经学的中衰与发展》在《青海社会科学》发表后，被《中国史研究文摘》选编，有人说这两篇文章俨然出自历史学家之手。《试论六朝时期儒道玄佛的斗争与融汇》一文，看起来属于哲学思想史的范畴,但这正是牟先生试写的《中国文艺理论史》的章节;由此亦可见其准备是较为充分的。本书的第三组文章是牟先生对古代文学艺术理论进行综合研究的部分成果。其中《中西戏剧艺术共同规律初探》一文,专为香港第四届国际比较文学会议而作,被中港合编《比较戏剧论文集》选列首篇。它表明牟先生的研究不仅在"点"上是深刻的,而且在"面"上也是独到的。

本书的第四组文章是牟先生的治学经验谈。牟先生很少谈及自己的治学方法,这几篇短文都是应约而作,它们多少显示出牟先生之所以在学术上稳步前进、硕果累累的"秘诀"。《我的读书法》在《文史哲》发表后,几经转载,在社会上产生了广泛的影响,从研究生至中小学生,从工人至解放军,许多人深得其益。《基本功和新方法》一文,是牟先生应邀参加《文史知识》举办的"八十年代我们怎样治学"的讨论文章,发表后得到新老学者的首肯。《门外字谈》一文,被刊于《字词天地》1985年第1期之首,且加"编后话"说:"作者文题谦作《门外字谈》,但它指示给读者的乃是一条深入古代学术奥堂的重要途径;我们认为这是读过本文的读者一定会有的同感。"《四十年的愿望》是牟先生为《光明日报》"我的书斋"专栏而作,其中的一些观点亦曾引起较大反响。

牟先生生前曾编有《牟世金专著目录》和《牟世金发表论文目录》,这次略加订补为《牟世金论著目录》附于书后。遵师母之命,草成《牟世金传略》一篇,亦附书后。实际上,以我才疏学浅之后生小子,既难探牟先生博大精深学问之万一,更难窥先生高山景行之一隅。惟师恩难忘,又师母所托,故略记一二,以铭感怀。文中多称前辈时贤之高论宏裁,乃藉以深识先生之道德学问,亦以补拙笔之无力。继续探索先生在"龙学"上的成就和贡献,愿俟他日。

  最后要说明的是,本书的出版,得到山东大学及其中文系、出版社各级领导的关心和支持;编辑同志亦为此付出艰苦的劳动。对此,我们深表敬意。

戚良德
1991年岁尾记于济南

山东大学中文专刊目录

《杨振声文集》
《黄孝纾文集》
《萧涤非文集》
《殷孟伦文集》
《高兰文集》
《殷焕先文集》
《刘泮溪文集》
《孙昌熙文集》
《关德栋文集》
《牟世金文集》
《袁世硕文集》
《刘乃昌文集》
《钱曾怡文集》
《葛本仪文集》
《董治安文集》
《张可礼文集》
《郭延礼文集》
《曾繁仁学术文集》
《中国诗史》(陆侃如、冯沅君)

编 后 记

《诗经考索》(王洲明)

《出土文献与先秦著述史研究》(高新华)

《战国至汉初的黄老思想研究》(高新华)

《蔡伦造纸与纸的早期应用》(刘光裕)

《刘光裕编辑学论集》

《挚虞及其〈文章流别集〉研究》(徐昌盛)

《王小舒文集》

《苏轼诗文评点研究》(樊庆彦)

《中国小说互文与通变研究》(李桂奎)

《中国当代戏曲论争史述》(刘方政)

《中国电影新生代的轨迹探寻》(丁晋)

《莫言小说叙事学》(张学军)

《景石斋训诂存稿》(路广正)

《古汉字通解500例》(徐超)

《战国至汉初简帛人物名号整理研究》(王辉)

《瑶语方言历史比较研究》(刘文)

《石学蠡探》(叶国良)

《因明通识》(姜宝昌)